Europa
omkring år 1000
CW01622072
Dvina
Novgorod
(Holmgård)
Volga
RIKE
Kiev
(Könugård)
Volga
Dnjepr
KASPISKA HAVET
Kaukasus
SVARTA HAVET
Konstantinopel
(Miklagård)
RIKET (BYSANS)
PERSIEN
Damaskus
Bagdad
SYRIEN
PERSISKA VIKEN

SIGRIDS HEMLIGHET

Sigrids hemlighet

Karin Wahlberg

HISTORISKA MEDIA

Historiska Media
Box 1206
221 05 Lund
info@historiskamedia.se
www.historiskamedia.se

Sigrids hemlighet är andra delen i serien "Släkten"
Läs mer på www.historiskamedia.se/slakten

The original Concept developed by
the Danish House of History in 2005

Omslag: Anette Rasmusson
Omslagsbild: © Iconica/Getty Images
Kartor på pärmarnas insidor: Lönegård & Co
Släktvapen: Lönegård & Co efter förlaga av Magnus Bergsten
Sättning: Gyllene Snittet
Tryck: ScandBook, Falun 2009
Tryckning: 1 2 3 4 5 6 7 8 9
ISBN: 978-91-85873-38-8

KAPITEL 1

År 1026 i trakterna kring Sigtuna

Sigrid for fram i drömmen.

Natten var svart och lång, men hon själv lätt som vinden. Hon drev hästen frustande fram i galopp så att de nyskodda hovarna sjöng i markerna. Över stock och sten flög hon, över hagar och ängar som ångade av fukt sedan vinterns sista snöfläckar långsamt hade smält bort.

Hon hoppades att ritten aldrig skulle ta slut, där i drömmen. Hon var alls inte rädd, utan drev på i allt snabbare takt som i ett saligt rus. Mälaren låg som ett glitterhav intill henne, solblänket stack henne i ögonen så att hon måste kisa, håret fladdrade i vinddraget och kroppen var varm. Stark och följsam satt hon på hästryggen. Långt, långt bort hörde hon gnyende ljud, som från en klagande människa, men hon ville inte lyssna. Och nu gick det med en sådan fart att det gnyende ljudet – vad det nu var – upphörde helt, liksom hovarnas klapperiklapp som också dog. För det märkvärdiga inträffade att hästen lättade från marken. De fortsatte ritten rakt upp i luften, som om hästen hade vingar precis som fåglarna.

Sigrid red i luften och gladdes stort, men det gnyende lätet som nyss hade nått hennes öron steg nu till en vild och hög klagan. Men hon ville sannerligen inte lyssna på det, utan satte fart på hästen för att komma bort från jämret. Men det gick inte. Den klagande rösten var så genomträngande att den inte gick att låsa ute.

Så hon tvingades att släppa drömmen och insåg med ens att hon inte längre svävade högt uppe bland molnen på en hästrygg, utan låg i sin egen bädd av halm på lakan som var mjuka och sköna. Särken var fuktig; hon hade svettats. Det knäppte från virket i det stora boningshuset, men människorna var ännu inte vakna. Stilla låg hon kvar och slängde bara ut ett ben utanför bolstret för svalkans skull.

Då hörde hon att det var mor som gav ljud ifrån sig. Långt bort ifrån andra änden av huset kom de återhållna skriken.

Äntligen skulle det ske; det som alla hade gått och väntat på. Födseln. Det var både märkvärdigt och samtidigt otäckt. Sigrid mindes alltför väl de gånger det hade gått fel, och det gjorde henne så tung till sinnet att hon blundade och tvärt somnade om och lyckades att åter fly in i drömmen på hästryggen högt där uppe i luften. Det kittlade både ljuvligt och hemskt i maggropen när hon tittade ner på samma sätt som när hon en gång hade varit med far Alrik högt uppe på berget och skådat ut över sina egna trakter, över Skånela där Östergård låg, och nästan ända bort till Sigtuna. Det hade varit en märkvärdig och storslagen syn. Den gången hade ögonen sökt sig rakt ner i ravinens djup, och ett obehagligt sug hade kommit över henne. Som om en osynlig hand hade pressat mot hennes rygg för att fösa henne över kanten.

Far hade den gången sett hur hon kippat efter andan.

”Det är Bergsjätten”, hade han sagt och hållit henne fast med en stadig hand om hennes ena axel. ”Bergsjätten tar vad han vill ha. Gärna små flickor”, hade far också allvarligt sagt. Hon förstod senare att han velat skrämma henne från att ensam springa upp på berget.

I drömmen manade hon nu hästen i en vid båge medan hon nyfiket blickade ner på ättens ägor; på Östergård där hon levt i alla sina dagar, på storskogen mörk och mäktig runt äng och betesmarker och på tegar och åkrar som brutits och dikats i släktled. Som små lappar av linne såg de ut så här högt ovanifrån.

Några åkrar låg för fäfot, andra skulle luckras med pinnharven innan det var dags för sådden.

Det var en hektisk tid de hade framför sig på gården. Far manade på folket, som var i färd med att laga gärdsgårdar efter vintern så att inte korna kom in och betade på ängar och åkrar. De skulle rensa diken, hugga ved och se till fåren när de lammade. Men Sigrid red ifrån all denna möda. Knoget föll inte över just henne i någon större mängd, hon som var storbondens och stormannens dotter. Hon bligade med lätt sinne ner på det stora boningshuset som far nyligen hade låtit bygga till. Och alla bodar runt om såg hon också; fähus, svinhus, förrådsbodar, smedja och även den lilla vävstugan där hon och mor vävde med de färgade yllegarnerna. Lysande gula toner som smöret om sommaren, och som kom av björklöv som kvinnorna repade och sedan färgade garnerna med nere vid stranden. Och blått, som himmelen, som kom av vejden, örten som var så eländig att handskas med. Kvinnorna fick samla vattnet från sig själva och låta det stå tills det gav en unken och skarp lukt, som gammelfarfar på den tiden han levde. Oftast bad de dessutom karlarna att pissa i små tunnor, och de var sällan nödbedda. Det stank, men gjorde gott för färgen som tog bra. Men vackrast var …

Drömmen gjorde ånyo halt eftersom det trängde på där hon låg i värmen. Hon måste upp och tömma sig. Men hon ryggade för kolmörkret och alla troll och vättar som lurade i vrårna, och hon hade varken kniv eller ljus till hands att skrämma bort dem med. Ingen annan tycktes vara vaken. Bara mor, som kved, men henne ville Sigrid minst av allt störa.

Men så tystnade ljuden. Hade hon redan fått ett syskon, undrade Sigrid med bävan. Det var inte alltid som de små kom till jorden levande, rosiga och livliga. Tanken sved. Hon lyssnade inåt huset, men dova snarkningar var de enda ljud som färdades genom luften i den höga salen.

Hon rullade ihop sig, blundade hårt och väntade på att det skulle sluta spänna och tränga från blåsan. Samma slags blåsa som de tog ut ur grisen vid slakten, tänkte hon och såg framför sig hur kokfrun med sina korta och feta fingrar sköljde svinblåsan ren, och sedan torkade den eller fyllde den med vatten och knöt till så att småbarnen kunde rulla den på marken. Hon hade själv tyckt att det var en rolig lek när hon var liten. Men än märkligare var att hon själv var försedd med en likadan tingest. Det sa kokfrun. Fast på människan togs den aldrig ut.

Men hon lyckades inte lura kroppen att somna om, hur gärna hon än ville. Hon måste ut. Så hon satte raskt fötterna mot de sviktande golvplankorna som far nyligen låtit lägga in och ilade som en iller genom den svarta salen, ut genom dörren och sjönk ner direkt bakom knuten. Där satt hon hukad medan hon tryckte pannan mot den svala husväggen och lät kisset snabbt rinna ur sig. Månen lyste klar och rund över hennes huvud. Hon bligade på den vita bollen.

Men var det inte en märklig lukt? Sigrid sniffade i luften och kunde tydligt känna att det luktade brand, och hjärtat tog ett rejält skutt. Men lukten var svag. Det måste komma mycket långt bort ifrån.

Elden var skrämmande och farlig. Många var de berättelser hon hade hört om eldens omättlighet. Girigt åt den allt; hus och boskap, människor och barn – om de inte hann rädda sig undan.

Hon vred i förskräckelse huvudet åt alla håll men såg varken någon eldsvåda eller enkel flamma. Ändå for rädslan runt i henne och hon tänkte på mor Bothild och far Alrik, fastän han inte var hemma utan i Sigtuna. Och på lille Östen, och Valdis och Holmlög och Ärmund … Ja, på att elden kunde ta dem alla. Uppskrämd synade hon återigen himlen för att se om där fanns några eldsdjur eller tydliga tecken på att den store guden Tor skulle ställa till med oväder. Slungade han sin hammare så att den lämnade ett vitt och starkt sken över det mörka himlavalvet? Kom åskviggar tätt på rad efter varandra och klöv himlen i ett otäckt sken?

Men hon såg bara stjärnor som blinkade så snällt, och vinden mot kinden var len och inte farlig. Visst var den det! Inget mullrande dån gick heller att höra långt bort vid himmelens fäste, trots att hon höll andan och spetsade öronen. Månens blåvitaktiga ljus vilade över gårdens alla hus och bodar och fick dem att se ut som snälla jättar som hukade under himlens tyngd.

Det prasslade till bakom henne, och hon for som en pil mot dörren, trillade in över tröskeln och pinnade snabbt genom huset och hoppade som en loppa rakt ner i bädden och drog upp bolstret så att bara nästippen tittade upp.

Tänk om fienden stod runt knuten? Tanken gjorde henne så rädd att hon knappt vågade röra sig. Hon låg stilla och väntade, tordes knappt andas. Men inga nya ljud hördes, varken inne eller ute.

Det kunde inte vara långt till gryningen. Då skulle Valdis väckas för att gå ut och mjölka. Sigrid tänkte på det och njöt av att hon själv kunde ligga kvar under fällen. Valdis och hon; de två hade på sätt och vis alltid följts åt. Båda var födda i gökmånaden, men där tog likheterna slut. Sigrid var fallen efter en fri storman och inte efter en träl. Hon slapp de otrevliga och tunga göromålen. Mest hjälpte hon mor ute i vävhuset. Valdis hade ingen mor. Och hon var dessutom av en annan sort. Det gick lätt att se; mager och kantig och klädd i en smutsig och trasig särk. Sigrid tänkte med obehag på blicken hon ibland fick av Valdis. Den hon inte tyckte om. De blängande ögonen, fyllda med avundsjuka och hat. Nästan så att Valdis tycktes vilja äta upp henne.

Men Sigrid behövde egentligen inte bekymra sig. Knappt ens bry sig om Valdis alls.

Ändå gjorde hon det och lät sig bli både irriterad och arg. Hon vände Valdis ryggen när hon måste, när Valdis hade fått grepp om henne med de där ögonen. Som om Valdis ville att Sigrid skulle skämmas för att hon inte var ful och fattig.

Fast Valdis sa aldrig något. Men ändå var det just det som gjorde ont. Att hon teg och led. Det var just hennes stilla tigande som fick Sigrid att tappa fattningen. För de där ögonen var inte alltid hårda. Lika ofta var de både sorgsna och hungriga.

Bothild vilade i ögonblicket och stirrade tomt rakt framför sig i skumrasket. Hon befann sig i den nådiga andhämtningen mellan två födslovärkar och försökte låta bli att ge rädslan alldeles för lösa tyglar. Tänk om hon tappade fästet och blev alldeles från vettet! Det fick inte ske.

Det var inte smärtan hon var mest rädd för, utan för att det skulle gå i stå och dra ut i evinnerliga tider så att barnet blev kvar och kastades livlöst ut ur kroppen på henne långt senare. Eller att något skulle gå galet med henne själv.

”Må den nådige Guden stå mig bi!” bad hon tyst nästan utan att röra läpparna. ”Och måtte Holmlög, min trogna hjälpekvinna, klara ut det som måste göras, om så skulle behövas.”

Det hade dröjt. Dagar hade gått i tung väntan. Men så sprack vattnet läck och forsade mellan benen under särken hennes. Det hade skett någon gång strax efter skymningen.

Nu var det midnatt, och hon var äntligen igång. Gud ske lov gick det utan att Holmlög hade behövt ge henne av den lömska säden, av mjöldrygan som satt som svarta och hårda utväxter på sädesaxen. På rågen främst, som drabbades oftast. De hade inte haft några större angrepp på lång tid, och det var för väl. Folk led svårt av att få i sig bröd bakat på denna säd, och de svaga dog. Men i liten mängd kunde den angripna säden användas.

Hur många gånger hade Bothild inte sett att kvigor som gått helt i stå kalvade snabbt när de väl fått den svarta säden inblandad i fodret! Och oftast gick det bra. Men ibland vände kon ögonvitorna uppåt och föll död ner i backen. Bothild hade även sett människor som ätit av det utdrygade mjölet och därefter fått kramper eller brand i fingrar och tår, ja, ibland till och med i hela lemmar som sedan fallit av. Om inte människan redan fallit död ner.

Men i små portioner var mjöldrygan till nytta för den födande. När värken hade gått i kvav och det var bleke kunde kraften åter väckas. Holmlög hade det i nyporna; en utmärkt känsla för detta vågspel. För lite gjorde ingen nytta, men för mycket var ett rent elände och ledde inte sällan till döden, antingen för den födande eller för barnet, eller – om eländet var mäkta stort – för båda två.

Och visst hade det hänt att födande dött även under Holmlögs vård. Bothild tog för säkrast att skjuta detta ifrån sig där hon låg i barnsäng.

Hon såg till att andas med små, korta andetag högt upp i bröstet medan smärtan fick komma och gå bäst den ville. Hon hade vant sig, det var inte värre än att det gick att hålla igen med skriken.

"Du måste hålla dig tyst. Det är inte någon glädje med att väcka halva huset." Holmlög var sträng i tonen. Hon ville inte ha folk svassande runt sig under vaknatten.

Bothild fick snällt finna sig i att andas ut både smärtan och rädslan genom den öppna munnen. Det vridande, hemska onda som kunde få henne att tappa fattningen och bara vilja vråla högt rakt ut.

"Den kommer, ska du se. Natten är lång", sa Holmlög med låg röst och torkade hennes panna. "Vi föds om natten", fortsatte hon. "Och dör likaså", slank det sedan ur henne.

Bothild hostade till och blängde på henne. "Här är det ingen som ska till att dö!"

"Nä, hualigen! Inte ska det ske!" höll Holmlög snabbt med om.

Men det såg dåligt ut. Värkarna hade glesats ut, och inte var det heller kraft nog i dem. I alla fall inte för att pressa barnet ur henne. Åtminstone inte på lång tid, det kände Bothild allt själv, det behövde inte Holmlög upplysa henne om.

Kanske skulle det dra ut både dagar och nätter, som första gången då hon hade pinats länge och väl. Men så kom Sigrid till slut, när Bothild trodde att orken var helt slut. Flickan hennes drogs ut gråblek och med det vita fosterfettet kletat över kroppen. Men hon skrek i himmelens sky, och det var värt alla kval.

Mellan sammandragningarna försökte Bothild nu vila och tänka goda och gudfruktiga tankar. I alla fall inga tankar som skrämde henne från vettet. Men det var svårt att låta bli eftersom det inte var som förra gången, då Östen kom. Och inte heller som de två gångerna före Östen, men efter Sigrid, då födandet gått lätt, men barnen ändå inte hade klarat livet på jorden. En dödfödd och en som hon hittat vit i bädden bara efter några dagar.

Herren gav och Herren tog! Hon var helt utlämnad till hans välvilja. Och till Holmlögs. Det rörde sig i buken på henne, som fisksnärtar. Den levde – det var gott att veta – men rörelserna var tröga och otympliga, och det hade dröjt väl länge innan födslovärkarna satte igång sedan vattnet väl läckt. Var något galet? Bothild kunde inte släppa oron. Kanske var det två liv? Eller låg barnet tokigt vänt och bjöd sig med fel ände först ut? Med ändalykten. Det var ju alltid större våda med det.

Blotta tanken fick en ny barnavärk att välla fram. Till en början var den försiktig som en hund som nosar sig fram, osäker och villrådig, sedan tog den i och blev till en girig topp som höll henne i herrans tukt och förmaning så att hon vitnade och nästan tappade andan helt. Holmlög kommenderade henne bestämt att knipa ihop läpparna och pusta genom näsan för att inte släppa ut det stora vrålet som kunde skrämma upp hela huset. Gud ske lov att det hände något! Så släppte det. Födslovärken drog sig snällt tillbaka och hon kunde vila och hämta ny kraft.

Hon var behagligt vimlig och suddig i blicken av alla örter Holmlög kokat ihop; både av ångan som hjälpekvinnan beordrade henne att andas in och drycken, som hon blev kommenderad att läppja på. Det var mjöd, och kanske till och med en skvätt vin som de kommit över från handelsmännen söderifrån. Sövande var också röken från enens bär och barr som gumman var så noga med. Dunsterna stack Bothild i ögonen. Det sved och brände. Hon klagade, men det gick inte att hoppa över denna pyrande besvärjelse.

”Det ska inte bli några bortbytingar, här inte”, sa Holmlög barskt och lade ytterligare knastrande, torra, eneruskor på glöden.

Nej, trollungar ville de inte ha. Gud hjälpe!

Ett friskt och skärt gossebarn var mycket efterlängtat, men de tog vad den gode Guden gav dem. Holmlög hade klämt på magen under grossessen. Holmlög visste. Hon lade sina torra och spruckna händer på varenda havande kvinna på Östergård. Den toppar sig som när det ska bli en gosse, hade hon sagt med eftertryck. Och omfånget var det inget fel på. Magen välvde sig stor och rund, och Bothild glömde för en stund att det ibland hände att Holmlög hade helt fel och gossarna visade sig vara flickor. Men ofta var det förstås rätt.

Hela vägen hade Bothild haft sin ålder över sig. Hon var inte längre en alldeles ung kvinna. Detta välsignade tillstånd var en nåd att stilla bedja om. Eller om det nu var Frejas förtjänst? Fast det tordes hon inte säga ett ljud om.

Hon hade rannsakat sig själv både en och två gånger. Inte hade hon syndat värre än någon annan? Och gåvor till kyrkan hade de lämnat, Alrik och hon. Kunde de inte därmed undgå Guds straff? Men kanske de inte fann nåd inför Vite Krist eftersom de var alldeles för beskedliga med gudatron hos gårdens alla boende, hos trälar, drängar, krigare och sierskor. Inte minst var de släpphänta mot Holmlög, som envisades med att hålla kvar vid det gamla. Och henne ändrade man inte på så lätt. ”Gud, Kristus och Den helige Ande … tre som ska vara en, vem begriper sig på sånt”, sa hon och slog ifrån sig med bägge händerna.

Och helt lätt var det inte att förklara, det kunde Bothild medge. Holmlög höll sig, som hon alltid hade gjort, till Freja. Både Alrik och Bothild visste förstås att Holmlög blotade på ett eget litet altare. Holmlög var långt ifrån ensam på gården om att göra det. Bothild och Alrik hade valt att se genom fingrarna med det. Man måste välja sina strider. Det var krävande nog att driva folk i arbete ute på markerna från bittida till sent. Den lilla tid som blev över fick var och en göra vad de ville med, bara de skötte dyrkan till de gamla gudarna i lönndom, eftersom kungen deras, Anund Jakob, var mycket kristen till sinnet, och han var inte nådig. De gamla gudarna var ett djävulens oskick, de lämpade sig bara för barbarer, menade han. Och ett sådant folk var inte värdiga hans konungsliga stöd.

Det var nu inte bara de gamla gudarnas huvuden konungen ville se rulla, utan även deras tillbedjare. Med blida ögon såg han däremot på dem som lät sig döpas i Kristi namn, som gav rikliga gåvor och begravde sina kära svepta i vitt linne utan några ägodelar med sig i graven. Ty de gudfruktiga skulle finna nåd inför Vår Herre när yttersta domen var nära och Människosonen Jesus Kristus visade sig uppe i skyn för att skilja de onda från de goda. Till himmelsfärden behövdes varken farkost eller proviant. Så förkunnade den magre missionsprästen i Sigtuna. Bothild såg honom framför sig; hans intensiva, nästan lysande ögon, och hon hörde den starka rösten, som blev fylligare när han sträckte på sin seniga hals så att adamsäpplet syntes åka upp och ner. Bothild hade aldrig tidigare hört en människa tala på det viset. Det sjöng om det. Prästen nästan spottade, så ivrig var han. Och det var mycket ovanligt att se en karl på det viset, alldeles röd i ansiktet av hängivelse och inte av öl eller mjöd.

Det hade blivit stiltje i buken. Holmlög satt trofast vid hennes sida, grå och hopsjunken som en gråsugga. Hon hade varit med alla gånger Bothild fött, och hon kunde ordningen och hade manat den mest pålitliga trälflickan på benen och fått henne att elda under vattengrytan. Det knastrade från granklabbarna.

"Jag såg Oden igår", passade Holmlög på att säga och plirade mot henne.

Bothild öppnade ena ögat under den svalkande duken hon hade fått över pannan och stirrade på Holmlög. Hon visste att Holmlög inte var så lite rädd för Oden. Och rädd var även Bothild, om sanningen skulle fram.

Oden visade sig ibland för människorna. Han kom och gick, insvept i en blåsvart kappa och med en vidbrättad hatt nerdragen över sin ena tomma ögonhåla. Det bådade inte alltid gott när någon hade sett honom skymta förbi.

"Oden gav mig kraft", sa Holmlög och rullade med ögonen.

Bothild stirrade nyfiket på henne. Sedan tog en ny födslovärk i och hon försvann för en stund. Holmlög väntade tills sammandragningen hade bedarrat.

"Jo, jo! Råd gav han mig också", fortsatte Holmlög. "Han sa hur jag skulle blanda örterna till drickat som mildrar och läker allt vad svårt är. Och så gav han mig vinkar om orden som ska sjungas fram", menade hon och lät som om hon trodde på det själv. Och Bothild kunde sedan höra Holmlögs djupa och sträva röst mumla fram magiska formler och verser i en strid ström. Entoniga och snabba som vårbäcken rann de ur henne. Hon gjorde inte ens halt när en ny värk kom utan fortsatte, smackande och läspande med mjuka läppar mot tandlös gom.

Bothild visste inte vad hon skulle säga. Det var rena galenskaperna och tokerierna! Men nyfikenheten brände. Mötet med Oden; hur hade det egentligen mer precist gått till? Men hon blev avbruten av en ny värk.

Det var inte lätt att veta säkert hur det förhöll sig med vare sig det ena eller det andra, tänkte hon sedan trött, och lät frågan bero.

Vem styrde egentligen? Den mäktige och vise Oden, stridens och dödens bundsförvant? Eller den ende guden, Vite Krist, som hon själv hade överlämnat sig till? Eller var det bägge två och alla gudarna i Valhall, de som var henne så väl bekanta?

Ett litet tvivel över vem Vite Krist egentligen var kunde hon, trots allt, kosta på sig att ställa i en ödesmättad stund som denna. Hon sände nornorna en tanke; ödesgudinnorna som spann människornas trådar. Spann de livstråden även för den lilla som nu vilade under hennes bröst, och som snart skulle till att visa upp sig? Var tråden lång eller kort?

Det var mindre än ett år sedan som hon hade ansatts av ett lika stort tvivel som nu, och gått åstad och lämnat offergåvor till Freja. Hon hade gjort det i lönndom. Det hade varit för att fruktsamheten tycktes vara överstånden. Hon hade bett Freja om att hennes kropp skulle skänka henne ett barn till. Och hur det nu var, så tog det.

Holmlög gav henne därefter regelbundna beska avkok på daggkåpa, som skulle skydda henne mot jättar och demoner och förhindra att det lilla livet som växte inne i henne kastades för tidigt. Ungefär samtidigt hade hon hört av den gänglige och rödflammige prästen i Sigtuna att örten faktiskt var välsignad av självaste jungfru Maria. Då var allt till slut gott och väl, hade Bothild tänkt och behållit sin hemlighet helt och hållet för sig själv.

Holmlög hade i god tid ordnat ett läger för henne avsides i mangårdsbyggnaden. Femte barnet var det. Två var i livet, Sigrid och lille Östen. Vad sorgligt som hade skett med de andra små var inte värt att tänka på just nu. Likväl var det svårt att låta bli. Bothild liksom naglade sig fast vid det mörka hotet som hängde över henne. Inte en dödfödd, inte denna gång också! Den mörka fruktan stod emellertid stadigt invid henne, trofast och utan att vika från bädden – som en mara som red henne hela natten lång. Men hon smet undan i stunder av hopp. Hon lutade sig tungt och trosvisst mot Guds godhet, mot Holmlögs handlag och sunda förnuft och kände för en kort stund hur krafterna tilltog och trycket över hjärtat lättade.

Tjärstickorna i väggen gav långa, matta skuggor. Det hade återigen blivit bleke i magen på henne.

”Passa på att vila sig lite nu”, sa Holmlög, doppade trasan i kallt vatten och lade den återigen på hennes bleka panna.

Hoppas, min Gud, att det snart kör igång igen, tänkte Bothild. Måtte inte den lille vara felvänd så att han får svårt att komma ut. Då hördes ett sömndrucket skrik längre inifrån huset. Det var Östen som hade vaknat.

”Ta och lägg honom hos Sigrid”, mumlade hon till Holmlög, som reste sig och hasade iväg på knarrande golvtiljor.

Sigrid hade lyckats somna om och drömde återigen härligt och starkt. Med ett litet leende på läpparna såg hon sig själv klädd i en hängselklänning i den röda färg som krapproten så vackert gav. Den klara tonen lyste henne så starkt i ögonen och hon räknade den för den grannaste av alla färger. Om nu det blåskimrande sidenet räknades bort, förstås. Frasande siden som hon skulle få bära längre fram i sommar när hon skulle få följa med på gille hos kungen. Hon var gammal nog nu, sa mor. Tänk, så fin hon skulle bli, och med håret ordnat i små flätor.

Hon red alltjämt; dånade hetsigt fram i febrig iver och tycktes kunna fara hur långt bort som helst, utan skepp och segel och starka roddare.

Då förnam hon ett kalldrag och upptäckte att hon låg på lakanet i bara särken; att någon hade lyft på bolstret och lät sval luft sippra in. I samma ögonblick kände hon hur en varm och mjuk liten kropp dunsade mot hennes rygg. Östen, tänkte hon halvslött. Hennes lille bror Östen, som nu stötte sitt ena knä i svanken på henne och slängde sina mjuka små armar om hennes hals och skuldror.

”Östen, ligg still!” ville hon säga men orkade inte sära läpparna. Han får hållas bak ryggen, tänkte hon. De knoppande, ömma brösten och magen, som ibland värkte, måste hon skydda. Han stillnar säkert strax och sussar vidare.

I samma andetag insåg hon att han knappast hade kommit vandrande på egna ben, så rädd som han var för vättar, troll och annat småfolk – mymlorna, som han kallade dem. Och om sanningen skulle fram var Sigrid fasansfullt lättskrämd själv.

”Sigrid! Jag lägger Östen hos dig nu. Se till honom. Din mor behöver min hjälp.”

Holmlögs nariga näve kramade hennes tunna flickaxel.

”Hm”, mumlade hon och uppfattade nu ett återhållet ljud som trängde sig fram längre bort ifrån. En klagan snarare än ett skri, och magen drog ihop sig.

Modern i födslovåndor mitt i svarta natten. Var det inte klart? Rädslan knep hårt om hjärtroten. Sigrid mindes tydligt hur det varit när Östen kommit till världen; hur en spänd oro hade vilat över hela gården, och hur hon blankt vägrat att dras med i denna bävan, skrämd efter föregående gång, då det gick illa. För att slippa rädslan hade Sigrid tvingat med sig Valdis och en gårdskvinna ner till sjön för att svalka fötterna. Östen hade nämligen valt att visa sig för världen en het sommardag med många små flugor i luften.

Födseln av barnet som skulle komma före Östen hade tråkigt nog ändat i en mörk och stum tystnad. Sigrid hade först inte förstått vad som hade hänt och varför mor Bothild och far Alrik blivit så dystra och tunga till sinnes, men hon hade anat att de inte gjort vad Vite Krist begärt av dem, och bilden klarnade alltmer när hon blivit några vårar äldre och sett mer av vad livet hade att ge, både sådant som var lätt och sådant som var så pass svårt att dagarna blev grå för en tid. Det var karlar som gick ut i krig och handelståg och aldrig mer kom tillbaka, och kvinnor som fick reda sig bäst de kunde där hemma och sköta både marker och boskap. Det var de på gården som förlorade sina barn, och ibland förlorade de även vett och sans, och inte sällan sina egna liv. Valdis mor levde i ett annat rike och hade så gjort sedan Valdis kom till jorden, även om ingen hade sagt henne det. Valdis var ju bara en trälflicka, vem orkade spilla sina ord på henne!

"Ödesgudinnorna har klippt av tråden", brukade Holmlög beskäftigt säga när någon hittades utan liv, och Sigrid blev oftast alldeles blek av fasa. "Med nornorna kan man aldrig så noga veta", förklarade Holmlög och gungade med huvudet för att förstärka allvaret.

Sigrid blev mållös och fick skrämselhicka inför denna nyckfullhet. Vilka vämjeliga kvinnor de där nornorna var. De spann både långt och kort, lite som de ville, eller klippte som de hade lust både här och där. När Holmlög var arg på henne sa hon till henne att akta sig noga för att reta upp nornorna. "De kan plötsligt mulna till och vara framme med saxen."

Moderns återhållna skrik hördes återigen som ett sammanpressat läte. Annars var det fortfarande mörkt och alla sov. När Östen skulle komma till världen hade det varit mitt på ljusan dag. Gården hade liksom stannat upp i stilla bävan och fasa för hur det skulle sluta. Efter lång väntan och mycket mjöd – karlarna hade den gången varit som borttappade, de bara satt och hängde med dryckeshornet på gårdstunet – hade till slut det glada budskapet basunerats ut. En son. En levande pojk. Och hon mindes hur rädd hon först blivit när hon kom upp från sjön med Valdis och kvinnan som sett efter dem och hört detta vrål som hon tyckte ekade från avgrunden. Ut över nejden hade karlarna brölat så att hon trott att elden gått lös.

Men det var Östen. En sådan märkvärdighet! En gosse hade gett upp sitt första skrik och visat sin livsduglighet och styrka. En arvinge till gården hade fötts. Och hon förstod att det var något högst anmärkningsvärt, det som skett. Det var något särskilt med en bror, det begrep hon. Han var inte bara föräldrarnas ögonsten, utan hela världens mitt, medan hon fick stå bredvid.

Hon hade sett på honom med sval blick till en början och inte låtsats om att han fanns. En bortbyting, skrynklig och med ögon som smala glipor, var väl inget att ha!

Men när mor Bothild väl hade hämtat sig och kommit på benen hade hon lagt sin arm om henne och far hade sagt roligheter, snälla stolligheter och många söta och berömmande ord om att han var väldigt stolt över sin duktiga flicka, som var så lik honom själv i anletet; fast utan skägg. Då hade det släppt. Hon hade skrattat högt, både länge och väl, för det hade varit så skönt att bli av med den sura och ogina klump som satt sig i både sinne och kropp.

Och nu var det snart en till, tänkte hon medan Östen tryckte sig mot henne. Det kändes gott med Östen, hennes lille bror, så varm och mjuk. Gården sov, djuren var lugna; korna och oxarna i fähuset, fåren i lammhuset, grisarna i stian, hästarna i stallet, hönsen i hönshuset, ja, till och med deras lättväckta tupp höll tyst.

Sigrid gled återigen in i sömnen. Sova länge, drömma vidare – det var det bästa hon visste.

KAPITEL 2

Bothild gick igenom sitt liv.

Att göra det under en pågående förlossning, en natt lång som evigheten, kunde vara både ett gott och ett dåligt tecken, och kanske till och med en smula orimligt. Om det nu inte var för att hon inte längre plågades av smärtor … vilket oroade henne storligen och fick henne att tappa fästet en smula. Var det lugnet före stormen, eller var det riktigt illa? Rädslan, som hela tiden låg på lut, sköt åter upp och piskade henne med sin långa svans.

”Tänk om det inte går!” stönade hon med ängslansrösten.

”Sluta med de där tokerierna”, förmanade Holmlög henne. ”Väck inte andarna, di kan gott sova! Tänk på något nöjsamt i stället!”

Så hon teg och förpassade sig i tanken dit hon trodde sig kunna få ro, i alla fall tillfälligt. Till trakter som var hennes ursprung, till den blekingska övärlden där hon vandrat som barn. Grå stenhällar, vatten och vind och moln som seglade snabbt på himmelen. Till Möckelön ville hon fara. Hennes längtan blev så svår att bröstet veknade och den molande värken och beklämningen kom att klinga av för en stund.

Minnesbilderna var mjuka och söta som honung. Allt tydligare såg hon klippor och skär och hörde vattnet klucka lojt mot stranden, trots att hon var vimlig och nedsatt i sinnet av alla örter Holmlög gett henne – blad att tugga på och dekokter att läppja på. Hon såg solen skina, där på Möckelön. Händelsevis var det vackert väder och stenhällarna blänkte fint och gav henne både stadga och tröst i sådan mängd att farhågorna fortsatte att sakta rinna ur henne som trögflytande och svart tjära. Hon befann sig vila i det saliga och märkvärdiga tillstånd som var få förunnat att få uppleva under själva livets gång, där hon i levande bilder fick åse hur hela det långa och levda livet passerade förbi, precis som det gjorde i dödsögonblicket antingen man ville det eller inte. Det hade hon hört talas om. Starka män som överlevt krig och farsoter och varit skendöda hade berättat om detta märkvärdiga, och de var alla gripna till tårar av förundran.

Men hon skulle inte till att dö. Hon spjärnade emot. Vägrade, rent av. Dö var det sista hon tänkte göra! Hon mindes i stället den ljuvliga värmen under fotsulorna från de soluppvärmda hällarna när hon skuttade fram som flicka på Möckelön. Och det fick henne att le av välbehag och kisa mot solkatter medan hon skådade ut över vattnet, över vikar och karga öar som låg utspillda som ett pärlband av gråskimrande stenar.

Hon hade gärna velat se allt detta en enda gång till innan … Innan vad då? Nu kom den igen, den där döden! Högt harklade hon sig därför, och kom mest att låta som en kraxande kråka, men hon tänkte tvinga döden ifrån sig även denna gång. Hon hade sina knep. Med viljan kommer man långt; det var minsann inte bara nornorna som bestämde livets längd.

Så hon pressade sig att i tanken hålla fast vid Blekinge, vid det som varit hennes hem från början. Och hon lyckades återigen att glida tillbaka till öarna och vattnet och båtbygget och alla skrönor som Arnlög skrämt upp henne med. Arnlög som var som Holmlög, fast värre.

”Jaså, det är bättre nu, ser jag”, hörde hon Holmlög säga i fjärran.

Bothild låg förmodligen och log förnöjt. Tänk som det kan bli! Hon som hade fiskats upp av en främmande man. Det kunde ha gått hur galet som helst, men så blev det nu inte. Inte galet alls. Men det som inte passar in i livet har människan god förmåga att anpassa sig till, tänkte hon, och öppnade en ögonspringa, men hon kunde inte urskilja Holmlög i mörkret. Hade gumman gått ut?

Holmlög fanns redan på Östergård när hon själv anlände. Holmlög var då en yngre kvinna, men hon var varken fager eller munter. Bothild var rädd för henne och försökte tämja hennes surmulenhet genom att göra henne till viljes. Hon fick Holmlögs förtroende långt om länge, men munterheten fick hon inte, för av den varan ägde Holmlög inte några större mängder. Men hon hade andra goda sidor.

Holmlög och Arnlög påminde om varandra. Likheten såg hon med en gång hon kom till Östergård. Alla gårdar och boställen tycktes ha sina egna skrämmande och urstarka kvinnor. Nu var Bothild inte längre rädd för Holmlög. I stället satte sig en gråtattack i halsen. Bothild svalde. Hon hade blivit tjock i halsen för att hon hade blivit påmind om Blekinge och Möckelön. Hon längtade dit.

Men hon måste sansa sig, inte ligga och bli velig. Så hon tog ett djupt andetag och släppte sakta ut luften medan svedan i halsen klingade av. Hon tänkte inte lämna varken Östergård vid Mälarens vatten, för att bege sig till Blekinge, eller jordelivet för att förenas med frälsaren, Herren Kristus från Nasaret. Det var galet att tänka så. Frälsaren kunde gott vänta. Möckelön likaså. Hon visste att hon fick nöja sig med att längta. Hade man en gång lämnat fädernesgården, så hade man!

Hon måste hala sig tillbaka på livets tråd och gaska upp sig. Hon som hade barn att se om, ett stort hushåll att sköta och väveriet som gav henne ett sådant stort nöje. En märkvärdig korkåpa att iordningställa till missionsprästen i Sigtuna väntade på henne. Hur stolt var hon inte över det storslagna uppdraget! Och alla vackra bolstervar och bonader som skulle vävas både för fägringens skull och mot köldras och därför skulle hängas upp på väggarna i förnäma stormannahem. Hem som hennes eget. Här på Östergård hade de redan vad de behövde av hennes vävda alster, men de var eftertraktade vida ut över trakten. Sigrids med. Vackra och nyttiga ting. Kanske de till och med gick åt borta i österled? Man visste aldrig.

Stora planer hade hon med vävningen, förutom den sanna glädjen av att se själva väven växa fram. För sig själv lät hon tankarna växa. Hon kunde knappt bärga sig, trots att hon låg i barnsäng. Alrik menade att hon inte behövde hålla på; kistorna var fulla av skatter efter hans långa och många resor österut, och gården bar sig. Den blev allt större efterhand som de bröt ny mark att odla. Men hon envisades och påpekade att det nog skulle komma tider då hennes väveri kunde ge gården en inte så liten förstärkning. Vad hon inte sa till Alrik var att hon fann det tillfredsställande att ha egna tillgångar som hon kunde byta med hos de frisiska handelsmännen i Sigtuna. Hon ville kunna växla mot dyrbart siden och vackra band utan att gå vägen om Alrik. Allt behövde karlarna inte veta om.

Och så Sigrid, dottern, som hade skickligheten så fint i fingrarna. Det var en sann fröjd att se hur flinkt hon lät garnerna gå genom varpen. Till mycket stor hjälp var hon, inte minst för sällskapets skull. Och en liten tid till fick hon behålla dottern, innan hon for iväg till eget hem och hushåll. Lämnade dem för alltid. Tanken oroade. Hon skulle komma att sakna flickan svårt.

Var det något som rann iväg, så var det tiden. Redan hade elva år gått sedan Sigrid visade sig för världen. Det var dags för giftermål, men ännu var inte något giftermålsavtal ordnat. Ingen hade bett om hennes hand, varken i egen hög person eller genom ombud. Alrik hade i vart fall inte sagt ett ord om detta, men han visste kanske mer än hon. Han var kräsen. Flickan hans! Bothild log. Det skulle inte heller bli lätt för Alrik att bli av med Sigrid. Kanske var det därför som han drog på det. Men det brådskade inte, tänkte hon, det fanns minsann prinsessor som inte gått åt förrän de fyllt nitton.

Så Bothild snodde i stället sina drömmar kring den stora tillfredsställelse som skulle möta henne så snart det nya barnet var fött. Gud hjälpe att det gick vägen! Lättare i kroppen och med nya krafter skulle hon sedan se till att nya vävramar blev gjorda. Och en större bod ville hon ha, ett riktigt vävhus med vidare dörrar som kunde hållas öppna och släppa in ljuset i rikligt mått när kylan inte var alltför svår. Hon hade hört berättas om stora väverier söderöver, i Nordfrankernas rike och i Flandern; hört om det av handelsmän och kyrkans folk som kom därifrån, både präster och munkar. Och prov på vad de åstadkommit hade hon också sett. Du milde!

Det kliade svårt i fingrarna. Nä, det gick minsann inte an att ligga här och vara emlig! Hon hörde Holmlög raka i glöden, slöt ögonen och Arnlög kom åter till henne. Holmlög och Arnlög, två gestalter som just nu flöt samman till en.

Som liten hade hon varit rädd för Arnlög. Den krokiga kvinnan kallades även Fågelkvinnan, utstyrd som hon ofta var i fjädrar och skräckinjagande masker som kunde skrämma slag på vem som helst. Arnlög pyntade sig när hon utförde sina magiska riter, sejdade, trollade eller botade sjukdomar. Bothild var inte många somrar gammal när Arnlög dog, men den torra och skrynkliga kvinnan hade hunnit sätta oförglömliga spår i henne. Märkliga minnen som sedan följde med henne till Mälarens vatten dit hon fördes efter att ha äktat Alrik Gårdske från Sigtunatrakten.

Bothild sög på minnet med slutna ögon och kände hur Holmlög passade på att lägga en ny, sval linneduk över pannan. Det hade varit en härlig tid! Men ofta hade hon varit rädd, det var lätt att glömma. Så starkt, så ljuvligt, men samtidigt så skört var livet. Och dessemellan riktigt hemskt.

En regnig dag sent om hösten med kastvindar och hårda byar hade Alrik Gårdske ankommit Möckelön med sitt handelståg. Han hade rest i Gårda rike och var på väg hem till Mälarens trakter. Han kom med flera skepp och en stor besättning efter en lång färd utmed floden Dvina. Han var trött och sliten. Flera av båtarna hade sprungit läck, och några hade till och med gått i sank borta i österled. I lasten fanns dyrbara skatter: guld, silver, vapen och förnämliga kläder i siden.

Hon sneglade på Alrik redan första dagen. En främmande karl hade något tilldragande över sig. Det fanns män i nejden som ansågs vara ett bra parti, en del av dem roligare än andra, men alla hade hon sett nog av. Detta var något helt annat.

Men Bothild visste att far Tryggi och mor Yrsa hade avgörandet. Hon gick där och drog benen efter sig och kastade långa och trånande blickar efter Alrik. Han och hans mannar kom att stanna under lång tid medan de skickliga skeppsbyggarna på

Möckelön byggde nya båtar till honom. Han hade lagt in om en stor beställning. Han hade ju råd till det. Det lade alla på minnet på Möckelön. Även far Tryggi och mor Yrsa.

Men inget tycktes hända, och en dag kunde hon inte längre hålla sig, så hon tog sig för att viska i mor Yrsas öra vad hon kände för mannen från Mälaren. Och till hennes stora förvåning lade modern upp ett skratt som rungade lite väl högt och hårt. Beredd på att få ovett var hon, men inte detta: ett rått skratt rakt i ansiktet.

Hon hade blivit djupt förnärmad och dragit sig undan. Hon var ju inte så gammal vid den tiden, försvarade hon sig så här många år efteråt när hon låg i väntan på värkar och försökte försona sig med minnet. Hur hade modern kunnat vara så okänslig och skrattat elakt när det handlade om stora och allvarliga ting som rörde Bothilds inre! Så skulle hon aldrig göra mot Sigrid, tänkte hon, och kände sig god där hon låg i bädden.

Men modern hade förstås tyckt att hon var barnslig med sitt överdrivna svärmeri. Och var det något Yrsa inte tålde så var det känslosvall. Den dagen Bothild for från Möckelön visade sig modern inte ens. Kanske satt hon på kammaren och grät. På den frågan skulle Bothild aldrig få ett svar. Kinderna hettade än i denna dag när hon tänkte på den stunden.

Alrik ansågs förstås vara ett bra parti. Hennes ätt där i Blekinge hade tid att pröva Mälarhövdingens värde under alla dagar som det tog att färdigställa skeppen han beställt. Men Alrik gjorde sig inget omak. Han frågade inte efter hennes hand. Stirrade bara eller kastade långa blickar.

Och så var det dags för hemfärd mot Mälarhöjden. Alla skepp rustades. Många barn hade blivit gjorda genom de främmande männens aktivitet i småstugorna under den långa vistelsen på ön, och gråt och tandagnisslan följde på avskedet. Bothild var som bedövad av kärlekssorg.

Då hände det som hon bara trodde kunde hända i berättelserna; de som mor Yrsa och gamla Arnlög stoppat henne full med framför elden sent om kvällen. De snälla berättelserna – inte de otäcka, som var för att skrämma henne till lydnad.

Alrik Gårdske, i egen hög person, bad en tidig förmiddag om rådslag med Bothilds fader Tryggi, som själv var daneman och en gång hade kommit till ön under ungefär samma omständigheter som Alrik, och som kommit att fästa sig vid Yrsa från ön och stannat kvar. Hela Möckelön kände förstås till att Alrik sökte upp Tryggi. Det fanns ögon och öron överallt. Själv var Bothild så nervös att hon knappt kunde sitta stilla framför vävramen. Hennes egen släkt var alls inget att skämmas över, idel skeppsbyggare – och mycket skickliga sådana – det visste hon. Den förste av dem var hennes anfader Säbjörn. Om barnet som trilskades i hennes sköte denna långa natt skulle bli en frisk och stark gosse, så skulle han ges just detta namn: Säbjörn – Sjöbjörnen.

Bothild suckade återigen tungt av längtan till Möckelön. Den dagen hon hade stått på däck iförd sin varmaste klänning och kappa och tagit farväl hade det varit för gott, det hade hon vetat. Men längta kunde hon förstås göra. Och ibland även sakna. Främst sin moder. En vemodig tyngd lade sig över bröst och sinne.

Och nu låg hon där hon låg och kunde inget annat göra än att vänta på födslovärkar. Hon blundade och stillade återigen sitt sinne och förnam en stund av ro. Det var som om någon stod alldeles intill henne. Inte Holmlög, utan någon som inte var lika tung i kropp och rörelser. Det var Yrsa, modern. Så tydligt stod hon vid hennes bädd; lugn, rak och stabil, men alls inte lång, och med det mörka håret samlat uppe på huvudet och dolt under en duk. Det var så uppenbart att mor Yrsa ville henne något. De gågröna ögonen vilade stilla på hennes ansikte, vek inte undan utan iakttog henne länge och väl med stor tillgivenhet, ja, ömhet till och med. Inga hårda nypor; ingen stränghet i överläppens spända båge. Stundom hade modern varit obehagligt nyckfull, det kunde den födande Bothild trots allt inte bortse ifrån, så tårögd av längtan hon ändå var.

Ett mjukt litet leende vilade nu på moderns läppar.

”Du ska se att det här blir bra”, sa hon och lutade sig närmre sin vuxna dotter och lade sedan en hand över Bothilds svullna fingrar. ”Min flicka, gudarna kommer att hjälpa dig, det ska jag se till.”

Så satte modern igång att nynna lågt på en melodi som Bothild inte hade hört på länge. Den lät som mjuka vågor som kluckade mot klipphällarna en solig dag; mild och förtröstansfull. Gripen av denna yttersta nåd lät Bothild huvudet följa med och rulla mjukt fram och tillbaka på bädden i takt med de smäktande och vyssjande tonerna. Och hon blev som i dvala, djupt försjunken i en hänryckning.

Undrar var de nu fanns? Det var länge sedan hon senast hade fått en hälsning via en handelsman som gått iland på Möckelön. Men var de inte där, så fanns de säkert i Vår Herres boning, även om de inte kände till så värst mycket om Vite Krist.

Så kom en värk som svar på hennes bön. Visserligen kort och lätt som en vindpust, men den kom. Och den följdes av flera, och det var inte längre alltför glest emellan.

Misstanken om att barnet låg avigt vänt stärktes efterhand. Det kunde inte vara på annat sätt, eftersom det var trögt och tog en sådan evinnerlig tid. Det var känt att solen kunde hinna stiga och sjunka två gånger när barnet ställde sig på det viset. Så hade det varit när en av trälkvinnorna legat i barnsäng. Det hade inte varit någon ände på det, den gången. Till slut hade barnakroppen kommit, men huvudet satt fast i den trånga porten och barnet blev hängande där vad än hjälpkvinnan gjorde, och hur mycket den födande än krystade och skrek. Till slut hade kvinnan släppt ut huvudet, men då var barnet en trasa, blålila och utan ande. En flicka var det, det mindes Bothild.

Och nog hade hon med handen försiktigt känt en rundad tingest strax under det ena bröstet, som en rova. Den mjuka rundningen var förstås ett barnahuvud som lätt gled undan när hon tryckte och klämde, och som ibland hänsynslöst sköt sig uppåt så att hon knappt kunde andas. Såvida det inte var två! Dessa frågor skulle få ett svar om en inte alltför lång tidsrymd. Bara hon kunde tåla sig. Men det var svårt, och hon kom ideligen med sina frågor.

”Vad tror du?” sporde hon Holmlög. ”Vad tror du om läget?”

”Det blir nog bra med den saken”, svarade Holmlög kort. ”Lugna sig bara så ska det nog gå bra.”

Holmlög gled undan, ljög rent av, det hörde Bothild. Holmlög ville inte säga vad hon tänkte och trodde. Eller kanske hon visste att det var som det var, och att det innebar en stor fara för dem bägge, för barnet och henne med. Vad nyttade det till att veta det?

Ivrigt letade Bothild efter tecken. Förebud om att det skulle gå lyckligt. Ringen, tänkte hon. Ringen kunde förstås hjälpa henne i denna svåra stund, och hon bad Holmlög att omedelbart plocka fram den. Den gamla kvinnan stirrade motvilligt på henne, som om hon anade att hennes matmoder just höll på att förbereda sig för döden. Det var sannerligen inget nyttigt att ägna sig åt, inte mitt i födandet.

Men Holmlög knep käft och gjorde som hon blev tillsagd. Hon hasade över de knarrande golvplankorna med ett ljus i ena handen och träkäppen i den andra, rädd som hon var för att falla i mörkret.

Tystnad rådde. Alrik hade påpassligt nog farit med flera av gårdens män till Sigtuna för rådslag med konung Anund Jakob. Bothild hade låtit dem fara i frid och tänkt i sitt stilla sinne att här hemma hade de ändå inte varit till någon nytta för henne. Bara druckit öl och stönat och jagat på med frågor om när den nya ättlingen tänkte visa sitt toppiga huvud.

Så tog det i igen, en sammandragning som hette duga och som skruvade kroppen i så våldsamma smärtor att Bothild med ens ångrade att hon skickat ut Holmlög för att leta efter ringen. Var höll människan hus? Det var förstås inte lätt för en skumögd, gammal kvinna att finna skrinet i kammaren, kolmörkt som det var.

Svetten rann från hårfästet, och i ryggen var det knöligt. Som om hon var en vidja som hårdhänt skulle vridas om på mitten.

Så stod Holmlög där. Hon höll flinande upp den gamla släktklenoden. Bothild hade inte kunnat sätta ringen på fingret på långliga tider, för fingrarna hade blivit breda och tjocka av det väntade barnet. Hon tog ringen. Två starka händer av silver med en stor gyllengul bärnsten i mitten. Hon visste hur den såg ut trots skumrasket – det räckte med att hon kände den i handen. En kär skatt som hennes morfader Svarte hade inhandlat under en av sina strapatsrika färder österut, och som han hade valt åt den kvinna som han hemförde till Möckelön, den bedårande och rika sidenhandlardottern Milka från Kiev. Olyckligt nog hade Milka tvingats äkta Svartes broder Kåre, trots att hon väntade sitt och Svartes barn, den flicka som långt senare skulle komma att bli Bothilds egen moder, Yrsa.

Bothild höll nu ringen, som kommit så långväga ifrån, som en talisman i sin hand. Hon höll upp den mellan tummen och pekfingret mot oljelampan, för hon ville se hur bärnstenen lyste gul som ljunghonung. Ringen ansågs ge välgång och lycka. Det där kunde man tro bäst man ville, tänkte hon. Det var mest elände som följt i ringens spår. Egentligen borde hon göra sig av med den. Lycka var inget man precis sprang på varje dag. Det var snarare sällsynta stunder som uppstod när man minst av allt anade det; den insikten var hon gammal nog att ha erövrat.

Men Milka och Svarte hade kommit samman till slut. Kanske hade ringen stora och goda krafter, trots allt. Den hade funnits i ätten under lång tid utan att komma bort. Någon mening med det var det säkert.

Så hon slöt ögonen och gjorde korstecknet i all hast, medan Holmlög förmodligen himlade med ögonen som om hon tyckte att hon gjorde sig till. När hon öppnade ögonen igen satt Holmlög vid sidan om henne. Gumman fnös medan hon höll fram en bit mjukt rågbröd som hon doppat i uppvärmd mjöd, som hon enligt konstens alla regler själv hade bryggt, och som bara fick drickas vid högst speciella tillfällen. Och ett sådant var det nu.

”Seså, ät nu! Det är långt kvar, du måste ha krafter kvar till krysten.”

Brödet var gammalt, men det stärkte gott. Förråden började sina efter den långa vintern. Men våren var här och nya tider stundade. Gott var att den lille hade valt att komma när solen stod högt. De barn som kom vid denna tid på året höll sig bättre krya och starka än de stackare som föddes när rimfrosten bet.

Så tog det i så det förslog, regelbundet och utan hänsyn. Hon verkade ha kommit förbi ett hinder, kroppen var återigen i arbete. Med henne, inte mot.

”Så ja! Nu är det ingen återvändo”, sa Holmlög. ”Dä ä bra det.”

Gryningen kom krypande. Den tidiga timmen sved i kroppen och brände och stack i ögonen. Bothild andades lugnt och taktfast medan kroppen gjorde vad den måste. Inte bara Holmlög vakade över henne utan även Vite Krist. Hon mindes missionsprästens ord: ”Gud vakar alltid över sin hjord”, predikade han och rösten var hög och stark.

Skulle hon tillhöra den där hjorden, hade hon undrat. ”Nog är det så alltid”, menade prästen där borta i Sigtuna och nickade. Han hade ett lite avigt tal, men han var tydlig. Precis som kreaturen var hon, de som nu när våren kommit släpptes ut på bete i hagar och ängar efter en lång vinter i fähuset. Kalvarna dansade glatt och lammen bräkte så sprött.

Nä, inte var hon som en av dem, men vad gjorde det, andemeningen framstod klar och tydlig för henne. Den ende guden höll ett öga på henne, tänkte hon trosvisst mellan sammandragningarna. Han som gav liv men även tog.

Och Bothild trodde sig förstå hela denna vida innebörd för första gången och hon fylldes i stunden av Guds Heliga Ande. Nu när allt så tydligt verkade gå åt det rätta hållet. Gud skulle till att ge, inte ta – med hennes hjälp, förvisso.

KAPITEL 3

Sigrid ryckte till. En ljummen vind svepte in. Frisk och torr luft retade hennes näsborrar. Det var himmelsblått i vindögat i taket. Dörren ut mot gårdsplanen stod öppen och ett starkt solljus låg som en matta över de breda golvplankorna.

Hon hade sovit länge, förstod hon. Ingen hade väckt henne, och det var ovant. Hon tycktes kunna sova hur länge som helst numera. Det berodde på att kroppen växte, sa mor.

Bak ryggen var det tomt. Hon kände efter med handen men visste redan att Östen inte låg kvar där, och hon for upp. Hon hade lovat Holmlög att se till honom. Han hade väl gått ut på gårdsplanen, tänkte hon och ställde sig i dörröppningen och fick kisa i det skarpa ljuset. Hon visste också att han var snabb och nyfiken av sig och kunde smita iväg på egna äventyr. Hon rös till men frös inte alls i särken eftersom det var en vacker dag. Varmt och gott för årstiden var det, ljuvligt rent av, men ändå märkvärdigt och obehagligt eftersom inget var som det skulle. Hon förnam att en stark oro vibrerade i luften, även om hon inte förstod vad den bestod av, mer än att det hade med mor att göra. Nattens oroligheter och stök fanns kvar i kroppen på Sigrid.

Hon gnuggade ögonen och försökte bestämma sig för vad hon skulle göra nu när världen hade stannat helt och det var tyst som i de dödas rike, fast solens strålar flödade över planen och sa henne att världen borde vara god. Ödsligheten tydde på att djuren var ledda till bete och kvinnfolket satt och tjattrade i undanskymda vrår där hon inte kunde se dem, och karlarna var i arbete ute på mark och åker och osynliga för henne.

Mor? tänkte hon. Hur hade det gått? Var det ett sorgligt budskap som skulle möta henne? Och var hölls Östen? Han hade säkert smitit in till mor. Hon måste hitta honom! Hon hade ju lovat Holmlög att se till honom och satte därför fart in i stugmörkret. Hon såg framför sig hur han stod tryckt invid mor med snorrännan under näsan, och att mor hade lagt en arm om honom medan hon visade upp deras nya lilla syskon, ett litet barn som skulle göra alla så glada. Alla skulle lyckönska den nya familjemedlemmen, och mor och far skulle bjuda till ett stort gästabud och de skulle äta och dricka och leka för att fira att släkten blivit större och starkare, och samtidigt skulle de passa på att offra till Frej för att solen skulle fortsätta att visa sig frikostigt.

Sigrid såg allt detta framför sig medan hon saktade farten när hon närmade sig gavelrummet där mor hölls. Hon stannade tvärt i dörröppningen och stirrade. En kall knytnäve körde in i magen och hon frös till. Det gick inte att väja med blicken från mor. Hon var så förändrad, nästan oigenkännligt; blåblek och med svetten blänkande över kinderna. Var det för sent? Var det därför alla höll sig undan? Andades mor inte längre?

En grå skugga föll över Sigrids ansikte. Mor hade flyttat till Guds hus. Sigrids underläpp började darra. Förtvivlan fick henne att stå kvar vanmäktig och utom sig. Ett liv utan mor – hur skulle det gå! Luften inne i kammaren var unken av rök från bränt ene och det var skrämmande dunkelt, trots att flera tjärstickor brann och solen letade sig in som en smal, rak stråle genom vindögat. Men skillnaden mellan ute och inne var så stor att ögonen behövde tid för att vänja sig.

Då, som genom ett under, ett sådant som Vite Krist kunde utföra, så vände mor huvudet mot henne från bädden. Hon levde! Tack och lov, mor levde! Men blicken mor gav henne var matt och full av plågor. Holmlög hade sin breda rygg vänd mot Sigrid. Hon stod böjd över modern, över magen och det som fanns där nedom. Så kom ett kort skrik från mors läppar, så hjärtskriande och hemskt att Sigrid ville springa därifrån, men hon stod fortfarande kvar, som fastfrusen. Mor fick inte gå till de dödas rike. Inte barnet heller.

Så upphörde skriket, och mors blick vandrade återigen mot Sigrid där hon stod dödsförskräckt och stel med de knutna händerna hårt pressade mot munnen så att knogarna vitnade.

Holmlög rätade på sig och vände sig om.

”Sigrid!” utbrast hon. Och innan Sigrid hann smita iväg kom den otäcka frågan som hon helst inte ville höra. ”Du håller väl reda på Östen, som du lovat”, frågade Holmlög.

Och Sigrid dog en smula.

”Hm”, sa hon och nickade ivrigt och pep därefter snabbt iväg. Ut genom dörren for hon, och ut på gårdsplanen, som märkligt nog fortfarande var folktom och helt öde bortsett från hönsen som pickade och hundarna som låg i gasset och slöade och en av gårdens största katter som stolt kom gående med en död råtta i munnen.

Hon satte av mot hönshuset där Östen gärna hölls med de duniga kycklingarna, men han var inte där, så hon fortsatte till stian där han inte heller fanns och sedan till fähuset där hon bara hittade Valdis och en annan av trälflickorna.

”Har ni sett Östen?”

De stirrade med nyfikna och stickande ögon på henne.

”Nä”, sa båda och skakade på huvudena där långa, toviga hårtestar föll utmed halsarna, för far och mor tvingade inte trälarna att vara rakade eller stubbade. Flickorna vågade inget fråga, men de sporde med ögonen om något var på tok.

Sigrid kastade av sig vad de tänkte eller tyckte, de var ju ändå inget värda, bara två trälar, och hon rusade vidare till härbärget där arma stackare och vilsekomna besökare brukade få tak över huvudet, och sedan sprang hon till kokhuset, men ingen Östen där heller. Inte heller i smedjan kunde hon finna honom och i vävstugan var han inte heller. Vävramarna stod ensamma och gapade och väntade på mor och Sigrid. Man måste vara ren om fingrarna om man skulle handskas med de fina garnerna och inte ha lort under naglarna eller hårda valkar som repade garnet, som Valdis och de andra som hölls med djuren hade. Sigrid längtade för en kort stund dit; till renheten, till sedan, när allt var som vanligt igen och allt detta med mor och barnet och Östen var över och hon kunde få vara med mor alldeles ensam och se väven växa under fingrarna.

Ingenstans syntes Östen till. Ängslan drev henne vidare. Samtidigt blev hon vred. Dumma Östen! Undrar om han gömde sig med flit för att hon skulle leka gömme med honom? Förstod han inte att han inte fick göra så!

Livet på gården hade stannat upp för att far var bortrest och mor låg i födslovåndor, tänkte hon. Alla passade på att lata sig. Ögonen drog ihop sig av ilska.

Men hon ville inte be om hjälp. Ville inte vädja till någon slö karl som skulle släpa sig runt på långsamma, magra ben, och som skulle titta lika kallt och förebrående på henne som Valdis. Samtidigt hoppades hon att någon hade tagit sig an Östen! Att han satt belåten i någons knä och åt på en brödbit och såg sig runt med sina ljusblå ögon utan att vara det minsta ledsen eller rädd.

Sigrid hade inte ro att stå overksam, utan satte fart och rundade gaveln till ladan och såg ut över viken som blänkte nedanför slänten. Hade han gått ner till sjön? tänkte hon. Å, nej!

Hon rusade ner mot stranden, klampade ut på den långa bryggan och såg gubben Rurik hållas med näten i båten. Men ingen Östen hade synts, sa gubben och kliade sig i nacken. Fiskaren var stel i kroppen, även om han var stark i nypor och armar, så Sigrid bad inte honom hjälpa henne att leta. Bara inte Östen hade trillat i eller gått ut för långt! Alla onda andar väcktes återigen och for runt och bråkade i henne. Gubben Rurik var lomhörd och hade kanske inte uppfattat plumset? Vattnet var fortfarande kallt, men Östen tyckte om att sitta vid vattenbrynet, leka med bark och träbitar som om de vore stora skepp som seglade, det visste hon. Måtte han inte ha vadat ut i vattnet, den olydiga lilla ungen!

Hon stillade sig en kort stund och hämtade andan medan hon skuggade ögonen med handen och granskade vattenytan från strandkanten och riktigt långt ut. Gode Vite Krist, hon såg inget som flöt, mer än några fåglar som guppade i all beskedlighet. Hon fortsatte på snabba fötter genom vassruggen, sprang så att de hårda bladen skar mot benen och stenar och ojämnheter fick fötterna att ömma, för hon var inte van vid att springa barfota. Hela tiden ropade hon ängsligt på Östen, men hon vågade inte skrika för full hals; rädd som hon var för att någon från gården skulle höra henne. *Hon hade ju lovat att hålla reda på sin bror.* Löftet ekade i huvudet.

Hon svalde och försökte pressa ner gråten, det blev annars så svårt att andas när hon sprang. Hon hulkade mest; det sved när hon svalde. Hon tog den smala stigen utmed de bortersta åkerlapparna, som just skulle till att sås. Efter sådden fick alla småbarn på gården hoppa runt på åkern och skrämma bort fåglarna, som annars pickade i sig de värdefulla sädeskornen. Det såg så lustigt ut, och det var sådant som Sigrid inte fick vara med på.

Hon spejade ut över nejden, men ingen Östen, bara en av karlarna som gick med piken efter hästen och luckrade upp den sista biten av åkern. Han gick med ryggen mot och såg henne inte, och hon brydde sig inte om att springa över den fårade myllan för att fråga honom, utan fortsatte rakt fram på stigen som följde kanten av tegen ända upp till vägen. Vägen ledde hem till gården eller åt andra hållet vidare över bron längre bort, den bro som far höll på att bygga om och göra bredare och stadigare för att det skulle gå lättare att ta sig över ån med hästar och till och med vagnar. Vägen fortsatte sedan bort till bryggorna, där alla båtar låg som de for till Sigtuna med.

Ögonen var beredda på att se Östen tulta fram någonstans. Kanske var han här på vägen där han inte fick hållas? Eller var han på väg hemåt? Kanske var han redan hemma och satt vid bordet och drack mjölk och smulade med en brödbit?

Längre bort från gården än så här vågade hon sig inte. Inte ensam. Den mörka skogen tog vid, den som vägen slingrade sig in i, och som var farlig. Sigrid vände skogen ryggen och såg ut över åkrarna och sjön som låg nedanför henne, ljus och inbjudande. Hennes rödblonda och tjocka fläta hängde tung på ryggen. Fjunigt hår klibbade i ansiktet. Hon strök undan stråna och torkade svetten ur ansiktet, flämtande av rädsla och spring. Hon stod stilla och lyssnade medan hon betraktade sädesärlorna som obekymrat och muntert vippade med sina långa, svarta stjärtfjädrar där de hoppade runt på åkerjorden framför henne. En gök hördes gala bortom skogen. Andhämtningen hade lugnat sig. Skogen bak ryggen skrämde, men kanske hon åtminstone borde gå utefter kanten och titta in.

Då steg ett ljud upp. Mitt bland fågelkvittret lät det som från ett gnälligt litet barn.

Det var Östen! Inte göken.

Hon fick fart på benen och följde ljudet, fast det hördes inifrån skogen. Hon drevs in bland stammar som stod tätt. Grenar piskade henne i ansiktet, men förtvivlan fick henne att bli orädd. Bara en liten bit till, tänkte hon, och lystrade som förhäxad till rösten som blev alltmer tydlig. Han hulkade så som bara Östen kunde. Hon bet ihop medan hon satte ner de såriga fötterna i lingonriset – och stannade tvärt. Försiktigt trampade hon sedan så ljudlöst hon kunde och smög sig bakom en ek. Hon gömde sig bakom den tjocka stammen medan hon alldeles tydligt kände hur hovar stampade i marken så att den gungade.

Hon lämnade trädet, smög sakta vidare medan grenar knäcktes under hennes fötter och en och annan solstrimma fridfullt letade sig ner genom de täta grenverken och lyste upp mossbetäckta stenbumlingar och gammalt ris. Så gjorde hon ånyo halt.

Där stod de.

Tre män. Och tre ridhästar. Tre rövare från skogen.

Östen är fasthållen av en av främlingarna; kort och grov med skägg och burrigt hår, iklädd en smutsig kjortel och pösbyxor av läder.

Sigrid begriper att det inte är så enkelt som att be dem att släppa Östen så att hon och brodern kan gå därifrån. Mannen med längst hår – ljust och tunt – och en blå slängkappa flinar.

Hon ser att det inte är något gott leende. Han vänder sig mot de andra två. De nickar inte ens. De vet vad han tänker göra, men hon förstår det inte. I samma stund har hon den blå slängkappan över sig. Hårda händer kastar henne framåt i blåbärsriset och tar ett fast tag om hennes midja och river och sliter upp särken hennes. Hon försöker kravla sig upp, men han håller henne ännu hårdare fast med en arm, tvingar henne upp på alla fyra som en hund, medan han stöder sig med den andra handen i riset. Hon ser på handen, en stor hand. En stark hand. Det är det enda hon ser. Och lukten från slängkappan sticker henne i näsan, en frän lukt av rök. Handen är svart av sot. Naglarna försvinner ner i riset. Inga ringar ser hon. Men hon stirrar på ett drakhuvud. Han har ett drakhuvud ritat i huden på handryggen. Hans sträva lukt får henne att må illa, och det han gör med henne gör ont. Hon kan inte röra sig. Han håller henne fast medan hans stora kropp vräker sig över henne, och han för in något där bak. Pressar sig in. Flera gånger kommer en påle in, och det gör ont. Hon spricker och går sönder. Det känns värre än allt annat hon varit med om. Snabbare och snabbare kör han in pålen, som om han ville döda henne. Sigrid begriper att hon inte kan skrika, bara hulka. Skriker hon, dör hon. Han är en man som kan döda. För dessa män har vassa knivar och pilbågar. De är rövare från skogen.

Sedan blir det alldeles stilla, och något varmt rinner utefter lårens insidor. Hon hör fåglarna sjunga igen, så hon lever, trots allt. Han släpper greppet om midjan, och hon faller handlöst ner i riset. Ligger kvar och flämtar med ansiktet ner i mossan. Det luktar jord. En frisk och syrlig lukt av jord. Hon ligger kvar och samlar sig.

Hästarna stampar oroligt. Strax därefter dånar hovarna så att det gungar i marken och ljuden från hästarna blir alltmer avlägsna. Sakta kravlar hon sig upp tills hon sitter. Bedrövelsen hänger över henne; de har tagit Östen. Hur ska hon överleva detta? Det gör så ont, det svider och blöder visst också. Huvudet bultar. Hon orkar inte hålla det uppe. Skogen är otäckt tyst, som om fågelsången har dött ut och vinden plötsligt mojnat uppe i trädkronorna. Skogen tycks kväva henne. De onda männen har rövat bort Östen.

Så hör hon ett hackande andetag och lyfter på huvudet. Där står han, med de små benen ner i riset. Smutsig i ansiktet och med snoret rinnande under näsan bligar Östen ängsligt på henne.

Den runda magen putar. Han står så stilla som hon aldrig tidigare sett honom stå. Blicken är vettskrämd under den blonda luggen som fallit ner i ansiktet på honom.

”Siggid”, hulkar han fram och står tvekande kvar, för han känner trots allt inte igen sin syster helt.

”Östen”, orkar hon till slut få fram.

Då rör han på sig, vågar till slut springa så gott hans små ben förmår där i skogen, och han hamnar rakt i hennes famn. Hon har ännu inte kommit på benen. Det gör ont när han dunsar ner i hennes knä och slår emot skötet, men hon famnar honom likväl. Håller honom hårt. Stark är känslan i bröstet, men ändå blandad. Till en stor del solkig och tung, trots lättnaden.

Hon skäms som en hund och undrar hur mycket han har sett och begripit. Vad kommer Östen att minnas? Hon känner förnedringen över att detta drabbade henne mitt framför hennes lille bror. Detta kommer aldrig någonsin att kunna vara ogjort. Det som skett, har verkligen hänt.

Så reser de sig. Sigrid sliter av mossa för att torka sig. Hon vågar inte använda särken ifall det skulle komma blod på den som syns. Skamligt blod. Hon skakar barr och kvistar av klänningen och försöker vrida sig för att se om det finns några röda fläckar där bak. Men det ser ut att ha klarat sig. Och benen bär, märkvärdigt nog. Hon tar Östen vid handen. Tysta kliver de ut ur skogen. Det gör ont att gå, men hon travar på. Stiger ut på vägen med lille Östen vid handen. De går tysta hemåt.

Och himlen är så klart blå den någonsin kan bli.

KAPITEL 4

”Han syns nu”, sa Holmlög. ”Nästa gång måste Bothild ta i!” manade hon.

”Han?” stönade Bothild i den sprängande pinan av att ha barnet halvt på väg ut.

”Jo, så är det”, sa Holmlög. ”Änden på den kommer först, och en pojke blir det allt.”

Bothild kände hur krafterna som sinat nu plötsligt rann till. Nästa gång! Sedan var det över.

När Sigrid närmade sig gårdsplanen tog hon ena särkärmen och gnuggade sig i ansiktet. Hon ville få bort ränderna efter tårar som runnit, så att ingen märkte något.

Valdis satt ensam, lutad mot fähusets solindränkta kortvägg med ansiktet vänt uppåt. Den latoxen, tänkte Sigrid kallt. Hon ville helst inte stöta på Valdis, men såg ingen annan utväg än att passera henne. Valdis reste sig när Sigrid närmade sig med Östen tultande vid handen. Hon glodde med dumdryga koögon på Sigrid och Östen. Sigrid vinglade till, och Valdis gjorde sig beredd att rusa fram och ta emot henne.

Aldrig, tänkte Sigrid. Aldrig i livet!

Hon stannade upp för att hämta nya krafter och fortsatte sedan ytterligare några steg, men vinglade till igen.

”Sigrid! Ska jag hjälpa dig?” frågade Valdis och lät varken nyfiken eller elak, bara hjälpsam.

Men det var som om Sigrid just nu inte tålde någon enda människa, allra minst sig själv.

"Mor?" mumlade hon för att skjuta intresset mot något annat.

"Hon föder", sa Valdis. "Det är nog inte riktigt klart än, men det närmar sig. Det är nog ingen fara med henne", ljög hon, som om hon nappat på kroken att det var just mors födande som oroade Sigrid till vinglighetens gräns. "Kom och sätt sig här. Jag kan ta Östen."

Sigrid ville försvinna bort. Absolut inte sitta ner. Men hon lät Valdis ta Östen, gav henne till och med en vänlig nick och stolpade sedan med försiktiga steg bort till huset och klev in i det skonsamma mörkret och föll raklång ner i fållbänken.

Mors skrik flög genom huset.

Inte nu igen, tänkte Sigrid, och drog ihop ansiktet och satte händerna hårt för öronen. Det skar i kroppen och gnisslade skarpt i huvudet, som när en gammal dörr utan uppehåll står och slår i vinden.

Krystvärken tog i igen och Bothild gav all kraft hon ägde och hade och sköt på. Holmlög väntade tills de små skulderbladen blev synliga, som små skålar syntes de. Hon tog två stadiga tag om vartdera låret och drog barnakroppen nedåt med ryggen åt sidan så att hon kunde dra fram ena axeln som bjöd sig uppåt och pilla fram armen. Och det blev med en gång bättre plats, så att det räckte med ännu en liten vridning på kroppen för att den andra armen skulle falla ut av sig själv. Då var det bara huvudet kvar, det mest grannlaga att få ut – om inte Bothilds kropp lyckades spotta ut det av sig själv. Precis då ebbade värken ut. Holmlög övervägde om hon skulle vänta till nästa kryst kom, det kunde ta tid nu när kroppen var ute, eller om hon skulle ta och försöka sig på att vrida ut gossen ur skötet utan den nyttiga kraft som värken gav. Det fanns en viss fara med det, hon kunde råka vrida nacken av den lille även om hon var försiktig. Men att vara allt-för vag i tagen var å andra sidan inte heller lönt. Det var svårt att veta i förväg hur det skulle bli. Efteråt var det alltid lätt att vara klok. Holmlög blev stående och lät en stund gå i vanmäktig tystnad, tid som kändes evighetslång, handlingsförlamad som hon var.

"Nu", stönade till slut Bothild och det drog ihop sig i henne igen.

Holmlög var inte sen att greppa barnets glatta kropp om de små höfterna och dra kroppen en liten bit nedåt så långt det gick i bädden så att huvudets nackfäste syntes, och sedan lyfte hon kroppen rakt uppåt. Ansiktet kom till att visa sig; svullna ögonglipor och en öppen mun som grinade illa. Och så gav det med sig. Den blöta skallen, insmord i vitt fosterfett, lossade med ett sugande läte. Sedan blev det knäpptyst.

Bothild stirrade rakt upp mot vindögat medan hon väntade på skriket, det välsignade ljudet som sa att det var liv i gossen. Holmlög daskade till ungen, utan att det hjälpte, så i stället började hon gno ungen torr med hårda tag med en linnetrasa utmed ryggen tills han bestämde sig för att börja gny.

"Kom sig nu!" lockade Holmlög skriket ur ungen, som om hon var ute och vallade getter.

Strax därefter gav han äntligen upp sitt första, om än lite tveksamma, skrik. Sedan var det som om det blåaktiga barnet hade bestämt sig och satte igång att gapa för full hals med friska lungor, och färgen ändrades raskt till en sundare rödaktig ton. Han låg där och fäktade med de små armarna medan han fortsatte att skrika ilsket, och det var så skönt att höra detta späda skrik att till och med Holmlög blev tårögd.

"Detta blir nog det sista barnet jag hjälper till världen", sa hon. "Kroppen orkar inte mer."

"Det vet varken du eller jag något om", sa Bothild i lätt ton.

Holmlög lade barnet ifrån sig på en bädd inte långt från elden där det var varmt och gott. Han lugnade sig och föll till ro.

"Jag vill se honom", bönade Bothild.

"Det får hon allt vänta med. Efterbörden ska ut först."

Och den satt. Som urberget i marken satt efterbörden, hur än Holmlög drog i den kraftiga navelsträngen och lirkade den åt olika håll.

”Det blir till att tåla sig”, sa hon, och tänkte i sitt stilla sinne att det var då en märkvärdig unge till att ställa till det. Inget var lätt. Men han skötte sig i varje fall och såg till att skrika som en riktig arvinge till deras storman Alrik.

Holmlög kastade belåtet en snabb blick på gossens runda huvud, inte alls toppigt som det brukade bli när barnet kom som det skulle med huvudet före.

Men det blödde ymnigt mellan benen på husfrun, och det oroade henne. Det var inte alls bra. Holmlög höll hela tiden ett öga på husfruns anlete. På läpparna, så att de inte vitnade. Då var det bara en sak att vänta och det var döden, och honom ville Holmlög då rakt inte släppa in.

Bothild var blek som lärft; det borde inte rinna så. Holmlög blev orolig. Hon måste se till att få ut efterbörden så raskt hon kunde. Mjöldrygan, tänkte hon. Hon hade ett kärl stående med den farliga säden. Hon hade hämtat det för säkerhets skull, annars stod eländet högt upp ute i visthusboden så att ingen skulle komma åt innehållet av misstag.

Bothilds ansikte var nu gulvitt som vaxljusen från Kejsarstaden långt borta i öster. Holmlög tog lite, knappt en nypa, och rörde ut det i öl.

”Seså, svälj nu”, sa hon kort till husfrun och gav henne lite mer öl bakefter.

Inte alltför länge behövde hon sedan vänta tills Bothild vred sig i konvulsioner, blev kallsvettig och höll sig mot hjärtat och sa att hon såg stjärnor och blixtrar. Blek och illa faren var hon, och Holmlög ångrade med ens sitt tilltag. Men nu var det för sent. Holmlög teg, hon var räddare än hon hade varit på mycket länge; att stå till svars inför stormannen var illa nog, men att bära den egna skulden var värre, det visste hon.

Men efterbörden kom. Stor, blåskimrande och fet var den. Gossen hade sannerligen inte lidit någon nöd därinne. Hon slängde moderkakan i ett lerkärl för att senare kunna bära ut den till den buske som bäst behövde växa.

Blodet forsade värre än tidigare. Det rann i sådana floder att Holmlög befarade att husfruns sista stund var kommen. Hon kramade Bothild över livet, knådade med starka fingrar för att få livets rum att dra ihop sig till en hård knöl samtidigt som hon gav order åt trälflickan att dränka en klut i hett vatten. Holmlög tog sedan den varma kluten och pressade in mellan husfruns ben. Hon höll fast länge medan hon samtidigt tog en annan varm duk och lade över husfruns mage och fortsatte sedan att knåda med den heta duken under fingrarna tills hon kände hur det blev en hård klump stor som en knytnäve på en grov karl som använt händerna till kraftgöra.

Holmlög kunde lugna sig. Hon kände att det stod folk i dörröppningen och glodde, och vred på huvudet och röt åt dem att försvinna. Bara trälflickan fick vara kvar, och hon gjorde som hon blev tillsagd och doppade nya dukar i hett vatten och gav till Holmlög. Flickan hade fått order av Holmlög att blanda torkade blad från sårlekan i vattnet. Holmlög bytte nertill.

Efter en god stund i skräck och fasa tycktes det ge med sig. Blodet rann inte lika svårt, och Holmlög damp ner på en pall, matt, trött och orkeslös.

Då skrek den lille igen.

"Nu får du se han", sa hon då och lyfte gossen och visade honom för Bothild.

"Säbjörn", mumlade den nyförlösta Bothild trött mellan blodlösa läppar. "Lille söte Säbjörn", sa hon och sträckte ut armarna efter barnet.

KAPITEL 5

Östergård hade väckts till liv igen.

Först kom Säbjörn, sedan ett stilla vårregn och därefter gårdens överhuvud själv. Alrik Gårdske red in med sina män som följt honom till Sigtuna, varav somliga av dem såg ut som om de hade fått på tok för mycket öl eller mjöd på sista tiden. Stora och resliga karlar, med rödsprängda ögon och svullna anleten, som knappt förmådde sitta raka i sadeln. Inte var det för att resan varit särdeles lång och ansträngande som de såg härjade ut, det begrep till och med Sigrid, som stod lite avvaktande en bit ifrån på gårdsplanen. Knappt en dag tog färden hem. Först en kort rodd från Sigtuna österut, därefter till häst genom skogen tvärs över udden och ytterligare ett stycke inåt land. Hovarna klapprade snällt över den nya bron.

Med sig hade Alrik Gårdske missionsprästen från Sigtuna, en mager man som med ett guppande adamsäpple talade sjungande och med vissa läten mycket långt ner i strupen. Han var utsänd av biskopen i Bremen och hade haft sin barndom i Saxland. En del ord var därför annorlunda, men han var för den skull inte svår att tyda. I alla fall inte nu sedan han hade vistats en tid i Sigtuna. Bothild tyckte det var behagligt för örat att lyssna på honom, speciellt på den exotiska sången och de sällsamma bönerna på latin. Inget förstod hon, men vackert var det likväl. *Pater noster, qui es in cælis.*

Alrik kunde inte riktigt förstå varför Bothild blev mild av missionsprästens obegripliga ramsor, det lät ju nästan som när Holmlög vid sällsynta tillfällen sejdade. Det fanns annat i den kristna tron att fästa sig vid för hans del, inte minst att det var konungen som anbefallde denna lära som den enda rätta vägen. *En* gud i himlen, *en* konung i riket och *en* herre på Östergård. Och denne herre var Alrik Gårdske själv.

Men Alrik lät hustrun svärma för prästens stämma – eller om det nu var för prästen själv i egen hög person – utan att häckla henne alltför mycket. Det var således inte första gången missionsprästen besökte Östergård på väg österut för att förrätta gudstjänst eller förkunna Guds ord för de ännu helt förtappade. Norröver mot Uppsala vågade han sig dock inte. Där hölls de som ännu inte tagit Vite Krist till sig; de som fortfarande offrade inte bara djur, utan människor. Efter vad de hört i varje fall. Dit vågade sig ingen, om man inte ledsagades av en stor hird av starka män.

Prästen såg ut att vara en mild och undfallande varelse, mager och lite böjd som han var, med det var bara ett sken. Missionsprästen utmärkte sig snarare genom sin seghet och uthållighet. Han hade överlevt både den långa resan upp till Mälardalen och sedan de svåra umbäranden det ibland innebar att till häst och till fots uppsöka folket i de mörka skogarna för att uppfylla kallelsen från Gud och biskopen att predika det sanna evangeliet.

Somliga menade att Alrik fjäskade för prästen. Redan nästa dag skulle missionsprästen vidare till andra boställen för att frambära det kristna budskapet och Alrik brukade låta några av sina starka män följa honom till nästa ställe, som låg knappt en halv dagsresa iväg, för att se till att han kom oskadad fram. Att den magre missionsprästen inte var gjord för närstrid var lätt att se. Det skämtades om att han kunde blåsa omkull av en lätt sommarvind. Men en spetig lekamen kunde å andra sidan vara som en videkvist. Den gick sällan tvärt av, utan flisades snarare till trådar som sedan lätt kunde läkas ihop.

Det fanns ingen kristen kyrka varken i Sigtuna eller ute på landet. Inte ännu. Men prästen tryckte på. Det gjorde även Anund

Jakob, deras kung. Spirande tankar om att i sinom tid bygga en kyrka i trä. Men tiden var ännu inte inne.

Alrik och stormännen i nejden kring Östergård hade fört lösa samtal om att gå samman och bygga en gemensam kyrka och städsla en egen präst. Förhandlingar pågick på tinget. Alrik hade sett kyrkor av olika slag, solitt byggda i sten och imponerande högresta katedraler, under sina färder både österut och söderöver. Han hade sett hur de växt fram och blivit fler och väldigare under mäktiga biskopar. De hade med ordning och välstånd och trygghet att göra, och inte minst, makt. Gårdar blev byar, byarna blev större, blev till städer som bredde ut sig bakom skyddande, tjocka befästningsmurar, och där innanför låg konungens slott och biskopens katedral och boningar byggda på höjden för invånarna.

Allt detta hade han sett under sina resor.

Hemma vid Mälaren använde bygdens folk de rymliga byggnaderna, som de en gång uppfört till de gamla gudarnas ära, vid större ceremonier, även kristna sådana, men mest bad man hemma vid det egna altaret, eller vid ett litet flyttbart altare som lätt gick att föra med på färder.

Det gamla templet, som de också kallade gudahov, låg en bit bort in i skogen i en uthuggen, fridfull glänta. Vägarna dit var upptrampade sedan länge. Hästarna hittade nästan själva. Gudahovet var ett långt och resligt bygge av trä med ett tungt agtak. Många människor rymdes där. Byggnaden hade stått där så länge Alrik kunde minnas. Numera användes inte stället för blotgillen och dyrkan av förfädernas gudar, så som hade skett när Alrik var barn. I alla fall inte officiellt. Men ting höll man fortfarande där, om tinget nu inte hölls i Sigtuna. Det gamla templet hade med andra ord bytt skepnad. Där hölls numera ceremonier till Vite Krists ära, i brist på annat ställe att hålla till i när regnet föll eller vädret var svårt på annat sätt. De kristna blev allt fler, de gamla asagudarna föll undan. Många tog illa upp, men Alrik bekymrade sig föga. Det var mest trälar, egendomslösa och andra arma stackare som blev vilsna i tron. Men även vissa stormän vars vrede piskats upp till kraftigt motstånd. De ville inte ligga under vare sig Gud eller konungen, utan hävdade sin rätt att sköta sig själva. De föredrog att sitta i orubbat bo utan att betala skatt till konung och kyrka. Alrik kände många stormän och hövdingar som inte ville vika sig. En av dem var Gunnar från Hargsbro, hans gamle vän, och honom aktade Alrik stort trots hans förvildade tro.

Alrik tillhörde dem som menade att enklast var att lämna dessa motstridiga själar därhän. De skulle ge sig med tiden, det var uppenbart att Vite Krist och kungen skulle vinna. Men deras kung Anund Jakob kunde inte tåla sig, utan for efter de ogudaktiga och hotade dem till liv och lem. Vilket var onödigt menade Alrik, men han teg.

Alrik Gårdske hade en dröm som bitit sig fast djupt inne i honom. Den må vara storvulen, men den satt där den satt. Det var drömmen om en kyrka. I stunder av stillhet och eftertanke såg han den toppiga byggnaden torna upp sig på kullen invid Östergård. En byggnad högt placerad så nära Gud som möjligt. Speciellt tydligt såg han den om han kisade.

Det vore en mäktig syn, tänkte han återigen när han denna dag i maklig skritt red in mot Östergård. Bilden kom till honom som i ett dis. Han såg kyrkan färdigbyggd; högrest stod den strax bakom det långa boningshuset, som en juvel bland uthusen och bodarna.

Kanske förstärktes den inre synen av att han hade prästen med sig och av att han var ivrig att visa sin tro, demonstrera sin sanna vördnad och gudslängtan. Det var den ivern som somliga stormän menade var ett sätt att ställa sig in hos de styrande – inte minst hos deras kristna konung Anund Jakob.

Misstänksamhet mot det nya och avund mot sin nästa hade alltid följt i människans spår, tänkte Alrik och förblev orubblig och fast i sina föresatser att bygga åtminstone ett mindre kapell på gården. Av någon outgrundlig anledning kände han att det brådskade, men att bekosta ett kyrkbygge ensam fick stanna vid en överdådig tanke. Drömma kunde man förstås alltid, men att uppföra en kyrka var för kostsamt och måhända storvulet, eftersom det dessutom innebar att städsla en präst, och det förde dryga utgifter med sig. Kostnader som han helst delade med fler stormän. Han hade ett och annat på kistbottnen, men även stora hål att stoppa skatterna i. En herre, en gård, och en kyrka. Jo, men!

Den inre bilden av kyrkan hade allt oftare trängt sig på under senare tid. Som en ren uppenbarelse fanns den där och pockade, och han trodde sig veta varför. Det var något med kroppen. Han tordes knappt ens i tanken nudda vid den tröstlösa trötthet som hade drabbat honom, och som han gjorde allt han kunde för att inte låtsas om. Det var en svaghet som han inte ville visa upp till allmän beskådan. Och hur det nu var så löpte dagar och nätter efter varandra som de brukade. Det mesta var sig likt, eller olikt, så som livet plägade vara. Han själv med. Någon direkt anledning till oro fanns således inte, sa han sig själv. Det reder sig. Det gick väl över, om det nu inte var ren inbillning. Som det där med kyrkan han just hade sett framför sig.

Men han kunde inte låta bli att driva på sig själv med alla planer. Han hade en inre oro som manade på honom. Göranden och låtanden skedde med större kraft och vilja än tidigare. Han hade helt enkelt fått mera bråttom.

Manfolket hade dråsat ner på stallbacken, halvdöda men vid gott mod. Det gällde även prästen, som dock höll sig lite mer i bakgrunden.

Sigrid kände livet försiktigt spritta till igen och blev ivrig där hon stod på den sten- och grusbelagda gårdsplanen som hunnit torka upp efter regnet. Det dammade från marken. Enstaka grästovor stack upp som om de envist hävdade sin rätt att överleva trots slitaget från oändligt många människofötter och hovar och klövar. En lukt av läder, metall och varm hud nådde henne från karlarna, blandad med den välbekanta vårlukten av jord och torr sand. Hästarna ångade, pälsarna var fuktiga trots att de börjat få den tunnare sommarpälsen.

Efter att ha blivit hälsade välkomna stapplade karlarna tysta hem till sina boningar, några av dem stödda av nådiga makor eller halvvuxna barn. Flertalet av dem föll sedan som tunga furor rakt ner i bädden. Prästen togs om hand av Holmlög, av alla människor. Hon som hade svårast att lita på den nya Guden, i alla fall av dem på gården som hade något att säga till om. Vite Krist var absolut inget för henne, men hon höll tyst inför prästens uppenbarelse. Hon hade alltid varit svag för honom, märkligt nog. För hans stilla sätt och milda ögon. Hon svärmade, precis som sin husfru Bothild, kanske främst för att hon fann en stor gemenskap med honom. Båda hade förmågor utöver det rent tingliga. Båda kunde hela sargade kroppar och vilsna själar. I alla fall så som hon såg det.

Så Holmlög tog gärna hand om prästen som inte tyckte illa vara när han följde henne i hasorna för att få ett skrovmål och sedan kanske falla i sömn; en välbehövlig vila inför kvällens förrättning.

Alla hade nu skingrats. Endast far stod kvar på stallbacken. Inte mycket bet på honom, i alla fall inte lite mjöd och en kort färd till Sigtuna, tänkte Sigrid, och stoltheten över far växte i bröstet.

Stalldrängen tog hästen, far skådade tystlåtet ut över sina ägor. ”Här är gott att vara”, sa han lågt och eftertänksamt och kisade mot solen så att hans brunbrända ansikte veckade sig trivsamt vid ögonen.

Sigrid, som var anfäktad av tunga andar sedan *det hemska* hänt, fann det en smula oroväckande. Så brukade inte far tala. Så brukade han inte heller bete sig. Hon bligade upp mot honom och väntade på att han skulle säga något mer, men det kom inget.

Far hade ju inte varit borta så väldigt länge att det fanns anledning att begapa sig i den egna jorden på detta vis, tänkte hon. Annat hade det varit om han hade kommit hem efter en lång handelsfärd till Gårdarike, dit han tidigare rest med alla sina skepp. Det var efter alla sina långa resor han fått sitt namn, Alrik Gårdske – han som färdats till Gårdarike och tagit hem stora skatter och blivit en rik man.

Men det var länge sedan nu.

För Sigrid var det en självklarhet att ha en ansedd fader, förhållandena hade aldrig varit på något annat sätt sedan hon kom till jorden. Men det hindrade henne inte från att vara övermåttan stolt över far, trots det självklara. Hon hade alltid beundrat hans krafter och hans sätt att få folk att göra som han ville utan större åthävor. En sådan man ville hon ha, det hade hon tänkt många gånger. En som var som far, som var tryggheten på jorden. Och lika stilig som far skulle hennes make också vara.

Eller som far hade varit tills alldeles nyss ... Hon såg nu att håret hade blivit tunnare uppe på hjässan, som pälsen på en loppbiten byracka. Men annars var han bred över axlarna och hade spänst och kraft i stegen och magen hade ännu inte börjat puta, och näsan var inte heller blåröd som på en del av männen som hävde mjöd eller öl både bittida och sent. Och han var vid god hälsa. Visst var han det!

När en av fars närmaste män hastigt hade dött i soten i vintras, hade hon frågat mor hur det sedan skulle gå för mannen. Den frågan kom upp lite då och då när hon satt och vävde. Så hade hon inte tänkt tidigare. Vad hände när människorna väl lämnat livet på gården? När kroppen blivit stel och kall och grävts ner i jorden?

Hon hade så sakteligen börjat inse att även far kunde drabbas av soten, trots att han var odödlig i hennes värld – och mor med, och hon själv också – så hon fann en sådan ofantlig tröst i mors ord. Mor menade att det var så vist ordnat att det fanns en annan stark och duglig man som tog hand om de sina i nästa liv, i stället för far eller kungen. Och det var den ende guden, den store Vite Krist. Och han var god. I alla fall mot sådana som Sigrid. Om hon skötte sig och bad till Gud och skänkte stora gåvor, så som far gjorde, så skulle hon få ett nytt liv. Och det var gott att veta.

Men nu när de stod på gårdsplanen i hettan, hon och far, blev hon allt klarare över att det var något med far som väckte hennes ängslan, som fick henne att opåkallat tänka på dessa ord som mor hade sagt. Sigrid kunde inte sätta fingret på vad det var som fick oron att gripa tag i henne. Far stod täckt av resdamm i sin gamla vanliga mörkblå mantel som hölls ihop med ett präktigt spänne över bröstet prydd med en slingrande silverorm, som var mer svart än blänkande. Under syntes den mörka läderkjortelen.

Rakt upp och ner stod han och var egentligen alldeles precis som vanligt, men likväl naglade hon ängsligt fast ögonen vid fars ansikte. Han fortsatte att stå stilla och supa in omgivningens skönhet och glädjas åt sin egen rikedom, så som hon sällan hade sett honom göra. Han höll på hur länge som helst. I evigheter.

Han var barhuvad. Några av hans män bar hjälm och rustning, för att kunna försvara sin ledare och för att sprida skräck. Men Alrik lät det grova håret, strävt som tagel och varken grått eller vitt, virvla fritt runt öronen. Näsan var kraftig och sned efter en hård knytnäve under ett slagsmål i barndomen. Ögonen satt en aning tätt och var grågröna. Ögonbrynen var det mest kännetecknande för far, tjocka och yviga som pälsen från två möss. Tvärs över vänster kind gick ett ärr efter en strid i fjärran land då far höll på att mista livet. Sigrid bad ofta far att berätta den dramatiska historien om hur motståndaren hade svingat sitt svärd, hur far skickligt duckat för att inte mista huvudet, och att han undsluppit döden men rispats av svärdsspetsen i kinden. Historien var en av de bästa bland fars alla berättelser från sitt makalösa liv före Sigrids födelse. På samma sida som ärret valkade sig i kinden hängde fars mungipa även när han log sitt bredaste leende. Far borde kallas Snedflin, men det namnet var redan upptaget. Sven Snedflin var fars yngre bror, med en mun ännu skevare än fars.

Två bröder, båda väl beresta, och på intet sätt rädda för strid. Det var nog inte den tredje heller, Ingvar, som var äldst. Han hade aldrig kommit iväg på handels- eller plundringsfärd, men han var slipad och orädd ändå. Sigrid tyckte inte om honom.
Så vände far äntligen blicken snett nedåt och såg på Sigrid, dottern sin. Hon log mot honom. Han lyfte ena handen och strök henne varsamt över kinden, som han alltid gjorde. Men gesten var snabbare och flyktigare än vanligt, som om han inte längre fann det riktigt passande. Sigrid blev förvirrad och allvarlig.

”God dag, min lilla skatt!” sa far i alla fall som han brukade.

”Protestera inte. Jag *vet* att du inte är liten”, skojade han sedan, och Sigrid log tillbaka och bjöd på ett brett och glatt leende. Visade alla vita, små tänder som blänkte i solen.

Det var ett väldigt tjat om att hon blivit stor, tänkte hon irriterad, men fortsatte likafullt att le extra mycket, som för att trolla bort allt tal om att hon växte, och att det inte var som det brukade. Bara nästan, men inte precis. Men mest ville hon bli av med tyngden inuti sig som inte bara berodde på *det hemska*, utan lika mycket på att hon höll på att bli stor. Allvaret grep henne trots att hon inte ville veta av det. Att bli en hustru, att bli vuxen …

Efter *det hemska* visste hon vad som väntade henne, och det hade på intet sätt minskat hennes ångest. Det som vuxna höll på med var något hon kunde klara sig helt utan. Hur stod mor ut! tänkte hon. Men att över huvud taget tänka sig far som ett frustande djur var så skrämmande att hon klippte av tanken direkt.

Nu spelade hon i stället upp sitt glada väsen för far, även om hon i grund och botten inte alls var jublande lycklig. Hon hoppades kunna omvandla denna dyrbara stund ensam med far till samma saliga och glädjefyllda ögonblick som brukade uppstå när far kom hem och allt på gården i ett enda slag blev i sin ordning. Gården levde upp, samtidigt som ängslan för faror med ens sjönk undan. Ett lugn lade sig över platsen. Ett lugn som gjorde det lättare för glädjen att spira.

Och nu var Säbjörn lyckligt framfödd. Undrar vad far skulle säga! Om en stund skulle mor komma och föra honom till hans nyfödde son.

Sigrid drömde allt oftare om att tiden skulle stanna upp; att hon kunde hejda det som oundvikligen skedde både med hennes kropp och med hennes sinne. Men hur starka hennes inre protester än var, speciellt efter *det hemska*, så fick hon inte stopp på sig själv. Kroppen gjorde som den själv ville. Som om den var driven av en annan kraft än hon själv. Av växtkraften. Kanske av Gud. Hon var ju hans skapelse.

Men ännu hade inte blodet kommit. Det var nog dags. Hon ville inte, men känslorna var motstridiga.

Medan hon stod där intill far med huvudet bart och den snälla vårvinden fläktande runt öronen sköt hon undan dessa tvivlande och oroande tankar som handlade om hennes egen kropp. Hon behövde i alla fall ännu inte bära huvudduk, som mor. En redbar kristen vuxen kvinna måste skyla sin kropp till Guds ära.

Far var ofta allvarlig, men sällan betryckt. Hade det hänt något speciellt under visiten hos kungen i Sigtuna? Något som gjorde att det fanns fog för stor bävan? I fars ögon fanns ett stick av allvar när han vände sig mot henne. Nästan sorgsen var han. Och det såg Sigrid.

Gårdens folk hade börjat masa sig på fötter. Det hade varit lite si och så med aktiviteterna de senaste dagarna eftersom husfrun inte riktigt varit sig själv. Varken rask i stegen eller snabb i käften som hon brukade. De hade knappt sett röken av henne, bara ängslats för henne där hon låg i barnsäng. Men nu hade hon piskat igång dem. Det skulle bli gille till kvällen. Lite förberedda var de, i alla fall kokfrun.

Det var ett stort arbete att föra gården framåt. Jorden skulle fördelas och brukas, nya redskap tillverkas av smeden på bästa sätt och användas rätt och så skulle far se till vapnen och hålla rådslag, och sköta skatterna; silvret och guldet som glimmade i gömmorna. Men eftersom far ofta var borta, såg mor till att få gjort det som måste göras. Hon hade förstås förmannen till hjälp, den uthållige Ärmund. Han var kommen från trälar, men genom sin tjänstvillighet och pålitlighet, som kunde iakttas redan när han var en liten gosse, var han sedan länge en fri och mycket respekterad person, även om han emellanåt fick utstå en del smälek på grund av sin bakgrund. Detta teg Ärmund ihjäl, utan minsta blinkning, och lät alltid kniven stanna i skidan. För Sigrid var Ärmund lika självklar i livet som Holmlög. De två hade alltid funnits där.

På mor Bothilds envisa inrådan hade sedan en tid tillbaka en ny ordning införts. Både fä och folk som slet på Östergård fick foder så att de var hyggligt mätta, annars orkade de inte dra och slita, menade hon. Om utfodringen var mer frikostig gav det utdelning på sikt. ”Se på gårdar där kosten är skral och både mannar och ök är magra som benrangel. Inte orkar de plöja många rader förrän de stannar av ren utmattning eller stupar. Och mjölken sinar i juvren, i stället för att spänna blanka och fyllda", menade hon.

Efter nyordningen blev mer arbete utfört på Östergård, som redan var en stor egendom, än på många andra ställen. De höga sädesfälten vajade för vinden, rovorna var trinda och saftiga, dragdjuren stretade på utan knog, hönsen värpte frikostigt, svinen gav stora och feta skinkor och fåren lammade som aldrig förr. Det rådde välstånd på Östergård. Speciellt som vädrets makter hade varit med dem flera år i rad.

Östergård hade far förvärvat själv. Han såg därför gården som sina egna händers verk. Det fanns stormän i Skånela som vände sig till far och tog efter de nyordningar som han införde. Allt ljus föll på far Alrik och hans goda anseende stärktes ytterligare. Men mor teg om sina bedrifter. Men Sigrid visste att det var hon som låg bakom det mesta som var nytt. Och så skulle det bli även med väveriet som mor planerade att utöka. Det skulle växa, och far skulle hjälpa henne, för det var han bra på. Men vem som äran föll på var svårt att förutsäga.

Fast mor behövde sällan komma fram i ljuset, tänkte Sigrid. Mor visste redan vad hon kunde.

KAPITEL 6

Det fanns förstås stormän som såg med oblida ögon på härligheten på Östergård, och en del talade illa om far, det kände Sigrid till. Far hade dessutom två bröder. Den ena mild, den andre mer ogin, så sades det där hemma.

Föräldragården ärvde Ingvar, den äldste. Den yngste brodern, Sven Snedflin, vars mun var snedare än fars, förvärvade sin egendom genom gifte. "De yngsta ska alltid vara värst", skojade far. Han och Sven hade alltid varit såta vänner. Nu hade de inte setts på lång tid, Sven hade gett sig iväg med sina skepp till Kiev för handel. Hans hustru och de båda tvillingdöttrarna bodde på gården och skötte den med hjälp av trälar och annat folk så gott det gick. Far red dit ibland för att hålla ett öga på verksamheten och ge goda råd eller ett handtag om så behövdes.

Far var mellanbrodern. Han hade själv skaffat sin gård efter de lyckosamma färderna österut då han bedrev handel. En och annan plundring förekom säkert också, men om dem skröt far sällan. Ju mindre han sa om sina bedrifter, desto större tycktes de bli, eftersom det gavs utrymme för att fylla ut och bre på om fars styrka, hans list och stora mod.

Mor och far språkades ibland om fars bröder. Sigrid kröp ljudlöst nära deras låga röster eller ställde sig och tjuvlyssnade. Det var inte meningen att hon skulle höra far säga att han hade en broder av var sort; en som gav stora gåvor och en som var så snål att han svor när han sket. Det var annat också med Ingvar som var galet. Riktigt vad, hade Sigrid ännu inte fått kläm på.

"Oginhet är inget att samla på", sa far. "Det straffar sig alltid en vacker dag, för snålheten bedrar alltid visheten", menade han.

Sigrid var ett gott parti, hon hade hört det många gånger, och allt oftare på senare tid. Hon var elva, och skulle snart bli tolv. Det började bli hög tid för far att välja en lämplig make till gagn för ätten. Man hade klunkat på gården en tid, både med höga och låga röster om vem det kunde bli, och till och med slagit vad. En viktig och högättad person, förstås. Men vem?

Sigrid avskydde alla dessa spekulationer redan från första stund. Hon försökte slå dövörat till, men det var inte lätt. Ämnet kom upp alldeles för ofta. Den ena gamla gubben efter den andra nämndes, men det var inte från fars läppar det kom. Stenkil Stenson i Sätuna nämndes. Rik och mäktig, men tjock och pösig och äldre än far och med en näsa blå som en åskhimmel. Två hustrur hade han dessutom redan gjort sig av med. Sigrid rös vid blotta tanken. Gubben kunde, för hennes del, vara hur förnäm som helst. Hon ville hellre förbli ogift än kopplas ihop med en sådan vedervärdig man.

Men far hade hittills inte sagt ett enda ljud om något lämpligt arrangemang. Kanske ville även han dra ut på det. Kanske ville inte heller han att hon lämnade Östergård? I alla fall inte ännu på ett tag? Hon hoppades att det var så.

Om nu inte far hade valt en ståtlig och vacker ung man, förstås, en son till en stor och mäktig hövding. Tänk om far hade lovat bort henne medan han var i Sigtuna! Var det det som han gick och klämde på?

Men helst ville Sigrid inte vara någons parti alls. Det kändes så tydligt när hon stod på stallbacken i solen med far och kisade och log och tyckte att livet i stunden, trots allt, var ganska bekymmerslöst och härligt. Om hon bara lät bli att nudda vid *det hemska*. Hon ville fortsätta att bara vara mors och fars dotter. Hon ville inte flytta. Det var en skrämmande tanke att behöva inrätta sig på en främmande gård. Speciellt nu, när hon visste att det fanns män som luktade härsket fett och hade hårda händer. Men det kunde förstås vara spännande också.

Fars röst var djup och hes. Ändå var stämman len, nästan vek. Hon ville ha en man med en sådan röst, en med många klangbottnar. Och som sällan röt. När far blev vred tystnade han i stället och munnen vitnade. Den man hördes mer som var tyst, än den som gapade högt, hade Sigrid tidigt lärt sig av far. Hennes make skulle låta som far. En man med en rik röst kunde knappast ha händer av järn. En man som även kunde vila i tystnaden.

Nu rätade far upp sig igen och såg nästan lite generat på mor som just stegade ut i solen. Mor var rådig och stolt, tänkte Sigrid medan mor Bothild klev fram mot far. Men just nu var hon mest vit och gick obehagligt långsamt för att inte falla ihop. Rädslan virvlade upp inne i Sigrid igen, som vägdamm en torr sommardag. Tänk om mor inte blev sig själv helt och hållet igen!

Inget tycktes vara som det borde denna oändligt vackra vårdag. Och ändå var det precis som det brukade. I alla fall nästan.

"Ska du vara uppe?" frågade far. Han såg oroligt på mors bleka nos.

"Ja, det ska jag", sa hon med ett snett leende på de grå och blodlösa läpparna. "Jag har fått en bra lekamen av Vite Krist. Jag hämtar mig fort."

Hon blev sedan tyst och liksom hämtade andan för att öka spänningen.

"En son fick vi. Och han är välskapt", sa hon sedan.

Fars och mors ögon möttes en kort stund under samstämmigt gillande och nästan hela stallbacken tycktes hålla andan.

"Säbjörn", sa far.

Mor nickade.

Sigrid stod stilla och kände sig övergiven. Såg på mor som nätt och jämnt höll sig på benen. Blicken hennes var av förklarliga skäl ovanligt mild, tungan likaså. Mor kunde stickas men också framkalla goda skratt. Sigrid tyckte om att vara nära mor; vara i hennes kraftfält. Men ännu mer tyckte hon om att vistas tätt intill far. I varje fall hade hon alltid tyckt så, nu var hon kanske mera tveksam. Hon fick se. Det där med karlar hade hon tveklöst sett en annan sida av nu, en sida hon helst hade varit utan.

Plötsligt trillade Sigrid handlöst ner i en stark längtan efter att få vara ensam med mor igen. Bara med henne. Dörren till vävstugan hade stått stängd en tid. Mor hade inte haft ork att gå dit, tung och åbäkig som hon varit på slutet. Då hade inte heller Sigrid satt sig vid väven, men nu ville hon mest av allt att det skulle bli som vanligt igen. Att hon själv blev precis som förr. Innan *det hemska*. Att hon kände igen sig i sin egen kropp och slapp se sig om och finna att Mälarens vatten, den mörka skogen, ängarna, husen och gårdens alla människor, ja, allt i omgivningen liksom stod en bit ifrån henne. Som om det fanns en tunn hinna av is mellan henne och världen.

En vanlig dag i vävstugan med mor, det var vad hon ville ha. Hon visste dessutom helt säkert att mor tyckte väldigt mycket om sina stunder där framför varpen. Det sa hon ofta till Sigrid. "Du och jag, Sigrid. Vi har det gott här!"

Så sa mor, och det värmde. Hon tänkte på det nu där hon stod och kände sig utanför både mor och far.

Mor tyckte om att sitta i lugn och ro och tänka goda tankar medan fingrarna löpte eller hon plockade med de vackra garnerna i varpen. Linne eller ylle kvittade egentligen lika. Men nog var det något extra som väntade dem. Mor och Sigrid hade låtit färga in linnetråd till fodret till en korkåpa som prästen skulle använda från Trefaldigheten fram till hösten. Själva kåpan skulle sys av smala tyglängder som kommit ifrån Kejsarstaden, från Konstantinopel, och som mor förärats av de frisiska köpmännen i Sigtuna. De vackra tygerna låg nu och väntade på mor och Sigrid. Ett konstverk skulle det bli. "Ett högst spiciellt arbete för en micket skicklig sömmerska och väverska", hade prästen sagt när han gav mor det stora förtroendet. Den första korkåpan i Sigtuna. Ett välsignat arbete åt Gud.

Och kungen hade gett sitt tillstånd att ta både silver- och guldtråd från de kungliga förråden och ge till mor. Dessa glänsande trådar brukades annars enbart till dräkter till den kungliga familjen. Dessa skulle även användas till en duk till kungens altare, om det blev något över.

Så nog fanns det att göra alltid.

Mor tyckte mycket om att se mönster växa fram, nästan så att hon inte kunde sluta när hon väl var igång. Mor hade aldrig varit lika glad i att brodera, så som många av de andra husfruarna var.

Sigrid däremot tyckte egentligen inte alls om att sitta i lugn och ro och pilla med en väv. Det spritte i kroppen. Men det var en god fostran att lära sig att stilla sig, sa mor. Tålamod är en Guds gåva. Och om gåvan inte givits en, så kan det förvärvas genom träning.

Nu hade Sigrid blivit rädd för stillheten, samtidigt som hon drog sig undan mer och mer. Hon såg dock till att det fanns folk i närheten, skärrad som hon var för alla hemska bilder som annars blixtrade till i hennes huvud. *Det hemska* hade på kort tid gjort henne matt, det brände bakom ögonen och maten smakade henne inte heller, mest petade hon med brödbitarna.

Holmlög hade annars sagt åt kokerskan att laga sådant som var bra för blodet. Det var främst till husmor Bothild så att hon inte blev än mer blek som ett lakan och fick feber och frossa och ögonen slöts för alltid. Att dö i barnsäng var den stora faran och skräcken.

Men nu var mor i alla fall uppe ur sängen. Ett under, sa Holmlög till var och en som ville höra på, medan hon pös av en illa dold stolthet.

”Så gruvligt svårt som det var att få ut den ungen. Komma med ändalykten först! Vad var det för fasoner!” smackade Holmlög med sin tandlösa mun.

Det syntes på Holmlög att hon hade varit i det närmaste livrädd för att inte få ut pojken. I alla fall levande. Och ännu räddare hade hon varit för att stormannen skulle komma hem och finna hustrun bortgången. Kanske båda utan liv. Ett stort elände, som hon aldrig skulle ha förlåtit sig själv.

Men nu var det precis tvärtom, en sann glädje och stor lycka i familjen.

”Du ser rätt vissen ut du med”, sa Holmlög till Sigrid när hon på morgonen satt stum och blek vid den kraftiga bordsskivan huggen från ek.

Sigrid ville inte att Holmlög skulle börja ana att något inte stod rätt till. Hon oroade sig för om Valdis hade skvallrat. Sigrid tyckte att hon fått långa ögon på sig helt plötsligt.

”Är det kanske mat som saknas dig?” sa Holmlög och lade för henne av mors mat.

Rurik hade fångat fisk som lagts på elden, och så fanns det saltat fläsk och en soppa på alla små nässlor som flickorna på gården tvingats ut att plocka. Små, gröna och mjuka blad, som alls inte brändes, och som ivrigt stack upp ur jorden i en sådan frikostig mängd bakom djurhusen, att de inte tycktes ta slut hur mycket de än repade. Annars var det den tiden på året då det började bli magert i förråden.

Far hade nu stått och visat upp sig länge och väl på gårdsplanen. Det gjorde han för att alla med säkerhet skulle veta att han var åter och att de fick se till att inte smita undan eller lata sig utan vara flitiga och arbetsamma, så som han förväntade sig av gårdsfolket. Annars behövde han inte mätta alla munnar och ordna tak över huvudet, utan han kunde sjasa iväg vem han ville ensam rakt ut i mörka skogen, som en fredlös. En sådan makt hade far, det visste Sigrid. Fast hon kände också till att han sällan använde sig av den. Inte om han inte måste.

Fars ansikte föll plötsligt ihop och han blev allvarlig. Så undslapp han sig en djup suck och sa till mor att han haft ett hårt arbete där borta hos kungen. Givande hade det förstås också varit, lät han förstå. Mer sa han inte. Det skulle komma senare. Han hade annars inte glömt att ha med sig överraskningar hem. Gåvor, lät han skyndsamt förstå och plirade mot mor, som fångade hans blick och log i spänd förväntan, så som hon visste att far tyckte om att hon gjorde.

Sigrid såg då att far liksom i smyg satte ena handen mot kroppen, högt upp på sidan av magen och samtidigt drog ihop de buskiga ögonbrynen som i smärta. Han gnuggade några tag med handen, men bara helt kort, sedan lät han handen falla ner och skrattade till och bad så äntligen att få träffa sin späde son Säbjörn. Mor Bothild lade sin bleka hand på hans arm och han stöttade henne medan de sakta skred in. Sigrid följde efter som en skugga.

Den stolta fadern såg ner på den lille. Sigrid väntade på att joller skulle komma från hans läppar, men sådant trams låg inte för en stor och stark man. Far såg mor i ögonen och nickade. Blicken hade något stilla och förnöjt över sig. Så stack far till slut fram ett ringprytt lillfinger mot den lille gossens hand och försökte lirka in den. Sigrid stod vid fotändan av bädden och såg på. Lille Säbjörn var förstås inte dummare än att han greppade sin fars finger, tänkte Sigrid. Och i samma stund satte sig en tagg i bröstet på henne, nästan så att det blödde.

För far smälte. Han sken upp och såg så glad och lycklig ut som hon inte sett honom på mycket länge.

"Det var en präktig pojke", sa han belåtet och skrockade och visade alla sina kraftiga, gula tänder, samtliga i behåll, men en av dem var halv. "Två söner har gården nu. Och Ingvar har ingen", sa han och fortsatte att klucka nöjt.

Mor Bothild tittade trött på honom. Det var typiskt att det varken var henne eller barnen som Alrik först fick i tanken, utan sin äldre broder Ingvar. Ständigt denna tävlan!

Men Bothild tålde det. Hon hade en rak kroppshållning som den kunde ha, som hade all anledning att vara stolt. Ingvars hustru Ragnfrid, däremot, hade aldrig nedkommit, varken med en son eller en dotter. Och inte heller hade Ingvar några frillobarn, vad de kände till. Nog frågade man sig om Ingvar var utan säd. Om detta sades inget högt, men man tänkte desto mer.

Vad mor Bothild däremot tänkte om det hon hört från vassa tungor om vad Alrik ställt till med i Sigtuna visste absolut ingen. Inte ens Sigrid, vars öron också nåtts av dessa lösa ord. Mor valde att varken se eller höra, och ännu mindre låta det synas vad hon nu tänkte. Alrik var ju bara en man, tröstade hon sig med. Karlarna kunde tappa både vett och sans och bli alltför snabba till vissa handlingar som sedan inte gick att ångra. Alrik stannade för övrigt troget kvar vid hennes sida. Men den mörklockiga silversmeden i Sigtuna med den yppiga barmen hade också nedkommit med en son, hade hon fått höra. Och inte var det någon jungfrufödsel, därom var alla eniga.

Det var far som hade städslat den unga kvinnliga silversmeden som kommit från Gutaland med sin far och behövde tak över huvudet eftersom deras båt hade gått i sank. Det var visst fadern som far Alrik främst funnit bra att ha för att sköta om stadsgårdstomten i Sigtuna när de själva inte var där. Om den fagra dottern hade han inte sagt mycket där hemma på Östergård. Inget som Sigrid hade snappat upp.

Men nu hörde Sigrid att mor sa till far att han först och främst måste tacka Vite Krist för att han hade fått en välskapt son innan han ägnade sig åt meningslösa jämförelser med brodern Ingvar. Hon sa det till honom i munter och lite retsam ton.

”Ja, ja”, viftade Alrik bort henne. ”Det blir nog bra med det. Men vi måste ha ett stort gästabud lite senare, kring midsommar, och sända efter Ingvar och hans följe, nu när Säbjörn är född.”

”Jojomen”, sa mor Bothild.

Sigrid gick ut i solen igen och satte sig rakt upp och ner på bänken under trädet mitt på gårdsplanen och lät händerna vila i knäet. Hon bar en ärmlös förklädesklänning av tunnaste ylle över den fotsida linneklänningen, men båda hade blivit för korta och krupit upp för anklarna. Hon växte så att det gjorde ont i kroppen. Ylleklänningen var lite för varm mitt på dagen, men på kvällen och morgonen behövdes den. Så fort mor var raskare skulle de välja vackra och behagliga tyger, mjuka mot kroppen, och sy nytt till Sigrid.

Hon höll huvudet stilla, eftersom hon hade en känsla av att det skulle sprängas om hon ruskade på det. Det spände som ett band runt pannan. Hon hade fått Holmlög till att fläta om hennes hår i morse eftersom hon misstänkte att far snart skulle komma hem. Holmlög var bra på att tvinna och vända flätan så att den kom att ligga som en vacker valk över hjässan och sedan rinna ner över ryggen som ett tungt rep. Men nu drog det i hårrötterna.

Det var ett bra tag tills solen gick ner och de skulle samlas i den stora hallen för en gemensam måltid. Dagarna var långa så här års. Hon hade det stora huset som de bodde i snett framför sig. Det lågt högt på en grund av grus och sten, som på en platå. Djurens boningar var lägre och simplare.

Sysslolös satt hon och iakttog Valdis som kom ut från kokhuset med ett spann med skulor till svinen. Hennes axlar var så magra att de stack upp som nakna grenar genom den slitna och fläckiga klänningen i ett grådaskigt tyg. Sigrid såg att Valdis hade försökt fläta sitt toviga och smutsiga hår på samma sätt som Sigrid, och det fick henne att bli vrång på Valdis. Vem som helst kunde se att det inte såg klokt ut. Som om huvudet blev för stort till kroppen eftersom Valdis var så benig. Som ett kålhuvud.

Fast samtidigt kunde Sigrid inte undgå att se det hon redan visste, att Valdis var ett ovanligt välskapt människobarn. Trots smutsen syntes det. Nästan så att Valdis blev ännu grannare för att hon var så mager.

Valdis kände av att Sigrid satt och glodde på henne. Med huvudet underdånigt nerböjt skickade hon iväg en snabb blick mot Sigrid tvärs över planen som om hon bad om ursäkt. Frågan var för vad!

Och det retade Sigrid ännu mer. Att Valdis försökte blidka henne. Sigrid kunde göra vad hon ville med Valdis. Till och med slå ihjäl henne, tänkte hon, mest för att se hur långt hon kunde sträcka sig i tanken. För i verkligheten hade hon sannerligen inte lust att ta till våld. Slösa sina krafter på en sådan som Valdis, det var inte lönt. Sigrid som knappt ens orkade lyfta fars svärd.

Men så såg hon hur Valdis knogade vidare över gruset med skulorna, bredbent skevade hon fram som om hon hade ont. Plötsligt skämdes Sigrid över sina hårda tankar. Valdis såg så sorglig ut.

Och då såg hon fläcken.

Baktill på Valdis klänning var det stora, svartröda fläckar. Sigrid hade sett sådana där sittfläckar förr på kvinnorna. Men betydde det att Valdis kommit i mognad, medan hon själv inte hade gjort det? Sigrid visste inte hur hon skulle ställa sig.

Kanske var det bra att hon var sen. Nu, efter *det hemska.* Så att inget kunde hända. Så att hon inte blev …

Tanken gick inte ens att tänka. Hon som måste vara jungfru när far gifte bort henne. Jungfru, som Jesu moder Maria, tänkte hon medan Valdis försvann in till grisarna.

KAPITEL 5

På kvällen hade karlarna hunnit hämta sig och alla var på benen. En lätt yra rådde. Nästa dag skulle komma att innebära hårt arbete från gryning till solnedgång, men det var det få som tänkte på nu.

Först samlades enbart Alriks familj tillsammans med prästen vid det lilla altare som stod vid den stora salens kortsida. Altaret var byggt av grova och vackert mörknade stycken av ek. På altarbordet fanns en urgröpning med en stenplatta av grekisk porfyr över. Detta lock var mycket märkvärdigt, det var en sepulkralsten som var vigd till den ende gudens ära och som far kunde ta med sig som ett litet altare när han var ute och reste. Stenen fick tankarna att vandra till lockhällen till Kristi grav. I gömman förvarades en helig relik som bestod av en liten benbit från den helige Bartolomeus och som Alrik Gårdske kommit över genom en av handelsmännen söderifrån. Det var en stor märkvärdighet att äga en sådan tingest.

Rökelsedoften steg söt från altaret. Alrik hade dessutom plockat fram ett knippe vaxljus till sin nyfödde sons ära. Han hade hämtat dessa från sina skattkistor. Där fanns dyrbarheter från Kejsarstaden som han sparade för tillfällen av speciell art. Prästen tände ljusen på altaret, och tillsammans med den söta doften från rökelsen blev Alrik påmind om kyrkor han hade besökt under sina många resor. Prästen läste därefter en bön. Vackra ord föll efter varandra på ett behagligt sätt, men av innehållet förstod de intet. Det var på latin och alla lyssnade andäktigt.

Sigrid fann stunden behaglig för både ögon och öron, även lukten var angenäm med rökelsen som ringlande fyllde den annars så instängda luften inomhus. Och för en liten stund vilade hon i frid, långt bort från *det hemska* och allt annat otäckt som låg i hennes framtid och skavde, och som hon ännu inte visste något om. Alrik tackade och lovordade sedan Gud för en välskapt son och för att alla i hans ätt var välbehållna. Som tack lade han en stor pengapung på altaret.

”Nu lägger jag denna penningpung på altaret till de fattiga i min son Säbjörns namn”, sa han och nickade mot prästen som hade till uppgift att fördela denna gåva. Men inte nog med det, ännu en pung, så stor och sprängfylld att skinnet glänste, lade han på altaret.

”Denna gåva är till ett Mariaaltare till den kyrka som i sinom tid ska uppföras i Sigtuna. Även den en gåva i min son Säbjörns namn.”

Prästen bockade sig sirligt för så stora gåvor och avslutade sedan med att tacka och lovprisa Gud.

Sedan fylldes den stora hallen av gårdens folk. Mjödet och ölen flödade, och på det stora bordet hade rovor och rostat kött och bröd och ost dukats fram, liksom diverse olika rökta korvar. Alrik satt mitt på långsidan i högsätet. Intill honom var hustru Bothild placerad, blek och med mörka skuggor under ögonen. Sigrid satt på hans andra sida. Prästen var också placerad vid huvudbordet, längre ner på mor Bothilds sida.

Det var på Bothild de flestas ögon vilade. Nästan genomskinlig var hon, som om hon hade en helig ande ingjuten i sig, i alla fall ett väsen som var vida större än det jordiska tarvet som livet på Östergård innebar. Den upphöjda utstrålningen förstärktes av att hon satt rak i ryggen som en drottning. Halsen var lång och slank men täckt, och hennes rörelser var ytterst återhållsamma.

Bothild hade aldrig varit tvålfager, däremot hade hon alltid väckt uppmärksamhet genom sitt delvis bräckliga utseende; de långa, smala lemmarna, den lilla näsan – som sommartid var beströdd med små brunröda fräknar – den höga, välvda pannan som numera inte var helt slät utan där tunna, horisontella linjer rispat sig in i huden. Mellan ögonbrynen fanns dessutom två tvärgående, betydligt djupare rynkor. Bothild drog gärna ihop brynen när hon koncentrerade sig, som för att skärpa blicken. Det hade med åren blivit allt nödvändigare för att se skarpt när hon vävde. Hon hade annars Sigrids yngre och klarare ögon till hjälp med det småa och pilliga.

Men bräckligheten var en synvilla. Bothild hade alltid satt en ära i att vara stark och duglig. Sådan var hon fostrad på Möckelön. Hon var seg som vindpinade eneträn och uthållig som en karl som tvingades att ro uppströms. Bothild var noga med att inte uppfattas på annat sätt. Således var hon inte en person som krävde onödig uppvaktning. Hon betonade att hon i stor utsträckning klarade sig själv. Men däremot hade hon inget emot att synas.

En stärkt och skinande vit huvudduk hade hon nu klätt runt det uppsatta håret, vilket ytterligare ökade glorian av helighet. Så som Östergårds husfru nu tedde sig kunde man tänka sig att jungfru Maria, Jesu moder, en gång kunde ha sett ut, tänkte somliga av gårdens folk; de som hade sett lite mer av världen än bara Östergård. De tittade med respektfulla ögon på henne, men även en och annan kritisk eller avundsjuk blick kunde skönjas. "Vem tror hon att hon är", kunde man höra någon viska i de bakre leden, kvinnor mest.

Men de flesta hade varken några kristna eller kritiska tankar i huvudet utan gladde sig åt ett skrovmål och åt att öl och mjöd bars fram i riklig mängd.

Huvudduken väckte alltså uppseende. Bothild hade format den löst runt håret med snibbarna fästa med ett guldspänne framtill uppe på huvudet, på ett sätt som väldigt få kvinnor gjorde, om ens någon. Prydligt och fromt tedde det sig, men samtidigt djärvt och förstås mycket klädsamt. För Bothild var begåvad på det vackra. Hon hittade sina egna vägar bland klädesplagg och smycken med sitt ibland övertydliga sätt att uttrycka den hon var. Hennes bakgrund var brokig. Hon härstammade från såväl Kiev, varifrån hennes mormoder kom, och det vinpinade och karga Blekinge. Dessutom hade hon daneblod i ådrorna från sin far. Vävningens magi hade hon lärt av Arnlög, en av kvinnorna som gått före henne, och som, likt nornorna, kunde spå såväl lycka som olycka i vävarna, och även väva människors framtida öden. Men sådant sysslade inte Bothild med.

Den tunna ylleklänningen hon bar denna afton var indigoblå med infällningar av brandgult siden som lyste utmed sidorna som den flammande elden, och som gjorde att det frasade när hon gick. På ett sätt var hon kysk, med doket, men på ett annat sätt inte alls. Sidenets färg brann alltför kraftfullt för att vara sedesamt. Tyget hade hon kommit över via de frisiska handelsmännen, som i sin tur hade skaffat det via en resande handelsman från Novgorod. Det påminde henne om barndomen, om sin mormor Mikas fantasieggande berättelser om sin uppväxt borta i Kievriket.

Det vackra sidenet hon bar hade kommit ända från Samarkand och tagits till Novgorod för att användas för heliga ändamål. Bothild hade fått en varning i både skämtsam och allvarlig ton av handelsmännen om att det kunde vara farligt att styra ut sig i detta heliga tyg. Men hon skakade av sig detta. Hon kunde inte låta bli att göra infällningar med det glänsande tyget. Hon hade dessutom övertalat köpmännen, som inte var svårflörtade alls när det väl kom till betalningen, att få köpa flera remsor i olika toner som lyste henne i ögonen; tyg som hon nu förvarade som dyrbara skatter i de egna gömmorna. Dessa frisiska handelsmän var hennes bästa kontakter i Sigtuna. Nästan så att de började bli som vänner, riktiga och såta vänner.

Visserligen var hon inte kunglig, men hon hade numera en syssla i kyrkans närhet, ett uppdrag av närmast helig karaktär – att förfärdiga en korkåpa – som hon som bäst höll på med. Det betydde förstås att det hon gjorde var mer än vad de flesta kvinnor åstadkom med sina händer. Hon tyckte sig därför kunna försvara sitt tilltag med silkesremsorna. Hon som var i helig tjänst, i varje fall om hon tänjde en smula på begreppen.

I alla fall var hon inte vem som helst! Stolt sträckte hon på nacken.

Det var på mödernet som just silket fanns. Hennes mormor, sidenhandlardottern, hade fört vidare begäret till vackra tyger. Det hade Bothild tänkt på många gånger; att den starka dragningen till lystern och glansen fanns inlagrad i ätten i flera led. Milkas liv hade varit äventyrligt och innehållit många umbäranden. Det var inte förrän på ålderns höst som hennes sinne hade stillat sig så pass att hon under mörka vinterkvällar framför den sprakande brasan tog sig för att berätta om sin uppväxt. Ett liv i rikedom och skönhet borta i Kiev. Milka beskrev lyxen och ståten medan Bothild satt blick stilla med glittrande ögon och såg allt det vackra, guldet och det glänsande silket, färgerna och skimret, framför sig och drömmen att någon gång i livet få se denna härlighet väcktes. Tänk att få skåda de fantastiska mönstren och de lysande färgerna, att få känna med fingertopparna utmed ytan på släta, glatta tyger.

Bothild fick höra berättas om landet ännu längre österut som hette Ser; landet där silkesfjärilen levde och varifrån silkestråden hämtades. Silkesfjärilens larver spann kokonger som det gick att dra ut tunna silkestrådar från, som man sedan spann och vävde av. Men för att inte kokongen skulle bli förstörd och trådarna bli till korta stumpar dödades larven innan den blev fjäril och åt sig igenom kokongen. Det tyckte Bothild var mycket rått och samtidigt spännande att höra om när hon var liten. Hon hörde även om hur de dyrbara tygerna sedan fraktades under många år den långa vägen österifrån, på slingriga karavanvägar över berg och genom stäpp och stenöken, tills de nådde Kiev. Det var på den tiden för länge sedan då allt folk i norr hade blotat till Oden och Tor, och de gamla handelsvägarna varit öppna längs Volga, och då många i Gårdarike samlat silket i sådana mängder att det räckte än. Att silket hon ägde kunde vara från tiden före Vite Krists födelse fäste sig inte Bothild vid. Det fanns de som menade att silket kunde föra dåliga andar med sig av den anledningen, men Bothild valde att inte se det på det viset utan bara ryckte på axlarna.

Silket var i första hand för furstar, kungar och för kyrkan, men även andra kunde ståta med glansen. De som hade råd. Hon samlade själv textilier till dottern Sigrid, så att hon kunde kläs både vackert och praktiskt inför det kommande giftet.

Bothilds egen blå klänning var prydd med en bred bård av ett flermönstrat sidenband, som också kom från Kejsarstaden och som hon hade låtit fälla in runt halsringningen och som tog upp den brandgula tonen från klänningens sidor. Brösten, som välvde sig mer än vanligt, mjölkstinna som de började bli, var dolda under samma brinnande sidentyg som på sidorna av klänningen. Alla i den stora hallen hade lagt märke till henne och det tyckte Alrik var gott att se.

Någon frisk och sund amma hade varit svårt att finna just nu. Bothild hade därför tagit sig för att själv ge lille Säbjörn bröstet, och hon hade sett till att få det gjort precis innan de satte sig till bords, så att han sedan skulle sova mätt och trött under Holmlögs vakande öga. Hon hade även sagt till en yngre kvinna, som passade den sovande Östen, att även kasta ett öga på Säbjörn. Holmlög var inte längre ung. Hon föll lätt i sömn även i sittande ställning men att inte ge henne förtroendet att se till lille Säbjörn skulle ha varit en ren förolämpning.

Bothild var så rädd för att mista detta barn att en krampaktig, ständig värk härjade i bröstet på henne och nästan klämde åt så pass att hon hade svårt att få luft. Folk fick tycka vad de ville om att hon själv gav den lille mat, det sa hon till Holmlög. Bara den lille gossen – den så hett efterlängtade – inte dog ifrån dem bad hon tyst.

”Jag får se hur jag gör sedan”, hade hon sagt till Alrik när han med behärskad min sett på hur hon givit gossen di innan de satt sig till bords. Han hade lett snett tillbaka och sagt att han inte hade så mycket att tillägga om saken.

Det fanns annat i huvudet på gårdens herre, den snedflinande Alrik. Han var fortfarande inte helt sig själv, men ändå inte sig så pass främmande att det fanns anledning att väsnas stort om detta. Vad alla, som ville, däremot med tydlighet såg var att Bothild, förutom sin uppseendeväckande klädsel, nu även var pyntad med en glänsande guldlänk om halsen – och den var ny. En tunt virad länk med ett litet grekiskt guldkors bestrött med ädla stenar hängde däri. Alrik hade haft detta med som gåva från Sigtuna till hustrun som skänkt honom ännu ett barn, och en son därtill. Många män hade önskat att de hade haft råd att ge sin maka en sådan gåva.

Sigrid, lika blek som modern, hade aldrig haft en sådan klänning som modern bar. Hon var för ung. Hennes ungdom gjorde att hon inte behövde bära dok. Hon satt där vid fars sida med en skinande silverlänk om halsen. Halsbandet hade en bergskristall infattad i silvret och Alrik hade köpt det av en gute som hade tagit sig till Sigtuna. Gutarna hade efter många om och men fattat det motvilliga beslutet att betala skatt till sveakonungen Anund Jakob, mot att de fick fara och handla fritt i Mälarområdet.

Raka i ryggarna och ståtliga satt de där alla tre. Det rådde ingen tvekan om vilka som var gårdens ägarfamilj. Det var dessutom bara de tre som förärats glas att dricka ur, förutom prästen, grönskimrande glas som nyfrusen is på Mälaren och med spetsig fot som passade fint i bordsskivans urgröpta hålighet. Bothild kallade dem därför för hålglas.

Så harklade sig Alrik, men i hallen larmade det och stod i och det var både stökigt och rökigt, inte bara från rökelsen, utan även från elden. Så Alrik gav Ärmund en blick och höjde på sitt ena buskiga ögonbryn, varpå den grovt tillyxade förmannen klappade i sina breda händer så att man kunde tro att åskan gick. Trots detta tog det en stund att få en anständig tystnad så att det var lönt att höja rösten. Folk åt och slafsade i sig som om de inte hade sett mat förr.

”Av konung Anund Jakob har vi förärats denna gåva”, sa Alrik och lade en mjuk lädersäck på bordet.

Det gick ett andäktigt sus genom hallen. Med varliga händer plockade han fram ett vackert silverskrin beprytt av ornamentik och med plattor av guld i hörnen. Skrinet blänkte var och en i ögonen. Han satte det försiktigt på bordet så att det fick stå där och lysa och alla hungriga ögon kunde slicka i sig grannlåten och förstå vilken stor man deras herre var. Av den snirkliga mönstringen och infällningarna att döma hade skrinet kommit österifrån, kanske hämtat från kungens syster Ingegerds hov, hon som var gift med furst Jaroslav i Kiev. Det skulle kunna vara ett relikskrin. Den fråga som nu alla tyst ställde sig var vad som kunde ligga däri?

Men om detta fick de inget veta. Alrik Gårdske lyfte inte på locket.

Den andäktiga tystnaden blev därför kort. I de bortre leden hade man väsnats hela tiden för intresset för sådant som var helt ouppnåeligt var inte stort. Mjödet hade trängt in i många sinnen och gjort tillvaron på ett sätt enklare, i alla fall dimmigare, men på ett annat sätt tyngre. I morgon skulle många lemmar trilskas; illamående och med bultande huvuden skulle folk tvingas stappla fram i sina göromål.

”Detta skrin är som tack för bron och vägen”, sa Alrik belåtet till dem som fortfarande ville höra på, främst den närmaste kretsen vid bordet som var mest angelägna om Alriks gunst.

Farvägarna öster om Sigtuna hade länge varit smala och krokiga och fulla av gropar. Inte minst var det ett bekymmer för kungen och hans män när de färdades i trakterna för att besöka, och kanske i viss mån även kontrollera, hans trogna undersåtar. Alrik hade kostat på att fylla ut håligheterna med sten och att hugga gatorna genom skogen bredare och i vissa fall även rätat ut farvägarna. Och bron som just höll på att förstärkas var så pass bred att den gick att köra på med vagn. Det hade varit ett drygt och tungt arbete men Alrik och gårdens folk skulle förstås också få glädje av slitet.

Alrik Gårdske var en av konungens utvalda och trogna män. Konungen hade visat honom detta genom att förära honom en stadsgårdstomt i Sigtuna. Det var blott hundratalet som hade en markplätt inne i staden.

Det var kung Erik Segersäll som hade grundat Sigtuna, sades det. Det var han som hade valt ut platsen i seglarleden upp mot Östra Aros och Gamla Uppsala, och det var han som sett till att röja och stycka upp marken. Erik Segersäll hade varit kristen och velat föra samman hövdingar och stormän i Mälarområdet för att skapa ett samlat kristet rike. Och denna envisa strävan hade ärvts vidare till kungarna i senare led. Till son och sonson; till Olof Skötkonung och till deras nuvarande kung, Anund Jakob. Nu bredde Sigtuna ut sig i snabb takt och hade hunnit bli ett starkt fäste; en knutpunkt där kungen höll sina överdådiga gillen, där man firade mässor och bedrev handel och där folk firade högtider och gjorde upp äktenskapsförbindelser och löste tvister med ovänner genom kunglig medling.

Alrik Gårdske lyssnade alltid på berättelserna om när Sigtuna anlades med ett halvt öra. Han tänkte sällan bakåt i tiden, utan intresserade sig främst för den tid på jorden som han själv kunde styra över – de dagar han levde just nu efter bästa förmåga – och tiden som låg framför honom. Han gjorde sällan försök att vara ödesgud. Det var bittert att tänka att det fanns en tid då han själv inte längre vandrade på Östergårds bördiga jord eller for med sina smäckra skepp i Mälaren eller i farlederna i Östersjöns bräckta vatten. Det tingliga styrde hans tankar mycket just nu. De tingliga villkoren för honom själv, men mest för hans närmaste.

Trots hans svala intresse för det som redan hade skett, så hade han flera gånger haft anledning att imponeras av den där Segersäll. Att karlen hade funderat ut så mycket vällyckat att lämna åt eftervärlden, som till exempel att stycka de smala tomterna lika stora. Själva idén gjorde honom vördnadsfull; att visa en så tydlig rättvisa gentemot de män man förväntade sig lojalitet av var mycket rådigt. Han kunde inte ha tänkt ut det bättre själv. Att förena maktens män i Sigtuna, i stället för att splittra dem, var finurligt.

Men även rättvisan hade sina gränser. Det var där han just nu vandrade i tanken. Alrik Gårdskes markplätt i Sigtuna låg ett rejält stycke i östlig riktning från Kungsgården. Det var Kungsgården som utgjorde Sigtunas centrum. Där bodde kungen när han inte for runt till sina olika kungsgårdar ute i landet.

Det var inte så att Alrik var missnöjd med själva tomten han hade fått. Långt ifrån. På hans ägor låg samma antal hus på rad, fyra stycken närmare bestämt, som på de övriga tomterna. På så sätt var det lika för alla. Och han kunde själv utvidga egendomen i den mån det fanns plats. Han hade ju inte en sjötomt som begränsades av vattnet, utan en som gick upp mot Tingberget, och han hade därför möjlighet att handla sig till en större markbit. Det var en stor fördel. Kanske borde han vara nöjd med det som var?

Men att hans tomt låg så pass långt bort från Sigtunas kärna var något som trots allt gäckade honom emellanåt. Det berodde på vilken sinnesstämning han för tillfället befann sig i. Det fanns, tvivelsutan, både för- och nackdelar med det mesta här på jorden. Man kunde tydligt utläsa av hans tomts placering att han inte tillhörde kungens allra närmaste krets, men han var inte klar över hur gärna han önskade tillhöra den. Ville han närma sig de fyra rådmännen i ”de fyras krets”? Nja, han var inte så säker.

Han smakade på orden. Hungern efter att få ingå i de fyras krets hade i vissa stunder varit lika stark som doften från kryddorna från Ser, som stack honom i näsan. En fåfäng kamp, det erkände han, men en drift som emellanåt grep tag om hjärtat som en järnklo. Om det nu inte hade varit för den andra sidan av myntet … Att bo och leva nära konungens innersta maktsfär innebar också ett visst mått av tvång. Blotta tanken fick hans sinne att drabbas av en tyngd som pressade och skavde sig in i köttet som en alltför hårt åtsittande brynja. En sådan nötte lite var dag tills köttet låg i dager. Så styrd och påpassad ville ingen vuxen man vara. I alla fall inte han. Därför kände han en tydlig reservation i denna sin strävan vidare och uppåt. Han var inte beredd att betala det dyra pris det innebar att tvingas vara beroende av kungens välvilja i ännu större utsträckning än han redan var. Men framför allt ville han inte ha mer av kungens oberäknelighet. Friheten hade ett större värde. Friheten lockade mest av allt.

Men nu hade ett gyllene tillfälle kommit till honom då han kunde fånga båda dessa sällsynta fåglar i sin hand; att höja sin egen och ättens status och komma närmre kungen men samtidigt själv slippa vara knähund till kungen. Det skulle gå via en annan man. Han hade fått ett celebert besök, när han vistades i Sigtuna. En budbärare som skickats ut av en mycket förnäm man.

Alrik satt nu i högsätet vid det stora bordet och klämde på när han skulle släppa den stora nyheten, men han beslöt att skjuta på det ytterligare ett tag. Det var som med fåfängan och makten: allt har ett pris. Det var således med ytterst blandade känslor som han ruvade på sin hemlighet. Han försvarade beslutet med att han inte såg sig ha något val, i alla fall inget bättre än det han hade gjort. Avsikterna var enbart goda. Det fanns mycket att vinna på denna förbindelse, resonerade han och blev för en kort stund het inombords vid tanken på hur mycket hans prestige skulle öka.

Han försökte bortse från grumset i det hela. Sorgen som han hade burit i sitt hjärta hela vägen hem från Sigtuna. Lilla Sigrid, tänkte han vemodigt och tog ett djupt andetag. Men det var bara att spotta i nävarna, det insåg han. Beslutet hade gjort att det hade varit med blandade känslor som han anträtt färden hem till Östergård. Och så var det den lille sonen i Sigtuna.

Han hade satt en pålitlig hantverksfamilj att sköta fastigheten i Sigtuna när han inte var där; en gute som var silversmed och vars dotter var fager att se på, och även hon duktig med silvertråden. Hennes ögon blixtrade. Alrik fann henne mycket livfull och skön – och hon var lika oerfaren som ett barn. Finlemmad och smal om midjan och inte full av protester, var hon också. Det drogs han till. Han var väl inte mer än en vanlig simpel karl. Så en mörk kväll under den tid på året då nätterna började bli allt längre hade hon dragits till honom med en sådan kraft att hon hade krupit ner hos honom. Och hon sa att hon fann honom skön att ligga med. Och så gick det som det gör ibland. Fast det tog han med en viss lätthet. Ryktet hade förstås nått Bothild – han hade räknat med det, men det fick bero. Det fanns både värre och viktigare ting i livet.

Alrik Gårdske gav sig själv ytterligare respit genom att ta sig för att dela ut läderpungar sprängfyllda med silvermynt till en del av sina män. De tog emot gåvorna med en underdånig bugning. Lösa mynt från en pung, som han klirrande tömde på bordet, slängde han sedan till de armaste som hukade längre in i hallens mörker, och som krafsade likt hundar efter penningarna när de föll ner på golvet som ett regn av silver.

Mynten var präglade i mynthuset i Sigtuna. Detta ökade deras värde eftersom det var det första och enda mynthuset. "OLOF REX SVEVORUM" stod det i kanten på vissa penningar. Det betydde "Olof svearnas konung", vilket var en märkvärdighet i sig, men väldigt få kunde läsa det latinska alfabetet. Alrik kunde tyda tecknen, Bothild till en del och även Sigrid var hyggligt läskunnig, men det var framför allt runor hon fått lära sig att tolka. Att den märkliga figuren i profil i myntets mitt inte var lik kungen kunde dock var och en upptäcka som hade ögon att se med. Men få brydde sig. Det var Olof, den gamle kungen, som varit död länge, som hade låtit prägla mynten. Men det var inte hans ansikte. Den engelske myntmästaren som kung Olof hade hämtat till Sigtuna hade med sig modellen för tillverkningen från hemlandet där en engelsk kung varit förlaga men det minskade inte myntens dragningskraft. Myntmästaren hade försökt anpassa präglingen och gjort om den efter eget huvud sedan han anlänt till Sigtuna, men det spelade hur som helst mindre roll hur det förhöll sig, allt som blänkte väckte begär, och om inte annat var mynten värda sin vikt i silver och lite därtill.

Folk blev alltid glada över gåvor; en del log tacksamt som små barn som just fått di. Framför allt sådant som var hårt och glänsande uppskattade alla stort. Det visste Alrik, precis som alla andra stormän som var kloka och generösa, och inte snåla och ogina.

Men mest skänkte kungen.

När Alrik nu hade bevistat Sigtuna hade han tagit sig för att gå till runmästaren Ubbi i hans verkstad och lagt en beställning på en tacksamhetsristning till kungen. Han gjorde det som en extra försäkran om hans obotliga lojalitet till kungen. Tanken hade funnits där länge och att det nu äntligen blev av berodde på att så mycket annat var till att ske. Att visa sin hängivenhet gentemot kungen var det minsta han kunde göra, som en garant för konungens stöd. Han kom överens med Ubbi om att inskriptionen skulle göras i ett revben, och att detta skulle komma från en oxe, ty revben från oxar är stadiga, men ändå inte större än att benet kunde läggas fullt synligt någonstans. Kanske på altaret.

Alrik Gårdske såg ständigt om sitt hus. Oro och otålighet hade satt sig i kroppen på honom. Sinnet hade börjat vekna och huvudet var fullt av tankar som han inte tidigare tänkt. Höll han på att bli gammal? Dag som natt malde det runt i huvudet på honom. Han kunde inte släppa funderingarna om den tid som han inte skulle vara delaktig i. Ödet låg i andras händer. I Guds hand.

Det var som om hans kristna själ hade veknat och tvivlet börjat ansätta honom. Barndomen kom allt oftare till honom. Om han gick och sejdade sig skulle han kanske få ett bättre svar? Alla sätt är bra utom de dåliga, tänkte han.

Tanken for som ett irrbloss i hjärnan på honom – det var väl ölens fel. Tungt satt han denna sena kväll i sin egen hall och firade sin sons födelse, och samtidigt förberedde han den kungörelse som skulle komma ur hans mun. Och i samma stund gick tankarna bakåt.

Den tid då sejderskor vandrade runt i nejden var förbi. I alla fall hade det inte funnits några i närheten av honom själv sedan han blev en döpt man. Men han mindes barndomens spåkvinnor mycket väl; hur de kom vandrande med völvestaven iförda mörkblå mantlar och med klirrande glasstenar om halsen. Oftast var det uråldriga kvinnor, böjda och knotiga, och med spretande hårtestar under de flottiga läderhättorna, som var fodrade med kattskinn. Han mindes hur nyfiken han hade varit på innehållet i de skinnpåsar som de hade hängande om midjan. Det var trolldomssaker, hade han fått veta. Ofta kom dessa kvinnor vandrande sent om kvällen och togs emot som stormän. De fick gott och rikligt att både äta och dricka – mycket öl krävde de – innan de gjorde skäl för födan. Han kunde fortfarande framkalla rösterna från gårdens kvinnor som stämde upp i sång; de som inte var djupt kristna. Ur deras strupar kom säregna melodier, toner som grep alla som andäktigt satt i tystnad, och som kunde locka anden fri. Och völvan, försjunken i djup dvala, satte efter en stund igång att med entonig stämma berätta om det som ingen annan hade kännedom om. Hon talte om hur skörden skulle bli, att fälten skulle mogna och lämna rikligt med säd, att slagregn skulle utebli och att folk inte skulle blekna och hosta sig till döds. I varje fall inte många av folket på gården.

Alrik drog på munnen av minnet. Det var tider.

Men det var tid nu också. Hans ätt hade en tydlig framtid på många sätt, med en ättelägg till, den lille Säbjörn, som också skulle få dopet när han väl växt till sig. Tankarna på Säbjörn var blandade. Glädje och oro gick samman. Måtte gossen överleva den första vintern så att de kunde känna sig tryggare med att han skulle klara sig även framöver. Alrik stoppade en bit kött i munnen. Han hade petat i sig några bitar korv, men maten smakade honom inte, i alla fall inte det rökta. Även lite rovor och fisk pillade han i sig och fuktade läpparna med öl, för syns skull, om inte annat.

Han lyfte återigen blicken ut över den stora hallen, och det var som att se in i ett myllrande mörker, djupt in i människornas själar. Alla de där ute var honom plötsligt så fjärran. En livlig och hjärtligt rå stämning låg över hela salen. Den rödbrusige och fetlagde smeden nöp den yngsta kokerskan i rumpan, hon som var i upplärning. Men hon var stark i nyporna, van vid att hantera tunga järngrytor, så hon daskade undan smedens grova hand lika rappt som om hon viftade bort en fluga. Alrik iakttog hur smeden en smula moloket, men alls inte skamset, såg långt efter henne när hon med gungande höfter lämnade honom för att dunsa rakt ner i knäet på en betydligt fagrare yngling. Det var inte lätt att bli gammal. Alrik insåg att han inte kunde vänta längre med sitt tal. Alltför många skulle hinna bli dyngfulla om han dröjde.

Så han nickade mot Ärmund, vilket betydde att denne återigen slog näven i bordet för att ännu en gång få tyst på folket. Alrik förnam i samma stund att tiden var en smula fel vald. Han borde ha höjt rösten tidigare. Han hade helt enkelt i sitt vankelmod dröjt för länge. Ljudnivån hade hunnit bli så pass hög att

Ärmund fick ta till sin kniv och banka det grova skaftet i bordet så att det sjöng om det, och ändå blev det inte tyst. Så Ärmund fortsatte banka tills han blev illande röd i anletet av ansträngning innan sorlet bedarrade så pass att det var lönt för Alrik att klara strupen.

”En kungörelse”, sa han med basrösten och harklade sig sedan omständligt för att fler skulle hinna skärpa hörseln. ”Stenkil Stenson i Sätuna har bett om vår dotter Sigrids hand”, stötte han därefter ur sig och gjorde en konstpaus i vilken det gick ett hörbart sus genom den stora hallen. Det var till och med så kraftigt med luft från lungorna att lågorna från oljelampor och tjärstickor tycktes fladdra i vinddraget.

Och det var precis den effekten Alrik Gårdske var ute efter. Stenkil Stenson var inte vem som helst, det visste alla, och det nya släktbandet skulle stärka Östergårds status ytterligare, förutom att förbindelsen norrut blev tryggare. För att inte tala om att banden till kung Anund Jakob blev tätare och starkare. Stenkil Stenson var en av de fyra.

Detta lyste Alrik i ögonen, det kunde han inte komma ifrån. Stenkil Stenson var värd stora mängder guld, han ägde vidsträckta jordegendomar och han hade stor makt. Det sög i mellangärdet vid tanken på allt detta. På härligheten.

Men det fanns flera sidor av det hela. Alrik valde att inte se åt Sigrids håll. Han ville skona sig själv från den egna skammen, ville freda sig från det som också var honom uppenbart. Sigrid var mycket ung. Och hon såg inte illa ut. Men framför allt var hon hans ögonsten.

Dottern min, tänkte Alrik tyst med blödande hjärta när han såg Stenkil Stensons gistna kropp framför sig.

Han samlade sig. Nyheter av detta slag stod inte precis som spön i backen, det gällde att sköta sig så att intresset varade så länge som möjligt. Salen stillnade och han harklade sig.

”Vi ser med stor tillförsikt fram mot de nya familjebanden. Det är bestämt att brudresan ska ske så som brukligt är sent på hösten då skörden är bärgad. Innan dess kommer alla tänkbara förberedelser att göras för vår dotter Sigrids räkning.”

Det var inte lätt att avgöra hur många som log. Alrik bedömde att de flesta så gjorde. De som brydde sig och fortfarande hade kroppslig förmåga att både lyssna och hålla ögonen öppna.

Äktenskapsförbund hade alltid något visst över sig. Människor berördes i hjärteroten och drömmar om stora och starka ätter väcktes. Även stora starka karlar fick något mjukt i blicken inför tanken på att nya människor skulle se dagens ljus, inte minst att deras eget kroppsliga arv skulle föras vidare och att släktskapet dessutom skapade nya möjligheter. Makt och styrka – ju större, desto bättre. Även nya trätomål skulle komma, men många trivdes bäst i fullt korsdrag.

Att släkter dör var tvivelsutan något alla i den stora hallen hade fullständigt klart för sig, tänkte Alrik. Släkter födas och släkter dör. Samtidigt fann han det angeläget att för en kort stund glömma tillvarons absoluta ändlighet. I alla fall den lekamliga. Framför allt med tanke på att det rådde en viss osäkerhet om vad som sedan skulle ske; efter det jordiska. Att Vite Krist inte hjälpte till med det på ett övertygande sätt hade han börjat acceptera. Tanken på livet bland kämparna i Valhall kunde i korta stunder locka honom betydligt mer än den svårbegripliga och diffusa beskrivningen av tillvaron bakom Paradisets port som missionsprästen bestod dem med. Vemodet sänkte sig över honom i denna högtidliga och livsavgörande stund. Döden var det enda man säkert visste skulle drabba alla, förr eller senare. Men även livet. Livet drabbar oss ibland med kraft och sälta. Så ville han i varje fall se det i denna stund, och han drog på den rörliga mungipan, den som inte ständigt hängde ner. Han gladdes inför tanken att inte bara Bothild kunde skänka honom barn utan även Sigrid.

Det handlade förvisso om taktik och kall beräkning men även om drömmar om att nya ägor och maktbalanser på sikt skulle ge stor utdelning. Förhoppningarna som fyllde glädjebägaren. I hallen skålades det och ölen fortsatte rinna ner i ständigt torra strupar.

Alrik såg detta, och det var gott.

KAPITEL 6

Den enda i den stora hallen som varken höll andan av spänning eller gav ifrån sig ett sus av upphetsning var Sigrid. Hon satt styv och stel, som om hon fått ett järnspett inkört rakt genom ryggen. Kinderna blossade röda av förtrytelse, men även av andra mörka känslor som härjade i hennes inre.

Mest var det hämnd; gruvlig och svart som skogstjärnen. Ögonen blixtrade. Hon var fylld till bredden av ett omedelbart behov av att förgöra. Vad, och vem som helst, men mest ville hon gå hårt åt far. Hon ville resa sig upp, lämna festen, eller slå och rasa, klösa och förstöra, trampa på, krossa – kanske till och med döda, om så var nödvändigt. Men det fick stanna i tanken. Hon var en väluppfostrad flicka, van vid att tänka på hur hon betedde sig och fullt medveten om allas blickar. De for sniket över hennes ansikte, letande efter spår som kunde avslöja henne.

Hårt tränad att hålla sig i skinnet till vilket pris som helst satt hon alltså där. Grät gjorde hon inte. Det skulle aldrig falla henne in. Sådant skötte hon under bolstret under nattens mörka timmar eller i vävstugan, om hon händelsevis var ensam en stund. Eller med mor. Mor tålde gråt och kunde trösta. Men nu pressade vämjelsen och förskräckelsen på så pass att hennes vanliga taktik inte riktigt fungerade. Det brukade hjälpa att bara andas lugnt och tänka på något helt annat, på något som roade henne mycket, sol, sommar och en äng full med de allra skiraste blomster. Men bilden av denna skönhet i naturen, värme i kroppen och allt spring i benen nådde inte fram. Inte heller hjälpte det att drömma om alla de vackra kläder som hon skulle utrustas med inför brudfärden. Plaggen skulle ju bara glädja gubben Stenkil Stenson långt där borta i Sätuna, ute i ödemarken.

Det gick inte att hålla ihop allt detta fasansfulla hon stod inför. Skräcken bet sig fast, så hon lät i stället eländet som hon snart skulle ställas inför fritt virvla runt i huvudet. Hon lät det ske, både för att plåga sig själv och samtidigt i ett försök att vänja sig, alltmedan hon satt kvar som en vältränad hund vid sidan om far.

Värmen från fars kropp nådde henne. Fars stora trygga kroppshydda höjde sig bredvid henne. Far som hon alltid sett upp till. Pålitligheten själv. En rysning for genom henne, för nu var far plötsligt en fiende. Hon balanserade på en knivsegg, på vippen att fara upp och hugga tag i fars kjortel, dra och slita i honom, skaka om honom och be honom ändra sig. Hon var beredd att böna om ett bättre parti; inte rikare, men grannare. Hon ville se far rakt in i ögonen, se om han kunde värja sig, se om han ändå inte smälte och ändrade sig. Hon var hans ögonsten. Det visste hon.

Paniken kom och gick. Vem som helst, men inte Stenkil Stenson från Sätuna! Sigrid jagade upp sig men satt kvar. Andnöden tilltog allteftersom hon släppte lös besvikelsen och hon samtidigt kom till insikt. Hon begrep att hon inget annat kunde göra än att foga sig. Till sist skulle det bli så, hennes protester till trots, det visste hon.

Varje muskel i kroppen var spänd. Hon naglade fast blicken i bordet för att hålla sig i skinnet. Hon var rädd för att lyfta hakan och avslöja vreden som blixtrade vasst från hennes ögon. Det var många i hallen som fortfarande dräglande såg på henne, avundsjuka och missunnsamma. Hon kunde med lätthet räkna ut hur de tänkte: ”Stormannens dotter ska giftas fint. Jo, jo men! Inte en fager man, men stormrik. Bättre kan det inte bli. Men nog är det lite si och så med kroppen hans. Där kan det inte bli några barn gjorda. Ha, ha! Ännu har inget smått fallit från Stenson.”

Gårdens folk, hennes kära, hade med ens blivit både främlingar och fiender. Men den största fienden var far. Den hon litat mest på hade svikit henne stort. Den hon hade sett upp till så länge hon kunde minnas. Han som var bäst i hela världen. Han som hade burit henne på sina bara händer.

Fars glada röst och varma ögon var för evigt slocknade för henne. En stor och ogripbar sorg drabbade henne i och med denna insikt. Så stor var smärtan att kroppen inte betedde sig som den brukade. Matt och vimlig satt hon där. Munnen var torr, det flimrade för ögonen och i öronen susade det. Huvudet sprängde. Hur kunde han! Alla visste ju vilken gammal gubbstrutt Stenkil Stenson i Sätuna var. Två fruar hade han redan tagit död på, och näsan hans var blå. Hur kunde far låta en sådan knarrgubbe bli hennes make!

Besvikelsen var bottenlös. Som ett svart, djupt hål. Gnisterblixtrar fortsatte att slå upp som flammor framför ögonen på henne. Hon fick allt svårare att styra sig där hon satt. Vreden måste ut, trots allt. Magen knöt sig än hårdare. Hon bet ihop käkarna i sin envisa strävan att hata far och samtidigt låtsas som om hon var nöjd, där hon satt till allmän beskådan. Nu avskydde hon honom med samma kraft som hon alltid sett upp till honom. Och det sved. Att inte tycka om far var smärtsamt.

Svårt var även att inse att hon blott och bart var en handelsvara. Inte mycket annat än en säck utsäde, eller en kista med silver, eller en pung mynt. Som ett ynka litet sädeskorn var hon bara, tänkte hon, och var färdig att fälla stora tårar. Oansenlig och värdelös var hon. Far hade bara lurat henne att tro att hon var något mer; att hon var hans allt.

Under hela sin uppväxt hade Sigrid vetat att hon en dag skulle giftas bort. Att det skulle bli med en stor och rik man var lika givet som att solen gick upp varje morgon, eftersom far var mäktig. Tankarna hade under årens lopp kommit och gått med lite olika innehåll men mest hade hon låtit bli att fundera. Hon hade skjutit det ifrån sig. Det var bra som det var hemma på Östergård. Men hon hade förstås hoppats och drömt. Sett på alla män. Beskådat och granskat och gjort en tyst bedömning. Vem skulle hon kunna tänka sig, om hon fick välja helt fritt? Och hon hade fnissat tillsammans med andra unga kvinnor när de hade träffats i Sigtuna och spanat ute på Stora Gatan.

Det fanns än värre saker än att bara flytta från Östergård; det som skedde under bolstren om natten. Hon hade förstås sett vad folket på gården gjorde, och hon hade länge vetat att det hörde till, annars gick ätten inte vidare. Stön och gungande rörelser. Tanken fick henne nu att svälja och vrida huvudet från far. Det verkade inget vidare, hade hon alltid tänkt, men det hade legat så långt fram i tiden att det inte rörde henne. Men tiden hade kommit ikapp henne. Förfärad tänkte hon på att det hon varit med om, hennes hemlighet, kanske var det en händelse som skulle komma att upprepas. Minnet satt i kroppen som ett brännmärke.

Hon var rädd, och hon var kränkt i sitt innersta. Hennes drömmar hade haft ett helt annat innehåll än Stenkil Stenson.

Nu började hon bli illamående, till råga på allt. Hon hade inte rört det rökta köttet på tallriken framför sig. Köttbitarna äcklade henne lika mycket som gubben Stenson. Inte heller hade hon fört glaset mot munnen. Hon vågade inte röra sig i rädsla för att kasta upp, som för att spy ut Stenkil Stenson och slutligen bli av med honom.

Stormarna inne i henne började göra henne trött. Hon fick allt svårare att hålla ihop sig själv och se ut som vanligt. Utandningen hackade betänkligt av snor, alltmedan tårarna brände så pass att hon tvingades knipa ihop läpparna och svälja stort för att trolla bort gråten medan hon fortsatte sin envisa kamp med att sitta till synes stilla och lugn, fast hon kokade över inombords. En sak var i alla fall säker, befäste hon tyst för sig själv. Hon tänkte aldrig mer se åt far. Aldrig någonsin!

Sigrid drog ihop ögonen till smala springor, medan illviljan red runt. Det skulle bli ensamt där borta i Sätuna. Men hur tomt skulle det inte bli för far och mor Bothild och lille Östen utan henne? Hur skulle inte ödsligheten eka i fars inre av att han aldrig mer fick träffa sin flicka? Vedergällningens svarta hat bredde ut sig ända till fingertopparna. Hon knöt händerna i knäet tills knogarna vitnade. Hon, som var van vid att vara älskad var nu helt övergiven. Sanningen sved, och ensam och sårbar satt hon skyddslös i allas blickfång.

Då passade *det hemska* på att pressa sig fram igen. Den vidriga lukten från mannen i skogen steg upp och fyllde henne som en späckad spädgris, och hon rös så att hon skakade. Kände spjutet från hans kropp som pressade in i stjärten på henne; den gruvliga smärtan. Att han inte slutade! Handen djupt i mossan. En bred hand, stark och okuvlig, och med drakhuvudet fastetsat i huden. Stjärnmossan, blåbärsriset, fåglarna som skrämda flaxade mot skyn. Och Östen. Vad begrep han? Lille Östen som tyst såg på. Hans skrämda ögon som fick henne att vilja trösta, samtidigt som skammen slog rot. Allt detta flimrade återigen förbi.

Hon klippte med ögonen. Försökte blinka bort allt, men oh nej! Det satt kvar. Hjärtat bankade. Det slog så hårt att det verkade stå stilla. Hon var som död. Jordsmak och sveda. Det brände som eld mellan benen där hon satt i hallen. Som om knivar skar upp henne.

Men hon satt kvar och fixerade de mörka ringarna från bägare av olika storlekar i bordsskivan, brännmärken från heta kärl, djupa jack från vassa knivar. Hjärtat galopperade hårt; det dundrade och susade inne i henne. Vita prickar syntes skimra över den tjocka ekskivan. Höll hon på att tappa bort sig? Höll hon på att dö? Eller höll hon på att förlora vettet helt? Höll hon på att bli en annan? Inte längre Sigrid på Östergård utan en vanställd, lallande varelse. En där vettet runnit ut. En galning.

”Sigrid Alriksdotter från Östergård ska äktas vid Stenkil Stenson på Sätuna!”

Ropet skallade, medan det fortsatte att flimra vitt. Det var som ett snöfall med stora, lätta flingor. Föll mjukt. Föll fort. Föll tätt. Och kroppen blev med ens alldeles lealös och hon började svaja på bänken.

KAPITEL 7

Sigrid ryckte till av att två händer höll i henne. Ett dryckeshorn trycktes mot läpparna.

"Drick nu."

Det var öl. Hon tog några klunkar. Händerna om henne tillhörde far. Han sa inget. Holmlög fortsatte truga i henne mer att dricka.

"Seså! Blek är hon så det förslår", sa Holmlög. "Har du stoppat något i magen?"

Sigrid skakade på huvudet.

"Ska du ner mellan bolstren?"

Gå och lägga sig! Nej, det tänkte hon inte. Vilken nesa skulle inte det vara!

"Kan hon sätta sig upp?" manade Holmlög.

Far hjälpte Sigrid upp på bänken igen. Hon drog med händerna över ansiktet. Kinderna kändes som om de var av tyg. Men snöflingorna hade skingrats. Det osade visserligen från elden och tjärstickorna och luften var rökig, men annars såg hon klart och tydligt. Och far satt där han brukade vid hennes sida. Mor var inte där – hon hade gått till Säbjörn.

Sigrid veknade. Delvis var hon fortfarande omtöcknad, men sinnet var ett annat: mört och känslosamt. Far, tänkte hon nu, och hjärtat darrade av längtan. Far, varför överger du mig?

Hon kände fortfarande hans starka händer om axlar och midja. Hur härligt var det inte att slippa ligga som en säck utsäde på de smutsiga golvplankorna. Dörren till hennes inre hade nu åter ställts på glänt. Genom glipan föll en smal ljusstrimma över henne. Och ljuset var hoppet. Det trösterika hoppet om att allt en vacker dag skulle bli bra.

Men hon måste tala med honom. I enrum skulle hon få far att förstå. Och han skulle smälta; nu var hon säker på det. Han skulle göra som hon ville, för han älskade henne av hela sitt hjärta. De starka händerna som lyfte henne upp, sa henne det. Han kunde inte mena att hon skulle dela säng med en karl som var krum i ryggen och gisten i lederna och hade en andedräkt unken som rutten fisk.

Då fick hon av en händelse syn på Valdis som satt tillsammans med några andra flickor och pojkar som tjänade på gården. De tryckte sig tätt ihop på den långa fällbänken utmed långväggen. Med sina tunna ansikten och trasiga och mörka kläder såg de ut som ruggiga ugglor. Ingen fager syn, tänkte Sigrid.

Men de skrattade. Och de var tillsammans.

Avundsjukan sköt sig in som pilar. Ensamheten skälvde. Mol allena satt hon i denna högtidsstund i sin finaste klänning och med ett vackert halsband om halsen, som mer kändes som en snara. Placerad vid sidan om sin älskade far; han som i ett enda slag hade blivit hennes fiende. Utvald var hon, förvisso, som dotter till en storman. Men till vilken glädje? Hon hade hellre suttit och skrattat med Valdis. I stunden avundades Sigrid henne stort och glömde i hastigheten att Valdis lott var tung och strävsam. Hon slet hårt och skulle bli krokig redan som mycket ung. Men hellre det, tänkte Sigrid trotsigt, än att forslas långt iväg på slingriga och mörka skogsvägar för att bli en fånge och en ägodel till en ålderman.

Valdis måste ha känt hennes blick, för hon vred sitt ansikte mot henne, och de stirrade kort på varandra. Valdis med tovigt hår och gråblå skuggor under ögonen, som alltid. Nu såg hon oavvänt på Sigrid där hon satt i sin rena, och nästintill ouppnåeliga upphöjdhet vid hedersbordet.

Så log Valdis. Snabbt och skyggt drog hon på munnen, som om hon hört Sigrids inre tankar. Det blev med ens mycket liv i

Sigrid. Men hon vågade inte le tillbaka, då skulle hon börja böla. Slöt i stället läpparna hårt, drog ihop munnen till ett litet blodrött körsbär, och blinkade snabbt för att hindra tårarna som återigen var på väg. Ett budskap om ett giftermål kunde ju bara tas emot på ett enda sätt, med glädjeyra och ett anständigt mått av värdighet.

Ingen skulle få misstänka vad svart och sorgligt som rörde sig inom henne. Ingen skulle göra det, mer än möjligen Valdis som lätt kunde se igenom henne av någon underlig anledning. I alla fall inbillade sig Sigrid det. Kanske var det för att de båda var födda på samma dag.

Sigrid var osäker eftersom hon visat den obehagliga svagheten att förlora sansen för första gången i sitt liv. Det var mycket pinligt. Därför satt det lilla leendet hon nu förmådde pressa fram extra bra. Hon visade upp det. Sökte sig återigen mot Valdis för att visa sitt nästintill strålande ansikte.

Men Valdis hade nu bara ögon för en ung man med breda men magra axlar. Det som fanns där var enbart muskler med hud ovanpå. De skrattade ihop. Skrattade till och med så gott att de var dubbelvikta. Och mellan skrattsalvorna lutade de sina huvuden mot varandra. Som om blixten slagit ner i båda två på en och samma gång, så mycket slog det gnistor om dem.

Sigrid flyttade snabbt blicken. Det var som om hon bränt sig. Valdis med en ung man. Fattig visserligen, men han hade en bred bringa, och inte var han oäven att se på för övrigt heller. Starka armar och hela tänder och en frisk andedräkt, kunde man förmoda. Ett tjockt, rågblont hår att dra fingrarna igenom, tänkte hon och rös. Smedens son. Honom hade hon mycket hellre velat ha.

Hon behöll det lilla leendet som hon äntligen hade fått fram. Det var en hel del som hon måste släta över. Hon visste att det där ute i hallens dunkel fanns de som hade lätt för att slira med orden. Därför fann hon det angeläget att förvilla bort att hon skämt ut sig med att tuppa av. Kanske kunde de luras att tro att det berodde på den enastående lycka hon måste känna över beskedet att äktas vid Stenkil Stenson? Men hon visste samtidigt att det lika väl kunde finnas en illvilling där ute, någon som girigt drevs till att så snabbt som möjligt sprida svarta rykten ut över nejden.

Sådana personer fanns alltid, det hade far och mor varit noga med att hugga in i henne, som runorna i stenen. Lita i första hand på dig själv, sa de. Och möjligen på dina allra närmaste, men knappt ens det. Det finns alltid de som inte tagit till sig det viktigaste att lära, nämligen att tala är silver och att tiga är guld. I alla fall om människors blottor och snårigheter. Dessa ska inte fara fritt i luften. Så sa både far och mor.

”Bli själv en människa att lita på”, betonade de. ”Det är det säkraste du kan göra.”

Men en del människor växer sig sneda redan från början och kommer alltid att vara vindpinade, utmärglade och opålitliga. Det var också ord hon fått på vägen. Så om någon där ute i hallens mörker var avogt inställd och hade sett hennes tvekan i denna ödesmättade stund på det stora gillet på Östergård kunde orden lätt få vingar och nå ända till Sätuna och Stenkil Stensons öron. Snabbare än Tors blixtviggar över himlavalvet kunde det gå. Ibland begriper man inte hur det går till, sa far.

Och då skulle ätten Stenkils sinnen omedelbart mörkna. Kränkta skulle de härskna till, samla sig och gå till motangrepp. Hon hörde redan ljuden av svärdsklingor och det nästan djuriska stönet när en kniv kördes djupt in i bröstet åtföljt av den dova dunsen när den döende kroppen handlöst föll till marken. Kanske blev det far som fick sätta livet till, trots att han var skicklig med både svärd och sköld.

Tankarna på Stenkil Stensons blodiga hämnd och hennes egen betydelse hade mirakulöst nog fått henne att piggna till. Det blev allt lättare att sitta småleende vid sidan om far.

Och gick det riktigt illa fick hon väl gå ner sig i sjön, tänkte hon, och såg sig själv vika upp klänningsfållen och lägga tunga stenar däri och knyta om, för annars skulle hon flyta upp när hon vadade ut i Mälaren. Men hon ändrade sig tvärt. För när far, mor och lille Östen och alla andra på gården, storgråtande och sorgsna bärgade henne upp ur vattnet skulle alla kunna skåda hennes kropp; de blöta kläderna som smet tätt över hennes begynnande kurvor, nästan som om hon vore naken. Blotta tanken fick henne att skämmas och även att känna avsky för sådana häftiga handlingar.

Fler kannor mjöd och öl bars in, sejdlar och dryckeshorn fylldes återigen. Ölen skummade som lödder. Rösterna fortsatte att skräna hest och några satte igång att sjunga grova mjödvisor, mer skrål än skönsång. Snart tycktes inte en enda karl vara förmögen att stå upp utan att svaja betänkligt.

Sigrid kunde nu inte längre bärga sig. Hon gjorde en knyck och vred huvudet lätt åt sidan och tittade en stund på far. Alla sinnrikt ordnade flätor var som en stor korg på hennes huvud, men somliga flätor hängde ner utefter hennes späda hals. Men far märkte inte att hon satt där bredvid honom. Tungt lutade han sig framåt med bägge händerna tryggt vilande på bordet. Han såg ut över hallen, skådade eftertänksamt, precis som han gjort tidigare under dagen ute på gårdsplanen. Och på hans läppar kunde Sigrid, nu som då, se ett belåtet litet leende växa fram. Hans sneda smil. Det var som om han såg livet omkring sig för första gången, och det gjorde Sigrid orolig. Inte för att far var oåtkomlig – att han inte lade märke till henne stack visserligen i bröstet på henne – utan för att far var sig så olik. En ny sida hade hon fått syn på denna dag. I samma stund noterade hon att han varken åt eller drack så värst mycket. På tallriken låg köttstycken och korvar kvar som svartnade bitar. Det var inte likt honom.

Uppenbarligen var inte far mer mjödstinn än att han till slut lade märke till att hon iakttog honom. Han vred huvudet mot henne och de nickade mot varandra. Hon kunde inte låta bli att dra på munnen, fast hon alldeles nyss lovat sig själv att aldrig någonsin mer vända sitt ansikte mot honom.

Hon var fars ögonsten, inte Östen eller lille Säbjörn, som för den delen mest låg och sov. Hon var fars flicka. Men något hade fått far att snabbt välja en make till henne. En make som kunde ge henne mat på bordet och fina kläder och ett visst anseende. Men varför så hastigt? Hon ville inte veta anledningen. Och nu log far tillbaka, varmt och generöst. Den ena munvinkeln drogs uppåt. Hans snälla ögon låg djupt in under de frodiga ögonbrynen, som var som ekorrsvansar om vintern. Och trötta. Kanske även en smula plågade och vemodiga.

Kvällen led. Sigrid satt kvar. Hon såg inte längre lika missnöjd ut. Ansträngde sig inte heller för att låta bli att tänka på Stenkil Stensons blåskimrande näsa och spruckna blodådror på kinderna – frostrosor, som sannerligen inte gjorde honom vackrare. Tankarna hade sjunkit undan av sig själva. Kommer tid, kommer råd, tänkte hon nu. Det var inte i morgon hon skulle fara till Sätuna.

Ärmund ställde sig intill far. Far gjorde ett tecken att han skulle böja sig närmre.

”Det sägs att det har luktat rök i nejden”, sporde far Ärmund, som hade varit kvar på gården medan Alrik själv var i Sigtuna.

Sigrid ryckte till och mindes plötsligt lukten som hade nått henne den natten då mor låg i födslovåndor.

”Det sägs att en olycka med elden varit framme hos Gunnar i Hargsbro”, fortsatte far och drog med långsamma tag i skägget. ”Gunnars folk har väl inte passat elden. Han har väl slöfockar till tjänare.”

”Jo, så kan det vara.” Ärmunds svar var diplomatiskt.

Mor som hade kommit tillbaka efter att ha ammat Säbjörn drog efter andan så att Sigrid hörde det.

”Men Gunnar, som är en sådan bra karl”, tog hon sig för att säga, och fick en snabb blick från sin make, vars ögon snabbt gled över alla männen runt honom. Allvarliga miner, ögon som såg. Inte minst från prästen.

Som örnar ute efter föda, tänkte Sigrid. Här var det bäst att väga sina ord på guldvåg.

”Gunnar vägrar att låta döpa sig”, sa far och tog sin första rejäla klunk öl under kvällen och satte sedan ner glaset lite väl häftigt i bordets hålighet, men det höll.

Konungen var inte nådig. Men Gud var det. Så sades det i varje fall.

”De som inte bränts inne är förstås på drift. De ger sig väl av mot Uppsala. Gunnars marker ligger nu fria för konungen", menade en av fars män som hette Ulfhård.

Far nickade. Det syntes att han inte bara gladde sig å konungens vägnar. Det fanns en dysterhet också. Och mor Bothild hade fått illröda fläckar på de bleka kinderna, men hon hade vett att hålla tyst denna gång.

Och allt detta såg och hörde Sigrid.

KAPITEL 8

Till slut tog natten över.

Folk vinglade ner i bädden, om de hade någon att trilla ner i. Somliga föll handlöst och stupfulla ner bland halmstråna ute i ladan, enstaka stapplade ut till fähuset där den goda värmen från kreaturen gick att finna och ytterligare några lade sig i ett hörn i den stora hallen. Dunkande huvuden makade sig ner i ett varmt knä, eller fann en bred bringa, eller ett par mjuka bröst att vila mot. Kroppsvarmt och svettosande.

Men också ljuvligt. Sigrid såg det. Hon iakttog med avund alla dessa människor som fann värme hos varandra. Stön hördes i nattmörkret, rummelljud från mjuka, kramande kroppar, paltor som åkte av, klänningar och kjortlar som slets upp. Ivriga händer, fasta tag. Barn avlades sannolikt denna natt. Numera trodde hon sig veta hur det gick till, och den vetskapen hade hon helst varit utan. Hon spejade innan hon gick och lade sig. Inte efter vem som helst för hon hade drabbats av längtan. Både bort och till. Bort från det som skulle hända henne och till något som inte äcklade henne. Mjukt och lent. Friskt och starkt och inte gammelmansaktigt. Glänsande muskler, överarmar som svällde och som kunde vila över henne och skydda henne från allt ont.

Det var efter gårdssmedens unge son hon falkade som en rovfågel, men hon såg inte vart han tagit vägen. Han hette Björn – ett passande namn på en stor, vacker man. Kanske han och Valdis inte ens gick åt samma håll? Sigrid fick hoppas det.

Gården hukade sig till slut återigen en kort stund under det mörka himlavalvet. Inga stjärnor syntes denna natt, och inte heller lyste månen. På småtimmarna hördes inte längre något väsen från vare sig folk eller fä. Endast vindens susning när den levde i trädtopparna och fick grenarna att vemodigt gnida sig mot varandra. Detta hörde Sigrid när hon var ute en sväng för att tömma blåsan. Sedan kröp hon ner igen men hade svårt att somna. Alltför snart skulle natten vända till gryning och det vassa ljuset skulle åter flöda in genom vindögat och reta slutna ögonlock att öppna sig. Även hennes.

Hon lyckades inte somna om, utan låg stilla på rygg under bolstret med blicken härjande som en osalig ande medan hjärtat klapprade som hovarna på ett jagat djur. De nakna benen hade hon slängt utanför. Kroppen hettade. Det var varmt efter elden som brunnit hela kvällen, och efter alla människor som värmt upp boningshuset. Luften stod stilla. Rökelsens lätt sötaktiga doft hängde kvar.

Klarvaken stirrade hon upp mot taket medan hon gjorde upp med sig själv. Hon släppte ut fasan över det okända som livet skulle föra henne till i små bitar och vred och vände. Hon skickade ut stilla böner om att skonas, om att i sista stund räddas från Stenkil Stenson, växelvis som hon drömde sig långt bort till en blommande äng kring midsommartid. Skirt växte blåblom och vitblom. Hon vandrade sida vid sida med en yngling som fick hennes inre att smälta som vax, som väckte hopp och längtan – inte förtvivlan. Och som vid närmare beskådan var bra lik smedens son Björn. Han som just väckt hennes åtrå, eller i vart fall hennes tankar. Vem som helst, bara inte Stenkil Stenson!

Hon knep ihop munnen. Uppgiven var hon inte, det var det sista hon tänkte vara, och hon vägrade att släppa drömmen om ett annat liv än det som förespeglades henne långt bort i mörka skogen i Sätuna.

Tankarna hade snurrat hetsigt hela den långa och omtumlande kvällen, men nu löpte de i ett lugnare tempo, som om hon inte orkade irra runt längre. Nu skulle hon börja leta efter en utväg. I denna stillhet kom hon att tänka på prinsessan Ingegerd, och ögonen klippte ivrigt. Hon kunde göra som prinsessan Ingegerd! Och med ens skymtade hon en ljusglimt långt där framme och inte bara ett kvävande mörker.

Om prinsessan Ingegerd gick det så många historier att var och en kunde välja sin, men en sak var gemensam för alla som berättade om Ingegerd, och det var att rösten alltid var fylld av beundran. Känslostarkt, och utan att hymla såg alla upp till prinsessan.

Det var mor Bothild som hade gett Sigrid de flesta detaljerna om Ingegerd; hon som beskrivit hur Ingegerd såg ut, hur hon förde sig och vilka kläder hon bar. För mor hade träffat Ingegerd. Flera gånger till och med. Och det hade far också gjort. Och även Sigrid, men av det mötet mindes hon inget, ty hon hade varit för liten.

Långa stunder hade Sigrid suttit i vävstugan och lyssnat på mor medan fingrarna packade inslaget i väven. Prinsessan var inte mindre än syster till Anund Jakob, deras egen härskare, konung över alla svear. Kanske inte precis alla svear, kom Sigrid på, men de allra flesta. Med Ingegerd var det i alla fall så, att förutom att hon var ovanligt vacker att se på, så var hon dessutom osedvanligt klok. Detta förtalte alla som träffat henne.

Sigrid hade varit med mor och far i Sigtuna när de mötte prinsessan Ingegerd på Stora Gatan. Mor berättade gärna om det. ”Minns du verkligen inget?” sa hon till Sigrid som stum tänkte efter. Och den sorgliga sanningen var att detta dyrbara ögonblick hade gått helt förlorat. Ibland låtsades Sigrid att hon kom ihåg någon liten detalj, som ljudet från Ingegerds frasande sidenklänning, den speciella kryddiga doften prinsessan lämnade efter sig eller värmen från hennes strålande leende. Men då ljög hon. Eller lurade sig själv. Det grämde henne djupt att ha sett prinsessan, varit henne nära, men ändå inte. Hon tröstade sig i stället med alla historier om Ingegerd. Sanna sagor som var så fulla av liv att det var som om hon verkligen hade mött henne, flera gånger om, och kände henne lika väl som en egen syster.

Sigrid visste att det inte bara var unga kvinnor som hon själv som drömde om att bli som Ingegerd. Det gjorde alla. För Ingegerd var lång och slank, sades det, och bar upp de vackra kläderna i siden och tunt ylle med stor elegans. Men mest talade man om henne för att hon var rådig. Nu var hon gift med furst Jaroslav och bodde i Kiev sedan ett tag tillbaka. Ingegerd hade varit hela nitton vårar när hon vigts vid fursten och det var ovanligt gammalt för att vara brud. Så på så sätt hade hon själv lite spelrum, tänkte Sigrid, även om hon inte var en prinsessa som skulle giftas bort. Ett tag till kunde hon vänta. Hon hade ännu inte fyllt tolv.

Att Ingegerd hade varit ett gott parti var otvivelaktigt, så det hade sannerligen inte berott på henne själv att giftermålet dröjt. Nä då! berättade mor. Det hade berott på hennes fader, Olof Skötkonung, som också varit Anund Jakobs fader. Sigrid hade fått för sig att Skötkonung varit en gammal gisten gubbe, precis som Stenkil Stenson. Men samtidigt anade hon att Skötkonung varit svag för sin dotter Ingegerd, på samma sätt som far var svag för henne, och det fann hon förmildrande till en del.

Olof Skötkonungs största fiende hade varit den norske kungen, Olav Haraldsson. Dessa två kungar drogs till varandra med samma kraft som två bröder som ständigt är osams. De tyckte om varandra, samtidigt som de bråkade jämnt. Mor skakade på huvudet när hon berättade det. Det enda som kom ut av detta var ständiga, illavulna stridigheter. Krig slukar både manfolk och rikedomar. På gårdarna hade man lidit svårt av att bli av med kraftfulla karlar, som kunde göra större nytta hemma eller borta i öster genom att fara ut och idka handel och ta hem stora rikedomar. Man ville ha fred. På tinget i Uppsala tvingade man därför fram en fred genom att kräva av Olof Skötkonung att han skänkte sin dotter Ingegerds hand till den norske kungen. En av dem som låg bakom det avtalet var Ragnvald jarl Ulfsson.

Det sades att Ingegerd och Olav redan var starkt fästa vid varandra. De hade träffats flera gånger och bägges hjärtan hade satts i brand. Arrangemanget mellan den norske konungen och Ingegerd kom emellertid av sig helt. Det blev inget gifte av. Ingegerd lämnade visserligen sin trolovningsgåva till kung Olav, en guldstickad kappa, men hennes far, Olof Skötkonung, lät bli att ordna brudfärden. Han ville inte. Och då blev det heller inget av. Snöpligt, och inte upphöjt eller kungligt alls, tyckte Sigrid.

Och åren gick. Den vackra Ingegerd passerade den lämpliga äktenskapsåldern med flera hästlängder. Hon hade hunnit bli nitton vårar och skulle aldrig få en make, menade många. Var fanns den högättade man som önskade ett förbund med svearna, frågade man sig. Självklart måste maken till prinsessan Ingegerd vara högättad, något annat gick inte för sig.

Så en dag skickade furst Jaroslav av Kiev ut ett sändebud som bad om Ingegerds hand åt honom. Sigrid tyckte att detta var en så märkvärdig händelse, så fantastisk! Tänk, att allt löste sig till det bästa till slut. Även Olof Skötkonung blev mycket nöjd, och denna gång höll han sitt avtal.

Men när det stod klart för Ingegerd att hon skulle fara ända bort till Gårdarike visade hon prov på stor egen vilja. Hon pekade ut ett område i sitt nya hemland och meddelade via ombud sin blivande make att hon ville ha denna mark i brudgåva. Kanske insåg hon att hon måste se till att klara sig själv där borta i det främmande landet i öster, om det nu inte skulle slå väl ut med äktenskapet. Vad visste hon om vad som väntade henne? Hon kunde förskjutas, eller hamna i onåd. Hon hade aldrig träffat fursten och visste inte vad för sorts karl han var, om han var någon att lita stort, smått eller inte alls på.

Och det var väldigt bra gjort, tänkte Sigrid, där hon låg och glodde rakt ut i mörkret. Hon hade i fantasin nästan hunnit bli prinsessan Ingegerd själv. Hon måste skaffa sig en utväg, precis som Ingegerd. Det var visserligen inte en lika lång resa till Sätuna, som till Kiev, men vägarna genom skogen var smala, slingriga och mörka. Det gick inte att fly därifrån hur som helst. Prinsessan Ingegerd hade in i minsta detalj tänkt igenom hur utsatt hon kunde bli, det måste Sigrid också göra. Ingegerd hade krävt av sin fader, kung Skötkonung, att en av hennes manliga släktingar följde med henne på färden till Kiev och att denne släkting skulle stanna i hennes nya land. Och hon var noga med att denne man där borta i Gårdarike skulle ses med blida ögon som en från landet, och inte som en utböling. Det var en släkting, Ragnvald jarl Ulfsson, som hon ville ha som följe.

Detta väckte hennes fader Olof Skötkonungs stora vrede eftersom det var just jarlen som tidigare hade hjälpt till att lova bort Ingegerd till den norske kungen. Skötkonung hade helst sett att Ragnvald jarl Ulfsson hängdes att dingla i ett träd.

Men kungen mjuknade till sist. Det var nu många somrar sedan som Ragnvald jarl Ulfsson hade förberett färden österut för Ingegerds räkning; en händelse som varit på allas läppar under en lång tid. Ja, fortfarande än i denna dag berättade man gärna om Ingegerds färd till furst Jaroslav i Kiev. Hur jarlen red upp genom Öster-Götaland och skaffade skepp och samlade manskap och sedan for vidare för att hämta Ingegerd i Sigtuna. Många skepp lastades med dyrbarheter och gåvor för att fraktas lång väg. Och efter vad som sades kom samtliga skepp fram och Ingegerd och furst Jaroslav gifte sig som planerat, och de hade redan fått en son, vad man visste. Om inte fler.

Sigrid tröstade sig med, där hon nu låg och bligade med fuktiga ögon, att furst Jaroslav inte heller varit helt ung när Ingegerd äktades vid honom. Det tycktes ha gått bra ändå. Kanske var Stenkil Stenson fagrare än hon mindes honom, inte helt tandlös, och inte heller med en sur lukt som en del gammelkarlar hade. Lukten var värst, ett elände rent av. Hon tålde det mesta på håll, men inte när det kröp in i näsborrarna och frätte till illamående. Även om kläderna var granna och dyrbara hjälpte det föga om stanken var frän. Inte vanlig smuts eller dynga, det tålde hon bättre. Det var det där andra som var svårt att uthärda. Slem och gammalt piss.

Hon skulle försöka vara lika stolt och stark som Ingegerd, när hon nu måste färdas ända bort till Sätuna och äktas vid gubben Stenkil Stenson. Om inte annat ta efter Ingegerd och kräva att få någon med sig från Östergård, även om hon inte var en prinsessa. Hon visste precis vem hon skulle välja. Ärmund var för gammal och skruttig och Ulfhård både butter och småslug, och inte var han fager att se på. Smedens son, Björn, den starke och hårfagre, ville hon ha med sig, även om det kanske var ovanligt att ta en med så låg rang. Men hon kunde säkert övertala far. Att Björn hade ögon för Valdis struntade hon blankt i. Och Björn skulle inte kunna tacka nej till att följa henne, det var hon säker på. En resa med Sigrid, stormannens dotter, var inte något som gick att förhandla bort. Ett liv som hennes väktare måste dessutom locka stort; som att bli en soldat i främmande land till en stor och väldig herre. Och far gav honom givetvis mycket silver och guld för denna tjänst, i alla fall mer än det ynka som slitet i hettan med hammaren mot städet nu gav honom. Han hade ett tröstlöst liv, nästan som en träl, tänkte hon, samtidigt som hennes egen betydelse växte så att hon var på vippen att sprängas. Hon kunde rädda Björn. Och han skulle bli henne evigt tacksam, förutom att han skulle älska henne innerligt resten av livet. Så som far alltid hade älskat henne. Ända tills han svek henne denna afton.

Och vad som mer växte var den heta längtan efter Björns breda bringa som hastigt kommit på i afton. En längtan som fick henne att äntligen slappna av och komma till ro. Hon suckade belåtet och gäspade så stort att det knakade i käklederna. Sedan log hon sig rakt in i sömnen.

Drömfri blev natten, svart som kol, utmattad som hon var.

KAPITEL 9

Hundarna skällde utomhus och väckte Sigrid bryskt. Kort blev vilan. Huvudet dunkade trögt och ögonen var gryniga. Hon ville sova vidare, sova länge, sova bort allt elände. Lemmarna låg tunga och stela. Hundarna inomhus vandrade oroligt omkring så att klorna smattrade mot träplankorna och tvingade henne att öppna ögonen och stirra upp genom vindögat. Det var halvskumt både ute och inne, knappt att det gick att urskilja himlen. Gråslöjor och morgondis. Solen hade knappt börjat orka sig upp, och elden var falnad. Röster bröt fram genom väggen, fötter sprang i gräset bakom huset. Ärmunds stämma tog i, grovt och hest.

"Halt", kommenderade han.

Det lät olycksbådande. Fler stämmor hördes, mest halvkvävda grymtanden. Ännu fler fötter trampade där ute i gräset, vapen skramlade, och folk började kliva ur sina bäddar och rusa ut. Var det fara på färde?

Hjärtat klappade. Sigrid låg kvar och gömde sig småhuttrande under bolstret. Kanske var det bara någon som hade försökt stjäla höns, inte en farlig fiende som kommit för att slåss och lägga Östergård under sig. Hon mindes en gång när hon var liten och främmande män drog in på gården och hotade far. De tryckte upp honom mot husväggen, höll honom fast med en svärdsudd riktad mot hans hals, och hon blev så rädd att hon kissade på sig. Fars hird dök snabbt upp. I två grupper stod de sedan mitt emot varandra och fräste med dragna knivar och glänsande svärd. Fars män och fiendens karlar. De främmande männen dröp av till slut, och kom aldrig mer igen. Hon vågade inte ens fråga far vilka de var. Han var inte till att tala med på flera dagar.

Det var första gången hon trott att hon skulle dö av rädsla. Numera visste hon att hon inte dog så lätt. I alla fall inte av skrämsel. Det skulle i så fall vara soten som fick henne på fall, eller huggormen, eller att hon fick något helt galet i sig, eller föll illa av hästen sin. Men inte av ren rädsla. Skrämseln kunde möjligen få henne att försvinna en kort stund, som hon hade gjort kvällen före, och det var alls inte behändigt. Det var ett stort obehag att tappa sansen, det skulle hon akta sig noga för i fortsättningen.

Nu hörde hon far. Hans röst var bestämd. Därefter tystnade hundarna och folk började gå in. Sigrid vände sig på sidan i bädden. Bolstret skylde henne och hon drog ner det så pass att hon kunde bliga över kanten och se vilka som klev in.

Tunga steg av män. Några kvinnors också. De samlades invid eldstaden, som knappt ens glödde. Någon lade på spånor som flammade upp och sedan några vedklabbar, samtidigt som man satte fyr på stickor och tände en oljelampa, men mer än halvdunkel blev det inte. Men ansiktena gick nu bättre att urskilja. Allvarliga anleten, som vid gravens rand.

Den hon först kände igen var missionsprästen som kommit på benen. Han stod i sin vida särk en aning böjd i axlarna och mager och knotig som ett vindpinat träd. Far lutade sitt huvud mot honom och sa något. Det verkade som om han lugnade honom, för prästen nickade och tassade strax därefter tillbaka till bortre änden av det stora huset där Holmlög gjort i ordning ett rede åt honom i all enskildhet bakom en halv vägg. Där lades alltid gäster av rang.

Det var uppenbart för Sigrid att far ville få undan prästen. Sedan schasade far ytterligare några nyfikna i säng. Sigrid hade då funnit att några av de främmande rösterna var henne mycket bekanta och ansiktena också. Det gjorde henne ont, för hon förstod att något gott knappast kunde ha hänt när folk kom farande så där i skydd av mörkret.

Hon kunde nu inte längre hålla sig. Nyfikenheten fick henne att ljudlöst glida ur bädden och smyga närmre. Hon ställde sig en bit på avstånd i skuggan vid väggen och hoppades att ingen skulle upptäcka henne. Det var i smyg hon lärt sig de stora människornas liv och regler. Tyst lyssnade hon som en tjuv om natten.

Ljuset från tjärstickorna fladdrade över nykomlingarnas ansikte. Sigrid såg att det var Gunnar från Hargsbro och hans familj med följe. Gunnar, som var fars äldste och bäste vän. Gunnar, som hade ett hetsigt men gott sinne och som kunde var så rolig att Sigrid skrattade i flera dagar efter att de hade kommit hem från stora gillen i Hargsbro. Men det var bra länge sedan, kom hon i samma andetag på. Var de osams, far och Gunnar? Två ätter som låg i fejd med varandra?

"Sätt fram mat och dryck. Intet ska fattas dem", kommenderade far.

Den fetlagda kokerskan hade satts på benen och fick nu fart mot kokhuset. Far förde nattgästerna till det långa bordet. Med armen vräkte han undan gamla matrester från gårdagens festyra. Köttben, fiskstjärtar, mosade rovor och korvsnuttar föll rakt ner på golvet till hundarnas stora glädje.

Sigrid stod kvar tryckt mot väggen och försökte smälta ihop med skuggan. Far var gravallvarlig och tung i blicken under de yviga brynen som lade ögonen i mörker. Var jordens undergång nära? Ragnarök, som Holmlög så gärna skrämde upp dem med när de var små. Far och Gunnar hade vuxit upp tillsammans och hade alltid varit såta vänner. Banden mellan deras ätter hade varit starka i flera led bakåt. Seg och trofast var därför vänskapen och lojaliteten. Men nu var det spänt.

Sigrid hade nära till gråten. Ragnarök innebar hemska ting; svåra år, nöd och krig som skulle föregå jordens undergång, det visste hon. Ragnarök började med bitter osämja mellan vänner, att människors sinne förvillades, fäder slogs mot söner, bröder mot varandra och vänner började jaga varandra. Var detta vad som skedde nu, undrade hon när hon såg hur spänt det var mellan far och Gunnar från Hargsbro.

Kanske var det på grund av Ragnarök som far hade letat upp Stenkil Stenson av alla svear på jorden till henne. Men om jordens undergång var nära, så var ju ändå allt betydelselöst. Allt och alla skulle gå under i en tid då solen slutade värma, vintrarna blev allt hårdare och bittrare och vargarna ylade både dag och natt. Och intet ljus skulle komma att skymta över havet.

Kokerskan satte fram ett stort, ångande fat med en duns. Nattens främlingar högg in som om de inte hade sett mat förr. Sigrid hörde de glufsande ljuden. Far och Ärmund nöjde sig med att se på. Ytterligare tre av gårdens män vaktade i bakgrunden, sloköрade och matta i blicken. De önskade sig säkert hett tillbaka i bingen.

Gunnar hade vanligtvis trinda och blänkande kinder och ögon som var glada. Men nu var han smutsig och härjad. Det var oroväckande att se.

”Kolbränna har varit framme”, sa Gunnar lågt. ”Nu har han gården min, och alla djuren – de som inte blir stekta i branden. Det värsta är folket. Jag vet ännu inte hur många som klarat sig. Vi skingrades åt alla håll. Alla hästar fick vi inte fatt i. De som stod ute skenade iväg. Vart vet jag inte. Och hur det gått med de andra, de i stallet … Tja, det vet jag inte heller. Hästar lämnar ju helst inte stallet i ett osäkert läge … tryggheten finns där, men rök tål de ju inte. De tuppar av och lägger sig ner … Så barnen fick rida samma häst när vi flydde hals över huvud. Likaså två av mina män.”

Gunnar tog ölen som bjöds och drack sig girigt otörstig. Han såg sedan ner i bordet och drog eftertänksamt med handen i skägget.

”Värst var lukten som följde oss.”

Han tystnade och skakade på huvudet som för att skaka av sig obehaget innan han slevade i sig mer mat. Åt gjorde även de andra i hans följe, som bestod av hustru och två barn – Sigrid såg bara ryggen av dem – och fyra karlar till.

”Vart beger ni er nu?”

Det var fars röst.

”Mot Uppsala. Hade vi inte blivit jagade och tvingade att gömma oss i en grotta så hade vi varit där redan.” Gunnar grymtade.

Far gjorde en gest att han skulle sänka rösten ytterligare och tittade samtidigt åt det håll dit prästen gått för att sova vidare. Det var tydligt att far inte ville att prästen skulle höra.

Att släppa in Gunnar och hans följe var farligt, förstod Sigrid. Men hur pass vanskligt var det? Hon kunde inte tyda det där hon stod som fastvuxen i golvet, samtidigt som hon övervägde om hon skulle krypa ner i bädden igen och försöka glömma bort detta som nu hände.

Då sträckte ynglingen, som hon mest sett ryggen av, sin arm över bordet för att få mer öl att dricka. Sigrid såg då, när ansiktet kom över oljelampan, att det var Torkel, Gunnars son. Håret var blont och tjockt och var bakåtstruket över pannan och samlat i nacken med ett band om. Ansiktet syntes väl. Tunna men skarpa drag. Inte längre ett barn. Ett vuxet ansikte med en kraftig haka, böjd näsa och kinder och överläpp täckta av vek och gles skäggstubb. Säkert lent att klappa, inte strävt som fars. Munnen var fortfarande känslig, även om Torkel var en stor karl nu. Nästan, i varje fall. Grovt och mjukt möttes i honom. Sigrid höll andan. Särade sedan på läpparna för att det inte skulle höras när hon andades. Så grann hade Torkel blivit att det spratt till i henne. Nu ville hon inte längre gå och lägga sig. Hon visste redan nu att drömmen om Björn i ett enda huj hade bytts ut mot Torkel. En man av hennes egen sort dessutom.

KAPITEL 10

Det var för några vårar sedan som far och Gunnar hade ett stort bråk. Sigrid mindes det vagt. Sedan dess hade de inte setts. Grälet hade handlat om att far tillbad Vite Krist och var en av kungens lojala män, medan Gunnar vägrade både att gå över till de kristna och att ansluta sig till kungen. Han ville fortsätta att vara en fri man, hade han hävdat.

Trots att far var lojal mot kung Anund var det nog ändå mor Bothild som var den person som far litade allra mest på, tänkte Sigrid, och inte på kungen. Att kunna lita på någon var en viktig men samtidigt svår sak, det hade både mor och far lärt henne. Kungen visade med sina gåvor, som nu det fina skrinet som far hade med sig från Sigtuna, att han litade på att far stödde honom. Frågan var om far litade på kung Anund fullt och fast. Han hade inte varit kung så väldigt länge. De hade ännu inte hunnit syna honom i sömmarna, och kungen hade inte fullt ut hunnit visa vad han gick för. Mor muttrade om det ibland. Och Gunnar i Hargsbro hade yttrat samma sak, fast högt.

Anund Jakob hade varit mycket ung när han blev kung, ungefär lika gammal som Sigrid var nu. Det var för några år sedan. Han kunde inte härska ensam utan de hövdingar och stormän som hade gjort sig av med Anunds far tog över för en tid. De dödade inte den gamle kungen, Olof Skötkonung, utan förpassade honom till Husaby i Västergötland, med det stod inte länge på förrän han dog. Efterhand kom Anund Jakob att regera ensam, och han var den mest kristna kung de haft hittills. Och han gjorde stormännen nöjda eftersom han gick samman med den norske kungen Olav Haraldson – han som kallades Den digre.

Far hade hela tiden varit lojal, men inte till vansinnets gräns. Han hade varit lika trött på Olof Skötkonung och hans ständiga fejder med den norske kungen som många andra. Far hade varit en av de stormän som gjort gemensam sak och satt ner foten och förpassat Olof Skötkonung från Sigtuna.

Sigrid hade hört att det fanns många hövdingar och stormän som inte var som far, utan mer som Gunnar i Hargsbro. De stödde inte konungen ett enda dugg, och ställde till stort elände för att de vägrade att låta döpa sig i vita kläder i Mälarens vatten. De var avoga till allt vad munkar, präster och Vite Krist hette. De ville inte alls bekosta dessa. De ville bestämma själva vem de offrade eller bad till. Livet var hårt, knogigt och strävsamt, och lönen för mödan skulle gå till den egna ättens välgång och inte till en kung som pungslog dem för att han behövde vägar, broar och krigare – och ge kungen än mer makt och upphöjdhet åt honom själv.

”En sveakung behöver vi inte”, sa Gunnar denna råkalla natt som höll på att gå över i gryning. Mycket tyngde Gunnar, och han fortsatte sin klagan med att förfasa sig över kungens tvång om den ende guden och Vite Krist. ”Vid starke Tor, himmelens härförare! Vad ska det vara bra för? I alla fall här hemma! Långt bort iväg kan de hållas med vilka gudar de vill. Flera dagar till skepps härifrån kan de göra vad de vill.”

Gunnars röst var hetsig. Han var en man som tyckte om starka ord. Och många. Ut smattrade de som hagelkorn som dunsar mot gårdsplanen en mulen och kall dag.

”De kan få bygga hur många kristna kyrkor de vill där borta, bara vi slipper eländet. Det kostar. Det är det enda som är säkert. Det duger gott med det som är. Varför hålla på och väsnas i onödan?”

Ordrik var Gunnar från Hargsbro, men för den skull inte svag i armarna. Han viftade gärna med händerna när han talte. Stark var armen även i strid, det hade far sagt. Gunnar var inte att leka med, om någon nu trott det.

”Allt är den eländige munkens fel”, suckade Gunnar och tystnade.

Mor hade berättat att det en gång för länge sedan kommit en from munk till Birka. Han hade rest den långa vägen ända från Frankerriket, varifrån han hade skickats ut av biskopen för att ge svearna den rena tron. Men de som bodde i Birka på den tiden tog honom inte på allvar. Inte många ville höra Guds ord och låta döpa sig i det kalla vattnet, berättade mor. Och vad hände! Jo, Guds straff föll över dem. Inte långt därefter hade handeln upphört och folk hade börja flytta från Birka.

Fler missionspräster kom. En hel lång rad. Till sist hade flera kungar tagit dopet och blivit kristna och mycket förändrades därmed. Olof Skötkonung och hans son Anund Jakob fördömde de ogudaktiga som höll till i Östra Aros och Gamla Uppsala där det låg ett stort hednatempel som alltid hade dragit till sig folk som blotade och bar sig åt, mörka till sinnet och råa som vilddjur. Missionsprästerna förordade den kristna läran med en gud att styra över himmelriket och en kung att styra över jordelivet och manade sina lojala män att hjälpa dem att bygga kloster för att förmå munkar att bosätta sig i Mälartrakten. Sigrid hade hört om dessa utländska munkar. De var mycket fromma i anden och rena i tron och kunde läsa Guds ord från tunna hudark och skriva med bläck. Far Alrik hade sett sådana alster på sina långa resor, hade han berättat. Han hade sett delar av den heliga boken, av Bibeln. Sigrid förstod att skrift var finare än att rista runor i sten eller trä. Fast hon hade förstås också hört dem som menade att det endast var det som var hugget i sten som klarade bränder och tidens tand.

Eftersom far hade sagt ja till Vite Krist och till kungen hade han i gengäld fått konungens beskydd, och det var av stort värde. Samlade var de starka, menade far. En och en hade de inte mycket att sätta emot när dansken kom söderifrån. Detta hade Sigrid hört far och Gunnar gräla om på gillen förr i tiden och det låg mellan dem nu också. Sigrid kunde höra det. Och hon såg. En sträv tystnad hade lägrat sig över de församlade, men det var egentligen ingen hård ovilja. Sigrid trodde inte att far och Gunnar var riktiga fiender; att de hatade varandra på liv och död. De tyckte bara olika.

Sigrid lyssnade spänt.

"Beskydd mot vad då?" spottade nu Gunnar ur sig. "Den ende som vi behöver skydda oss mot är väl i så fall kungen själv. Skötkonung höll på att knäcka oss med alla krig mot Norge. Vad den här unga tuppen tänker göra vet vi inte, men inte kommer han att sitta hemma och rulla tummarna."

Så sa Gunnar, som också farit vida österut, som far, och inte var det minsta rädd av sig. Stora skatter hade han grävt ner, trodde far. Gunnar visste att han levde farligt. Tyska, engelska och arabiska mynt vilade förmodligen i säker jord i trakterna kring Hargsbro. Det tyckte Sigrid var bra, för hon hade alltid tyckt om Gunnar. Han var en satt karl med en präktig mustasch, som han vårdade ömt genom att sno ändarna uppåt. Gunnar var rolig och vildsint, och det var även hans hustru, den betydligt längre Tova. Hon skrattade gärna. Deras båda barn, Inga och Torkel, var också annars gladlynta. Men nu var de samtliga sorgsna och rädda, och det syntes att de hade varit med om svårigheter.

Sigrid blev betryckt. Hon hade alltid funnit ett stort nöje i att umgås med dem när familjerna hade gästabud på någon av gårdarna. I Sigtuna sågs de aldrig. Gunnar hade rimligen inte förärats en tomt i staden; det var ju kungen som delade ut dem. Och var det något Gunnar från Hargsbro *inte* var, så var det en av kungens män.

Det var som sagt var länge sedan de sågs, de båda familjerna. Andra vindar hade blåst sedan kung Anund Jakob fick makten. Han var hård. Anund Jakobs fader, Olof Skötkonung, var död och kvar efter hans styre fanns endast Mynthuset som Skötkonung låtit uppföra och som låg invid Kungsgården i Sigtuna. Och alla mynt förstås! Penningar präglade med det kristna korset på ena sidan och den konstiga bilden på Skötkonung på den andra. Mynthuset var fortfarande igång, men man var lite osäker på hur mynten bäst skulle användas. Mest hade man dem till att byta med. De var ju märkvärdiga och fina att se på och hålla i handen. Lite mer än vanligt hacksilver.

Den danske kung Knut mullrade hela tiden i bakgrunden. Han ville ha både Norge och Svitjod, svearnas område. Därför måste Anund Jakob vara bestämd. Stormännen måste samlas under en hövding och göra området till ett starkt och samlat konungarike. Allt för svearnas eget bästa.

”*En* kung, *en* gud, och *en* storman på gården”, så sa far, Sigrid hade hört det till leda. ”Man måste veta vem som håller i tyglarna. Det säger sig självt att det kostar på för kungen att styra om till det bästa för alla sina undersåtar. Han behöver skatten.”

Men många vägrade, de ville inte att kungen skulle ta det lilla de hade. Då blev Anund Jakob vredgad. När hans män varit hos dem på gårdarna ångrade de sig säkert eftersom kungen ändå tog vad han ville ha, brände ner eller stack ut ögonen på dem som inte var trogna Vite Krist. *Kung Kolbränna*, kallades han för. Sigrid hade hört det många gånger, och det lät otäckt.

Kungen var god, men också hänsynslös, så märkvärdigt var det. Det där fick Sigrid inte riktigt ihop. Och nu bar hon på en hemlighet, stor och tung. Hon visste hur de såg ut; kungens starka män som brände ner. Och hon visste dessutom vad bittert mera de kunde ta sig för, dessa brännare till karlar. Lukten av brandrök som stått ut från kläder och skinn, där i skogen, stack fortfarande i näsan på henne. Och den sotiga handen med ormhuvudet inristat som sjunkit djupt ner i stjärnmossan glömde hon inte i första taget. *Det hemska* som hänt henne blandade sig med det hemska som drabbat Gunnar och hans familj.

Hade far vetat om vad kungen hade gett order om? Hade han hört att kungens män var ute och brände när han var i Sigtuna? Eller känt lukten på färden hem? Att kungen passade på att bränna innan det blev alltför torrt i markerna var begripligt, för vem ville ställa till med en skogsbrand som kunde löpa över hela riket. Och Sigrid undrade också om far hade kunnat förvarna Gunnars familj om han velat. Förmodligen inte. Far hade sport Ärmund lite löst om brandlukt under gillet, det hade hon hört själv.

Dörren flög upp. Kokerskan kom med vatten och mer öl att släcka törsten med. Oljelampor och tjärstickor fladdrade till så att ljuset sköt mot väggen, och far fick plötsligt syn på Sigrid. Hon trodde att hjärtat skulle stanna.

”Vad gör du uppe, flickan min?” frågade han.

Hon fick inte fram ett ljud.

”Kom fram du!”

Det var knäpptyst runt bordet när hon klev ut ur skuggan. Alla ögon hade hon på sig, så hon slog ner blicken, generad och smått skamsen. Hon hade både smugit och tjuvlyssnat och dessutom var håret i oordning och särken enkel och skrynklig. Den fina klänningen hade hon tagit av sig. Hon önskade att hon hade på sig den just nu – den klädde henne väl.

Först när hon väl satt sig, längst ut på bänken, tittade hon hastigt upp och hamnade direkt i två ögon som genomborrade henne. Vänligt och nyfiket och allvarsamt såg han på henne. Torkel, som var henne så välbekant, som hon känt sedan hon var en liten flicka. Jag vill inget illa, såg ögonen ut att säga. Vill bara väl. Ögonen var som två brunnar att ösa ur, tänkte hon hjälplöst. Ösa liv ur; det varma och snälla livet som flöt mellan födelsen och döden. En varm blick som kunde skydda henne från livets hårda stråk. Som säkert skulle kunna mildra *det hemska*, att få det som nyss hade skett att bli som ogjort.

En stark längtan blossade upp utan förvarning. Hon hade aldrig varit med om något liknande och var inte beredd. Det var en varm och ljuvlig känsla som väcktes. Hon ville dela livet med de där ögonen. Hon visste det alldeles säkert. Denna mildhet. Denna värme. Hon ville sjunka in i hans famn. Hon blev själv både överraskad och tillfreds över sin tveklöshet. Att hon ville något så alldeles säkert var befriande just nu. Att följa med, och slippa hålla emot, så som hon höll emot *det hemska* varje stund hon var vaken och som hon hade försökt mota bort tanken på Stenkil Stenson under hela kvällen.

Nu ville hon inget hellre än att bara bli sedd av dessa ögon. Torkels ljusa blick, som visserligen var skrämd i ögonblicket, var samtidigt mild som vårvinden. ”Inget farligt, Sigrid min vän”, sa de ljusblå ögonen henne. ”Jag vill vara med dig, som när vi var små. Jag vill gärna veta vem du blivit, kära lilla Sigrid. Vill lära känna dig på nytt, Sigridflickan, som nu blivit stor nog för att giftas bort.”

När Sigrid vaknade sent nästa dag fanns det inte ett spår av nattens gäster. Ingen sa heller något om besöket. Men den som tog sig tid att räkna hästarna skulle märka att det fattades två i hagen.

KAPITEL 11

Hettan var olidlig. Värmen hade hängt i. Kornet mognade snabbt, fälten var guldglänsande med sega ax som inte föll sönder så lätt. Luften stod helt stilla medan mörka moln i rask takt höll på att bygga upp sig. Vid horisonten var det svart. En och annan beskedlig vindpust kom dock och fick sädesfälten att vaja slött så att borsten glänste. Bröd, öl, gröt och hästfoder skulle komma från kornet. Rågåkrarna var färre till antalet och grågrönare, men de skulle bli fler och större. Sådan var planen inför kommande år, och Sigrid såg fram emot pösiga och saftiga bullar av jäst bröd av råg som bakades i ugn, jämfört med de platta och hårda kornkakorna som gräddades på öppen eld. Hon var inte ensam om att tycka att mjukbrödet smakade mer. Och så var det snällt för gommen. Rågen kunde dessutom sås på hösten och skördas på våren, och det var bra det, menade far som precis varit en sväng ute på ägorna. Sigrid hade sett honom från sin plats i vävhuset.

Far tog sig en runda till fots eller till häst väldigt ofta nu för tiden. Men stegen hade något ängsligt över sig som Sigrid inte ville kännas vid. Men visst såg hon det. Hon iakttog, lyssnade och teg och lade ihop på sitt vis. Rastlösheten hade satt sig i kroppen på far och drabbat honom stort. Från tidig otta till sen kväll var han i ständig rörelse; allt tröttare och utan spänst i anletsdragen, trots att skinnet var friskt brunbränt av solen. Axlarna hade börjat slutta sorgligt nedåt och ryggen lutade alltmer framåt, som om huvudet tyngde mot marken, precis som när en blomklocka i all sin fägring tvingar stjälken att böja sig. Det var som om far inte längre förmådde räta upp sig i sin fulla längd, som om han grubblande hade fastnat med blicken i marken. Till och med de yviga ögonbrynen tycktes sloka som pälsen på en blöt katt.

Det gjorde Sigrid ont att se. En ängslig låga fladdrade ständigt i henne på grund av den dystra skugga som ständigt följde far. Men vem mer såg den? Alla teg.

Det var förvisso livets gång att kroppen ändrades och tröttades; det var sådant hon ofta fått höra av personer som Holmlög och mor. Men just nu ville hon inte veta av livets obarmhärtiga tramp framåt, varken mot ögonblicket då hon skulle tvingas lämna Östergård eller då livet i dess helhet gick mot slutet. Men det roliga behövde inte ta slut, sa prästen. Sigrid försökte envist hålla fast vid det glada budskapet om ett liv efter döden, men det krävde mod och arbete dessförinnan, annars visste man inte var man hamnade. I helvetet, om man inte skötte sig.

Hon tordes inte fråga hur det var fatt. Visste väl hur män som far svarade. Med märkliga och sårade ögon skulle han se förbi henne, och inget skulle komma från hans läppar. Vad tar hon sig för friheter att ens våga ställa frågan, skulle han tänka både upprört och vrångt. Alrik Gårdske var inte någon stackare. Han var en hövding. Storheten behövde förvisso inte sitta i kroppens styrka, i skattkistornas gömmen av guld och silver, i kreaturen eller i de vidsträckta markerna och stora skogarna. Men i stoltheten. Och även i kroppen; i senor och muskler och styrkan de gav. Så Sigrid lät det bero och vande sig vid att låta bli att se hans långsamma förändring. Hon iakttog honom stilla någon gång ibland när hon tordes, när hon i korta stunder vågade släppa fram sin egen ängslan över att far förändrades.

Sigrid försjönk för en stund i naturens stillsamma fägring. Korn och råg glänste förvisso på sitt sätt, men vackrast av allt som odlades var linet. De klart blå fälten skymtade längst ner vid fägatans slut där skogen tog vid. De lyste som en kallblå rand. Det fanns två sorters lin, båda med alldeles blå blommor. Far hade sett till att de odlade bägge sorter och på olika åkrar. Den långstjälkade sorten var spånadslinet, som måste bearbetas hårt för att de skulle få fram lingarn att väva med. Det kortare linet odlades i mindre skala, och ur fröna pressade de linolja.

Vävstugan låg på en liten kulle. Mor hade valt platsen för ljusets skull; för att dagern frikostigt kunde flöda in genom dörrarna när det var väder att ha dem öppna. Det höga läget gav dessutom en känsla av att vara mitt i gårdens göromål, och ändå sitta lite för sig själv. Det var bara att vrida huvudet och titta ner, så låg gårdsplanen där och Sigrid kunde snabbt se vad som skedde där. Böjde hon sig en liten smula bakåt på bänken och lyfte blicken syntes Mälaren glittra vid horisonten.

Men nu syntes Mälaren svart som en skogstjärn, smådarrande under den blåsvarta himlen. Ett slagregn var att vänta. Det tålde grödorna illa, även om jorden törstade efter vatten. Det hade varit torrt alltför länge.

Men Sigrid brydde sig varken om väder eller vind. Hon torkade sig i pannan med handens baksida och fortsatte att noga välja garner efter infärgning och plocka in ylletråden i det öppna skälet. Sedan packade hon med van och snabb hand inslaget med vävsvärdet. Det var lent i greppet. Träet hade nötts i mors hand under många år innan Sigrid fick överta det. Hon skiftade sedan skäl genom att lägga skaftet i skafthållaren och tog därefter en ny infärgning till nästa inslag. De tunna yllegarnerna låg färdiga i en korg. Mor hade kvinnor i småhusen runt ikring till att karda, spinna och färga garnerna efter mors vilja. Kvinnorna satt med sländtrissan snurrande mellan benen hemma i skumrasket i stugan. Om vinden var mojnad sågs de även stå utomhus i skuggan så att färgen inte kom till att blekas av det vassa solljuset.

Kvinnorna som färgade garnerna hölls med växtkoket nere vid stranden så att de hade nära till vatten när garnerna skulle sköljas. Sigrid gick ibland ner och inspekterade nyanserna på de spunna och infärgade garnerna som hängde på tork under takskägget till båtskjulet. Hon kände sig lite som far. Det var hon som avgjorde om resultatet var gott nog, hon eller mor. Med kännarmin såg hon ner i de stora järngrytorna där växter och garner bubblade i det heta vattnet. Men det fick inte koka – då hälldes kallt vatten försiktigt i – annars tog ullen skada och fibrerna reste sig som taggarna på en igelkott. Sigrids ögon var med henne hela tiden, men samtidigt kände hon sig smått utanför bland kvinnorna som hon hörde skratta så gott på håll, men som tvärt tystnade när hon kom närmare. Därför höll hon igen med pratet och kommentarerna. Hon var en smula märkvärdig, inte bara för att hon var stormannens dotter, utan för att hon hade finarbetet i händerna. Det var hon som stod för det magiska. Hon hade fått gåvan; hon visste det och att hon skulle ta den väl tillvara.

Mor hade stegat ut och sett till att slå ner pinnar i marken för en större vävstuga med plats för fler vävstolar. Mor glödde när hon talade om det. Hon tänkte helt enkelt bygga ut boden de redan använde. Timmer var hugget och låg och torkade. Mor hade även talat med karlarna om att hämta gott virke till nya vävstolar. Aspen var bra till de långa raka styckena som bommen, medan redskapen bäst tillverkades av björk. Mor hade varit enastående tydlig med vad hon ville ha, och hon hade till och med blinkat åt en av männen för att blidka honom att bli extra noga med konstruktionen eftersom han förmodligen tyckte att det var bra klent att använda sina grova händer till fruntimmerssaker. Så hade Säbjörn kommit och ställt allt lite på ända, men när skörden väl var bärgad och hösten började krypa inpå dem skulle det bli av: mors stora planer.

Ibland funderade Sigrid över vem som skulle sköta det småa, och svåra. Vem hade händer till det, förutom mor och Sigrid själv. Sedan, när Sigrid inte längre bodde på Östergård, hur skulle det då bli!

En bred dubbeldörr ledde in till vävstugan. De båda halvorna stod nu vidöppna, främst för ljusets skull men även för svalkan, som ändå inte gick att få fatt i en dag som denna. Sigrid höll på med en bonad, eller kanske ett framtida bolstervar, med ett sinnrikt mönster som hon komponerade efterhand. Det var ett pilligt plock som hennes smala fingrar lämpade sig väl för. Bara de tunnaste garnerna använde hon.

”Passa på medan du har syn och händer för det”, sa mor, vars egna ögon hade försvagats. Påstod hon i varje fall, fast Sigrid hade ibland svårt att tro det för mor kunde dyka ner som en falk på minsta fel. Annars blev blicken tydligen suddigare allt eftersom åren gick, och blev man mycket gammal grumlades ögonen helt. Det var skrämmande, tyckte Sigrid. Hon som så väl behövde sina ögon.

Hon trivdes annars gott med att vara mors hjälpreda med det pilliga. Framför allt behövde mor hjälp under den mörka tiden på året, då ljuset från de bloss de tände i vävstugan sällan räckte. De vågade inte heller tända för många tjärstickor. Rädslan för en eldsvåda hängde över dem som Guds straff, även om inte ull tog lika lätt fyr som spånor och halm. Men tänk om all möda gick upp i rök! Mor var därför mycket noga med ordningen. Lika sträng som hon var med att ha ämbar med vatten stående i närheten, lika petig var hon med vilka som släpptes in i vävhuset – in i det allra heligaste. Det var mest Sigrid och mor själv som vistades där. De grövre tygerna för vardagsbruk, den varma och lite styva vadmalen till koltar, benkläder och klänningar, hade hon lagt ut till kvinnorna ute i småstugorna att väva. Precis som med spinningen och färgningen.

Elden var den stora faran. Elden slukade allt. Därför glömde aldrig någon på Östergård när flammorna helt hade gått lösa i sädesladan. Det hade varit under tröskningen för några höstar sedan. Det hade gått så illa att man knappt vågade orda om det nu heller, som om pratet kunde föra ännu en brandolycka med sig. Men ibland kunde någon hälla ur sig att "det var det året då ladan brann". Det var inget gott omen att födas då. Det hade Östen, Sigrids bror, gjort men de talade tyst om detta.

Tröskningen var alltid ett tungt slit i höstmörkret inne i ladan. De slog och bankade stråna med den svängbara käppen så att torra strån och ax flög i luften. Därefter följde ett påfrestande arbete med att sortera, skala och rensa. Den ödesdigra hösten då elden hade fått fäste och gått lös å det värsta, så var det en käpp som olyckligtvis slagit emot ett tjärbloss. Det var en av stallpojkarna som varit orsaken till olyckan. Blosset hade satt eld på de torra halmbalarna, och de hade nog kunnat kväva lågorna om det inte varit för att dörren plötsligt farit upp. Vem som trätt in hade de ännu inte lyckats utröna. Men brasan hade tagit fart av den friska luften, och lågorna hade blivit så giriga att de slickat sig ända upp mot himmelen. Inte något hade gått att rädda. Svarta kolrester var det enda som blivit kvar.

Den vintern hade Alrik Gårdske fått ordna med säd från annat håll. Det vart dyrt. Kosten hade varit mager för både folk och fä. Kindknotor som annars gömde sig i mjukt hull hade kommit i dagern.

Men numera stod det två sädeslador på gården, och dessa låg inte alltför nära varandra. Och på gården talade man i dessa dagar hellre om "det året då Östen föddes".

På senare tid satt Sigrid som förhäxad på den hårda vävpallen. Den var låg och långsmal och följde bredden på hennes vävstol, som stadigt lutade mot väggen. När hon gick ifrån lät hon varptyngderna vila på pallen så att yllevarpen inte tyngdes ner i onödan och tröttades ut. Det hade mor lärt henne. Mor hade lärt henne allt. Sigrid kunde inte sluta väva. Hon vågade helt enkelt inte bryta upp från arbetet, för var skulle hon då göra av händerna? Var skulle hon göra av hela sig själv!

Mor tyckte att Sigrid knappt var till att känna igen. Ett sådant envist sittande vid väven hade hon inte tidigare sett att Sigrid uthärdade. Flickungen brukade endast orka med kortare stunder, sedan gjorde hon sig andra ärenden för att slippa arbetet en stund. Men inte nu. Hon satt där hon satt.

Sigrid såg ibland som utifrån på sig själv och blev alldeles vemodig av sin egen olycka: en ung kvinna med brustet hjärta som vävde för att glömma sitt eget öde. Det var så sorgligt att hon knappt kunde hålla igen tårarna. Men det förstod nog inte mor, tänkte hon. Mor hon begrep nog inte att Sigrid var så sorgesam och ledsen som hon var. Hon tänkte nog bara att dottern hade blivit svårt gripen av fliten. Sigrid sa inget. Hon teg och led medan hon satt i tunga tankar. Hur skulle livet bli?

De vackra garnerna fick hennes ögon att stilla glädjas; de var henne till tröst. Hon slukade de olika nyanserna, plockade som hon ville och fann gott att göra. Mönstret hon efterhand komponerade var hennes eget. Kanske var det lite väl svårt och komplicerat, men hon utmanade sig själv. Hon drogs till det tålamodsprövande, det som tvingade henne att hela tiden vara på sin vakt och inte slöa till eller fundera för mycket. Tankarna blev lätt både farliga och mörka. Som om de åt sig in i henne och bröt ner det som var glädjen i livet.

Vissa mönsterslingor hade hon lånat från bårder som mor hade handlat av de frisiska handelsmännen i Sigtuna. Mönstren hade hämtats från Bysans – det påstod friserna i alla fall. Sigrid brydde sig inte om vilket. Hon tog upp det som hon fann angenämt för ögat, resten hittade hon på. Emellanåt lutade hon överkroppen bakåt och lade huvudet på sned, precis som mor, kisade lätt och bedömde hur det tog sig ut på håll.

Ibland valde hon samstämmiga toner, lika fast ändå olika, men ofta bröt hon av med bjärta kontraster ställda intill varandra. Hon hade bra blick, sa mor. Det styrkte henne att fortsätta. Hon svepte därför ständigt med blicken. Vad hon än gjorde så hade hon ögonen med sig. Blicken for över folk och fä, över vatten och åkerfält, när hon inget annat hade för sig. Hon tog intryck av former och symboler överallt. Trädgrenar, baggens böjda horn, gracila blomklasar, spetsiga blad och mer rundade former, såsom hylle och kronblad som strålade mot solen. Och sädesaxen med sina breda ytteragnar och styva borst, som ställda på rad gav en fin och tydligt avgränsad rad ut mot fransen eller mot bandet som stagade upp avslutningen av väven. Hon hade ännu inte bestämt sig för hur hon skulle göra avslutet. Att inte bestämma sig var härligt; att ha alla möjligheter kvar! Kanske blev det fint med dunkelt blå stripor mot ofärgad bakgrund. Den härliga grå ullen stod sig fint mot allt. Det skulle bli hennes märke; den stripade bården, så att det syntes att väven kom från just hennes hand, ända tills någon annan såg hur vackert det blev och tog efter. Det skulle gräma henne svårligen, att någon annan kvinna tog över hennes mönster och gjorde dem till sina. Men samtidigt skulle stoltheten växa i bröstet på henne. Hon kunde redan höra kommentarerna: ”Tänk att här ser man en vacker bård, och inte vilken som helst. Det måste vara Sigrid från Östergård som vävt detta!"

Hon visste aldrig från början hur mönstret precis skulle bli, anade det bara vagt. Det var som med avslutet. Det var det omedelbara, att hon när som helst kunde överraska sig själv, som drev henne. Ibland blev det helt tokigt, men ofta mycket finare än hon först hade föreställt sig. Hon visste inte mer än att saker och ting ändrade sig på vägen, att det hände något när hon satt vid varpen. Ibland trevade hon sig fram, prövade och repade upp tills hon var helt nöjd. Men det var alltid hon själv som bestämde. Det var en sann lycka att vara fri som fågeln om så bara för en kort stund. Och det var skönt att fingrarnas arbete hjälpte henne att hålla undan tunga tankar. Hon fann en sorts vila mitt i fliten. Och samtidigt var det mycket nöjsamt. Allt var gott, just då – förutom vetskapen om vem som skulle få väven hon höll på med …

KAPITEL 12

Det hade varit mors förslag. Först hade Sigrid inte trott sina öron, vägrat tvärt, satt fingrarna i öronhålorna och skrikit ett rungande nej rakt ut i luften. Men hon hade inte slagits, varken mot mor eller någon annan. Hon hade lärt sig att inte slå. Lille Östen kunde göra det när livet gick honom emot, men hon var för stor, giftasvuxen och allt. Men rätt snart hade hon sansat sig och begripit att detta var nödvändigt.

Och måste hon, så var det lika bra att göra det hon var tvungen till så väl som möjligt. Inte enbart för att det var som en sorts besvärjelse, utan för att hon samtidigt kunde få en smula glädje och lindring under tiden.

Till en upphöjd man som stod kungen nära, och som redan hade mycket guld och andra rikedomar, kunde en vacker bonad vara en förnämlig gåva. Eller ett bolstervar, som var extra skönt för ögat och dessutom gjort med ett fast inslag, som ändå var mjukt mot skinnet. Det menade mor. Och hon brukade veta bäst. En gåva att ta väl vara på, menade mor. En kärleksgåva.

Mor hade varit len på rösten när hon lagt fram sitt förslag. Kanske förstod hon hur det var fatt, trots allt. Mors ögon var varma och mycket seende. Dröjande iakttog hon sin dotter och såg den tomma blick som vägrade möta hennes. Mor begrep nog likväl vidden av det oundvikliga dottern skulle ställas inför, och hon mötte sin dotter med en solnedgångslen mildhet. Vad annat kunde hon göra!

Så gör bara en mor. Sigrid visste att det var så. Ingen annan på gården skulle möta henne med den blicken, med samförstånd. Jag begriper nog mer än du tror, ville mor säga. Det var lent och gott, men ändå besvarade Sigrid mors tysta ansträngningar motspänstigt. Sigrid sparade på vänligheten tillbaka. Men mor begärde inget av henne.

Sigrid var i alla fall samlad, även om det kostade en del. Varken sparkade eller skrek. Och hon upptäckte att där hon nu befann sig, vacklande på tillvarons yttersta brant, var sysslolösheten trots allt det värsta. Att inget ha för händerna; att inget ha att plocka med.

Så när hon vaknade drog hon sig omedelbart ut till vävboden. Med kluvet hjärta satt hon sedan fast förankrad framför sin stadiga, men ändå nätta, vävstol. Hon satt där flitigt under den ljusa dagen. Fingerfärdigt arbetade hon, som om det gällt livet.

Hon visste vad somliga tänkte och ryckte kallt på axlarna åt detta. Vem som ville kunde tolka hennes enorma flit och stora energi som ett tack för den nåd som givits henne – nåden att få Stenkil Stenson som sin äkta make.

Sigrid torkade sig med klänningsärmen i pannan. Det blondröda håret var tjockt, och svettpärlor bildades i hårbottnen och rann ner i nacken. Klänningstyget var fuktigt i ryggen. Inte en enda liten vindpust nådde henne. Feta, blåskimrande spyflugor flög runt hennes svettiga ansikte i ett irriterande surrande. Hon slog efter dem. Men vad hjälpte det, de kom tillbaka.

Mor gjorde henne sällskap stora delar av dagen, men hon kände sig inte ensam när mor väl gått. Hon hade sina funderingar, och hon hade utsikten. Mälaren låg där utanför. Det hade varit gott att doppa kroppen i kallt vatten. Kyla av sig från topp till tå. Kanske kunde hon gå ner till badstugan till kvällen, om den pressande värmen höll i sig? Hon kunde ta Valdis med sig, eller någon annan som kunde passa henne. Kanske mor följde med.

Hon fortsatte plocka med garnerna i varpen. Yllet klibbade fast i nyporna. Hon härdade ut, fylld av härliga drömmar om sin käraste som hade satt henne hjärta i brand. Det var den man som hon själv hade valt efter *det hemska* och efter fars besked om giftermålet med Stenkil. Först hade hennes ögon brådstörtat fallit på smedens son Björn, ung och ståtlig, men hon förstod senare, när Torkel hade kommit med sin familj på flykt mitt i natten, att hon hade varit lite väl snabb. Den flamma som Torkel hade fått att brinna i hennes inre var vida större och starkare, även om Björns starka armar var mycket härliga att se på. Torkel hade överraskat henne, lång och ståtlig som han hade blivit, samtidigt som han var henne väl bekant. De hade haft många roliga stunder tillsammans när hon var yngre, på den tiden då far och Gunnar fortfarande var sams. Ibland hände det att bilderna av Björn och Torkel flöt ihop inom henne. Hon lät det ske. Det var varma och ljuvliga känslor som fick brinna medan hon valde nyanser på garnerna, stoppade dem mellan de spända varptrådarna och mycket bestämt övergav alla funderingar på vem som var gåvans mottagare. Inte ett ögonblick tänkte hon på gubben – i alla fall inte med snälla tankar. Hon gjorde vad hon kunde för att låtsas att denna hennes skapelse skulle överlämnas till den som stod hennes hjärta närmast; till Torkel. Hon vävde in sin unga kärlek.

Så brakade det loss på himlen. Mullret spreds över nejden och blixten stack Sigrid i ögonen.

Samtidigt som hon reste sig för att stänga stugan och rusa hem kom en kraftig vind och tog tag i ena dörrhalvan, som slogs igen med en så kraftig smäll att hon trodde att hela vävstugan skulle falla i stycken. Just när regnet kom lyckades hon dra igen den andra dörrhalvan. Det var med nöd och näppe som hon orkade slå till bommen som reglade dörren.

Regnet hällde ner som syndafloden, som missionsprästen i Sigtuna hade berättat om, och hon tog sats mot boningshuset. Ärmund kom stolpande mot henne över gårdsplanen, dyngsur och med skor som skvätte i vattenpussarna.

”Seså, skynda sig in”, ropade han.

Fötterna kippade i lervällingen som snabbt hade bildats över planen. Sigrid togs emot av kokerskan i dörren.

”Av med det blöta nu”, sa hon.

Sigrid huttrade när hon väl kom in. Hon fann luften inne däven och unken och hon började få ont i magen och må illa. Hon fick torra kläder och varm dryck, men ändå fortsatte hon att huttra och må illa. Något var det med henne, mer än den tysta hjärtesorgen över Torkel som hon aldrig mer skulle få träffa. Och ontet i magen blev värre. Det vred sig till ett hårt knip, som allteftersom kröp nedåt. Så ont gjorde det efter en stund att hon knappt orkade stå upprätt utan föll rakt ner i fållbänken nära eldstaden. Det onda strålade ut mot ryggen och ner mot låren. Det var det värsta hon hade varit med om, och då var hon ändå van vid att ha ont i magen ibland. Mor trodde det berodde på maten. Knipet var för det mesta mer beskedligt och inte som denna skärande och samtidigt bultande smärta.

”Vad vit du är”, sa Holmlög. ”Se till att morska upp dig om du ska med till Sigtuna.”

Det var just det. De skulle fara dit om någon dag. Mor hade många ärenden för Sigrids räkning med sådant som skulle införskaffas i Sigtuna. Och så skulle de alla på gille hos kungen. Det var klart att hon ville följa med till Sigtuna och inte stanna hemma på gården.

Tor dånade fram med sin hammare. Hoppas inget högt träd eller taknock stack upp och lockade till sig blixten, tänkte Sigrid slött. Rädslan fick hela huset att tystna och hon somnade efter en stund, mullret till trots.

När hon vaknade hade ovädret blåst över. Dörren stod öppen mot en stilla och rentvättad himmel och en brandgul sol som sakta sjönk. Tunga vattendroppar föll från takskägget. Hon följde vattendropparna där hon låg. Dripp, dropp. Det onda hade lugnat sig. I stället kände hon något klibbigt mellan benen. Blod, såg hon när hon reste sig. Stora pölar av klibbiga klumpar.

KAPITEL 13

Årorna sköt båten framåt. Rytmiskt och taktfast och utan åthävor hade de glidit ut från bryggan sedan de väl lastat. Ett par änder hade uppskrämda flugit upp ur vassen, det var allt.

Det var en klar och vacker dag. Solen sken, näsryggar och händer brändes friskt rödbruna. När de kommit en bit ut på Mälaren fläktade en stilla bris vattnet till en försiktig krusning. Men inte mer än så, och det var således inte mycket bevänt med vinden. Knappt lönt att sätta segel, sa far.

Sigrid satt i fören, strax bakom den raka och grovt tillyxade stäven. Hon satt ensam för bänken var kort. Roddarbänkarna där karlarna slet vid årorna var bakom henne. Hon tittade fundersamt ut över vattnet, som glittrade i ögonen som ett regn av silver så att hon tvingades kisa och dra ihop ögonbrynen. I skyn seglade den vita örnen, som härskade över vattnet. Fågeln gled fram i stora cirklar. Ljus undertill och med ett mörkt streck av fjädrar ända ut till de spretiga vingspetsarna seglade den fram, värdig och överlägsen. Fiskgjuse kallades den. Hon kände till den eftersom den ljustrade fiskar bättre än Rurik, deras egen fiskare.

Plötsligt ställde fågeln om och började ryttla med stora vingslag och hängande ben. Den är på jakt, konstaterade Sigrid och kunde inte ta ögonen från den. Hon väntade med spänning på att den skulle dyka. Fågeln fortsatte att stå stilla i luften genom att slå snabbt med vingarna; som ett vilande orosmoment flög den där uppe. Efter en stund började fågeln sänka sig stegvis. Sigrid höll andan och var helt uppslukad av fågelns kraft och skicklighet att styra sig mot bytet. Den vita örnen var stark i näbb och klor, det visste hon. Järnklor, sa Holmlög. Sigrid var full av historier om vad de vita örnar som höll till vid havsbandet kunde plocka upp från havets botten. Armringar av guld, dränkta kattungar men också oönskade spädbarn som satts ut i lönndom. Det var Holmlög som proppat henne full. Mor Bothild sa att allt inte var sant, utan mest ljug för att skrämma upp folk.

Då dök fågeln. Snabbt gick det, nästan så att Sigrid inte hängde med. Vattnet stänkte knappt när rovfågeln försvann under vattenytan, så skicklig var den på att dyka. Hur stor fisk fick han, undrade Sigrid och höll uppsikt. Eller skulle fiskgjusen, trots allt, komma upp med en guldring?

Fågeln var som uppslukad av vattnet. Hon visste att den skulle komma upp till ytan förr eller senare – den klarade sig länge under vattnet. Hon följde med blicken efterhand som båten sköt framåt, och hon nöjde sig inte förrän hon efter en tämligen god stund såg hur fågeln klöv vattenytan och med tunga vingslag lyfte från Mälaren. I klorna sprattlade inte ett barn, men väl en fisk lika stor och tung som ett nyfött barn. Nästan, i varje fall. Den vita örnen borde vara nöjd med fångsten.

Sigrid vände sig om på bänken för att se om de andra ombord hade följt samma skådespel. Det hade de. Mor nickade vänligt från sin plats mitt i båten och far, som stod i aktern, tog just ner handen som hade skuggat ögonen medan han sett över sjön.

Ombord var rösterna annars låga. Mest hördes det torra knirret från virket i skrovet, och så förstås vinden och vattnet som lekte och nafsade efter dem med milda nypor denna oändligt vackra högsommardag. Sigrid lyssnade till plasket när årorna samtidigt doppades i vattnet, ett ljud som hon tyckte mycket om, och som därefter följdes av ett mjukt, nästan vinande läte när båten skar sig fram genom vågorna. Sedan kom det vänliga kluckandet när vattnet slog mot skrovet i de korta pauserna mellan årtagen, därefter ett nytt årtag, om och om igen. Det var lugnande, sövande, som om hon haft dessa stadiga och rytmiska ljud med sig hela livet ända sedan hon föddes.

Båten var ganska liten, ingen långseglare, men den tog en del last; varor som skulle levereras till staden såsom mjölk, smör, bröd, ost, kött, vilt, rotfrukter och honung. De hade även gåvor till konungens gästabud: torkat älgkött, vildfågel, hemlagad korv och rökt abborre. Förutom fiskaren hade far tre män städslade hos sig som var duktiga jägare. De var skickliga med pil och båge och inte heller oävna med spjutet. De gillrade också fällor, grävde farliga gropar och knöt hållbara fångstnät.

I mor Bothilds knä vilade ett stort tygpaket, som hon höll noga reda på. En förnämlig gåva var det, insvept i linne. Händerna höll hårt om omslaget och hon satt mitt i båten, rak i ryggen, och hade ögonen med sig så att vattnet inte stänkte upp eller att någon händelsevis kom emot henne med blöta kläder eller smutsiga nävar. Däri låg den korkåpa hon förfärdigat under långa dagar och sena kvällar, och hon skulle själv överräcka den till prästen. Sigrid hade också ett väl inslaget paket, men det ville hon inte hålla i knäet. Det var nästan så att hon skydde det, nu när det var färdigt. Och hon tänkte inte överlämna gåvan själv, det skulle far göra. Åtminstone slapp hon den saken.

Sigrid visste nu att hon skulle få en bit mark i brudgåva. Så var det överenskommet, och uppgörelsen var lik den som prinsessan Ingegerd hade fått, fast det handlade förstås inte om lika stora markområden, och absolut inte i ett främmande land utan kring Sätuna. Sigrid fann ändå jämförelsen betydelsefull – lika men ändå olika – mitt i eländet. Det var vad som gällde för unga kvinnor från bättre förhållanden. På så sätt skiljde hon sig inte. Snarare tvärtom, intalade hon sig. Hon fick nog mer än de flesta. Hon behövde denna märkvärdighet att suga på och trösta sig med, nu när det var som det var med gubben hon skulle makas ihop med och kärleken som flugit sin kos bort till Uppsala – eller vad det nu var som hade försvunnit iväg norröver och skapat ett tomrum som hon fyllt med längtans söta och varma drömmar, ljusa och skira som nyslungad honung.

Stenkil Stenson skulle emellertid inte enbart skänka henne ett stycke jord. Det var nämligen så att hon även skulle erhålla tyg till en utländsk kappa. Det innebar en kappa av smidigt och mjukt ylle och kanske även med partier av siden och guldtråd. Så var det sagt. Den skulle vara av förnämliga tyger från främmande trakter långt österut, och inte av grovt hemvävt ylle; det var för simpelt och för enklare folk som skulle till att giftas.

Sigrid såg tygets glatta yta framför sig där hon gled fram på Mälaren. Ett utländskt kläde som var elegant i fallet, inte styvt och klumpigt som den inhemska vadmalen, utan vackert i strukturen med glans och täthet i inslaget. Hennes kappa skulle komma att dra blickarna till sig och få var och en som såg den att framför sig se nejder där märkvärdiga tungomål talades och där skön musik ljöd, och stora rikedomar av guld och ädla stenar fyllde jättelika skattkistor. Tänk, ett tyg från Damaskus, Bagdad, Ser eller Kejsarstaden! Far hade farit dit, men Sigrid hade bara hört talas om dessa förnämliga platser långt bort, med stora städer där husen stod tätt och enorma palats byggda i flera våningar med smala torn och glänsande kupoler bredde ut sig. Städer, mycket större än Sigtuna, där det hände märkvärdiga ting hela tiden, och där luften var tjock av sötaktig rökelse och aromatiska kryddor och där man knappt märkte stanken från skulor och träck. Mor Bothild hade berättat om det. Hon visste eftersom hennes egen mormor, som hette Milka, kom från Kiev och hade växt upp i ett ståtligt hus fullt av sidentyger packade från golv till tak. Milkas far var något så förnämligt som sidenhandlare och sinnet för dyrbara tyger hade ärvts vidare i släktleden från Kiev till henne själv, det var Sigrid helt säker på. Det hade gått via Yrsa och sedan mor Bothild för att landa hos henne. Hon ville se det så. Hon ville känna släktskapet med Milka även om hon aldrig träffat henne. Och hon insåg att hon måste förvalta detta arv, som även kunde ses som en gåva från den ende guden, så gott hon kunde. Så som mor gjorde.

Men berättelserna om Milkas händelserika liv och hennes kärlek till Svarte i Blekinge kunde hon, och det var mycket pirrande att höra om. Det var Svarte som köpt den fina ringen borta i Gårdarike som mor Bothild hade i sin ägo. En ring med en präktig bärnsten i mitten, som hölls av två händer av silver, så fint gjorda att varenda knoge syntes. Den ringen var mor mycket rädd om. Hon hade den enbart på sig vid speciella tillfällen, som idag när de for till Sigtuna.

Mor hade fått ringen av sin mor Yrsa som en sorts brudgåva när hon lämnade Blekinge tillsammans med far Alrik. Mor Bothild hade satt fars hjärta i brand. Sigrid tyckte det var fröjdefullt att höra om detta. Om far och mor, som hade träffats på en kobbe i Blekinge där far hamnat för att flera av hans båtar gått i sank. Medan de skickliga båtbyggarna på Utlängan hade byggt nya skepp åt honom hade kärleken mellan mor Bothild och far Alrik slagit rot.

Ibland satt Sigrid i tankar om hur det skulle vara att få se Kiev, där gator och torg var så rena att man kunde trippa runt i mjuka tofflor av getskinn eller promenera i nätta skor klädda i rött siden och beströdda med gnistrande pärlor utan att de blev blöta och illaluktande av piss från folk och fä så fort man satte ner foten. Sigrid var helt säker på att det var så. Om inte ännu finare.

Hon drömde om att bege sig till en sådan enastående plats någon gång i livet. Ut, långt bort iväg, och slippa sitta som en fånge där borta på Sätuna. Hon hade skeppsblod i ådrorna, det visste hon. Det kliade. Äventyret lockade, i alla fall i tankarna. Det fanns ingen ände på vad hon kunde tänka fram i huvudet när hon ville, eller när hon behövde, bara för att muntra upp sig. Hon insåg att hon kanske inte skulle komma längre än till Sätuna. Men då hoppades hon att den där Stenkil Stenson åtminstone såg till att ge henne en *färdigsydd* utländsk kappa och att han inte bara gav henne tyget. Så tacksam som han måste vara för att få en ung hustru som Sigrid, var något sådant det minsta man kunde begära av honom.

Årorna doppade i vattnet, och Sigrid fortsatte att drömma om den vackra och nätta kappa med vida ärmar hon skulle få, den som passade hennes kropp och klädde henne i färgen, och som Stenkil Stenson låtit inhandla hos någon av de utländska köpmännen i Sigtuna. En sådan kom han säkert med. Hon kände den redan mot kroppen.

Far hade skött förhandlingen med Stenkil och dividerat om både marken och kappan. Allt skulle bli till det bästa, påstod far, och log snett och hemlighetsfullt. Men han kunde inte, eller ville inte, ge exakta besked. Kanske skonade han henne från att bli besviken. Det var möjligen därför han gled på svaret, det insåg till och med Sigrid själv. Tänk om hon fick ett markstycke som var sankt och vattensjukt, odugligt till allt, utom som tillhåll för myggor och knott?

Sigrid skakade i tysthet på huvudet där hon satt i tankar i fören medan hon blickade förbi den höga stäven, ut över Mälaren. Allt var nog ordnat så som det anstod en dotter till en storman. Och hon skulle inte heller behöva gå till brudsäng med mindre än att där var bäddat med skinande vita lakan, för det påbjöd traditionen för en ung kvinna av hennes sort. Absolut inte ett sänglinne som var tarvligt grått, knöligt och hårt, så som Valdis skulle få, tänkte hon. Om Valdis ens fick något sänglinne alls när hon skulle till med gårdssmedens son Björn.

Hon såg plötsligt Valdis ansikte framför sig. Hennes grönglänsande, lite kuvade ögon – men ändå viljestarka och ibland trotsiga. Den magra kroppen, ständigt hungrig. Hon kunde inte bortse från Valdis, insåg hon. Kunde inte hugga bort henne ur sitt eget huvud; de hade ju följts åt hela livet. Ibland kunde hon, mer eller mindre mot sin vilja, inte låta bli att känna en viss ömhet för Valdis. Fast Valdis bara var som en träl, en sådan man använde, som inte hade någon talan och än mindre borde fastna i minnet hos henne, Alrik Gårdskes dotter Sigrid.

Hon kände mindre av den elakartade, stickande sjukan i bröstet sedan hon hade mött Torkels blick den säregna natten hemma på gården. Några ögonkast, ihärdiga men vänligt sinnade, som hon för alltid skulle bära med sig i livet, det var hon helt säker på. Torkel hade fått henne in på banor hon inte känt till förr. Känslorna kom över henne ibland, och fick henne att hetta till.

Även nu, där hon satt försjunken i fören på fars smidiga farkost, kom Torkels smala men breda axlar att med ens fladdra förbi hennes inre syn. Hon lånade lite av Björns svällande och glänsande armar till sin syn. Hon hade sett dem så många gånger ute i smedjan när han bearbetade det glödande järnet med hammaren, nu lånade hon dem till Torkel, till ett famntag, starkt men ändå ömsint, till en famn att landa behagligt i. Lånade både härifrån och därifrån till drömmen hon så väl behövde.

Och medan hon stadigt förankrade blicken vid vattenytan förnam hon samtidigt behaget av att krypa allt tätare intill Torkels heta bringa, så tätt och nära att de två blev ett. Hon njöt av att pressa kinden mot hans heta skinn. Under huden spelade musklerna. Hon kände dem spänna mot kinden medan hon var hållen om, varligt och tryggt. Ansiktets spänning släppte, där hon satt i båten. Läpparna särades medan hon flyttade blicken och alltmer oseende stirrade rakt in i det höga trästycke som utgjorde stäven. Hon kände inåt, slöt om sig som musslan med sitt skal; rös utan att frysa, trots att huden knottrade sig på henne. Vällustigt förnam hon hur kroppsvärmen från Torkels bröst fortsatte som en mjuk skälvning genom hela hennes kropp. Lent var det, som en kudde av siden. Hon blundade helt kort. Något hände med henne vid blotta tanken på denna mjukhet och värme från Torkel. Hans och hennes ansikten flöt ihop till en varm ryckning. Och hjärtat fortsatte att hamra hetsigt medan hon satt orörlig med händerna sedesamt vilande i knäet. Hon släppte ur sig några låga kvidande ljud som ingen annan uppfattade. Både kroppen och huvudet var fortfarande vänt föröver, och hon bligade tomt rakt fram. Ingen såg hennes anletsdrag, och ingen märkte hur det som pulserade spred sig ner i magen och sedan snabbt halkade vidare ännu längre ner, sökte sig till områden som bara var hennes och som bultade så starkt att det till slut upptog hela henne. Och ögonen försvann upp under ögonlocken i en stillsam förnimmelse av njutningsfylld lust. I hemlighet skedde detta. Torkel, den unge och ståtlige, kom henne till tröst. Fyllde henne som en dröm om våren. Som en lekfull nyutslagen björk där vinden rasslar i bladen. Allt var sol, ljus och värme – och något mer, varmt och gott.

Fars röst ljöd strävt genom den lätta vinden. Han sa något till någon av mannarna och hon kom till sans och såg sig yrvaket omkring. Den svala vinden från havet smekte hennes kind. Båten fortsatte att skjuta framåt. Hon hade inte trillat ihop utan satt där hon satt på bänken. Inget svimmelsvammel, tack och lov! Om Torkel kom till henne om natten skulle inga blanka, vita lakan alls behövas. Till och med en bädd helt utan lakan kunde duga. En enkel bädd av halm, där hon vilade i Torkels armar vore himmelskt.

Men för att gå till bädd med Stenkil Stenson var det skinande, mjuka linnet nödvändigt. För vad som sedan skulle ske i nattens mörker var inte bara motbjudande, det var så pass ohyggligt att hon inte ens i tanken ville nudda vid denna djuriska akt. *Det hemska* som skulle till, var en förskräckelse.

Det var svalare en bit ute på vattnet, nästan kyligt, och hon fick gåshud på underarmarna och drog yllekappan tätare om sig. Det var en tunn yllekappa för sommarbruk som höll på att bli urvuxen. Sigrid tog ett djupt andetag. Luften var rentvättad och klar efter de senaste dagarnas åskskurar. Vattnet glittrade intagande mot den svarta skog som kantade Mälarens vatten. Tätt och mystiskt stod träden där, med rötterna långt ner i fuktig mossa. Men just nu befann sig Sigrid på betryggande avstånd från skogens dolda hemligheter. Nästan så att urskogen tedde sig snäll och mindre otuktad så här på håll med silvervattnet framför sig. Som om träden snarare ville omfamna sjön i all vänskaplighet; al, björk, ek, asp, ask och så den mörka granen som det hade börjat komma alltmer av, och som far såg till att de högg ner runt Östergård för att släppa in ljuset i hagarna.

Blicken följde söderöver mot det håll där solen just nu stod och där landlinjen från bägge håll slöt sig till ett smalt sund. Hon visste att där fanns pålspärrar i vattnet för att hindra främmande fartyg att närma sig Sigtuna. Allt hade man gjort för att hålla fienden borta. Det var tryggt att veta.

Sigrid vred sedan huvudet åt andra hållet. Höll blicken kvar och väntade på det hon visste snart skulle dyka upp. Ett par årtag till, och så såg hon äntligen staden. Som en gnistrande ädelsten låg Sigtuna där, och hon blev glad och samtidigt så ivrig att hon hade lust att resa sig i båten. Men hon satt kvar. Båtvett saknade hon inte.

Marken var noga uthuggen och utjämnad runt Sigtuna. Ända upp över Tingberget var det kalt. Som i en jättelik glipa, badande i inbjudande ljus, mitt i den täta skogen låg staden med alla små hus så trevligt radade intill varandra. Just så här från sjösidan blev det mycket tydligt. Fiender och rövare hade inte lätt att gömma sig eller smyga sig på, tänkte hon. Inget fanns som kunde hota kungens fäste. Om fienden kom blev invånarna i så fall varse detta i tillräckligt god tid för att samla konungens hird och uppbåda ett stort och hårt motstånd.

Efter dagar av mörker och elände fann Sigrid sig lätt till sinnet. Hon log vid åsynen av alla små sjöbodar byggda av timmer och plankor. De lutade sig tätt intill varandra med gavlarna ut mot den flacka stranden och kantade på så sätt strandlinjen som ett pärlband. På mitten sköt stranden ut och bildade en trubbig udde med en kulle. Där, högst upp, tronade den väldiga Kungsgården. Som ett örnnäste låg den där. Det var dit de var bjudna på kungagille. Mycket spännande skulle det bli, bortsett från … Nä, det var inte värt att grumla sinnet med att tänka på Stenkil nu. Hon tog i stället fäste på alla trivsamma hus som bredde ut sig på ömse sidor om Kungsgården, likt långsträckta, utfällda vingar.

I kungens säte var det ofta tomt, förutom på de undersåtar som skötte om byggnaderna så att inget förföll. Kungen kom och reste strax därefter vidare, precis som de själva. Vistelsen i Sigtuna blev i allmänhet kort. Kungen var av en rastlös natur, sa mor, men far menade att han var en mycket betydelsefull person och ständigt hade viktiga ting att styra med, eller styra över. Ingen rast och ingen ro gavs den som hade fått ett sådant uppdrag av den ende Guden.

Staden småsov således under långa tider, men när kungen väl anlänt till Sigtuna blev livet i staden i ett enda huj bullrigt och händelserikt, men på sitt sätt även tröttande. Det tyckte i alla fall mor. Hon sa alltid: ”Borta bra men hemma bäst”, när de väl kom åter till Östergård. Det tyckte Sigrid lät lite tråkigt. Men hon vågade inte säga emot mor.

Stadstomternas ägare och deras familjer ankom nu Sigtuna i en strid ström. Båtar närmade sig i ett myller, ditresta från alla de håll. Sigrid såg fram emot all festyra. Mycket mat och dryck och mycket prat och skratt, men även gråt och tandagnisslan, kärleksband som knöts och sådana som brast. Strider med knutna nävar eller med vassa vapen. Slagsmål och fylla. En och annan som ändade sitt liv: som fulla och vingliga snubblade och drattade i vattnet. Det skulle räcka för att tala om i långliga tider när de väl var hemma på Östergård igen. Tills när kylan kom bitande och hård, snön föll och nätterna var svarta och långa.

Sigrid brydde sig inte så mycket om allt elände som inträffade. Hon tog sig inte illa av det, för i Sigtuna kände hon sig ändå för det mesta väl till mods. Det var en spännande plats och samtidigt trygg. Det fanns alltid grannar som kunde komma till undsättning och så kungens hird, förstås.

Hon glömde den svarta skogen för en stund. De smala och gropiga vägarna som fick henne att både frysa och rysa eftersom hon hade en bestämd föreställning om vad som väntade henne längre fram. Då när axen var helt mogna och säden hade skördats och dagarna ännu inte börjat bli alltför korta. Då när brudfärden skulle gå. Över stock och sten skulle hon färdas långt bort till förgängligheten, fjärran från stadens lättsamma larm och Östergårds trivsamma hemkänsla. Långt iväg till mörkrets boning. Till Sätuna. Men det skulle hon inte tänka på nu.

KAPITEL 14

De lade till vid en brygga som stack ut från en uppbyggd platå som husen närmast stranden vilade på, och en av karlarna kastade ut tampen. Sedan hörde Sigrid hur ankaret plumsade i. En stadig och sträv hand sträcktes ut och hon blev hjälpt iland. Folk hade samlats på bryggan för att ta emot dem. Det var hantverkarfamiljen, som såg till egendomen när de inte var där, och några karlar som hade kallats dit extra för att lossa och se till båten, och några nyfikna förstås.

Kokfrun hade de tagit med sig från Östergård, hon och matvarorna. Det var ett vanskligt företag, eftersom hon var så tjock att båten vippade våldsamt när hon klev i vid Östergård. Mor och far hade tittat på varandra, men de sa inget om det tvivelaktiga företaget att ta henne med. Det skulle inte bli lättare att få kokfrun ur båten, det insåg de nu och växlade återigen blickar, inte helt utan en viss munterhet i munvinklarna.

Men först lyftes Östen ur båten. Sigrid blev tillsagd att hålla honom i handen så att han inte föll i vattnet. Snoret rann under näsan hans. Hon böjde sig ner och torkade av honom med kjoltyget, och hon kunde inte låta bli att i förbifarten ge hans runda kinder en varm puss, så glad och lättsinnig var hon där hon stod i lä i solen med det blänkande vattnet i ögonen och hela stadens livlighet som väntade bakom ryggen.

Det var hett på land. Sigrid blev snabbt svettig, där hon stod i lä från alla sjöbodar, och hon tog av reskappan och lade den över den lediga armen. Östen stod still, allvarligt upptagen av att betrakta lossningen medan han krampaktigt höll sin syster i handen. Han hade inte varit i Sigtuna så värst många gånger tidigare, lille Östen. Både häpen och storögd var han, och säkert även en smula osäker och blyg. Två av sjökarlarna baxade som bäst kokfrun ur båten. Det var ett vådligt och svettigt arbete. Bägge fick skjuta på henne bakifrån, och deras händer försvann djupt in i kjoltyg och hull, medan far, som redan stod på bryggan, drog och slet i hennes händer. Kokfrun var blank i anletet och de plufsiga kinderna dallrade högröda, och hon gav sig till att stöna och muttra en ström av allsköns svarta ord om den dånande Tor och den enögde Oden. Ingen tycktes lyssna på henne, de slet, drog och lyfte hennes tunga massa till kropp, men Sigrid blev nervös. En sådan ordström passade sig illa i Guds egen stad, i Sigtuna. Vad skulle folk tro!

Men skammen kom av sig, hon blev lugnad när hon såg att folk log från bryggorna i närheten. Sneda flin och muntra leenden. Inte ens här var man helt främmande för de gamla gudarna. Inte om man lät bli att ta dem på allvar.

Så Sigrid fortsatte att låta sig omfamnas av den livliga atmosfären och varmt välkommen kände hon sig. Det var som om hon klivit ut ur en evighetslång ödslighet. De långa och ensamma stunderna i vävstugan hade varit nödvändiga, men nu var hon öppen för andra intryck – för vidare utblickar och för annat än mörkret framöver.

Hon sände Torkel återigen en tanke, och det hettade till inombords. Lycklig var hon över att han fanns, även om de inte träffades. Kanske skulle de aldrig någonsin mer mötas. I sitt djupaste inre vägrade hon att tro det, men vetskapen om att han fanns var tillräcklig. Längtan och trånad var gott att ha. En egen liten hemlighet att njuta av i det tysta.

Kanske skulle Torkel lämna Östra Aros och Uppsalahögarna i sinom tid och ta sig söderöver till Sigtunatrakten. Han kanske skulle överge de gamla gudarna, bryta med sin far, låta ätten ändra inriktning och börja be till den ende Guden, till Vite Krist, och ansluta sig till sveakungen. Fler och fler tycktes göra det, hade hon hört. De greps av den rena tron förmedlad av prästen, han som inte bara hade kontakt med Gud, utan även med den mäktige biskopen i Bremen.

Sigtuna var som en myrstack, tänkte Sigrid småleende med solen gassande i ansiktet medan hon insöp lukten av tång och tåg och lyssnade till vågklucket mot träpålarna. Genom den smala vattugränd som gick från bryggan rakt in mellan de små husen syntes Stora Gatan skymta en bit upp. Hon vände sig om och såg dit upp, det pirrade när hon fick syn på kjoltyg och byxben som paraderade förbi. Hon ville släppa Östens hand och rusa dit. Tänk, så många spännande människor hon nu skulle få möta!

Så blev det äntligen dags att sätta fötterna på träsyllarna i den trånga och fuktiga gränden och bege sig upp mot ättens stadsgårdstomt. Det var knappt att kärran kunde knirka sig fram, men lite underlättades transporten av att hjul och fötter slapp gropar och knöggel och den eländiga lervällingen, nu sedan de bredaste gränderna från Stora Gatan och rakt ner till vattnet var träbelagda.

På led tog de sig upp mot Stora Gatan. Far gick först, sedan mor med Säbjörn på armen och därefter Sigrid med Östen vid handen. Bakefter kom alla andra, som släpade packningen och drog kärror, tungt lastade med allehanda varor. Bärarna var allt tvungna att ta ett par rundor fram och tillbaka innan allt var uppe. Sist av alla vankade kokfrun fram, stånkande och butter på värkande ben.

Men kökets konster behärskade hon som en drottning. Kokfrun kunde både glädja de kräsnaste läckergommar och skona de känsligaste magar. Det var därför mor Bothild envisades med att ha henne med, fastän kokfrun inte ville. Protesterna hade varit höga redan på Östergård.

”Ni kommer att ta död på mig!” suckade hon avvärjande. ”Jag tycker inte om att flytta på mig. Jag behöver alls inte se mig om, det är bara ni som tror!” stönade hon när de försökte övertyga henne om att ett litet byte av omgivningarna nog skulle pigga upp. Visst lönade sig all hennes klagan på så sätt att ju större invändningarna blev, desto mer smicker fick hon höra om sina härliga grytor och doftande bröd. Lock och pock från mor. Sigrid begrep det nog.

Mor var angelägen, eftersom de skulle passa på och ställa till med namngivningsfest för lille Säbjörn i den stora hallen i Sigtuna. Alla finsmakare och utsvultna bukar skulle få sitt lystmäte, tänkte sig både mor och far. Och då behövdes kokfrun, för hon var den bästa i hela riket till att grilla en gris och stoppa en korv med smak som satt kvar i gommen i hela tre dagar. De torra struparna skulle förstås också få sitt. Stora krus och tunnor med mjöd och öl var med i lasten. Det var ett ståhej innan allt, och alla, var på plats.

Deras tomt låg alltså inte på sjösidan om Stora Gatan, och det var ingen ledsen över. Det var kring Stora Gatan som allt hände och på Kungsgården förstås. Stora Gatan följde stranden en bit upp från vattenlinjen, från stadens början i öster, till där den slutade i väster. Därifrån utgick alla tomter som smala remsor åt bägge håll. Markbitarna var i stort sett lika stora, förutom kungens tomt som förstås var mycket större.

Det var kung Erik Segersäll som för länge sedan hade bestämt att Sigtuna skulle ligga där det låg. Det hade far berättat. Innan fanns där bara skog som Segersäll såg till att fälla. Segersäll hade varit en märkvärdig person, sa far. Han hade valt platsen noga, skyddad men samtidigt med utblick över vattnet. Han hade dessutom varit en god kristen, inte svart i själen som hövdingarna norröver mot Uppland där de vigde ölen till Frej och blotade till Oden. Ditåt ställde far aldrig kosan.

Det var för att Erik Segersäll var så gudfruktig som han ville ha en stad speciellt byggd för Gud – och för honom själv också, förstås. Kungen var ju nästan som Guds son, fast på jorden. Och staden lät han anlägga åt alla dem som tillhörde Guds utvalda skara; de som bar korset och inte Tors hammare. På domens dag skulle de få komma till paradiset om de skött sig och gjort goda gärningar.

Var det en god gärning att äktas vid Stenkil Stenson? hade Sigrid frågat sig många gånger under långa och sömnlösa nätter och vid vävstolen om dagarna. Kanske det kunde räknas som en god handling, för tung var den, och goda gärningar skulle inte vara alltför lätta att utföra. Så hon kunde kanske komma in i Himmelriket, sedan. Alltid vore det någon liten tröst om det skulle bli så. Om hon dessutom bad till Gud lite oftare och fortsatte att vara flitig, så hjälpte det nog henne ännu mer.

Stora Gatan var belagd med plankor och bred så att ljuset nådde ner. Sigrid blev ivrig av alla människor som spatserade vägen fram och de olika tungomålen hon hörde. Med en gång upptäckte hon två unga kvinnor i hennes egen ålder som sakta promenerade arm i arm gatan fram ett stycke bort. Hon kände dem rätt väl, de hade träffats i Sigtuna tidigare. De kom från gårdar väster om Sigtuna och hade växt och blivit längre, precis som hon själv, det syntes på kjollängden. Helst hade hon velat rusa fram till dem och ansluta sig men först var hon tvungen att hjälpa till att installera familjen.

Närmast Stora Gatan låg verkstadsboden, precis som på de andra tomterna. Sedan följde flera tämligen små hus tätt efter varandra på rad. Efter verkstaden kom två små förrådshus, därefter dagligstugan med en hörneldstad och rökugn och bänkar utmed väggarna. Där brukade de sova. Längst bak på tomten låg det längsta och största huset, den resliga hallen där alla festligheter tilldrog sig och där altaret stod. På deras tomt såg det i stort sett ut som på de övriga. Segersäll hade tänkt på allt redan från början. Fast den stora hallen hade far låtit bygga ut och gjort större och bekvämare. De hade inget stall, och inte heller någon lada. Bara förråd. De anlände alltid med båt och hade allt med sig. Behövde någon en häst fanns stall utanför själva Sigtuna där kusar kunde hyras ut mot betalning.

Kokfrun installerade sig vid eldstad och ugn. Nu hade hon piggnat till och styrde och ställde med ynglingarna som släpat upp alla varor från båten. Precis när far och mor, med Säbjörn sovande på armen, skulle träda in i dagligstugan steg en mörkhårig kvinna ut från hantverksboden närmast Stora Gatan. Hon stod där i solljuset, lång och rank. Även hon höll ett barn på armen.

Allt stannade av. Sigrid såg hur både mor och far stelnade till. De såg inte på varandra, utan båda stirrade på den mörkhåriga kvinnan som hade håret uppsatt med benkammar, men som inte bar någon täckande huvudduk, som mor. Den unga kvinnan iakttog dem med en stolt resning på nacken. Närmast högdraget såg hon växelvis på mor och far. Luften vibrerade som darrgräs. Ljuden från knirrande kärror, kacklande höns och människoröster tonade med ens bort. I mors ansikte skymtade Sigrid något dunkelt, något som var stramt och samtidigt sorgset.

Det var den mörka silversmeden, det visste Sigrid. Far och mor hade viskat om henne hemma på Östergård när de trodde att Sigrid inte hörde. Skicklig var hon, den mörka, hade Sigrid förstått. Och nu fick hon visst även hållas med guldet. Far lät henne handskas med den dyrbara och magiska gula metallen, den ädlaste av dem alla. Han kostade på henne och bytte till sig dyrt för den mörkas räkning, det hade Sigrid också hört. Mor var inte glad åt det, förstod hon.

Två kvinnor stod nu runt far, båda utrustade med stora och speciella gåvor. De hölls med det som var märkvärdigt. Med guldet och med väven, det som väldigt få fick närma sig. Det som var magiskt.

Så insåg Sigrid, där hon stod och betraktade scenen, att barnet den mörka kvinnan höll i famnen var hennes broder. Ett frillobarn, men ändå hennes bror. Och hon blev nyfiken på honom men samtidigt oroad. Lite arg över att ännu en gosse klämde sig in mellan henne och far. Så hon tittade upp mot far för att se hur hans anletsdrag låg när han orörligt stod och betraktade den vackra kvinnan, som var bra mycket yngre än mor Bothild. Syntes skammens rodnad på hans kinder? Var han allvarlig, vred eller tålmodigt sammanbiten till sinnet?

Vad hon såg var oväntat. Huden och ögonvitorna hade oroväckande skiftat ton i fars ansikte. Solstrålarna tog sig fortfarande över taknocken och lyckades falla rakt över honom. Han kisade mot det vassa ljuset. Det blev skrämmande tydligt att skinnet var gulaktigt. Det syntes ovanför skägget. Och ögonen var missfärgade i samma gula ton.

Det gick inte att ta miste. Och inte berodde det på att far var väderbiten och rödbrun av solen, för av solen blir man inte färgad som gulan i äggen som hönsen värpte hemma på Östergård.

Det går nog över, skyndade Sigrid sig att tänka. Det var säkert ingen fara på färde med far. Inte hade hon hört mor och far prata tyst med djupa stämmor om detta. Och inte hade någon högljudd klagan kommit från fars strupe. Och inte heller hade hon sett honom gå krum och stöna av vånda och smärta. På så sätt var allt gott och väl. Hon såg nog fel, och om inte annat var det säkert något som gick över.

Men hon hade sett honom allvarlig i sinnet, mycket tyngre än annars. Kanske led han och pinades i det tysta. Han kanske bet ihop, så som en man av hans sort förväntades göra, men för all del inte alltid gjorde. Gnyende och småylande hade hon hört även stora starka karlar beklaga sig när tänderna värkte så att kinderna svullnade upp blåröda och svulstiga. Far hade, mindes hon nu, sett ansträngd ut när han stod och såg över Östergård den dagen han kom hem från Sigtuna och Säbjörn hade passat på att se dagens ljus.

Det var sällan ett gott tecken att bli gul, det visste hon. Jo, späda små barn kunde bli lite gulbruna i skinnet, som om de varit ute i solen eller var komna från trakter långt österifrån, fast de egentligen inte kommit någon annanstans ifrån än sin moders sköte. Men om hullet var gott och de åt och skrek och sket så gick det över. De hade Holmlög sagt om Säbjörn när han var nyfödd, och nu var han inte längre gulbrun.

Gula soten hade flyttat över till far, och det var värre det. Gula anleten hade hon nämligen sett förr hos somliga som samtidigt hade så kraftiga smärtor i buken att stora karlar, och fruntimmer med för den delen, kröp fram på alla fyra i vånda. Men efter ett tag blev de för det mesta åter sig själva. Men inte alla. En del hade knappt ont alls, utan tynade snabbt bort och drog kort därefter sin sista suck. Gulsoten kallades denna pest. Men så fick det inte gå. Det fick inte trilla utför med hennes far, den vittomseglande och reslige stormannen Alrik Gårdske. Närmast odödlig var han. I alla fall i hennes, Sigridflickans ögon. Så hon bestämde sig för att blunda. Hon hade sett fel. Det var allt solen som gjort sitt verk under seglatsen, även om resan var kort.

KAPITEL 15

”Kung Anunds skepp är på väg in!”

Grannpojken stack in huvudet i boningsstugan och hojtade ut budskapet med andan i halsen och ögon stora och blanka som brunnar.

”Så han kommer från sjön!” sa mor.

Anund Jakob var annars en kung som vanligtvis föredrog hästryggen. Han gjorde sig bra till häst, tyckte mor, som sett honom flera gånger. En ståtlig ung man i sadeln. Sigrid hade redan sett framför sig hur kungen iförd en tung mantel sakta red in i Sigtuna, långsamt på Stora Gatan under invånarnas jubel. Men sjövägen fick duga. Bara hon fick en skymt av honom, den stilige kungen.

Annat var det med Anund Jakobs norske bundsförvant Olav, som kallades ”den digre” för att han var fet. Han ansågs därför knappast vara en fager ryttare, pösig och ovig, som han var. Det menade mor, fast hon aldrig hade sett Olav. Han var mer ämnad att leda en flotta än att sitta till häst, sades det. Men så var Norge, med alla fjordar och branter, knappast ett land man i första hand valde att rida sig igenom.

Kung Anund var förstås inte bara duglig på hästryggen, han hade även normalt skeppsvett och mer därtill, det hade alla svear – karlar som kvinnor. Svearna var förvisso ett folk som till stor del levde med hackan i jorden, men det var via Mälaren, Östersjöns vatten och andra vattenleder man snabbast tog sig fram. Sjöfarare var de alla i flera släktled bakåt.

Det förhöll sig så att den dansk-engelske kungen Knut den store just nu mullrade oroväckande i bakgrunden. Det visste alla som hade inblick i rikets större angelägenheter. Knut ville ha herravälde över både svear och norrmän. Enligt ryktet höll han som bäst på att försöka köpa över de norska stormännen till sin sida. Knut räknade med att stormännen i Norge hellre stödde honom än kung Olav, om de bara fick vad de ansåg sig behöva av gåvor och mutor. Knut hade alltid sett Norge som sitt naturliga arvsland efter sin fader Sven Tveskägg, och hans far i sin tur, Harald Gormsson som även kallats Blåtand. Men Knut nöjde sig inte med bara Norge. Genom sändebud och gåvor försökte han även vinna vänskap med Anund Jakob, och det var förstås ett värre hot!

"Knut är omättlig", hade Sigrid hört far säga med djup röst till Ulfhård och Ärmund hemma på gården för ett tag sedan. "Knut nöjer sig inte med Danmark och England, han vill lägga under sig både Norge och Svitjod. Han vill ha allt!"

Sigrid förstod av den massiva tystnaden att det var obehagliga ting de talade om. Hon frågade sedan mor, lite försiktigt, om det verkligen var stor fara på färde. Mor och hon var då ensamma ute i vävstugan.

"Nä", svarade mor kort och utan att se på sin dotter.

Sigrid kände hur hon bleknade. Mor, som stod och spände på en varp märkte hennes plötsliga stillhet.

"Äsch!" sa mor därför i lättsammare ton och lade huvudet glättigt på sned. "Den dumme kung Knut tror kanske i sin enfald att vår kung är lättledd bara för att han är så ung. Och säkert även för att han är så fager. Knut är fylld av avund. Så är det med det! Men Anund Jakob är minsann inte vem som helst, och det kommer Knut allt bli varse om han ger sig på svearna", skrockade mor bestämt.

Det var andra tongångar; mycket ljusare och fyllda med tillförsikt. Sigrid lät sig därför drivas in i den stora lättnaden. Att ätas upp av oro från bittida till sent var mycket tröttande, det visste hon mer än väl. Men det talades alldeles för ofta om danskarnas Knut och om hans ständiga hot för att Sigrid skulle lyckas hålla sig lugn någon längre tid. Läget var spänt. Att Knut höll på att rusta sin flotta i England kunde knappast vara för ros skull. Bara en sak var att vänta, och det var kamp och stora stridigheter. Krig rent av. Därför behövde svearna och norrmännen varandra, så att de inte kom under danskt välde. Och därför var förbundet mellan Anund och Olav nu av stort värde.

”Knut må pröva att söka Anunds vänskap med gåvor och smicker, men av dessa ansträngningar kommer intet ut”, slog far bestämt fast. ”Anund Jakob kommer att stå emot. Men vad som till slut kommer ut av allt detta är inte lätt att veta. Framtiden får visa. Och Guds vilja!”

Så hade far sagt senast igår kväll och ovissheten var en av anledningarna till att de befann sig i staden. Medan Knut krigsrustade borta i England som bäst samlade Anund Jakob sina stormän och deras familjer i Sigtuna. Det stora gästabud som skulle gå av stapeln i morgon kväll behövdes inte bara som en samling i glädje och yra där kungen visade sin storhet och generositet och bjöd frikostigt. Anund Jakob var just nu beroende av stormännens lojalitet för andra uppdrag. Snabbare än vad någon av dem anade kunde det bli stridigheter, hade Sigrid förstått.

Men ännu fanns det ingen anledning till oro, som sagt var. Det lovade far. Detta nöjde sig Sigrid med, för stunden. Nu skulle hon roa sig, oavsett om det var lugnet före stormen, eller inte.

Kungen kom alltså sjövägen. Alldeles strax skulle Sigrid få se honom, om mor inte hindrade henne. De satt fortfarande i dagligstugan i Sigtuna. Grannpojken hade precis smällt igen dörren och Sigrid såg bönande och bedjande på mor. Hoppas nu att mor vill att de är med och tar emot kungen. Vilken pampig syn vore det inte att se hans ståtliga skepp glida in!

Mor nickade lyckligtvis, och Sigrid dansade runt av glädje medan mor reste sig och torkade av händerna på kjolen och sa till en av karlarna att följa dem genom staden. Då hade grannpojken som kommit med budet redan hunnit ner längs gatan för att sprida sin nyhet vidare som en löpeld och locka mer folk ut för att ta emot konungen och hylla honom.

”Småpojkarna får stanna hemma”, sa mor och bad en av hjälpkvinnorna att passa gossarna.

Far var redan iväg. Han hade vaknat tidigt, som han brukade numera. Sömnen var tunn och orolig. Han hade stönat och vänt sig flera gånger under natten. Sigrid hade uppfattat det från sin bädd en bit ifrån som att han reds av maran. När hon sent omsider väl hörde mors lugnande stämma tala till far vågade hon släppa oron och somna om. Då var det nästan gryning och hon föll tungt i sömn som om hon vore full av mjöd.

Far hade många förrättningar att göra och skulle till runmästaren, sa han, och till en handelsman från Novgorod, och för övrigt hade han fullt upp med att samspråka med gamla vänner och skicka bud till dem som skulle gästa namngivningsgillet för lille Säbjörn. Det skulle ske i familjens hägn och gå av stapeln i den stora hallen. De hade planerat detta gille till tre dagar efter kungens ståtliga gästabud; folk var ju tvungna att få tid att hämta sig. Förstås skulle det bli en festlighet i betydligt mindre skala än den i Kungsgården. ”Kungen ger alltid mest. Han är mest frikostig.” Just dessa ord hade far låtit rista in i ett oxben för att visa kungen sin stora vördnad. Det tyckte Sigrid var vackert gjort.

Alriks äldre broder Ingvar, med hustru Ragnfrid, var redan på plats i Sigtuna, hade de fått veta. De hade sin fastighet på andra sidan Kungsgården, längre västerut men betydligt närmre Kungsgården – bara två tomter emellan – vilket vanligtvis skavde i Alrik en smula. Men nu sa han inte ett ljud om detta. Som om grämelser om stadsgårdstomten inte längre bekymrade honom.

Mor och Sigrid gick snabbt, de nästan småsprang Stora Gatan fram så att skorna trummade mot träbeläggningen. Gatan var nyligen omlagd, och ännu hade träet inte hunnit fyllas och fläckas ner av träck och dynga som grisarna kunde böka runt i. Strömmen av snabba människofötter på väg ner mot Kungsgården fick dessutom hönsen att flaxa skrämda av gatan och grisarna att fly så att de hängiga bukarna slängde och dängde. Och alla hundar hade vett att hålla sig undan medan hjorden av människor som forsade gatan fram i en och samma riktning blev allt större.

Alla ville möta konungen. Alla ville hälsa honom välkommen. Alla ville visa sin stora vördnad.

Sigrid flög fram. Även mor var lätt i kroppen och höll jämna steg med Sigrid. Mor hade ännu inte hunnit lägga på sig något hull. Säbjörns aptit var stor, och han ville ha bröstet mest hela tiden. Han diar kroppen av henne, ockade sig Holmlög. Han sög fettet av henne men tog inte musten ur henne, menade mor själv. Mor var av ett segt virke och en stolt moder.

Festyran hade redan brutit ut i staden. Sigrid hoppades att det skulle hålla i sig länge, i flera dagar helst. "Kungen är på väg", hördes nu folkets rop skalla från såväl unga som rossliga strupar.

När de närmade sig Kungsgården slank Sigrid och mor Bothild ner i en vattugränd som mynnade ut vid sjön, och ut på en brygga där de fick trängas med många andra som ville hälsa kungen välkommen. Det var en stämning så stark och fylld av kraft och glädje att Sigrid inte kunde hålla emot skrattet som bubblade upp. Mor skrattade tillbaka. Deras ögon glittrade mot varandra, och mor klappade sin dotter i all hast på kinden. Mor hade förstås sett hennes tunga bedrövelse och var nu glad över att Sigridflickan var sig lik igen.

De hade lyckats att komma så nära bryggkanten att de nästan kunde se rakt ner i kungens båt, i alla fall påstod Sigrid det när hon senare berättade om det märkvärdiga mötet med kungen för far.

Kung Anund Jakob var ung och fager, det stämde helt och fullt. Andlöst beskådade Sigrid honom medan det smälte i bröstet på henne av vördnad, beundran och en smula förälskelse i en salig blandning. Inför denna upphöjda mansperson som utstrålade skönhet, oåtkomlighet och upphöjdhet på en och samma gång gick det inte att hålla sig lugn. Tänk att få vandra vid den mannens sida. Vilken dröm! Det skulle aldrig ske, det visste hon, men tanken var varm och ljuv.

Anund Jakob anträdde staden i sin bästa resemundering och

lät sig hyllas på sin egen breda brygga. Han stod där tungt bredbent i all sin ståt med hirdmän med glänsande hjälmar runt sig. Hans mantel var mårdkantad, vackert röd och säkert sydd av scharlakan, det finaste och blankaste yllet man kunde finna, och som kom långt bortifrån och var vävt av tråd spunnen från ullen från speciella får med lång och glansig päls. Mor viskade detta i Sigrids öra där de trängdes på bryggan. Manteln var dessutom sammanfogad mitt på bröstet med ett stort spänne av renaste guld. Åtminstone trodde Sigrid att det var guld, för spännet blänkte så i solen. Kungens huvud var bart, håret kort och hakan rakad slät. Han vågade visa sitt ansikte, ty det var grant att se på och utan missprydande ärr eller uppenbara defekter. Hans undersåtar hade också mantlar men av simplare slag i mörkare färger och hölls samman av enklare ringspännen uppe vid axeln.

Folk på bryggor och kajer fick se sig ordentligt mätta på konungen och hans följe. Armar sköt upp i luften, händer vinkade och nådiga hurrarop och andäktiga stön ljöd från den beundrande pöbeln. Tysta var de tveksamma. De hatiska var överhuvudtaget inte där. De hade inte i Sigtuna att göra. Sedan gjorde kungen en svepande gest med armen, lämnade bryggan och gick upp mot Kungsgården med hirdmännen tågande efter sig. Efteråt var Sigrid vimmelkantig av hänförelse.

KAPITEL 16

Sigrid följde mor Bothild hem för att äta och se till småpojkarna. Efter maten skrubbade mor händerna ovanligt noga och bytte till en renare huvudduk och såg även till att kamma till Sigrids hår och fästa upp det prydligt och väl, och manade sedan Sigrid att tvaga händerna i baljan så att hon inte smutsade ner sina fina kläder. Mor bad sedan en av karlarna, den tystlåtne Sigge, att följa med dem som bärhjälp, och de begav sig återigen ut på Stora Gatan, denna gång med kurs mot ett hus som låg strax bakom Kungsgården. Det låg lite för sig själv upp mot Tingsberget och hade en stor kålgård framför sig. Intill låg en örtaträdgård som sköttes av munkar.

Mor Bothild hade en läderpung knuten i skärpet med guldstycken, hacksilver, några ringar och andra värdefulla ägodelar som hon kunde undvara. Dessutom hade hon med sig ett tygpaket, som hon lät Sigge gå bakefter med. Det var inte korkåpan, den skulle hon minsann överräcka till prästen i egen hög person. I paketet var vikta några större och några mindre bolstervar och även två bonader, som Sigrid hade vävt. Inte för att mor ville skryta med de egna, med Sigridflickans högst speciella förmåga kunde man inte blunda för. Mor väntade spänt på den lystnad som skulle väckas i de frisiska handelsmännens ögon när hon vecklade upp Sigrids alster.

Mor skulle köpslå. Hon njöt av att förhandla; av tystnaden som följde när budet var givet, dröjsmålet och ögonkasten innan motbudet lades. Fram och tillbaka justerades varans värde, tills uppgörelsen var nådd. Att hon så bestämt kunde styra över hur det gick, betydde mycket. Friserna var utmärkta köpmän, ansåg mor. Hon föredrog att handla med dem. De saxiska gillebröderna var det väl egentligen inget större fel på, men mor hade nu en gång för alla fäst sig vid Albod och Slode. De var två vänligt bugande män som var i bolag med varandra sedan lång tid tillbaka. Det fanns fler frisiska handelsmän i samma gille, de flesta var på resande fot, men Albod och Slode hade slagit sig ner i Sigtuna för gott. De var lätta att ha att göra med. De talade med låga, behagliga stämmor och var inte svåra att begripa. Viktigt för mor var att de frisiska handelsmännen visste vad som var värt något och vad som var lort. De här handlarna var kunniga, och det var en förutsättning för att mor skulle handla med dem. Att slänga fram ädla stenar till svin var varken upphetsande eller meningsfullt. Det var slöseri med tid.

Mor var noga med att ingen log snett åt henne. Hon visste sitt värde. Hon hade vunnit både respekt och förtroende hos Albod och Slode just genom sitt gedigna kunnande, och kanske även för att det fanns en sidenhandlare före henne i släkten, och det slog stort. Hon hade givetvis berättat för Albod och Slode om sina rötter i ett stort sidenhus. Därför hände det inte alltför sällan att de frisiska köpmännen plockade undan den finaste silkestråden och högst speciella sidenremsor enkom för mor.

Sigrid hade varit med två gånger tidigare, och hon tyckte mycket om stämningen i det lilla handelshuset. Att kliva in genom dörren var som att kliva in i en fjärran värld långt bort från Mälardalen. Själva byggnaden var inte stor och skilde inte heller ut sig nämnvärt – grå, lerklinade flätverkesväggar och ett toppigt brädtak – men där inne fanns en värld att drömma sig bort i.

Albod var en kort och senig man med mörkt, krulligt hår och ögon svarta som kol, men skinnet var vitt, för det var inte många stunder han vistades ute i solen. Han hade en guldring i ena örsnibben och bar alltid en liten huvudbonad av mörkt, blankt tyg. Han bar alltid ljusa och mer färgstarka skjortor och byxor än vad som annars var brukligt hos svearna. Slode var till skillnad från

Albod fetlagd. Skjortan spände om buken som ett korvskinn och magen putade ut mellan den tunna, svarta kappans öppna framstycken som ett stort kålhuvud. Huvudet var kalt med endast en krans av grått hår som klädde fettvalken i nacken. Båda var mycket behagliga och vänliga till sinnet.

Mor Bothild bjöds på en varm dryck med små torkade blad som simmade runt och färgade vattnet mörkt, och som smakade angenämt med en klick honung i. Sigrid fick en kall, rödaktig dryck gjord på saften från röda bär från en buske. De satt på varsin pall med trämuggarna i händerna och ögonfröjdade de textilier som Slode pekade på och som den mer smidige Albod plockade fram. De hade ett speciellt tungomål, längre ner i halsen, som Sigrid fann trevligt att lyssna på.

"Dy vävar fiina bonader", sa Slode och tittade intresserat och leende på Sigrid, som generat slog ner blicken inför detta beröm.

Vem hade berättat det för dem? Hon blev förstås glad över att hon redan hade fått ett rykte. Att resultatet av hennes fingrars arbete var värt något. Båda hennes bonader ville de behålla för att sälja vidare. Och det var stort.

När de gick därifrån långt senare bar Sigge på ett ännu större paket. Däri låg tyg till Sigrids utstyrsel. Hon skulle få nya klänningar, både tunnare och varmare, förkläden, skjortor att ha under, kappor och huvudbonader. Hon såg framför sig alla tillfällen då hon skulle använda dessa, de flesta festliga. Hon kunde inte i sin vildaste fantasi föreställa sig något annat.

KAPITEL 17

Den dagen som de skulle gå på kungens gästabud var det fortfarande en härlig sommarvärme. Enda nackdelen var att det var alltför fint och varmt för att styra ut sig. Himlens skepnad sa inget om att vädret skulle ändra sig. Inte ett moln syntes. Men det var på sitt sätt härligt och mycket enklare att slippa hantera kjolfållar i hällande regn utan att de blev tunga av väta och att kämpa för att hålla fötter torra och skodon fina i slirig gyttja.

Mors ansikte blänkte. Hon blåste undan en fuktig hårslinga som hade lösgjort sig vid pannan. Svetten rann i stora rännilar under kläderna och fick det att klia på kroppen. Sigrid försökte hålla sig inomhus där det var svalare och mörkare. Hon låg raklång och utslagen som en padda på en av fållbänkarna för att inte öka på eländet. Hon orkade knappt pusta, stirrade bara uttryckslöst på ett par envisa flugor som surrade runt en brödskalk som lämnats kvar på bordet. Det var med stor förtjusning hon såg fram emot festligheterna. Det fanns bara ett enda mörkt moln på den annars så djupblå himlen, och det var att hon skulle tvingas visa upp sig för Stenkil Stenson. Det hade far sagt. Som att ta döden i hand, tänkte hon trumpet. Annars skulle det bli roligt att pynta sig, att dra den bästa klänningen över huvudet, att göra håret i ordning med flätor och kammar, att känna förväntan växa, att få se gyckel och dans, att träffa helt nya människor och att förlusta sig, glädjas och skratta.

Just skratta såg hon fram emot att göra. Helst riktigt gott, så att hon fick kramp i magen. Det hade inte varit alltför mycket av den varan på senare tid. Höll hon på att bli som en gammal seg och dyster kvinna som sett alldeles för mycket av livets elände för att orka få upp mungiporna? Det gick inte an!

Men nu hade hon ett gyllene tillfälle att förlusta sig. Få händelser var så roliga som kungens stora gillen, hade hon förstått. Så hon låg där och övade sig på att pressa undan eländet med Stenkil Stenson och tänkte att hon fick väl bara ge honom en nick, en stram och stolt knyck på huvudet, sedan var det över för denna gång. Och ännu var det långt till sena hösten då brudölen skulle drickas och hon under högtidliga former skulle överlämnas till Stenkil Stenson hemma på Östergård, för att därefter företa brudresan till Sätuna. Om hon riktigt ansträngde sig kunde hon nästan tvinga sig att tro att det aldrig någonsin skulle bli av.

Kanske ödet ville annat? Kanske var Stenkil så skruttig att han föll död ner innan dess, om hon hade tur? Hon skämdes bara måttligt över dessa mordiska tankar. I alla fall skulle han inte få hennes hjärta, det var helt säkert. Bara hennes kropp, för i hjärtat fanns bara plats för en, och det var Torkel.

Mor ägnade hela förmiddagen åt att gå igenom sina nyinskaffade tyger. Hon vek upp dem, slätade ut med handen, nagelfor varje ojämnhet, kände kvaliteten rinna mellan fingertopparna medan idéerna om vad hon skulle göra med dem växte i huvudet så starkt att hon blev alldeles yr av lusta, och omedelbart ville sätta saxen i sidenet och den fina yllekyperten. Inte bara vackra, utan även praktiska klänningar och kappor skulle hon se till att få uppsydda till Sigridflickan, meddelade hon dottern där hon låg och såg på. Dräkter med dekorativa infällningar i avvikande kvalitet och i olika nyanser som skulle få blicken att hoppa till och figuren att se så skön ut att inte en enda människa kunde låta bli att känna begär efter en lika sober dress. Mor var fåfäng när det gällde kläder. Eller kanske inte fåfäng, utan fylld av stor livslust. Tanken på färg och form och olika kvaliteter, att tvinga stuvar och tygbitar att på ett nådigt sätt hölja en kropp, hur människan än såg ut, drog igång i henne. Och med Sigrid var det enbart ett nöje, för kroppen hennes var lätt att sy till.

Mors mun gick i ett. Hennes huvud var fullt av så vilda tankar och idéer om Sigrids utstyrsel att det måste ut. Med liv och lust klädde hon sin dotter i ord, och Sigrid lät henne hållas.

"Vad tror du om det här, Sigridflickan!" sa hon och höll upp en vackert röd sidenremsa och liksom puffade på Sigrid med blicken där borta i halvskummet. Mor ville få henne lika hänförd.

"Jo då, det blir väl fint!" svarade Sigrid lojt.

Hon kostade på sig att vara lite fjär, som om det inte rörde henne, fast hon trivdes med att vara så varmt omhuldad. Men hon ville ju helst inte att detta spektakel med giftermålet alls skulle gå av stapeln, och lät sig därför bara halvhjärtat lockas med i mors alla planer medan hon pustade i värmen och viftade bort flugor med handen.

Brudkistan med linne och kläde var redan i ordning sedan en tid tillbaka. Nu var det kläderna att ha på kroppen som mor spann sina tankar runt.

"Intressant och stilig ska du ta dig ut. Absolut inte grov eller vulgär", sa mor och skakade på huvudet. "Nä, sedesamt kristet ska vi se till att det blir." Mor lade nu huvudet på sned medan hon liksom såg kläderna framför sig. "Och *inte* tråkigt", betonade hon.

Det var en balansakt som mor, om någon, var ämnad för. Sigrid som en gnistrande pärla invid Stenkil Stenson. Jo jo, men! Men ändå kysk som en from kristen. Som gift skulle Sigrid behöva få dölja sitt hår och sina behag, men mor skulle klara ut allt detta.

"Jag ska minsann se till att du är utrustad nästan som en riktig prinsessa", sa hon entusiastiskt. "I Sätuna kommer man att ha all anledning att tala gott om Alriks på Östergård."

Mor såg sig kallad att åstadkomma drömmar för en ung kvinna. Men det var lika mycket drömmar för att glädja mor själv. Det största nöjet var själva planeringen, att släppa fantasin loss så att huvudet blev varmt och prilligt, och sedan kom nästa glädje, att räkna ut hur de skulle kunna klippa till silket och svänga sidostyckena och göra infällningar för att det skulle bli så intressant och skönt för ögat som det någonsin gick. Allt det där visste Sigrid.

Fram emot eftermiddagen gjorde de sig i ordning, och Sigrid fick en tunn sval linnesärk att bära under sidenklänningen som skulle suga upp den värsta svetten så att det fina sidenet inte solkades och missfärgades alltför mycket. Sedan kom lager på lager med plagg tills hon var färdigklädd och även utstyrd med en halskedja och ringar på fingrarna. Mor kammade sedan håret på henne och ordnade det vackert med benkammar och vackra silverspännen medan Sigrid satt tyst och tillknäppt på pallen. Mor sa inte heller så mycket. Det var väl värmen och anspänningen att visa upp sig i ett så stort sammanhang som fick dem båda att vara slutna och strängt koncentrerade.

Och mors bröst skulle tömmas. Lille Säbjörn var tvungen att dia antingen han ville eller inte. Mor satte sig med honom och trugade med bröstvårtan mot hans mun, och han sög några tag så att mor inte behövde oroa sig för att det skulle rinna över i stora blöta fläckar mitt under festligheterna. Säbjörn släppte bröstet, men så ångrade han sig som tur var och började suga intensivt igen.

Mor hade fått på huvudduken. Nystärkt och skinande vit var den vikt på mors eget sätt och guldspännet höll ihop snibbarna över pannan. Hon hade öppnat klänningen framtill och blottade brösten som blänkande juver där hon lugnt satt på den trebenta pallen.

”Det är ett stort stök innan man kommer iväg”, suckade hon. ”Men det är det värt, Sigridflickan min, det lovar jag dig. Du kommer att roa dig stort i kväll!”

Mor drog glatt på munnen och sökte dotterns blick som för att övertyga henne, men Sigrid var fortfarande trumpen och ovillig och blängde ner i jordgolvet. Hettan, kläderna som liksom satt fast mot huden och den kvävande luften blev för mycket. Kinderna var blossande röda där hon satt käpprak på pallen. Mor lät henne vara och sjönk i stället in i en stilla dåsighet, skådande mer inåt än utåt, medan Säbjörn suttade med små kluckande läten. Kanske mor i amningens stilla ro drog sig till minnes sina första stora gillen hos någon storman eller hövding borta i Blekinge eller så tänkte hon inte alls. Sigrid frågade inte. Hon väntade med händerna i knäet och handflatorna uppåt för att minska värmen i kroppen och för att inte fläcka ner den blå sidenklänningen. Far var redan iväg. Han skulle träffa några andra stormän innan festligheterna brakade loss och mjödet fick dem att tänka trögt och tråkigt.

”Vi ska roa oss som riktiga svear”, hade far sagt innan han gick.

De skulle ta emot kungens rikliga gåvor. Det var som far hade låtit runmästaren rista in i ett ben: *Kungen är frikostigast med mat. Han ger mest. Hans ynnest är störst.* Sigrid kunde själv läsa på det märkvärdiga benet som far dagen innan hade hämtat hos runmästare Ubbi. Det var en nådig och uppskattande gest från far.

Många funderingar rann genom Sigrids bultande huvud medan hon satt där. Som att mor tyckte om att gå på gästabud i Sigtuna och visa upp sig men bäst trivdes hon ändå på Östergård med sina vävar. Hemma sov mor tungt i det stora huset med hela sin familj runt sig, trygg och nöjd efter ett dagsverke. Det sa hon ofta: ”Av flit sover människan gott.” Sigrid funderade på om hennes eget liv skulle bli som mors, att hon också i fortsättningen skulle finna en sådan outsäglig tröst och glädje i att väva? Eller var det roligt mest för att hon hela tiden fick höra att hon hade så flinka fingrar? ”För att vara så ung”, lade de alltid till.

Hon ville så gärna vara duktig rätt upp och ner, oavsett hur gammal hon var. Hon önskade att hennes skicklighet skulle hålla i alla sammanhang, och i alla väder, och inte bara för att hon just inte var så gammal. Smått irriterad funderade hon på att passa på och fråga mor om allt detta prat om hennes speciella gåvor. Fråga henne om dessa skulle ta slut så fort hon växt till sig och väl blivit en gift och anständig kvinna borta på Sätuna? Skulle hon då glömmas bort helt och hållet? Hon kanske inte ens fick hållas med garnerna när hon var äktad vid Stenkil Stenson. Vem vet? Kanske hon var ämnad för att ägna dagarna åt att enbart glida runt i sina fina kläder och ge order åt trälar och kokfruar.

Men inget av allt detta som tryckte henne blev sagt. Hon ville inte bryta den tröga förtrollning som rådde. Mor som annars gärna lät munnen gå såg nu sömnigt och kärleksfullt ner i Säbjörns ansikte och drog med ett försiktigt finger över hans runda och friskt röda kind. Och Säbjörn låg i en behaglig inåtvändhet med slutna, vita ögonlock, helt upptagen av bröstet. Det var en rogivande syn. Mor kände att Sigrid stirrade oavvänt på henne och vred huvudet mot sin dotter. Det klara sommarljuset från den öppna dörren föll då över mors ansikte och hon blinkade till och kisade men drog sedan mjukt på munnen. Några måsar tjattrade utanför, ett vagnshjul gnisslade, svaga ljud hördes från Stora Gatan; röster och tunga hovar i långsam mak.

Allt detta kom långt bort ifrån. I boningshuset tycktes tiden ha stannat. Mor fortsatte att stilla le mot Sigrid, som fortfarande satt stum och orörlig på pallen med händerna sedesamt i knäet och väntade. Sigrid svarade med ett njuggt leende tillbaka, mor tiggde ju mer eller mindre om det.

Men i det ögonblicket brände det till i Sigrid. Överraskande och tydligt insåg hon att denna stund med mor för alltid skulle etsa sig fast i henne. Trots att hon var så ung att hennes bröst inte var färdigutvecklade utan bara stod i knopp, förstod hon att detta skulle hon minnas därför att hon så gärna ville det. Det var den dallrande och innerliga värmen inombords och inte den kladdiga hettan utomhus, som värkte och gjorde henne berusad. Ett ögonblick av kärleksfull smärta, som nu drabbade henne vid åsynen av mor som tålmodigt satt med lille Säbjörn vid sitt stinna bröst där ådrorna så tydligt kunde skönjas. En ström av ömhet som strålade ut även mot Sigrid. Mor som med ljusblå och lugna ögon betraktade henne – sin dotter – samtidigt som hon gav Säbjörn bröstet, och så tydligt förmedlade att hon räckte till för dem alla. För Säbjörn, för Östen och även för Sigrid, fast hon blivit stor. Mors blick sa att hon aldrig tänkte överge henne. Hon tänkte skydda Sigridflickan med sin egen kropp, om så skulle behövas. Även långt in i framtiden. Även då mor inte längre fanns.

Sigrid anade i samma ögonblick att saknaden skulle bli ohygglig när hon väl flyttat från Östergård. Inte bara trängtan efter far Alrik och hennes små bröder skulle bli svår, utan minst lika stor skulle törsten efter mor vara. Fast det skulle komma att kännas på helt olika sätt.

Mor, som alltid varit så självklar. Mor, som hon ofta varit vred på för att hon begärde så mycket arbete av henne. Men hur tomt och ödsligt skulle inte livet te sig utan henne! Tanken var så skrämmande och känslan så kall och ihålig att Sigrid knappt ens vågade nudda vid den. Föreställningen om hur hon med ett värkande tomt bröst och en knipande mage for iväg på senhösten, långt, långt bort för att själv bli en moder var olidlig.

Men just i denna stund blev hon samtidigt lugn, salig och fridfull och fylld av förtröstan. Det var som om ett mirakel drabbat henne. En sådan händelse i människors liv som den magre Sigtunaprästen pratade om; friden i Jesu Kristi namn.

För Sigrid förstod med ens på ett märkligt vis hur uppfylld av mors stora värme hon var. Hon hade fått så mycket av mors kärlek ända sedan hon var ett knyte som Säbjörn att det gott skulle räcka ett helt långt liv ut. Kanske. Hon fick i alla fall tro det. Sigrid bet sig i underläppen. Sedan kom tårar av vemod och lycka.

Och så steg mor upp, tvättade händerna i baljan och drog upp klänningen. Då föll eländet över Sigrid igen. Hon var så envist och plågsamt inställd på att det inte alls skulle bli nöjsamt på gillet att vad som helst som vittnade om motsatsen var som en befrielse.

Hon var tvungen att få ur sig sin oro och fasa om framtiden på ett eller annat sätt. Den som satt som en ständig värk och olycka i kroppen på henne och for ur henne i form av små puffar av sammanbiten ilska – som röken från elden när den hade svårt att ta sig för att veden var sur.

Hon hade fått ett och annat kvinnoord på vägen sedan det blev allmänt känt att far hade ordnat för henne med Stenkil Stenson, men hon misstänkte att mycket som sades inte var sant. ”Detta har vi alla gått igenom, och du ser ju att jag har överlevt”, hade Holmlög påpekat. Men Sigrid visste inte att Holmlög hade barn. Fast hon hade kanske varit med om *det där* ändå.

”Om du bara gör vad han säger, så blir det bra”, hade mor sagt en dag. Men sedan hade hon sett ut att ångra sig. Mor själv gjorde ju inte alltid vad far sa. Hon gjorde vad hon själv fann för gott, för det mesta i alla fall. Och Sigrid hade också fått höra att om Stenkil var alltför led mot henne så fick de se till att få giftermålet uppbrutet. Det var mor som hade menat det.

Varför hade hon sagt så? Sigrid visste likaväl som varenda unge i Mälardalen att det fanns våldsamma män, det hade hon sett många gånger på gården. Karlar som inte kunde styra sig, framför allt inte om de fick drycker i kroppen. Att far hade fått gå emellan när hans män slogs med varandra så att hårtestarna rök, var en sak, men värre var när de gav sig på sina kvinnor. Sådan hade far själv aldrig varit. Han föraktade dem som bankade på sina kvinnor och barn. De var inte karlar nog att styra sin vrede. Sin styrka skulle en bra man ha till annat än att ge sig på dem som var svagare. I alla fall om de slog hårt. En liten tillrättavisande dask var förstås en helt annan sak. Smisk fick man oftast för att man förtjänade det.

Sigrid gick ut genom dörren i sina bästa kläder. Inom sig bar hon på både mors stora kärlek och på *det hemska,* som dessvärre satt sig fast inuti henne som en kardborre. De två motstridiga känslorna drev som väldiga isflak i bröstet på henne.

Mor tittade på henne och puffade henne i sidan.

”Man går till gille för att roa sig; inte för att pinas. Försök nu att se lite glad ut!”

Mor var skämtsam och nöp henne i ena kinden för att muntra upp henne. Leendet tog inte bättre fart av denna hårdhänta behandling, även om mors avsikter var goda. Mungiporna gjorde i stället en snabb gir nedåt, och där stannade de i surmulenhet. En liten och hårt snörd arg- och ängslansmun medan Sigrid lyfte upp kjolarna och försiktigt satte ner fötterna i den trånga gränden medan hon balanserade sig fram mot Stora Gatan. Det ville till att inte halka och falla i modden – det vore som att falla död ner. I alla fall skulle det inte gå an att bege sig till kungens gille och vara skitig och lukta skulor och dynga.

Ute på Stora Gatan blev det torrare för de mjuka skinnskorna. Det varma kvällsljuset hade bättre plats att bre ut sig och luften var uppvärmd och mild. Mälaren låg snällt och guppade. Ännu var dagarna långa även om de hade passerat sommarsolståndet. ”Nu går vi mot mörkare tider”, hade far sagt häromdagen, men på det örat ville Sigrid inte höra.

Gatan var förhållandevis folktom. De flesta var nog redan där på gillet. Mor och Sigrid hade blivit sena av att mor varit tvungen att ge Säbjörn di. Sigrid kvicknade till. De hade bråttom. Hon blev ivrig och drev på mor.

”Sakta i backarna, annars är vi sjöblöta av svett när vi väl är framme”, pustade mor.

Sigge hängde på, två steg bakom dem. Kvinnor av deras rang kunde inte ensamma och oskyddade vandra genom Sigtuna. Hur skulle det se ut! Annat var det på Östergård, där var det friare.

Som en kalv på grönbete tog sig Sigge fram i sina grova paltor, och då hade mor ändå slängt till honom en bättre kjortel och ett par pösbyxor utan revor, något sånär presentabla. Men inget tycktes sitta ordentligt på honom. Kroppen var som en trädkrona i hård vind, den svajade och rasslade. Men Sigge var stark i både armar och ben och huvudet var i allmänhet med honom hela dagen, utom då han fick för mycket öl. Men då var det å andra sidan få karlar som var i skick till att utföra något vettigt. Han låg i träning för att bli något mer än bara en vanlig stallpojke. Men han skulle givetvis inte med in i Kungshallen, utan skulle få vänta utanför. Så vad han hade på kroppen spelade mindre roll, mer än att hans husbonde och husfru kunde vara stolta över att visa upp att de hade råd och vett att hålla folk som var ordentligt klädda.

Ju närmre de kom, desto fler festklädda stormän och nådiga fruar nickade mor till. Sigrid försökte också le, även om det var ovant. Det förestående giftermålet värkte på samma sätt som när hon som liten varit sjuk i ena örat och det gjort ont värre än döden. Hur hon än hade vridit och vänt på huvudet, den gången, så hade plågan suttit kvar. Till slut var det som om det bultade i hela kroppen, förfärligt och eländigt. I flera dagar och nätter hade det hållit på, värre och värre, trots att Holmlög stoppat in tussar av linne indränkta i starka oljor och droppar i gångarna i öronen så att det smärtat etter värre. Sigrid hade ylat som en stucken gris och skrämt upp både folk och fä på Östergård. Holmlög hade sagt till henne på skarpen att inte sjåpa sig. "Ont ska med ont fördrivas", hade hon förmanat. Så Sigrid hade bitit ihop och legat stilla och gnytt tills något spruckit inne i huvudet. Det hade i varje fall känts så, och smärtan hade lättat nästan med en gång. Med fingertopparna hade känt en äcklig och varm sörja rinna ur ena örat. Sedan hade allt blivit bättre, och efter några dagar hade hon varit bra. Nästan så att hon hade glömt det onda helt. Tills nu, då hon tänkte på Stenkil Stenson som på örsprång: något att pina och lida sig igenom.

I hennes huvud var han en av alla de ålderstigna farbröder som cirkulerade runt far; kutryggig och ärrad, med en kålrot till huvud. Han blev fulare för var gång hon tänkte på honom och inte ett enda dugg eggande eller spännande. Han var vederstygglig och vämjelig. Det hjälpte föga att han var rik som ett troll.

Frågan var om bilden av honom skulle komma att ändras när de ställdes ansikte mot ansikte. Detta skulle ske i kväll. Kanske var han, om inte underskön, så i varje fall fullt anständig att se på, trots allt?

Men när Sigrid och mor väl kom fram till Kungsgården, med Sigge som en trogen hund bakefter, var munnen fortfarande hopsnörd och kinderna fyllda av skam. Det enda hon hoppades på var att ingen av gästerna på kungens stora gille kände till det kommande giftermålet. Men det var väl för mycket att hoppas på!

KAPITEL 18

Kungsgården var ett långt och mörkt hus vars höga agtak stack upp som en yvig vintermössa av räv. Ett muntert sorl och glad musik spreds upp mot skyn, och hundar skällde ivrigt i bakgrunden. Sigrid kunde inte låta bli att dras med i den uppsluppna stämning som spred sig över hela Sigtuna. Och solnedgången brann så glödgat varm och vacker med enstaka mörkare skyar som violetta band på himlen. Allt detta fick hennes sinne att vekna. För första gången skulle hon få komma inom konungens portar.

På ömse sidor av den korta grusvägen upp till festhallen var höga bloss tända. Knott och myggor syntes dansa i ljusskenen. Det började bli en aning svalare, behagligt nog. Marken framför den stora porten in till kungens sal var hårt trampad av hovar och människofötter. Enstaka tovor av gräs hade överlevt, och trötta och brunbrända slokade de i värmen. Dammet yrde. Sigrid höll för säkerhets skull upp klänningen, men det hjälpte föga. Fållen var redan sorgligt solkad av damm och grus.

De omgavs av klungor med människor på väg in i hallen. Kungens höga port stod vidöppen och beredd att ta emot alla gäster. De hade kommit i rättan tid, mor och Sigrid. Musikanter med lustiga hattar och mössor spelade; två på sälgpipor, en på mungiga och så var där även en man som envist slog med en trubbig pinne på en trumma gjord av en spänd grisblåsa över ett lerkärl. Muntert och glatt lät det, och det smittade. Benen ville lyfta till dans.

Men Sigrid släppte bara in glättigheten en liten smula. Ännu orkade hon hålla emot en stund till. Det doftade ljuvligt från den gödda grisen som helstektes på ett spett en bit bort. Sigrids trötta smaklökar vaknade till liv. Det var ett tag sedan hon hade ätit, mest hade hon ju ägnat dagen åt att vara spänd av förväntan och uppfylld av oro.

Far kom dem till mötes. Han fann dem i myllret av alla gäster, bjöd mor sin arm och lät Sigrid gå på den andra sidan när de tillsammans trädde in i den långa salen. Han hade festat hela dagen. Det luktade mjöd om far, märkte Sigrid. Gesterna var yviga, och när han talade slirade ljuden och blev mjuka och grötiga, ibland till och med sluddrade han, och skrattet låg nära till. Alltför nära. Men de flesta av stormännen klev runt i kungens festhall i detta halvrusiga tillstånd, så det var inte stort lönt att yvas. Och mor log så behändigt vid fars arm, som att för hennes del kvittade det lika. Far stod inte bara upprätt; han kunde till och med gå rakt utan att snubbla – och det var det sannerligen inte alla som gjorde.

Men far brukade inte bete sig så här. Sigrid kände sig främmande för honom. Kanske var det hans gula anlete som gjort honom mer känslig för mjödet. Man kunde just undra. Men nu var det som det var. Och ingen skydde honom ännu, så illa var det inte. Men med gulsoten synlig var det många som skulle komma att hålla ett visst avstånd så att inte farsoten spred sig.

Innan mor släppte fars arm tryckte hon läpparna mot hans öra.

"Vi ska hem också", viskade hon och såg strängt på honom.

Ingen annan hörde, mer är Sigrid. Mor var rädd om far, men han stirrade bara tillbaka på mor med en blick färdig att mörda. Sedan blev det inte mer sagt om den saken.

De delade på sig. Far stolpade bort in till karlarna. Mor stod kvar med Sigrid mitt i salen där både kvinnor och män hölls i en salig blandning.

Festligheterna skulle börja så snart kungen anlänt. De fick allt vänta en god stund, trodde mor.

”Väntar man på något gott så väntar man aldrig för länge”, sa hon. ”Kungen blir liksom märkvärdigare på så sätt. Han ägnar säkert en stund åt stilla bön med missionsprästen innan han börjar kalasa”, trodde hon.

Hela natten, ända till gryningen, skulle de festa. Och kanske även en bit in på nästa dag, de som klarade det. Och det gjorde fler än man anade. De hade alla legat i träning under många år. Ett riktigt stort gille hemma på gården varade i dagarna tre, men aldrig längre. Eftersom alla hade rest långt orkade ingen vända åter med en gång. En del hade tillryggalagt dagar på hästryggen på smala och gropiga vägar eller i hård vind på ett skepp på Mälarens vatten. Traditionen sa att värden bjöd på allt, både förplägnad och logi. Gästerna åt, drack, skrålade och tog en lur, sedan var man på det igen. Men inte längre än de tre utmätta dagarna. Den som stannade längre var en snyltgäst, det hade Sigrid noga lärt sig. Men nu skulle kungens gästabud vara under en enda lång kväll och natt. Så var det sagt. Hur det nu blev var en helt annan sak.

Ett långbord var uppställt utmed hela hallen. Sigrid hade aldrig skådat något liknande. Bordet var så frikostigt dukat att hon knappt kunde ta ögonen från det. Det osade från otaliga oljelampor och lyste vackert från en mångfald av dyrbara vaxljus som stod på långbordet. Så många vaxljus hade Sigrid aldrig sett på en och samma gång. Hon var tvungen att ta ett djupt andetag och nypa sig själv för att inse att hon inte drömde. Lågorna fladdrade så snällt och glänste i alla framsatta glas. Sigrid hade aldrig tidigare sett sådana glas! De var bukiga och stod för sig själva, inte trattformade och fulla av blåsor, som de som far och mor hade och som tarvade ett hål i bordet eller att man aldrig släppte dess grepp för då rann drycken ut. Kungen bjöd sannerligen frikostigt av sin rikedom, tänkte hon lystet. De fina glasen måste ha fraktats från mycket långt bort. En sådan lyx! En sådan ära att få vara här! Kanske skulle hon få ett glas att dricka ur. Annars stod även vanliga dryckeshorn på bordet. Alla var stora och försedda med metallbeslag att hålla i. Endast en kniv hade var och en med sig. Resten undfägnade kungen alla sina gäster med. Sigrid var annars van vid att man tog med både kniv och sked att äta med och ett dryckeshorn eller en träkåsa att dricka ur.

Kungens eget högsäte tronade i mitten. De mest förnäma männen skulle sitta runt honom. Ibland lottade de om platserna, hade mor berättat.

Men ännu hade kungen inte anlänt.

Far stod tillsammans med männen som stod grupperade i bortre änden av den stora festhallen. Med allvarliga miner talade de om viktiga ting, förstod Sigrid. Pösmagade och storväxta, eller korta och spinkiga, men alla dessa stormän hade det gemensamt att de var utvalda att vistas nära konungen. Och kungen å sin sida var nödd och tvungen att lita på stormännen och att de var honom trogna. För tiderna var ständigt oroliga. Vem var vän, och vem var fiende?

Kung Anund Jakob lade inte fingrarna emellan. Ytterligare gårdar hade brunnit, sa ryktet som gick som en löpeld genom Sigtuna. Sigrid hade också hört det. Stormännen kanske just nu stod och överlade om detta. Om bränder och stridigheter som skulle komma, och om andra faror som man ännu inte visste mycket om.

Den senaste branden hade väckt oro och undran hos många av dem. Mitt i sommarhettan! Vem var illvillig och dumdristig nog att sätta fyr när markerna var torra som fnöske och lågorna kunde sprida sig över stora områden snabbare än en gris blinkade? Det var den stora frågan, den som det tisslades om. Var det inte en olycka, trots allt? För om det var kungen som låg bakom, så var det få gillanden han fick för denna sin girighet. Att lägga gårdar under sig i Vite Krists namn var en sak, men ren dårskap var en annan. Kanske var det en upprorsmakare som passade på? Tankarna virvlade fritt ända upp till taknocken. Baktal och misstro hade sin egen speciella sötma.

Undrar vad far säger? Förmodligen håller han tand för tunga, tänkte Sigrid och undvek samtidigt att försöka urskilja någon som till äventyrs skulle kunna vara Stenkil Stenson. Hon ville inte se eländet i vitögat. Först tänkte hon njuta av kungens ankomst, men svårt var det att helt tänka bort att han var där.

Anund Jakob dröjde. Det var tröttsamt att han aldrig kom. Sigrid hörde att någon nämnde den danske kungen Knuts namn. Hon rös. Sigrid tyckte inte om allt detta prat om kung Knut och hans stora begär efter svearnas rike. Det gjorde henne rädd. Här i Sigtuna, Guds stad, som låg som en gnistrande pärla vid Mälarens vatten, hade inte dansken att göra. Det sa far. Och hon höll med. Vad annat fanns att säga om den saken!

In trädde nu en man med sitt följe. Det gick ett sus genom salen. Först trodde Sigrid att det var kungen, men det var en annan mycket kostbart klädd man. Det viskades att det var en hövding som nyligen hemkommit från en lång färd österut. Hans många skepp hade varit till bristningsgränsen fyllda av dyrbara skatter. Han hade haft tur, denne hövding. Att han hade skaffat sig stora rikedomar syntes på utanpåskriften, och inte bara på kläderna utan även på sättet att blicka nådigt på folket omkring sig. Allt vittnade om att han hade råd att köpa i stort sett hela världsalltet. I hatten bar han en lång och glansig fjäder i pråliga, turkosgröna färger från en fågel som inte fanns i deras trakter. Påfågel hette den och fanns i Kejsarstaden. Sigrid hade aldrig sett något liknande. Fjädern svajade lätt när han bugade sig för damerna.

Det var många män som anträdde sina färder österut, men det var inte alla som kunde återkomma på detta glansfulla sätt. En del valde att stanna långt borta från Mälarens trakter, kanske fick de anställning i den ryske kungens hird eller i den bysantinske kejsarens livvakt, i väringagardet. Många dog och begravdes i vita kläder i främmande land. De sveptes i linne som var vitt som snö, som kläderna man bar vid dopet i Mälaren. Deras ättlingar högg detta i stenen hemma på ättebacken, annars förlorade man arvet. Gods och marker efter svear som inte fått dopet tillföll annars kung Anund Jakob. Detta var ett tämligen nytt påfund som inte uppskattades helt och fullt av alla. ”Men kommer tid, kommer råd”, som Holmlög ofta sa. Folk fogade sig. En del till och med grävde upp liken efter sina döda och svepte dem i vitt för att blidka konungen så att det inte uppstod något tvivel över vem som skulle ha boningar, fähus, skog och äng.

Sigrids tankar gick till Gunnar i Hargsbro och hans familj.

Mest tänkte hon förstås på Torkel – han fanns i hennes sinne varje dag. Hon hoppades att hans familj slagit sig till ro där uppe i Uppsalatrakten. Frågan var om de tänkte stanna där i alla tider? Hon hoppades att ett under skulle ske som gjorde att han kom till henne; att han tog sitt förnuft till fånga och anslöt sig till Anund Jakob, om nu inte hans far gjorde det. Hon vägrade att tro att hon aldrig mer skulle få se honom. Tanken på Torkel var stark och vacker och drömmen både ljuv och häftig så att det gick som en len och varm våg genom henne där hon stod mitt på kungens gille. Å andra sidan tänkte hon också att om nu den danske kung Knut kom med alla sina skepp och red med sin hird genom Skåne och norröver hit till Mälaren, så var det kanske lika så gott att Torkel och hans familj stannade i Östra Aros och Gamla Uppsala, där de nog inte skulle bli lika hårt angripna av dansken som svearna kring Sigtuna. Men hon kanske hade fel.

Hettan var fortfarande olidlig. Sigrid fortsatte att beskåda alla obekanta ansikten, de flesta röda och blanka. Men främlingarna fick henne även att drabbas av svår blygsel. Och förstås samtidigt av nyfikenhet. Men så skymtade hon fars bror Ingvar borta vid ena bordsänden. Lång och mörk med kortklippt hår och ett ansat skägg stod han i samspråk med far. Men de såg inte alls ut att vara bekväma i varandras sällskap. Far såg ansträngd ut. Likaså Ingvar, vars ansikte var allvarligt som om han stod vid gravens rand.

Missionsprästen hade nu anträtt salen. Sorlet steg allt högre. Snart var kungen att vänta, andakten var över. Sigrid visste att Anund Jakob var mycket förtjust i Vite Krist. Mest av alla, sa mor. Utom prästen själv förstås, som var allra värst ansatt av den ende guden.

Så kände Sigrid ett par mörka ögon som genomborrade henne från lite längre ner i hallen. När hon tittade ditåt såg hon att det var Ingvar, och hon nickade artigt och försökte sig på ett leende. Eller var det mannen intill som iakttog henne? Men honom hade hon aldrig sett förr. Och han var sannerligen inget spännande att se på. Om det nu inte var …

Nej, slog hon ifrån sig och knöt händerna för att pressa bort *det hemska.* Nej, nej, nej! Snabbt lyckades hon trycka ner vidrigheterna som inte hade gjort sig påminda på bra länge. Inte på flera dagar och inte så här starkt.

Hon falkade i stället efter Ingvars hustru Ragnfrid i virrvarret av människor, men hon syntes inte till någonstans. Ragnfrid var mycket len i sinnet och hade alltid varit god mot Sigrid; henne hade hon gärna språkat med en stund. Ragnfrid for illa, sa mor. Sigrid hade hört mor säga till far att han skulle tala allvar med sin bror Ingvar. Ragnfrid verkade sällan glad. "Men glad kan man inte begära att alla ska vara", hade far svarat då.

Då kom kungen.

Sorlet steg så att taket nästan lyfte och flöjter spelade upp och kungens ankomst ropades ut av en karl med hög röst.

Så steg han äntligen in, deras kung Anund Jakob. Iförd en bakåtvikt blå mantel med det stora guldspännet glänsande över bröstet och en tunnare kjortel under, som var dekorerad med guld- och silvertrådar. Han klev morskt in med sina undersåtar några steg bakefter. Kungen gick sedan lugnt och stolt genom den långa hallen och satte sig till slut i högsätet. De mest ansedda stormännen slog sig därefter raskt ner närmast honom. Bakom stod några från kungens hird och vaktade.

En fet man ställde sig på en pall och höll upp stora läderpåsar med mynt och andra värdefulla ting i sina bägge händer.

"Detta skänker konungen de arma stackare som inte har mat för dagen", sa han och alla lyssnade andäktigt. "Kungen är mäktig. Kungen är även god och tar hand om de svaga."

Mannen stod där en stund med de sprängfyllda läderpåsarna dinglande i sina stora nävar medan jublet steg och sedan bedarrade så att karln kunde stiga ner.

Därefter bars läckerheter in, stora fat och djupa lerkärl med stekt gris, hare, älg, fågel, rökt fisk, kokt svinmålla, varma och kokta rovor och morötter. Där fanns även palsternacka, osyrat kornbröd och även det finare rågbrödet. Och färskost, gröt med ärtor i och andra godsaker sattes fram i långa banor. Alla lossade kniven från bältet beredda att hugga in.

Det blev ett frosseri utan dess like. Sedan trädde gycklarna in med harpor, gigor och flöjter, och de spelade och sjöng så att varken hjärta eller fötter kunde hålla sig stilla. Därnäst bars dryck in. Bägare, kannor och lerkrus. Dryckeshorn och glas fylldes och tömdes raskt, för att åter fyllas på. Kungen var på gott humör. Han åt och smackade och drack så att det rann nerför hakan på honom; han som alla andra i den väldiga salen.

Mitt i denna härliga och medryckande yra kom det fram en ung pojke och uppmanade henne att följa med honom.

”Din far Alrik Gårdske frågar efter dig”, sa han.

Sigrid klippte med ögonen, som om hon hört fel, och ynglingen upprepade sitt ärende och tittade envist och uppfordrande på henne. Det var dags. Det oundvikliga skulle ske. Hon gjorde sig beredd att följa med honom, men hon fick ytterligare andrum då en av stormännen reste sig och slog i bordet och sa att det nu var dags för alla att resa sig och röra på sig, för ny mat skulle in. Det fanns många som behövde lätta på buktrycket och dessutom tömma blåsan.

Gästerna lämnade sina platser. Det blev ett härligt ståhej. Man knuffade och buffade sig fram alltmedan musikanterna åter spelade upp, och folk ställde sig i olika grupper och pratade och skrattade och tafsade eller mer försiktigt vidrörde varandra. Många försvann som ett lämmeltåg ut genom dörren för att ogenerat tömma sin blåsa. Buskarnas antal var få, och runt knuten var det redan trängsel. En och annan av gästerna hade redan trillat av pinn och låg orörlig i en hög i någon hörna där de åtminstone slapp bli trampade på av alla fötter.

Allt var sig likt, om de så var hos kungen, tänkte Sigrid.

KAPITEL 19

Mor fann rätt snart två kvinnor att småprata med på kungens gille. De hade setts på tidigare kungagillen och verkade lättsamma och vänliga. De nickade leende mot Sigrid och berättade översvallande att deras flickor också var där men att de just i ögonblicket hade försvunnit. De såg sig ivrigt runt efter döttrarna, men utan någon egentlig oro. Som två pickande hönor tyckte Sigrid att de såg ut. Deras huvuddukar var vikta så att det blev som vita vingar på sidorna som fladdrade när de vred på huvudet på jakt efter döttrarna sina.

Till slut fick de syn på sina flickor där de stod och livligt språkade med tre ynglingar som måste vara bröder eftersom de såg rätt lika ut. De kallade döttrarna till sig så att Sigrid kunde hälsa på dem. Motvilligt avslutade flickorna samtalet och släpade sig mot sina mödrar med truliga uppsyner.

Under tiden hade Sigrid märkt att många förbipasserande, kvinnor mest, tittade med lystna ögon på mors huvudduk. Först skämdes Sigrid över att mor alltid skulle sticka ut, men sedan såg hon att det inte enbart var ogillande miner som väcktes. Snarare nyfikenhet och beundran, men även stråk av svår avund gick att skönja. Mor såg i vart fall inte ut som en pickande höna, tänkte Sigrid och blev med ens mäkta stolt över mor. Kanske kommer fler kvinnor att ha samma strama, men konstfulla, arrangemang inom kort. Nymodigheter smittade gärna av sig.

Mors duk var lindad så att huvudets form blev högre och ansiktet framträdde renare och tydligare med den nätta näsan och mors mjuka käklinje med en liten grop i hakan. Framför allt från sidan märktes det väl. Då syntes inte heller de djupa och mörka skuggorna under ögonen som kommit med åren, och särskilt nu efter de otaliga nätter som mor hade vaggat och matat Säbjörn. Mor hade lyckats få fram denna slipade kontur genom att fästa snibbarna med en vass nål så att hon slapp de där tråkiga vingarna på sidorna, som öron på en råtta. Nålen som mor noga valt var av guld och dyrbar och nålshuvudet var prytt med en ringlande orm, som var mycket vacker med tydlig mönstring på ormens rygg. Far hade köpt detta smycke på en av sina resor för länge sedan. Mor var noga med att huvudduken, så här i större sammanhang, skulle vara av stärkt linne, solblekt och skinande vit – oskuldens och renhetens färg – och att duken var oklanderligt slät och glansig efter en hård omgång med glattstenen mot brädet. Mor hade hört från de frisiska handelsmännen att det fanns människor österut som skyddade huvudet på detta sätt; de virade smala och tunna tygremsor om huvudet så att håret täcktes. Turban hette det visst, och mor Bothild hade låtit sig inspireras av detta och sedan prövat sig fram på egen hand. Kanske var det männen, och inte kvinnorna i Bagdad eller Damaskus eller Konstantinopel, som snodde huvuddukar på detta sätt, vad visste Sigrid! Men mor anpassade formen för att passa henne. Mor hade lätt för att göra på sitt eget sätt eftersom hon inte hade sinne för att förfäras och inte heller för att avskräckas, utan hon tog i stället friskt intryck både här och där. Det var mors storhet. Och nu hade hon gjort ett arrangemang för en from kvinna som samtidigt drog blickarna till sig. Pråligt var det inte, det kunde ingen säga. Så även om det syntes att mor var en högst speciell kvinna, så kunde ingen anklaga henne för otukt och smälek.

Mor var verkligen en sann kristen, det hade Sigrid fått sig itutat tidigt. Det var tryggt. Mor ägnade sig åt de heliga konsterna, vävning och sömnad, och dessutom var hon utvald att utföra gudfruktiga arbeten åt prästen. Det visste säkert var och en som gästade konungens stora gille, tänkte sig Sigrid. ”Din mor kommer att prisas vid himmelens portar. Änglarna kommer att sjunga i kör", sa Holmlög med en ton av beundran om sin husmor. Och då var ändå inte Holmlög sant kristen. Hon stod snarare med ett ben hos Vite Krist, knappt det, och ett hos Oden.

De två döttrarna hette Estrid och Gunhild. De stod nu vid sina idel leende hönsmödrar. Men de såg knappast ut som några duniga kycklingar precis, utan mer som bleka stjälkar som just stuckit upp ur jorden.

Sigrid log blygt mot dem. Hon var djupt generad.

Estrid och Gunhild var ungefär i hennes egen ålder och de tryckte sig tätt intill varandra, som om de var hopsatta med en träplugg och inte gick att dela på. Hon som hette Gunhild var ljushårig och hade klara blå ögon, men blicken hon gav Sigrid var inte öppen och vänlig, utan sur och trumpen. Den andra, hon som hette Estrid, hade ett mer öppet leende, men inte heller hon var benägen att sära sig från sin vän. Båda bar vackra klänningar och båda hade halsband av pärlor, nästan likadana med kulor mitt fram som inte var av glas eller keramik utan av guld, medan Sigrids halslänk visserligen var tjock, men enbart av silver. Men Sigrids blåklintsblå klänning var sydd av ett tyg som kom från en annan värld än deras klänningar. Mycket stilfullare och mer glänsande.

Och det såg de nog.

Så tog den trumpna Gunhild sig till att börja viska i Estrids öra. "Den som viskar han ljuger", tänkte Sigrid stött och knep ihop munnen. Den där Gunhild verkade inte snäll. Hennes hår var nästan vitt av solen, och Sigrid tänkte att det var allt bra tunt, inte mycket att göra flätor och uppsättningar av. Det var till och med så tunt att benan lyste skär i mitten.

Mödrarna hade återupptagit samtalet. De var upptagna av sitt och märkte föga av vad som hände runt dem. De såg inte att Gunhild fortsatte att viska i Estrids öra, och att de två gav varandra förstulna blickar.

Gunhilds tänder var små och sylvassa som på en råtta, tänkte Sigrid. Men Estrid började se plågad ut. Hennes hår var tjockt och halmgult, mycket finare än Gunhilds. Sigrids eget gick åt blont på sommaren, fast på vintern var det morotsfärgat. Det sa far när han skulle reta henne. Han vågade göra det eftersom hon hade fått sin eldfängda hårfärg av honom, och far var mycket belåten över det.

Solen hade gjort sitt verk på alla deras näsor som var täckta med små oskyldiga fläckar av brunt. På så sätt var de lika. Som om solen hade träffat dem genom ett såll. Det såg mycket näpet ut, menade mor. Sigrid hade sett sitt ansikte i det platta och blanka lilla bronsstycke, överdraget med en tunn silverhinna, som mor förvarade i sitt skrin. Hon tänkte att nu låg det där, ansiktet hennes, i mors skrin medan hon var ute och roade sig. Det var märkvärdigt.

De två flickorna fnissade fortfarande så att det stod härliga till och bligade samtidigt alltmer nyfiket på Sigrid, som trodde att hon snart skulle falla död ner, så outhärdligt var det. Varför uppförde de sig på detta viset, frågade hon sig. Vad var det för fel på henne?

Skamset kämpade hon med att hålla undan gråten. Hon knep ihop munnen, men vägrade att fälla ner blicken. Så långt skulle de inte få henne! Ilskan började i stället alltmer att ta överhanden. Uppretad och arg stod hon och blängde tillbaka på dem. Den ömkliga gråten dunstade bort. ”Akta er!” tänkte hon, medan mödrarna fortfarande inget märkte, fullt upptagna som de var med att beundra mor för hennes kläder. De bad till och med mor om råd hur de själva skulle kunna göra för att bättre komma till sin rätt.

Men något såg de kanske i ögonvrån, för Estrids moder tystnade plötsligt tvärt och tittade uppfordrande på dem.

”Det var värst vad ni ser dystra ut!” utbrast hon. ”Kan ni inte hitta på *något* trivsamt att göra?”

Gunhild och Estrid skruvade på sig med skammens rodnad på sina kinder och rätade sedan upp sina nackar och frågade motvilligt Sigrid om hon ville följa med dem. Sigrid hade inget val, de var ju tvungna att bryta isen någon gång.

Gunhild och Estrid släppte det krampaktiga greppet om varandra och så lommade de iväg alla tre, Gunhild och Estrid först, och Sigrid ett par steg efter.

Gunhild och Estrid verkade känna de flesta unga män och kvinnor som stod i klungor och bligade eller blåglodde på varandra, eller som pratade hjärtligt och skrattade otvunget. Sigrid kände en dragning åt att också få stå där mitt bland alla. De berättade att de hade varit i Sigtuna på gästabud hos kungen så många gånger att de knappt kom ihåg alla tillfällen. Det hade inte Sigrid, som därför höll tyst. Hon förstod att Gunhilds och Estrids respektive fäder måste vara mycket rika och ansedda. Hon undrade just med vilka män de skulle giftas bort. Det måste vara med jarlar eller utländska prinsar, minst.

Det fick hon efter en stund veta. Estrids tilltänkta man hette Östen, precis som Sigrids lillebror, och hon skulle också göra brudresan till hösten och lämna Snåttsta, där hon vuxit upp, för att bege sig till sitt nya hem på Såsta gård. Den tilltänkta maken var alltså bara en vanlig storman, precis som far, förstod Sigrid och blev lite lugnare. Estrid, som var den öppnaste av de två, tinade upp och berättade så obehindrat om sina framtida öden att Sigrid förstod att planerna varken gav henne avsmak eller vånda. Inte alls som hon själv kände inför resan till Sätuna.

Gunhild hade också blivit mjukare, och hon berättade att det ännu inte var helt bestämt hur det skulle bli för hennes del. Hennes runda kinder blev illande röda när hon sa det. Till och med den grisskära benan i det solblekta håret blev röd. Var hon en smula generad – som om hon inte dög fullt ut eftersom hon ännu inte hade gått åt! Hon trodde kanske att ingen ville ha henne, tänkte Sigrid och tyckte synd om henne en smula. Hennes fader var kanske inte mäktig nog för att lyckas arrangera ett lämpligt äktenskap?

Men tänk på prinsessan Ingegerd, skulle Sigrid vilja säga till henne som tröst. Tänk så väl det ordnade sig för henne. Och då var hon ändå rätt gammal, hela nitton vårar innan hon fick en tillräckligt förnäm man att äktas vid. Men Sigrid vågade inte dela med sig av sina fantasier. Kanske att de skulle tycka att hon var barnslig då.

Och Gunhild gaskade upp sig av sig själv och rätade på huvudet och spände ögonen i Sigrid.

”Och hur är det för dig då?”

Sigrid stelnade till. Hon kom inte undan! I samma ögonblick som hon pressade fram Stenkils Stensons tråkiga och träiga namn insåg hon att detta visste både Gunhild och Estrid redan. Fast de inte låtsades om det.

”Jaså han!” utbrast de samfällt med en alltför spelad överraskning i rösten och med pannorna uppdragna i ytterligt stor förvåning.

Det var väl om gubben Stenkil som Sigrid skulle få till make som de hade tisslat och tasslat alldeles nyss. Sigrid begrep nog. Hon tog sig samman och nickade stelt.

”Han är visst *väldigt* rik”, sa Estrid och himlade med ögonen och drog efter ny luft. ”Men är han inte …”

Det kom inget mer, för en enastående uppenbarelse gick just förbi och samtalet föll platt. En kvinna med tunn slöja över huvudet och en stel tinningsring av brons som en slingrande orm över hjässa och panna trädde in tillsammans med en man som såg ut som en vanlig storman från bygden. Fast han var ovanligt kort i rocken och rätt bred och bukfet. Han hade väl plockat upp denna uppenbarelse på en av sina färder österut.

”Hon kommer nog väldigt långt bort ifrån”, viskade Gunhild, men rösten var syrlig.

”Från Gårdarike kanske”, sa Estrid lite mer andäktigt.

”Så vacker slöjan är”, sa Sigrid. ”Tunt, nästan genomskinligt siden.”

”Hon är verkligen *egen*”, sa Gunhild och lät fortfarande mycket kritisk.

”Är det ändå inte lite märkligt att klä sig så?” dristade sig därför Estrid till att säga. ”Men hon kanske är en prinsessa, och det här är hennes vanliga kläder som hon går i varje dag med det där bronsbandet om huvudet och röda pösbyxor av siden och allt. Men jag tycker faktiskt att det ser rätt avigt ut!”

Nyfiket intresse och avund blandade sig. Det kände kvinnan i slöjan och de slaviska kläderna antagligen, tänkte Sigrid. Hon rörde sig lugnt och behärskat, så som en person som syntes väl och trivdes med detta gärna gjorde. Och hon visste att hennes karaktäristiska och vackra profil skymtade tydligt trots att hon försökte gäcka vart manligt öga genom att ha ansiktet höljt bakom en slöja. Men slöjan var tunn. Sigrid och hennes nya väninnor stirrade länge på henne, och det gjorde i stort sett alla runt omkring. Framför allt männen som med tappade hakor formligen åt slöjkvinnan med blicken, medan den kortväxte mannen vid hennes sida stolt sträckte på sig och med ens blev två tum längre.

”Han har väl fått köpa sig en fru i fjärran land. Han har väl inte fått tag i någon annan”, viskade Gunhild och himlade med ögonen, och alla tre började fnissa.

Skrattade gjorde även tre ynglingar som stod i närheten. Gunhild och Estrid kände dem väl, så de började språkas. De hette Manne, Svenne och Lenne och var bröder. Sigrid blev full i skratt av deras namn. Det var inte lätt att komma ihåg vem som hette vad. Den som var äldst och som hette Manne var en smula tunnhårig redan i ung ålder och flikar gick upp vid pannan, men det gjorde honom inte mindre attraktiv. Det satt sannerligen inte enbart i håret, även om en kraftig hårman sällan var en nackdel. Sigrid tyckte om honom.

Hon njöt av med vilken lätthet de alla roade sig med varandra. Hur härligt var det inte att träffa sådana människor som man kunde göra sig förstådd tillsammans med på ett omedelbart och nöjsamt sätt. Och hur härligt var det inte att skratta!

Hon ville alls inte skiljas från de nya vännerna, från Estrid, Gunhild, Manne, Svenne och Lenne som hon hade så roligt tillsammans med. Mor övervakade henne lika lindrigt som de andra mödrarna, och det var härligt.

Så var det dags för ny förning. Ångande karotter och överfyllda fat bars in, och mödrarna samlade ihop sina döttrar vid långbordet. De satte sig. Sigrid var inte längre hungrig, men lite smultron kunde hon pilla i sig. Hon väntade med förskräckelse på vad hon hade framför sig.

Det dröjde inte heller länge förrän samme budpojke kom tillbaka och sa att far kallade. Mor nickade mot henne att följa med.

Hon gjorde som hon blev tillsagd och reste sig och slätade till klänningsvåderna och kände efter med fingrarna att flätorna satt uppfästa som de skulle. Sedan följde hon budpojken genom hettan och trängseln.

Hon blev tillsagd att ställa sig strax bakom far. Han vände sig mot henne. Ögonen var rödsprängda, och hon tyckte inte om det. Far lade sin hand tungt över hennes ena axel och blinkade till en man snett över bordet. Det var en man som satt flera hack närmre kungen. Sigrid stirrade.

Till hennes fasa såg hon hur mannen just hungrigt och girigt gnagde på ett köttben så att flottet rann nerför hakan. Men så avbröt han sitt glupska ätande och for i stället med lika hungriga ögon över henne. Från topp till tå inspekterade han henne, medan han släppte köttbenet mot golvet åt de ständigt påpassliga hundarna. Så torkade han de nedsmorda fingrarna långsamt på skjortbröstet.

Äcklet steg inom henne. Detta kunde inte vara sant!

Han fortsatte att plira girigt mot henne. Så vinkade han henne till sig. Far gav henne en liten knuff i ryggen och hon rundade bordet, men hon ställde sig inte alldeles intill honom utan höll ett visst avstånd. Inte av anständighet och vördnad, utan av fasa.

Då kostade Stenkil Stenson på sig att smälla upp ett leende. Gula ojämna tänder, och det saknades ett par stycken i tandraderna. Om det var av snällhet, av glädje eller för att begärets lustar trängde sig på som han log var svårt att avgöra. Sigrid gillade det inte och fick svårt för att besvara smilet. Hans ögon såg inte glada ut, mest frånvarande och simmiga. Hon började må illa. Stensons ansikte var rödbrusigt och håret stod som gråsvarta tussar av tagel från skallen och var så långt ifrån Mannes tunna, men mjuka och vackert bruna hår man kunde komma, eller Björns grova, eller Torkels sköna och blonda långa man.

Detta gör jag inte! tänkte hon. Aldrig! Hennes inre protester var obevekliga. Stenkil Stenson var absolut inte den man hon ville ha vid sin sida. Likväl skulle han bli hennes make. Det var oundvikligt. Hon bet ihop om skammen. Något råd kom hon säkert på, tänkte hon trotsigt.

Just då flyttade sig en av männen som stod och höll vakt bakom Stenkil Stenson och svajade till så pass att det var fara på färde att han skulle trilla raklång över bordet. Det gick ett sus över bordsändan. Det var väl hettan och mjödet i kombination. Men mannen återfick balansen medan han vindögt och simmigt stirrade någonstans i höjd med Sigrids magtrakter. Hon visste inte vad som gjorde att onda aningar samtidigt blandade sig in i den allmänna kväljelsen över Stenkils flottiga uppenbarelse, men så skedde. En kall vind drog genom henne, mitt i festyran. En lös känsla av att hon stött på mannen som vinglade förr. Men det var förstås helt orimligt.

Hon väcktes av att pojken som följt henne tog henne i armen. Det var dags att gå tillbaka till mor. Hennes tilltänkte make var uppenbarligen inte längre road av henne. Han såg trött och orkeslös ut, som att han helst av allt ville låta huvudet falla och tungt somna över bordet. Han förmådde knappt vifta bort henne, orkade bara med en loj rörelse med ena handen.

Resten av kvällen mindes hon inte mycket av. Hon var med sina nya vänner, med Gunhild, Estrid och med Manne, men nöjet var inte längre detsamma. Det var som med örsprånget. En molande värk hade satt sig i kroppen och ömmade precis hela tiden.

KAPITEL 20

Nästa dag var det molnigt, men vinden som drog genom Sigtuna var fortfarande ljummen och flugor och mygg flög lågt. Gator och gränder låg öde. Få av stadens invånare var i stånd att stiga upp i arla morgonstund.

Sigrid, som inte druckit mycket öl eller mjöd, vaknade tidigt med huvudet fullt av härliga drömmar. Huset var ovanligt tyst. Tuppen gol inte, för någon tupp hade de inte i Sigtuna. Hon klädde sig raskt och så ljudlöst som möjligt för att inte väcka någon och smet ut. Hon hastade ivrigt ner genom gränden till Stora Gatan för att se om hon kunde leta upp sina nyvunna vänner Gunhild och Estrid, och inte minst bröderna Manne, Svenne och Lenne. Hon trodde att hon visste på ett ungefär var de bodde. Hon hade tänkt sig att strosa där utanför. I sin iver räknade hon med att även vännerna var uppfyllda av gårdagens begivenheter och morgontidiga som hon och ute för att söka nya äventyr. Det var så roligt att språkas, retas och skratta tillsammans med några som var som hon själv både i ålder och tankar. Men hon blev missmodig och överraskad av att Stora Gatan var helt folktom. Stående handfallen mitt på gatan funderade hon över vilket håll hon skulle gå åt? Alla hus var plötsligt mer lika varandra än annars.

Hon hade ingen lust att gå hem. I brist på annat glodde hon på en mager och loppbiten byracka som linkade över gatan.

Några katter låg med tassarna i kors och gonade sig mot en husvägg, och en stor galt bökade ivrigt efter godsaker. Sigrid spände ögonen i galten. Hon såg att han försökte pressa sitt tryne genom flätverket som var uppsatt utmed alla husgrunder hela gatan lång. Far sa att det var för att skydda grunden, så att det inte gick röta i bottensyllarna i förtid. Galten var nu på god väg att göra hål i de tätt flätade vidjorna. Snart slet han nog upp hela staget, sugen som han var på att rota runt i diket under. Kanske borde hon mota bort honom, annars måste husägaren, deras granne, reparera skadan.

Just som hon bestämt sig för att låta galten vara och trots allt gå västerut hörde hon att någon ropade hennes namn. Det lät som Sigge. Han lät uppskrämd dessutom. Som om elden var lös.

Så var det roliga slut, tänkte Sigrid modstulet och gick med tunga steg tillbaka hemåt. Hon vek in i gränden och fann mycket riktigt Sigge som stod och flaxade som en mås med sina långa och magra armar.

Hon behövde inte fråga om det hänt något; det räckte att se på honom. Vit i ansiktet pekade han mot dagligstugan. Hon raskade sig dit, och precis när hon stigit in genom dörren kom även mor. Hennes hår var oredigt. Den långa flätan var ännu inte uppfäst utan hängde tungt på ryggen, och hon var inte ordentligt klädd utan hade i all hast dragit en kappa över linnesärken.

"Där", hickade Sigge fram och pekade med ett smutsigt finger på det hårt stampade jordgolvet. "Jag vaknade av en duns och att grytorna kom till att skramla", väste han hest, ty rösten hade slitits hårt under föregående kväll utanför Kungsgården där han hade roat sig tillsammans med andra tjänande människor som inte släppts in hos kungen.

De stirrade alla tre åt det håll Sigge pekade. Förklaringen till uppståndelsen var kokfrun. Som ett skepp som strandat i natten låg hon ohjälpligt intill den stora bakugnen.

"Du milde, inte just nu! Vi ska ju ha namngivningsfest om två dagar", sa mor och slog förfärad ihop händerna.

Far var inte där. Han snarkade tungt, sa mor och bad Sigge att försöka skaka liv i far och sedan rusa efter mer hjälp. Samtidigt sjönk mor ner intill kokfrun och satte igång att klappa de pussiga kinderna, först ömt och kärvänligt men efterhand allt hårdare i hopp om att få liv i henne. Sigrid bara stod och glodde, valhänt och dum. Inte visste hon hur man gjorde för att uppväcka döda!

”Hela livet är fullt av oförutsedda händelser”, stönade mor och reste sig genom att sätta händerna mot låren. ”Nu skulle vi haft Holmlög här.”

Sigrid nickade. Holmlög ordnade det mesta.

Far hade nu yrvaket kommit på benen. Håret spretade åt alla håll där han stod i särk och pösbyxor och rödögd bligade ner på kokfrun. Han hade hört vad mor precis sagt.

”Inte ens Holmlög kan uppväcka döda”, sa han torrt.

Att hon var död kunde han tydligen konstatera med en endaste blick. Sigrid stirrade på köttberget som låg med armarna rätt ut på jordgolvet. Det var en sorglig syn.

”Men tänk om hon bara är skendöd”, sa Sigrid liksom för att hjälpa till, och väntade sedan på att någon skulle säga de där magiska orden som fick kokfrun att hosta till och börja fäkta med armarna och kommendera dem alla att hjälpa henne upp.

Men kokfrun låg där hon låg, livlös och ljudlös och med en fluga som trivsamt spankulerade på hennes panna utan att bli bortviftad. Det om något var ett tecken på att det inte var något liv i henne.

Just då klev Sigge in med den hjälp han snabbast hade fått tag på denna säregna och trötta morgon då de flesta i staden Sigtuna inte ville störas av något så ovidkommande som en död kokfru hemma hos Alrik Gårdskes familj. Mor stirrade kallt på *varelsen* som stod där. Det var ingen mindre än den mörka skönheten; hon som var silversmed och som just lärt sig behärska även guldet, och vars blotta existens fick mor att bli stram och far att ömsom se generad ut och ömsom få något pillemariskt i blicken.

Ännu ett spektakel, tänkte Sigrid. Hade inte Sigge något vett alls mellan öronen! Kunde han inte ha letat upp någon annan?

Men mor bet ihop. Sigrid beundrade sin mor för detta. Den mörka sjönk ner på huk på andra sidan om kokfruns lealösa kropp och höll sin öppna handflata mot den halvöppna munnen. Så skakade hon allvarligt på huvudet; någon andedräkt gick ej att förnimma. Mor och hon utväxlade blickar i samförstånd.

”Nä, det är väl inget att göra”, sa mor.

Men så satte mor ett finger i luften. Hon hade kommit på en nyttig tanke och gick iväg och hämtade den lilla platta bronsbiten som var överdragen med silver och som hon fått av far. Den som man kunde se sitt ansikte i. Hon höll fram den mot kokfruns slappa läppar. Men det var alltför mörkt inomhus för att avgöra om där bildades någon hinna från kokfruns andedräkt.

”Att bli begravd levande kan inte var angenämt”, sa mor torrt. ”Vi måste få ut henne.”

Då suckade alla, men mest stönade far eftersom han begrep att det var han som fick ordna med detta. Kokfrun låg hårt fastkilad mellan ugn och vägg. Hur skulle detta enklast gå till!

”Hämta fler karlar”, kommenderade han Sigge, som såg olyckligt på far. Att få ihop bärhjälp en dag som denna var inte snutet ur luften.

Men på något sätt lyckades Sigge och far, efter många om och men, att muta tre arma stackare som mot bröd och mjöd lyckades baxa ut kokfrun på gården. De lade henne i skuggan så att kroppen inte skulle ruttna alltför hastigt och dra liklukt och grönskimrande flugor till sig. De var ju tvungna att tänka på namngivningsgillet. Att ha henne liggande i hettan var inte att tänka på, de måste se till att få henne i jord så snabbt som möjligt.

Gravgårdarna låg strax utanför staden. Stormännen och hövdingarna begravdes inte där, utan hemma vid ättebacken på den fäderneärvda gården. Däremot begravdes stadsgårdsägarnas husfolk i staden; gårdsbrytar och hantverkare. På så sätt var det rimligt att även lägga kokfrun där.

”Fast hon hade nog hellre vilat i jorden hemma på Östergård”, sa mor och lät lite sorgesam. ”De vuxna barnen har hon ju där. Det blir inte nådigt att komma hem och berätta att hon inte längre är med oss.”

”Värre händelser finns!” sa far. ”Hon blir i varje fall nergrävd i jorden bland svear, och inte långt bort där främmande tungomål talas.”

Det höll alla med om. Det fanns alltid något att vara tacksam över.

”Men nu när vi är i Sigtuna, i Guds stad, så har vi inget annat att välja på än att begrava henne så som missionsprästen vill”, fortsatte far och kliade sig i skägget. ”Så det blir inte tal om att bränna henne, utan vi får se till att få en grav grävd.”

Far vände sig till Sigge, som var alldels för oerfaren för ett förtroende av denna storlek, men Sigge lyssnade noga. I alla fall såg han ut att försöka ta till sig de order han fick. ”Huvudet ska vara åt väster och fötterna åt öster, glöm inte det!” sa far.

Sigge hade inget att sätta emot sin husbonde. Han nickade upp och ner med huvudet så ivrigt han kunde för att visa sin tjänstvillighet. Han såg ut som att han nog skulle kunna ordna med detta, medan far uttryckte en stark önskan om att få gå och lägga sig igen.

Men Sigrid tyckte att det skymtade i Sigges flackande blick att han inte hade någon vidare ordning på väderstrecken. Det skulle inte förvåna henne om kokfrun hamnade med huvudet åt fel håll. Sigge ställde inga frågor – han vågade nog inte avslöja sin dumhet – men det fanns väl folk som kunde hjälpa honom.

Fast å andra sidan, det gjorde kanske inte så mycket hur det blev, för kokfrun var precis som Holmlög. Bägge gjorde som de själva ville och brydde sig inte stort om vad kungen, missionsprästen eller far tyckte och tänkte om att det skulle var en enda gud: *Den bleksiktige* Vite Krist brukade både Holmlög och kokfrun kalla honom, det visste Sigrid. Kokfrun hade mest sökt sig till de gamla trygga gudarna, och Sigrid var säker på att hon hade blotat emellanåt när livet klämde som värst.

Trots att far var trög i kroppen denna dag och inte hade huvudet med sig helt och fullt, så snappade han trots allt upp att Sigge tvekade.

”Kristus kommer från öster när han återuppstår, ser du Sigge. Han kommer ridande på solljuset som stiger upp därifrån”, sa far, och gjorde en stor bågrörelse med armen åt det hållet. ”Då måste man ju se till att ligga med huvudet åt andra hållet, eller hur?” Far pekade med en slängig rörelse åt motsatt håll, åt väster. ”För annars går det ju inte att se Vite Krist i all hans härlighet.”

Sigge stirrade som om far talade om jättar eller jordandar.

”Begriper du?”

Sigge fortsatte att nicka som han brukade oavsett om han begripit eller inte. Far suckade ljudligt och lät armarna falla. Sigrid för sin del tyckte att det lät så himmelskt vackert att munnen fastnat i ett dumblitt leende. Missionsprästen hade förklarat många gånger att vid Jesu återkomst skulle alla döda stiga upp ur sina gravar. Hon försökte se framför sig hur detta skulle gestalta sig. Hur somliga kravlade sig upp medan andra, som Vite Krist, svävade ur gropen. Och förstås var man tvungen att begrava hela kroppen, för hur skulle det annars gå att uppstå om man var bränd till kol och aska!

Far gäspade stort så att det knakade i käklederna.

”Kokfrun kan för den delen inte ta skada av att få se solen gå upp, hur mycket hon än har blotat till Oden och Tor”, sa han som om han hade läst Sigrids tidigare tankar. ”Det är inte lönt att tro att det går att ordna fram en kista i all hast en dag som denna. På Östergård hade vi alltid kunnat få en snickrad.”

Mor tog fram ett stort linnelakan, kanske inte ett av de bästa, tänkte Sigrid, men det var bra nog som svepning till en kokfru. Några gravgåvor var det inte tal om sedan Vite Krist tagit över. Den store Guden skulle man möta vid himmelens port som den man var.

En knirrig kärra fick de tag i att frakta kokfrun på. Grävarna högg i med spadarna. Far kunde betala för sig, då gick det mesta.

Så kom det sig att kokfrun sent i skymningen samma dag begravdes i de kläder hon stod och gick i när hon dog. Men hon sveptes i vitt, som om hon vore döpt. Det passade sig bäst i Sigtuna. Bältet med de hängande slevarna, kammarna och tängerna fick hon behålla med sig ner i jorden. Men därutöver inget mer.

KAPITEL 21

Natten som följde sov alla tungt, utom mor Bothild. Det regnade. Tunga droppar föll vänligt mot taket utan att slå följe med varken kyla eller blåst.

Hur skulle det bli med namngivningsgillet?

Bothild fick knappt en blund i ögonen! Åtminstone klagade hon över det på morgonen. Hon hade legat och lyssnat på regndropparna, hört hur de glesade ut för att upphöra helt strax före gryningen. Den sista hon ville be om hjälp var den mörka silversmeden, men vad hade hon att välja på? Sigrid hörde mor viska till far om det. Han gruffade bara tillbaka, snodde runt och lade sig med ryggen till.

Hallvi hette den mörka skönheten. Hon var visst från Gutaland, från en plats som hette Boge och hon hade kommit farande tillsammans med sin far Båtel, även han silversmed, och sin mor, som nu var död, för länge sedan då hon bara var ett barn. De ville söka lyckan någon annanstans än på ön som de härstammade från. Många skepp for förbi Gutaland, de hörde talas om stora städer och livliga platser, och Sigtuna var en stad som lockade. Men båten deras gick i sank när de närmade sig Mälarens inlopp, och de räddades av ett par svear som snällt satte av dem i Sigtuna. Men de ägde inte stort mer än kläderna på kroppen.

Senare hade far Alrik vid något av sina besök i Sigtuna funnit att de silverarbeten Båtel gjorde var mycket sköna för ögat och hade därför städslat honom och placerat familjen i hantverkshuset på stadsgården i Sigtuna. Främst gjorde nog far det för att få någon som verkade pålitlig som såg till husen då de inte var där. Vi tiden då detta skedde var Hallvi endast ett flickebarn. Men åren går. Det är det enda man kan vara helt säker på, menade far. Saker och ting ändrar sig. En knopp slår ut i full blom. Och det var just vad som hade skett.

Mor Bothild suckade och gick i egen hög person till det lilla hantverkshuset längst ut mot Stora Gatan och bankade på dörren. Lika bra att bita huvudet av skammen, tänkte hon. Hon hade inte råd med annat.

Och det var ju som det var ändå! Hon kunde knappast ha ihjäl henne, den mörka skönheten, tänkte Bothild. Men tänk om hon åtminstone hade haft lite av den unga Hallvis släta skinn och lätta sinne! Men även hon kommer att åldras, tröstade hon sig sedan. Allt jämnar ut sig!

Namngivningsgillet blev stillsamt, men kom likafullt att bli ett starkt minne. Men av skäl ingen av dem hade tänkt sig.

Inte bara Hallvi hjälpte mor, det gjorde även Båtel, som talade ett tungomål som var sjungande och en smula främmande men inte alltför svårt att förstå. Sigrid begrep i varje fall det mesta. Hallvis lille sork, som hon kallade sonen sin, fick sova i en korg de enkelt kunde flytta runt. Sonen hette egentligen Säve och var en mörkhårig och lugn liten gosse.

Missionsprästen hade lovat att komma. Mor hade lockat honom, inte minst hade hon menat att han *borde* komma som tack för den fantastiska gåva som hon hade förärat honom. Fast hon sa det inte rakt ut. Men han hade blivit rörd till tårar när han vecklade upp den vackra korkåpan.

Den milt grönfärgade korkåpan var sydd av bästa tänkbara utländska linne och hade ett kors i ljust siden med guldtråd infällt mitt där bak på ryggstycket. Bothild var andäktig när hon lämnade över paketet. Linnet hade hon skaffat hos Albod och Slode, liksom sidenet till korset. De båda frisiska köpmännen hade i sin tur fått tillåtelse från både Kungsgården och prästen att lägga undan sidentyg och guldtråd till just mor. Det var mycket procedurer runt det som var heligt, och både synliga och osynliga regler.

Innan mor lämnade ifrån sig den dyrbara gåvan till prästen hade hon först varit inne hos friserna för att visa sitt färdiga alster. Hon var inte helt säker på att prästen hade förstånd till att se vilken märkvärdighet han förärades att bära när han gick i processionståget längs Stora Gatan. Missionsprästen var rätt klent och armt klädd för övrigt, men mor hade nu rått bot på den saken. Hon såg redan framför sig hur han allvarligt stävade i täten iförd korkåpan och med ett vackert kors av i trä i sina händer. Hur skulle folk inte komma att hänföras!

Att Albod och Slode visste att sätta värde på detta vackra och välgjorda arbete var mor helt övertygad om när hon klev genom dörren. Och berömmet hon mycket riktigt fick kom sedan att bära henne som av osynliga händer ut genom dörren och hem till deras eget hus där hon kom insvävande på den lilla utegården, strålande som solen själv.

Men handelsmännen hade först sagt inget alls. En förtätad och pressande tystnad hade fått mor att tappa självförtroendet helt. Tyckte de inte om den? Men det var inte avsky de förmedlade, de hade varit mållösa av beundran. När mor väl begripit att hon fått mer än godkänt gled mungiporna upp mot skyn, för att sedan stanna där. Åtminstone hela den eftermiddagen.

”De sa att deras hjärtan klappade av glädje och bröstet svällde av stolthet”, berättade mor för Sigrid. ”En skär fröjd att se dem bli så glada på ett sätt som jag aldrig tidigare stött på. Det gick knappt att beskriva”, sa hon och såg hur Sigrid såg allvarligt på henne. ”Det skulle i så fall vara när de fick se dina bonader”, sa mor sedan, när hon kommit till sans, och log plötsligt mot Sigrid.

Sigrid hade velat slicka i sig dessa ord som en utsvulten hund, men det gick inte riktigt. Skulle hon någonsin kunna mäta sig med mor? Och vad spelade det egentligen för roll, när allt ändå var som det var. Glädje var inte längre något för henne.

Prästen var emellertid inte alls nödbädd, utan kom gärna till kalaset. Han kom i sina enkla kläder, mager och ranglig som alltid och inledde aftonen genom att leda bönen. Gillet hölls i hallbyggnaden längst in på tomten där altaret med relikgömman stod mot väggen längst in. Reliken hade far tagit med från Östergård. Långbordet var uppställt mitt på golvet. De inbjudna var inte många till antalet, i alla fall inte om man jämförde med kungens gille, men den jämförelsen var helt onödig.

Prästen harklade sig många gånger innan han kom igång med att be. Kungens gille hade satt sina spår och slitit hårt på hans stämma. Med en sticka tände han omständligt och med darrande hand rökelse och flera vaxljus som far hade satt dit. Sigrid var rent av orolig att han inte skulle få fyr på vekarna, men det gick till slut och det sken vackert på alla sätt. Säbjörn satte förstås igång att skrika som en stucken gris – hur länge som helst gol han. Till slut var mor, som egentligen var den som tyckte mest om att be av dem alla, tvungen att bära ut honom till Hallvi och hennes far. De fick passa honom medan de ändå såg till köttet och kålen och rovorna, och lille Säve förstås. De två bröderna kom på så vis att ligga sida vid sida; en ljus och en mörkare.

Prästen drog sin litania med inåtvänd blick. Alla dessa ord på ett främmande tungomål som ingen av dem begrep, men som de ändå tyckte lät mycket vackert. Eller om det var allt tillsammans som blev stämningsfullt: prästens mjuka sätt att läsa bönen, den sötaktiga doften från rökelsen, ljusen som brann högtidligt och att de alla var samlade i rofylld stillhet. Speciellt sedan Säbjörn burits ut. Det blev en mycket behaglig stund, tyckte i alla fall mor, även om hon var en smula disträ av oro för maten. Sigrid fann det också rogivande. Vad far tyckte visste ingen. Han gjorde som prästen sa, det var inte mer med det.

Prästen stannade givetvis sedan på en bit mat, även om han sa att han hade mycket att styra med. Det fanns många ogudaktiga kvar som skulle omvändas, förstod Sigrid. Men så värst bråttom var det tydligen inte med den saken just idag, för han var inte svårtrugad och förságg sig väl även av dryckerna. Var all mat han stoppade i sig tog vägen kunde man just undra, så senig och mager som han var. Bara skinn och ben, tänkte Sigrid. Och så den där knölen på halsen som åkte upp och ner.

Men deras präst var snäll. Han började bli till åren kommen, sa mor. Men så farligt var det väl ändå inte. Sigrid tyckte inte om när mor sa så. Det hade i vart fall kommit två präster till, men dem hade mor ännu inte bekantat sig så väl med. Hon ville helst stanna vid det gamla, vid det hon kände till. Det tyckte Sigrid var tråkigt.

"Men sådana blir vi alla, förr eller senare", försvarade far sin hustru.

Inte jag, tänkte Sigrid trotsigt.

Vad de skulle komma att tala om i flera dagar var inte att det till sist gick så bra med maten. Inga gäster klagade eller visade sura miner. All oro hade varit onödig, så som det ofta blir. Vad som däremot kom att avhandlas både två och tre gånger var Ingvars hustru Ragnfrid. Men samtalen fördes med låga stämmor. Ingen ville att detta spreds ut.

De hade inte sett Ragnfrid på det stora gillet hos kungen. En olycka hade drabbat henne, sa Ingvar. Hon behövde vila.

"Jag kände mig lite krasslig", ursäktade sig Ragnfrid utan att någon hade frågat henne, när hon nu dök upp vid Ingvars sida på namngivningsgillet.

Mor stirrade tyst på henne. Och det gjorde far och Sigrid med. Mor teg så pass länge att Ragnfrid förstod att mor inte var nöjd med svaret. Hon krävde en bättre, eller snarare en mer utförlig, förklaring.

För nästan halva Ragnfrids ansikte var täckt av vitt mjöl, som hon förmodligen hade blandat med ister och kletat ut efter bästa förmåga. Men runt ögonen fick hon inte mjölet att täcka huden. Svartblå bulnader och långa repor syntes på kinden. Ögat gick knappt att se, så inbäddat låg det i det blåröda.

"Jag gick bakom hästen min", sa Ragnfrid. "Jag vet inte vad den fick för sig. Den är ju alltid så lugn annars, men nu tog den sig till att sparka bakut. Jag var väl dumdristig som kom för nära."

Kom för nära vem då? hade mor på tungan. Men hon sparade orden till efteråt då alla hade gått.

”Tro det den som vill!” sa hon när dörren slagit igen efter den sista gästen, som var missionsprästen. ”Din bror har hårda nypor!” Hon vände sig till far, som suckade.

”Men jag är inte skyldig till det”, sa han. ”Jag vet att Ingvar alltid har haft ett häftigt humör, men inte visste jag att han gick ut så hårt.”

”Och vad tänker du göra åt det!” Mor sköt upp pannan i undran.

”Lägg dig nu”, stönade far.”Det blir en dag i morgon också. Vi får se då!”

Så slocknade han. Far sov väldigt gärna nu för tiden, tänkte Sigrid. Och det var oroande.

KAPITEL 22

Skörden bärgades och avkastningen blev god, över hövan. Det var å andra sidan det enda som föll väl ut under denna tid som kom att bli mycket dyster och sorgesam.

Vädergudarna var med dem hela sommaren och långt in på hösten. Det var nästan så att det var ett hån, med tanke på annat elände, men alla var givetvis tacksamma. Det var av brödet de levde. Sigrid kom knappt alls att tänka på hur sol, regn och vind förhöll sig till varandra. Hon var bortanför vädret och det berodde nu inte bara på Stenkil Stenson.

Mellan de stekheta dagarna kom det duggvisa regnskvättar i tillräcklig mängd för att jorden skulle hinna fuktas och skörden mogna i maklig takt. Inga slagregn föll som gudarnas straff ovanifrån och fällde sädesfälten denna sommar. Och inte heller höll torkan i så pass länge att brunnarna började sina och kreaturen flämtande kom att stappla fram på sönderbrända och magra beten. Så skedde vissa år, vädret var alltid oberäkneligt. Men inte detta år.

Det var till och med så väl att de denna höst hann samla ihop tillräckligt med folk för att få in skörden under tak innan höstregnen satte igång – och detta trots att Anund Jakob tog ut många av de bästa karlarna till sin här. Men när tiden var inne för att tröska dog stormannen Alrik Gårdske på Östergård.

Mor var nog den första att se hur illa det var ställt med far, men på slutet kunde inte ens Sigrid blunda för vad som komma skulle.

Hon hade annars valt att inte vilja begripa ända sedan den dagen i våras då hon sett skiftningen i fars ansikte på stallbacken.

De där hemska nornorna, som Holmlög ibland talade om, kom för Sigrid lite då och då. De var skrämmande kvinnor, svarta i synen och med vassa saxar, som kunde vara välvilliga och spinna livstråden hur lång som helst. Men de kunde också vara missmodiga och på dåligt humör och klippa tråden ytterligt kort, som med Sigrids två små syskon som dött i späd ålder. Sigrid försökte se nornorna framför sig. Vita, knotiga ansikten, smala och stränga läppar. Svarta under ögonen och mörka i blicken. Hon såg hur de lyfte upp fars tråd och såg på varandra. De nickade sedan bestämt, och hon som var mest sur och sträng öppnade munnen. ”Klipp du”, kraxade hon till nornan som höll i saxen. Och med ett belåtet litet leende satte hon saxen till tråden.

Sigrid satt alldeles stilla när tankarna for på detta vis. Rös och for illa. Sedan var hon tvungen att ha något vettigt för sig. Något rejält och kraftfullt, dra på en ny varp, gå fort runt huset eller väva enkla ränder som gick lätt undan så att hon inte behövde tänka, bara låta händerna gå.

Efterhand kunde alla, som inte var skumögda, se hur det var ställt med far, men få sa något. Det blev ett dystert och ängsligt tigande runt honom, den ståtlige och rådige stormannen Alrik Gårdske. Alla ansträngde sig allt vad de förmådde för att inte låtsas om att han var gul som smörblommorna på midsommarängen. Men tigandet betydde inte att folket på gården inte undrade. Ingen var dock villig att börja öppna munnen. Allra minst far.

Han led i det tysta, som en man av hans sort gärna gjorde. För vad fanns att säga, mer än några ord om den tid som låg framför alla andra, men inte honom själv. Han ordnade med det han kunde. Sigrid skulle komma i trygga händer, det hade han redan sett till, även om inte dottern själv verkade munter av denna tanke. Han såg nog Sigrids modstulna uppsyn, men han hade varken tid eller ork att göra något åt det. Men det smärtade honom att se. Och han hoppades i sitt djupaste inre att ödet och livets försonande ande skulle komma att hjälpa till så att detta arrangemang blev bra till slut. Om detta utgöt han sig för sin hustru. Och Bothild sa inte så mycket om giftermålsavtalet mellan Sigrid och Stenkil Stenson, vilket var illavarslande, men just inget att göra något åt.

Men hustrun själv skulle komma att reda sig, tänkte han sorgmodigt. Hon redde sig alltid, varken handfallen eller oföretagsam utan av den sort som alltid klarade sig, kommen som hon var från karga trakter i Blekinge där den late inte hade någon plats. Hon skulle dessutom få ärva en stor egendom med både skattkistor och välfyllda lador.

"Du kommer att få ett elände med att hålla alla friare från dig", sa han en sen kväll från sängkanten och log snett.

Då brast mor i gråt. Far fick trösta henne så gott han kunde fast han hade svårt att hålla henne i famnen för smärtorna i magen. Även Sigrid, som hörde det, började böla under fällen.

Fars tidigare strapatsrika liv med många umbäranden i främmande land talade för att han tålde stora plågor utan att falla ner i ett ömkansvärt hål. Far var en karl som inte jämrade sig. Men den gulbruna färgen som efterhand tog hela hans kropp i besittning var något helt annat. Den hade kommit för att stanna. Plågorna hade gjort detsamma. På senhösten intog smärtan honom både natt och dag. Det var ett elände att se. Hans nära och kära var vanmäktiga.

Som om inte detta vore nog fick de bud om att kung Anund under sensommaren gått med sin här söderöver mot danskarnas Skåne, och att hans hövdingar Ulf och Eilifs ställt flottan mot samma mål. Samtidigt försökte kung Olav i Norge, Anund Jakobs vapenbroder, att angripa Danmark västerifrån. Han gick mot Själland och försökte, när han väl var framme där, att vinna folket för sin sak. Han var till och med närvarande på ett ting för att övertala danskarna, men fick fly hals över huvud eftersom Knut närmade sig.

De båda kungarnas skickliga anfall mot Danmark från två håll hade dock ingalunda kommit som en överraskning för den dansk-engelske kungen. Under strapatslika förhållanden hade

Knut hunnit segla över en stor flotta från England. Över Nordsjön hade skeppen gått i hårt väder, och flottan hade sedan legat beredd i Danmark en tid och hade lätt för att styra mot Själland.

Både Olav och Anund fann motståndet hårt och drog sig därför undan österut och följde Skånes kust norröver. Men Knut kom efter.

Så kom det sig att de tre kungarna möttes någonstans vid en helig å, en plats som folket på Östergård inte hade så noga reda på. Där vid Helgeå utkämpades nu en hård strid. Deras Anund Jakob och norrmännens kung Olav stred hårt mot kung Knut. Men kampen var visst ojämn, sades det.

”Vad dansken vill åt är sjövägen österut mot Gårdarike, den som hör oss svear till”, menade far bistert från sjukbädden. ”Han vill att den engelska kristna missionen, som han är fostrad i, ska råda även i Sigtunatrakten, ja, i hela Svitjod. Han vill inte tillåta den kristna uppfattning vi nu har här, den som Anund Jakob ansluter sig till och som missionsprästerna från Frankerriket anbefaller. Den som även har fått låna klädedräkt från den kristna lära som Anunds syster Ingegerd i Kiev är hängiven. Vi tyr oss ju även till det som kommer österifrån från Rusland och från Konstantinopel, som är oss alla välbekant, vi som bor här och har kontakter österut. Men detta tål inte Knut!”

Alla de stormän och hövdingar runt Anund Jakob som var krigsdugliga hade farit för att strida, men inte Alrik Gårdske. Han hade en annan strid att utkämpa. Men han var väl insatt i vad som sattes på spel; det rörde sig om inget mindre än makten över alla stormän i bygderna både norr och söder om Kolmården och Tiveden.

Alrik, som hade bevistat alla rådslag hos kungen i Sigtuna innan soten satte in värre än värst, fann det bedrövligt att inte kunna följa hären. Men Alrik såg till att släppa bra manfolk till hären. Karlar som utrustades efter bästa förmåga med häst, ringbrynja i vissa fall, hjälm till någon, yxa, spjut, pil och båge, och somliga fick även en sköld. Några ägde till och med ett svärd.

Men fars eget svärd fick stanna hemma med honom. Det svärd

som han svingat så många gånger och som hade en klinga så vass att den med lätthet skar genom både märg och ben.

Sigge var en av männen som togs ut bland flera. Den kraftfulle Björn, gårdssmedens son, likaså. Sigrid såg hur Valdis tårögd vinkade honom farväl. Undrar om han någonsin kommer tillbaka, tänkte Sigrid, och blev en smula hjärtnupen.

Vad som senare under hösten kom att väcka stor oro på Östergård var att de hörde att Knut hölls som segrare i slaget vid den heliga ån. Men kampen hade länge varit mycket jämn.

Detta inträffade vid tiden då Alrik Gårdskes ständiga kamp mot den ihållande smärtan däremot var mycket ojämn. Soten höll på att ta över helt.

Så på Östergård försökte man att skona Alrik, och höll honom utan vetskap om hur det hade gått. Han hade tillräckligt att stå i med sin snart förestående död, menade Bothild, Ärmund och Ulfhård och även Holmlög. Till och med ett rykte om att kung Knut tänkte lägga beslag på mynthuset i Sigtuna och prägla egna penningar nådde dem på Östergård, och det var bestämt inget för Alrik Gårdskes öron.

Men det fanns en liten fågel som kvittrade. Alrik bad om det. Han ville inte hållas utanför, även om han stod vid gravens rand. Så han fick till slut veta.

”Det är tur att man snart ska till att dö. Att betala skatt till den mannen skulle svida värre än döden”, sa han torrt.

Sigrids ängslan tog inte riktig fart så länge far stod, gick och styrde, som han brukade, trots det gula. Men när de gruvliga smärtor ständigt började gnaga honom i magen och borra sig ut i ryggen så att han vägrade äta maten de satte fram, då gick Sigrids tankarna mer till *när* det skulle ske, inte *om*.

Inte minst blev oron stor över hur det skulle gå sedan. Hur skulle hon överleva utan far! Tanken fanns knappt. Hon ville att han skulle finnas med henne alltid.

”Kommer tid, kommer råd”, sa Holmlög och strök henne över håret som om hon var ett litet barn.

Far höll sig på fötter längre än vad många hade räknat med. Trots det gula. Men när han väl drog sig undan och föll ner i sin bädd så reste han sig inte mer. Han blev liggande härjad av pinan som red honom, medan resten av Östergård höll andan.

”Det ger sig”, sa Ärmund lugnt med sin grova röst.

Ulfhård teg. Teg gjorde även mor Bothild. Mest tyst höll Holmlög. Eller kanske hennes tigande märktes mest, för de var vana vid att hon tog till orden när något såg ut att gå galet. Men nu hade det snabba rabblandet, de glada tillropen, de oroande förutsägelserna och de hoppingivande ramsorna uteblivit helt. Hon hade inga ord för eländet, sa hon till mor.

Men till slut bröt även hon ihop och utbrast i en lång harang präglad av vanmakt.

”Stormannen som är så ung och stark! Skam är det. Inget annat än skam att en sån som han ska vandra vidare. Jag själv borde gå åt före honom. Och små barn har han dessutom. De behöver en far. Nornorna vet inte vad de gör! Man kan tro att de har blivit skumögda och skvatt galna allihop, spinner och klipper lite hur som helst!”

Mor förmådde inget annat än att fälla tårar, snyta sig och sedan fortsätta vara tapper vid fars sida. Hon hade dessutom mycket att stå i.

Sådant var livet. Det var inte tal om rättvisa. Inte på jorden i varje fall. Kanske det blev bättre med den saken senare, tänkte Sigrid, när de väl var i Himmelriket.

Den gula soten hade alltså tagit far med näbb och klor, så som örnen griper sitt byte, för att aldrig släppa det igen. Det hjälpte föga att mor dagligen bad till Vite Krist och att Holmlög blotade och rabblade trollformler i smyg. Tyst hade gulsoten smugit sig på honom, likt en räv om natten som närmade sig hönshuset och bet ihjäl en höna i taget. Helt urholkad kom han på slutet att bli. Den ståtlige Alrik Gårdske var endast skinn och ben, och det gula hade slagit över i brunt, men inte en brun ton som hade med solens och vindarnas verk att göra. Nä! Det hela såg mycket sorgligt ut. Han kved och led i det tysta.

Holmlög blandade sina torkade växter, kokte extrakt och hällde i honom. Hon gjorde vad hon kunde för att mildra lidandet. Lite hjälpte det, men inte mycket. Och mor satt hos honom så mycket hon hann.

Far hade bett Ärmund, och även Ulfhård, att hjälpa mor så att tröskningen blev klar utan eldsvådor, och han hade gett råd om slakten lite längre fram kring vintersolståndet. Några ord lade han också på ordningen kring Stenkil Stensons brudhämtning på Östergård: att inget skulle fattas Stenkils sällskap, att de stora dryckeshornen skulle fram till brudölen och att de var tvungna att packa Sigrids kistor med hemgift med stor omsorg. Det bruden Sigrid förde med sig var inga småsaker. Hon kom ju från Östergård! När han talade om detta brast det ofta för honom, och det tog lång tid för honom att få det ur sig.

Men annars avstod han från att dryfta planer som sträckte sig bortom vintersolståndet. Han talade stötvis, utsatt av en ihållande och ilande smärta som aldrig gav honom någon ro.

”Värre än allt annat, än tandvärk, än örsprång, än att olyckligtvis bli av med ett finger vid huggkubben”, sa han.

Vad ont han hade gjort för att drabbas av en sådan utdragen pina frågade han sig förstås många gånger. Och det gjorde även gårdens folk. Alrik Gårdske som var arbetsam och rådig och god mot de fattiga. En sann kristen. Han om någon borde slippa undan dessa vidriga plågor, som var som helvetet på jorden.

Men då slipper han det sedan, tänkte Sigrid. Han kommer att få ro, sa mor.

Men om oron och medlidandet var stort i månget bröst på Östergård den hösten, så fanns det samtidigt de som passade på att göra sig ärenden. ”Vid sidan av”, som Holmlög sa. Ingvar kom, såg sin bror, pratade helt kort med honom och skakade sedan illavarslande på huvudet. Samtidigt meddelade han i torr ton att Ragnfrid nyss varit med om en hästolycka.

”En olycka till! Med hästen?” utbrast mor Bothild utan att tänka sig för.

Ingvar blängde tillbaka.

”Och det sorgliga är att hon dog av sviterna”, fortsatte Ingvar och lät inte särskilt ledsen över det.

”Kära nån!” utbrast mor med kluven tunga, för rösten var fylld av både sorg och stortvivel. Misstänksamhet, rent av.

Men så blev hon avbruten. Det var så mycket som hände runt henne vid denna tid, så mer blev inte sagt om denna hästolycka som så sorgligt tagit livet av Ragnfrid. Det var först långt senare de fick höra på omvägar att Ragnfrid fallit av kusen som skenat i vild galopp, och i fallet hade hon oturligt nog brutit nacken.

”Tro det den som vill”, sa mor torrt.

KAPITEL 23

Alrik Gårdske passade på att dö en natt när det var fullmåne och alla sov. Rund och vit lyste månen mot den svarta himlen. Den sken över Sigtuna, över Skånela och över Östergård. Och inte minst lyste månen över Alrik Gårdske själv medan han var i färd med att dö.

Och det var gott.

Sigrid hade sett fullmånen när hon var ute och kissade innan hon gick och lade sig. Men då visste hon inte att far skulle passa på att ge sig iväg på sin sista långa seglats när han var helt ensam.

Mor hade funnit honom livlös intill sig när hon vaknade. Det var första morgonen på mycket länge hon såg att hans ansikte inte längre var härjat av plågor. Fridfull låg han där med slutna ögonlock, men ansiktet var magert och präglat av den svåra soten som farit så illa med honom.

Mor väckte Sigrid. Östen och Säbjörn var för små. Sigrid blev alldeles till sig.

”Men han ville ha det så här”, sa mor. ”Du förstår, Sigrid min, att det är ett stort arbete att släppa taget om livet. Det kräver mod till att dö. Far behövde sköta det för sig själv i lugn och ro.” Mor torkade Sigrids kind. ”Nu slipper han ha så gruvligt ont”, sa mor. ”Vite Krist har kallat hem honom till sig.”

Sigrid nickade. Far slapp lida, och det var bra. Men i stället slungades hon själv rakt ut i en elak tomhet. Det hjälper föga att han kommer till himmelen, tänkte hon. För han ska inte vara där. Han hör hemma här på Östergård, här hos mig.

Alrik Gårdske begravdes hemma på sin gård. Det blev en stormannabegravning i en stadig kista, snickrad med omsorg. Han sveptes iförd i sina bästa kläder. Sin blå mantel av finaste ylle, därunder en vacker utländsk kaftan, även den av blått ylle fast i ett tunnare tyg, vackert kantad med silvertråd. Närmast kroppen bar han en vit särk av linne som mor hade dänkt med vatten och gett en ordentlig omgång med den släta glasstenen så att särken blivit alldeles jämnstruken och mjuk mot huden. Han fick även byxor, bälte och skor på sig. Och sedan kom svepningen.

Sigrid hjälpte mor och Holmlög att ordna med detta. Alrik var en man som tagit dopet, det visste alla. Han skulle svepas i vitt. Johannes döparen var den allra första som fick det kristna dopet och han var klädd i en vit särk när det skedde. Det var så det hela kom sig, det hade missionsprästen förklarat. Mor tog linne av allra bästa sort till fars svepning.

Just när Sigrid klädde fars kalla och stumma kropp höll hon tårarna borta, men sedan grät hon så stora floder att hon knappt kunde se. Mor var mer samlad, medan Holmlög sprang runt och bölade i vrårna. När de väl stod vid den grävda graven och kistan med far var nersänkt såg Sigrid att det föll några stillsamma tårar ner för Ärmunds torra och skrynkliga kinder. Hon hade aldrig tidigare sett en stor karl fälla tårar. Detta grep henne djupt.

De lade inte ner fars svärd i graven. Det skulle Östen få ärva, sa mor. Däremot kunde inte mor låta bli att lägga ner tre uppståndelseägg, som kom från Kiev där de kristna enligt sin sed lade sådana ägg i gravarna.

”Ett ägg har ett skal”, förklarade mor för Sigrid, ”precis som det finns ett hölje som omsluter livet. Tunt är det, både skört och hållbart på samma gång, precis som människans liv på jorden. Ett ägg är ju dessutom alltings ursprung. Ur ägget kommer nya varelser, nya kycklingar och nya små fågelungar.”

Detta grep Sigrid och hon lyssnade uppmärksamt och med innerlighet. Mor hade införskaffat äggen i Sigtuna. De var vackra att se på och sköna att hålla i handen och gjorda av mörk keramik med mjuka vågor vackert inristade i glasyren, som vattnets rörelse på Mälarens vatten. Mor Bothild förklarade att hon så gärna ville göra något extra för far och att Sigrid, Östen och Säbjörn på så sätt också fick vara med. Tre barn, tre ägg – en hälsning från vart och ett. Annars behövde far just inget att ha med på färden. Själen hade redan lämnat honom i och med det sista andetaget.

Mor hade kallat på missionsprästen, som kom ridande en grå eftermiddag med regnet hängande i luften tillsammans med de män som mor hade skickat ut för att hämta honom i Sigtuna. Prästen hade känt far länge. Han var rörd. Uppsynen var rödmosig, ögonen vattnades lätt och det stora adamsäpplet åkte upp och ner värre än vanligt på hans magra och fårade hals. Men de hade alla tålamod med honom. Att begrava far var inget som behövde gå fort, det fick ta den tid det tog, fick han till slut fram på sitt lite skorrande tungomål. Han hade aldrig blivit av med delar av sitt hemlands toner. Vad han mest uppehöll sig vid var att tala om att komma hem. Han var helt förvissad om att Alrik Gårdskes själ till slut hade kommit hem till Gud.

Kanske längtade prästen själv hem till Frankerriket där han var född, slog det Sigrid. Missionsprästen kanske kände sig vilsen och ensam ibland, trots allt, långt bort som han var. Även om han hade Gud vid sin sida – men det räckte kanske inte fullt ut. För just där prästen stod, lång och mager i sin långa kappa och med den mulna hösthimlen över sig, såg han lika naken och övergiven ut som en plockad tupp, eller ett bortsprunget barn.

Missionsprästen svalde och svalde. Så tog han sig i alla fall samman och fick efterhand upp farten och tackade och lovade Gud, så som han brukade och som alla förväntade sig. Han läste även en bön för Alrik Gårdske. Och allt detta skedde på latin som ingen förstod, men som både Sigrid och mor Bothild vid det här laget var så bekanta med att de nästan kunde läsa med i bönen. Sigrid tyckte att de obegripliga orden bars fram med en sådan vacker klang att man kunde tro att orden kom rakt ner från himmelen. Prästen talade också på deras eget språk om att Gud hade handlat med stormannen Alrik Gårdske med omsorg. Gud hade låtit Alrik vara en god man, både frikostig och gudfruktig.

Sedan hörde inte Sigrid mer, för det bultade i huvudet och det var som om hela världen dränktes i ett skyfall av tårar.

Alrik hade drömt om att bygga en kyrka, det visste Bothild mer än väl. Han hade sett kyrkor och stora katedraler under sina många och långa resor och blivit inspirerad av dessa.

Men deras kyrka behövde inte vara stor. ”En liten träkyrka är mer än gott nog”, förklarade han för mor medan han fortfarande hade krafter för lite längre utläggningar. ”Men en bred port ska kyrkan ha varigenom folk kan strömma in, och vid motsatta kortväggen ska ett enkelt altare stå.”

Framför sig hade Alrik sett hur otaliga vaxljus lyste upp det mörka kyrkorummet, och han hade föreställt sig hur människorna i församlingen stod påbyltade i midvinternatten, tätt intill varandra för att hålla värmen. Och alla de församlade höll sina köldpinade ansikten andäktigt vända mot altaret, och mot prästen för att i stillhet, och med alla sinnen vidöppna, få höra Guds ord. Och Alrik hade, där han låg klen och pinad, även kunnat förnimma den mjuksöta doften av rökelse som renade både luften och själarna. Och Ordet hörde han också, hade han berättat. Herren, Guds ord. Han hade sagt så i varje fall, och både Bothild och Sigrid hade lyssnat. Och bägge hade sett att han fick en stunds sinnesro och befrielse från sitt ständiga lidande där han låg i sjukbädden.

”Och på samma sätt som jag hör Guds ord inom mig, ska orden löpa genom prästens mun i kyrkan. Genom bönen, och genom att tacka och lova Gud, kommer alla de församlade att förnimma en stunds stillhet och vila från själens anfäktelser och vardagens slit och oro”, hade han menat.

Varken Bothild eller Sigrid tyckte att Gud eller Vite Krist hade varit Alrik helt behjälplig under hans svåra tid, men de förstod i alla fall att kyrkbygget varit viktigt för honom. Lidandet kommer ingen människa ifrån, hade far sagt och försvarat Gud och hänvisat till att Kristus led på korset för människornas skull.

Efter begravningen malde detta om kyrkan inom Bothild. Hon kunde inte släppa sin makes starka önskan.

”Det blir väl jag som får se till att den blir uppförd i sinom tid”, sa hon.

Hon planerade att förhandla med jordägarna runt om. De kunde kanske gå ihop om ett kyrkbygge? De fick väl även tala med missionsprästen och de nya prästerna, som var rätt unga och oerfarna, men även dem skulle det väl bli folk av. Var prästerna beredda att komma och tända rökelse och tacka och lova Gud i denna kyrka i så fall, undrade hon. Hade de tid och möjlighet?

Bothild insåg redan när hon fällde meningen om kyrkan, att det inte skulle bli helt lätt att som kvinna föra fram sitt budskap om ett sådant bygge. Skryt, skulle en del tycka. Onödigt, hävdade säkert andra. Bra taktik med tanke på att Anund Jakob bad till Vite Krist, skulle nog somliga säga. Rena fjäsket, med andra ord. Men Bothild ryckte på axlarna.

”Allt går bara man vill”, sa hon till Ärmund och Ulfhård, som nu kom att bli hennes närmaste i skötseln av gården. Framför allt Ärmund. Mor hade alltid haft ett gott öga till honom eftersom han sällan gjorde sig till. En son till en träl har inte stort utrymme att förhäva sig, och han var belåten med att livet hade gett honom det han fått, sa han ibland och menade att hans tillvaro på jorden hade blivit mycket bättre än han någonsin förväntat sig, och att han just inte hungrade efter mer. Och det fann mor lugnande.

Men både Ärmund och Ulfhård teg när det gällde kyrkbygget. Teg av försiktighet. Det var, trots allt, ett storvulet projekt. Men ingen av dem sa henne direkt emot. Och det såg hon som ett gott tecken.

KAPITEL 24

Så var det stenen. Eller stenarna, för mor hade planer på att resa en sten vid bron som far låtit bygga och en minnessten nära graven vid ättebacken.

En runristare tillkallades från Ubbis verkstad i Sigtuna, och det var Germund som kom. Han ansågs vara en god ristare, erfaren och skicklig med mejsel och hammare, men han höll på att bli gammal och behövde ofta spara händerna som hade blivit darriga när han höll dem i vila. De unga och raska männen från Ubbis verkstad hade fått gå med Anund Jakobs här. Det hjälpte inte att de ristade heliga tecken i trä och sten, sådant som kung Anund värderade högt. De som kunde strida, togs obevekligen ut. Det sa Ubbi bistert till mor när hon besökte honom i verkstaden i Sigtuna en tid efter Alriks död.

”Du får väl se till att lära upp nya”, menade hon.

Ubbi skakade på sitt kala huvud.

”Si, det är inget man gör i en handvändning”, svarade han henne.

Eftersom Alrik varit en mycket ansedd man var det nog säkrast att skicka en erfaren ristare med erkänt gott handlag, även om åldern delvis hade tagit ut sin rätt. Så hade Ubbi resonerat. En yster och ivrig nybörjare var säkert snabbare men kanske alltför ivrig med att visa upp sig. Det kunde säkert bli bra det med – fåfängan att komma sig upp kan driva en människa till många bedrifter, tänkte mor, men en sten efter en död skulle vara måttfull och skön och vittna om mognad. Så det här blev bra.

Att Germund alltid hade varit noga, visste mor. Germund hade ett föredömligt rykte, och de ristningar han hade ansvarat för var enligt hennes åsikt stiliga att se på. Och hon ansåg sig vara kräsen. Förhoppningsvis satt de gamla tagen i så att det inte blev skevt och vint eller att alla tecken plötsligt inte fick plats utan somliga hamnade utanför linjerna. Sådana ristningar hade hon också sett utmed vägarna, men dem hade förmodligen en klåpare tagit sig för att hugga, inte en erfaren hand från Ubbis verkstad. Ubbi var i vanliga fall noga med detaljerna och släppte inte otränade ristare lös på stenarna.

Bothild inkvarterade Germund och hans tunga träkista med alla verktyg med mejslar, spett och hammare i olika storlekar. Den dagen han kom var det ösregn och hon fick börja med att sätta honom vid elden för att tina upp honom. Det fanns gott om plats att hysa honom nu sedan många av männen var ute i krig. Germund såg rätt nöjd ut där han satt med ett täcke om axlarna och höll sina stora och skeva händer framför elden. Hushållet på Östergård ansågs vara mycket gästfritt.

Germund var änkeman sedan en tid och han såg att på Östergård fanns det resurser. Tämligen omgående började han således att oförfärat slå sina lovar runt mor Bothild. Men hon gjorde snabbt klart för honom att hon inte behövde någon ny make.

”Sorgeåret har knappt börjat”, sa hon i lättsam ton när hon precis hade avvisat honom. Hon ville inte såra honom alltför mycket innan han ens hade satt igång att hugga.

”Men en kan kanske få lov att återkomma lite senare”, menade Germund och plirade begärligt på henne.

”Vi får se”, sa hon vänligt men bestämt.

”Jaså! Då är kanske inte hoppet ute?” envisades Germund som inte gav tappt så lätt.

”Kommer tid kommer råd!” gled Bothild till slut undan med. Sedan talade de inte mer om det. Hon hade inte hjärta att säga att hon i så fall inte behövde just honom av jordens alla karlar. Och att hon inte hade något alls emot att i sin stora saknad efter Alrik leva sitt liv ensam. Inte som det såg ut nu.

Germund tinade hur som helst upp av den goa värmen vid

eldstaden, av maten och vänligheterna. Bothild hade bett kokfrun att sätta fram ett riktigt skrovmål och ett gott öl därtill, och sedan talade hon och runristaren länge och väl om stenen; hur den skulle se ut, vilka bilder som skulle pryda stenen och inte minst vilka ord som skulle stå inristade. Germund var en god skald. Han lovade att skalda högt för Bothild innan han högg i stenen. Men först behövde han fundera ett tag. Bothild såg gärna att Germund fick plats för både ormar och ett präktigt grekiskt kors, sa hon. Han ville först titta på stenen som valts ut för att se att den kunde tåla det, sa han.

”Men det brukar ordna sig. Annars får vi gå på en annan bumling”, menade han.

Sigrid satt och lyssnade på mor och Germund. En del stenar hon sett hade varken ormar eller kors, en del hade det ena, men inte det andra, och somliga både och. Hon hade aldrig tänkt så noga på det tidigare.

Mor förklarade för henne att ormarna kom från den gamla läran, den som också fanns omkring dem i bygden i Skånela och runt Sigtuna, även om man inte talade högt om det längre. Det var Holmlögs gudavärld, den hon aldrig skulle släppa så länge hon levde.

”Och korset berättar förstås att här vilar en man som tagit dopet”, sa mor.

Jo, just det förstod Sigrid utan svårigheter. Men annars var det svåra ting att begripa, tyckte hon. Hon hade hört berättelserna om både Ragnarök och Vite Krist och domedagen många, många gånger, men det ville liksom inte fastna, för det var som om de gick i varandra. Att Holmlög talade om Ragnarök medan mor mer hade riktat in sig på Yttersta domen hade hon i vart fall klart för sig. Men när hon nu pressade mor kom hon efterhand fram till att alltihop på sätt och vis handlade om en och samma sak – om de onda och goda krafterna. Och om att dessa krafter en dag skulle släppas fria inför en sista avgörande strid. Och om det onda då segrade, på grund av människornas illvilja och svaga tro, så skulle det värsta av allt komma att ske. Jorden skulle gå under.

Det var så skrämmande att höra om att Sigrid nästan tappade andan när mor berättade, trots att Sigrid hade hört om jordens undergång tidigare. Holmlög hade proppat henne full med sådana gruvligheter sedan hon var liten flicka. Om rök och dunder och eldsprutande drakar och fjättrade människor och annat elände. Hon hade blivit så uppskrämd ibland att hon knappt kunde sova. Och då blev Holmlög ivrig och fyllde på med troll, vättar och mymlor. Det ena hemska efter det andra.

Men Sigrid tog illa vid sig lika mycket nu. Om inte värre. Sedan far dött var det som om jordens undergång kommit alldeles inpå henne. På riktigt. Far fanns ju inte längre och kunde skydda henne. Men mor lugnade henne i stället för far, och hon sa att det minsann inte låg någon undergång och lurpassade runt knuten.

”Den kommer inte på bra länge”, tröstade mor henne. ”Då är nog både du och jag både döda och begravda och uppstigna till Himmelriket, så vi klarar oss säkert undan på så vis.”

Sedan berättade mor att det skulle vara två ormhuvuden på fars sten. Ena huvudet stod för de goda krafterna och det andra för de onda, men huvudena fick inte släppas lösa hur som helst utan var tvungna att tyglas i väntan på Ragnarök. Därför skulle ormhuvudena bindas ihop, och det skulle synas på stenen.

Sigrid tyckte inte att det behövde vara några ormar alls på fars sten, det räckte med ett stort kors, men mor sa att det var fint med ormar. Det var därför hon ville ha dem. Och Jesu Krist var också bunden, sa mor, fast på ett kors där han dog och sedan steg ner till dödsriket. Det skedde för länge sedan långt bort på en plats där inte ens far hade varit. Dagen då detta skedde kallades långfredagen och staden hette Jerusalem.

Men Jesu Krist återuppstod på tredje dagen från de döda. Och när han väl hade återuppstått stod det inte länge på förrän han for till himmelen. Där var han nu, hos sin fader Gud, för att på den Yttersta dagen döma levande och döda.

”De döda ska uppstå, och en del av dem får evigt liv”, sa mor.

Det tyckte Sigrid var trösterikt. Då skulle hon få träffa far igen där uppe i Himmelriket.

”Men inte förrän om många, många år, Sigridflickan min”, sa mor och klappade henne lätt på kinden.

Så började Germund skalda, och efter en tid satte han mejseln mot stenen och slog de första ristningarna. Mor var nöjd när han sa vad han tänkte hugga in.

> Söner och dotter hedrar sin fader
> Alrik den bästa av män,
> Gud hjälpe hans ande och själ.
> Bothild älskade sin make,
> reser stenen efter honom.
> I sorgkväde skall han besjungas.
> Ubi högg stenen.

KAPITEL 25

Tiden efter Alriks död var svår och stämningen var däven av flera skäl, inte minst för att året gick mot sitt slut och ett tungt mörker rådde med allt kortare dagar och längre och svartare nätter. Mörkret var förstås vilsamt, med gott om tid för att sova framöver och låta kroppen vila under det tunga himlavalvet, men festligheter, som bröllop, brukade likväl vara tacksamma avbrott. Som ljus i mörkret med tillfällen för skratt och gamman. Men i år var det som om förberedelserna inte riktigt tog sig.

Sigrids bröllopsgille var planerat att gå av stapeln så som det var stadgat. Detta var en överenskommelse mellan såväl brudgum som bruden och hennes familj. Brudölen skulle med andra ord drickas och sänggående ske, som brukligt var, söndagen efter Mårtensmäss, som inföll den elfte november. Skörden beräknades då vara inne. Det var med tanke på detta som giftodagen instiftats just vid denna tid på året.

Och även på Östergård hade folket lyckats få in skörden, trots alla motgångar och sorgligheter under hösten, även om inte tröskningen var avslutad ännu. Det var som om folket på gården hade fått nog och satt sig på bakhasorna.

Slaget vid Helgeå hade avgjort kriget, så det slapp de, men dessvärre avlöpte inte stridigheterna varken till svearnas eller norrmännens fördel. De hade dansken över sig, även om de ännu inte märkte så mycket av det. Men det skulle komma andra tider, siade svarta tungor. Hårda tider, med höga skatter till kung Knut och avsevärda gåvor till kyrkan.

”Var så säker!” sa Holmlög trosvisst och skakade på huvudet så som hon plägade göra när hon siade om framtiden helt förvissad om att det skulle slå in.

Bothild svarade med ett blekt och sammanbitet ansikte. Hon kände Holmlög och visste mycket väl hur den gamla kvinnan i vissa stunder, när hon själv var tung till sinnet, drogs tills katastrofer och gärna ville ha andra med sig i fallet.

”Sanna mina ord, roligt kommer det inte att bli! Döden och kriget har härjat med oss denna höst. Ock, ock, ock!” fortsatte Holmlög och hade nu gått över till att gunga med hela kroppen, som om hon hade tandvärk eller ledpina. ”Ska det aldrig ta slut! Oj, oj, oj!”

”Det är klart att det kommer att ta slut!” fräste Bothild. ”Någon ände måste det väl ändå vara på eländet.”

Döden hade denna höst inte bara krupit inpå stormannafamiljen. Döden hade även drabbat alla dem som fått dödsbesked efter Helgeå. Och många fick hem lemlästade och odugliga män och söner att ta hand om likt småbarn. Att åse Alrik Gårdskes plågsamma och genomgripande förändring och följa hans kamp in i det sista hade inte varit muntert, men var och en fick nog med sitt. Men det blev tomt på ett sätt som påverkade alla. En omändring skulle till, och den krävde tid. Och det var alltid pinligt att åse förfallet. Hur en ståtlig och respekterad man på kort tid blev som ett barn. Inte lallig visserligen, men sängliggande och omtöcknad. En resa få av dem önskade ens sin värsta fiende. Bättre var i så fall att dö i strid och få ett rykte om sig som en hjälte. Men den ende guden unnade inte Alrik hjältedöden. Vite Krist hade andra planer för Alrik Gårdske. Vad det nu kunde bero på.

Frågorna ställdes aldrig högt, men de fanns där hos många på Östergård. Framför allt hos dem som tvivlade. Var husbondens gud – den där Vite Krist som var född så långt bort att ingen ens kunde säga att han funnits – i sanningens namn, var han verkligen något att ha? Och nattvard, vad var det att komma med? Prästen som bröt brödet och höll kalken, en silverbägare förgylld på insidan … jo, fint skulle det vara! Och brödet skulle ligga på ett silverfat. Mor Bothild var noga med det när prästen var där och de hölls med böner och sång vid altaret i hallen. Äta Kristi kropp och dricka hans blod. Vad var det för påhitt? Då kunde man lika väl blota!

Holmlögs tvivel var större än annars och hon var inte ensam om att undra. Hur kunde den ende guden, om han var rättrådig och god, handla som han gjort med Alrik? Eller hade Alrik något på sitt samvete som fick Vite Krist att straffa honom med sådana plågor? Och vad värre var, kunde denna förbannelse i så fall smitta och drabba fler på Östergård?

Idel frågor utan svar, som alla väckte stor oro och rädsla och kröp som maskar under skinnet på den tvivlande. Ett frillobarn i Sigtuna hade de dessutom hört om. Men det var å andra sidan inte så mycket att orda om. Säden spreds lätt, även om Vite Krist inte var glad i det. Barn ska avlas i äktenskapet, ylade den magre prästen från Sigtuna. Det kan han säga, han som springer och fjantar runt mor Bothild. De visste nog vad han var ute efter.

Somliga teg, men bra många fortsatte viska i skrymslen och vrår. Till viss del var det ett sant nöje att fantisera ikring hur det skulle bli, men vartefter tiden gick ledde detta till att en mer eller mindre förlamande fruktan kom att sprida sig. Rädslan för att det skulle gå åt skogen med Östergård! Om Bothild i sorg och dumdristighet kom att dela ut alla rikedomar till prästen och andra tiggare, vad skulle de då ha att ta till när nöden och döden knackade på, när skörden slagit fel eller soten härjat?

Denna oro åt sig in och fick livet att mer eller mindre helt stanna upp på gården. Få ansåg att det var rimligt att tro att nästa storman på gården skulle vara lika rättskaffens som Alrik Gårdske. Och mor Bothild kunde väl knappast vara kvinna till att styra allt själv!

”Vi får väl hjälpa henne”, sa Holmlög till slut.

Det blev dödstyst kring henne, där hon satt på en fällbänk och plirade medan Bothild var ute i väveriet. På det örat var det inte många som lyssnade. Men Holmlög hade börjat tycka riktigt synd om sin husmor, och denna känsla blev allt starkare ju mer de andra på gården, med några få undantag, sjönk ner i stilla vanmakt och började dra benen efter sig och skyllde på maktlösheten – och på den ende guden. För om det nu var så att han var igång med att straffa dem alla, så var ju alla ansträngningar helt meningslösa. ”Det är lika gott att ge upp, det går ju ändå åt helvete”, som en av stallkarlarna bistert uttryckte det hela.

Och det blev som det ofta blir. När väl några hade börjat ätas av latmasken, stod det inte långt efter förrän fler blev angripna.

Så när tiden väl var inne för giftermålet var det som om gårdens folk hade drabbats av en mycket svår handfallenhet och undfallenhet. Bothild var rådvill. Hon visste knappt vad hon skulle ta sig till. Det hade varit en höst där inte bara löven föll och multnade, utan även folkets livsvilja hade blivit till mull. Hon saknade Alrik så att det gjorde ont i kroppen på henne.

Dessutom låg kung Knut över dem. Han skulle komma att kräva danagäld. Frågan var bara hur stor den skulle komma att bli.

”Men i längden kommer det inte bli lätt för Knut”, siade Ärmund.

”Varför inte det?” undrade Bothild.

”Vi bor långt från Danmark. Knut kommer inte lyckas hålla oss under sig. Anund Jakob kommer igen, var så säker!”

Ärmund var ingalunda ensam om denna starka tro på svearnas envishet och styrka. Det var sammantaget väldigt få stormän eller hövdingar som tog dansken på allvar. De litade på att en dag kunna samla till motstånd för att hävda sin frihet och sitt oberoende.

”Vi ska allt se till att skaka dansken av oss”, sa Ärmund och Ulfhård samstämmigt. Och det var så smittande att höra, att även Bothild till slut sjöng med.

Men trögt var det likaväl. Bothild sov skralt. Förutom det dagliga slitet med kreaturen och slåttern, bärgningen, skörden och tröskningen var man på Östergård, som på många andra ställen, innerligt trött på att folk dog som flugor eller aldrig kom tillbaka. Som Björn, smedens son. Han påstods ha stupat. I varje fall kom han inte åter efter Helgeå. Valdis gick rödögd dagarna igenom. Likaså gårdssmeden, stora karln. Han led, liksom hans hustru.

"Man vet aldrig, Björn kanske dyker upp en vacker dag", sa Holmlög, som ville ha något att säga.

Men de andra karlarna från gården som hade återkommit med hären såg inte hoppfulla ut vad det gällde Björn. Men ingen sa något. Vad svårt hade de inte själva gått igenom, och vilket lidande hade de inte åsett. Några vidare detaljer om Björn gick inte att få ur dem.

Men ett brudgille borde vara till glädje för dem alla, det tänkte inte bara Bothild sig. Mycket mat, och öl och mjöd i stora mängder. Men det var som om ingen orkade dra upp mungiporna när det började närma sig. Det menade i varje fall Holmlög. Men att det handlade om brist på ork fann Bothild otroligt. Mer ovilja i så fall.

"Jag kan för min del inte tycka att det är särskilt nöjsamt att bli av med Sigrid", sa Holmlög en dag och undvek Bothild med blicken. "Inte hon också!"

Då brast det för Bothild. "Nu är det nog!" vrålade hon åt Holmlög och drämde handen i bordet.

Därefter blev det tvärt tyst. Holmlög lyfte blicken och stirrade vettskrämd på sin matmor. Bothild vände henne ryggen och rusade ut genom dörren och stegade stortjutande upp mot vävhuset.

Ingen var där, som tur var. Hon hade inte ro att slå sig ner utan vankade runt medan hon bölade och hulkade så att väggarna nära nog skakade. Hon som var helt slutkörd behövde inte detta ovanpå alltihop. För inte ville hon heller bli av med Sigrid, sin dotter. Och absolut inte nu. Det var ännu en tagg som kom att sticka i bröstet, som redan var sönderstunget av sorg. Hon saknade Alrik så gruvligt svårt att hon inte ens i tanken vågade känna efter hur det skulle bli när Sigrid reste. De skulle sedan leva på olika håll och kanske aldrig mer ses, utom möjligen någon gång i Sigtuna om de händelsevis råkade vara där samtidigt. Det var långa avstånd, minst två dagsresor genom den farliga skogen bort till Sätuna. Barn föder man, fostrar och älskar, sedan kapar man förtöjningen och barnen far iväg. Bothild visste att det förhöll sig så. Men hur det sved i hjärteroten var en helt annan sak.

Bothild hade länge varit i ett tillstånd så vanskligt att hon knappt ens förmådde att ta en dag i sänder. Arbetet på gården var segt och tungrott. Hennes nya roll, som egentligen inte var så ny, för hon hade alltid varit en rådig husfru som styrt och ställt över vissa göromål, hade blivit annorledes och allt var som förgjort.

Att hon över en natt blev ensam med ansvaret var en tung börda att bära. Man kunde tycka att hon skulle ha hunnit öva sig under tiden som Alrik låg svårt sjuk, men hans ande hade så länge han levde trots allt svävat över gården, även om han var skraltig och klen. Och det hade betytt mer än hon hade anat – det blev hon smärtsamt varse i samma ögonblick som Alrik gav upp sin sista suck.

Hon torkade sitt blöta ansikte med klänningsärmen. Men så kom tårarna igen. Hon behövde få ur sig mer. Det var tungt att vara ensam kvar med barnen och allt ansvar. Hon kände sig naken och tom och ensam, inte bara i sänghalmen, utan även annars. Hon var så svidande övergiven som hon knappt trodde att en människa kunde bli. Tanken fick henne att självömkande stortjuta igen.

Men samtidigt tackade hon Vite Krist för att han hade sett till att hon hade så pass mycket för händerna att tankarna skingrades någorlunda. Där fanns att göra så det både räckte och blev över; att övervaka, inte minst.

Allt var annars annorlunda. Hon kände inte ens igen sig i sin egen kropp. Tungt och otympligt rörde hon sig, trots att hon hade magrat. Skinn och ben var hon och egentligen lätt som en ungmö, men hon hade blivit krokig över ryggen eftersom världens sorger tyngde hennes magra axlar ständigt och jämt.

För när Alrik kommit i jorden var det som om välviljan flög sin kos. Som om hela omgivningen plötsligt blev ovillig och trög, nästan som hennes fiende. Hon fann sig ständigt iakttagen och påpassad och såg tysta ögonkast och undrande ansikten i var vrå. Det var som om gårdens folk och trälar lamslagna stod och väntade i ladugården, på stallbacken, i hönshuset, ute på betesmarkerna eller i skogen. De stod där i vansklig väntan på att hon skulle ta och sparka igång dem.

”Vi ska se om hon ror iland det!” tycktes folket på gården illvilligt tänka. De ville kanske testa henne eller kanske till och med roa sig på hennes bekostnad och höra henne ryta och kommendera! Bothild hade inte kunnat låta bli att gapa, fast hon egentligen inte ville skälla som en bandhund. Hon bet emellanåt ihop och gjorde vad hon kunde för att på ett värdigt sätt jaga på både folk och fä. Men det var som förgjort. De segade eller stod där de stod, tröga i kropp och tanke. Hon noterade att köksan knappt orkade plocka äggen som hönsen värpte. Än mindre mockade man rent hos djuren, mjölkade eller utfodrade kreaturen i tid så att gården slapp allt råmande, gnäggande, kacklande och skrikande. Så att det blev tyst någon gång.

Vreden och vanmakten hade växt i bröstet på Bothild under lång tid. Det lättade att gråta och att tala till vävhusets tysta men lyssnande väggar. Efter en stund lugnade hon sig. ”Jag ska minsann visa vem som ger dem födan de hungrade efter”, tänkte hon. ”Jag ska visa vem som bestämmer. Till varje pris ska jag det! Jag ska tvinga folket på gården att begripa att det inte går an att dra benen efter sig så fort jag inte ser dem. Lika lite nu, som när Alrik levde!”

Tiden därefter blev Bothild som fylld av en ny kraft. Snabbt högg hon den late i armen. Förmanade, hotade, svor ve och förbannelse. Hon tittade efter dem tills de satte igång, med nästan utstuderat tröga rörelser gick det. Långsamt, knogande, uträknande trögt.

Det var bara i smedjan och i kokhuset som det rådde flit. Slagen med släggan ekade över Östergård och slog bort den sanslösa vreden och sorgen över Björn. Den nya kokfrun gick med ständiga ugnsrosor på kinderna och jagade på hjälpflickorna efter mer mjöl eller mjölk eller fler rovor och ägg. Den unga kokfrun var mer eller mindre tvungen att göra rätt för sig, annars blev hon själv utan mat. Karlen hennes hade stupat vid Helgeå och utan ätlig föda i krävan hade väl gårdsfolket mer eller mindre slagit ihjäl henne, så som det hade blivit med oordningen på Östergård. Nu när inte Alrik Gårdske längre kunde se dem.

Han hade varit som en hök. Han hade slagit ner på det som inte blev gjort och ställt folk till svars. Men det hade inte hänt särskilt ofta, kom Bothild på när hon nu tänkte efter. Alla visste vad som förväntades av dem. Han behövde bara visa sig, stormannen Alrik Gårdske i egen hög person, så blev det som skulle göras gjort. Men nu var det andra tider. Ögontjänarnas antal hade blivit mångfaldigade. Det räckte föga att Bothild ställde sig mitt på gårdsplanen.

Bittert insåg hon att de inte var tillräckligt rädda för henne. Samtidigt var hon kluven. Hon ville inte ta ton. Trivdes inte med att gapa och skrika. Och ändå gjorde hon det. Allt oftare, och med allt högre stämma. För hur skulle hon annars få Östergård att gå runt?

KAPITEL 26

Sigrid satt i vävhuset så ofta hon kom åt. Satt där alltmedan tiden led och dagen hon skulle hämtas till Sätuna närmade sig. Bothild ville så gärna sitta där lite oftare och vara med sin dotter, den sista tiden de fick tillsammans på Östergård. Men när hon väl gick dit var det som om Sigrid undvek henne. Hon teg och såg bort.

Det var å andra sidan inte så mycket att orda om. Inget gick att ändra på och Bothild skulle sitta där i vävstugan sedan, tänkte hon, när hon och gårdens folk kom bättre överens med varandra. När allt hade kommit igång igen.

Hon längtade efter att få sitta vid varpen och hulka eller skrika ut sin ensamhet, sin sorg och sin stora förtvivlan. Stunderna med vanlig gråt och tandagnisslan hade blivit för få. Det satt i stället som ett hårt tryck inne i henne, som värk i käklederna och ibland som en hård knytnäve i magen. Vissa dagar var det som om ett järnband spände runt pannan medan hon for runt på gården. Och hon gav fortfarande Säbjörn di mellan varven. Gossen hade varit krasslig en tid; det hade runnit gult under näsan och kinderna hade varit heta och blossande röda. Han rosslade dessutom. Gode Gud, bara det inte var lungsoten! Hon bad så ofta hon kom åt. Inte en till fick tas ifrån henne! Snälle, gode Gud! Och Östen skrek och slogs för minsta lilla som gick honom emot. Och så Sigrid. Vad sorgligt var det inte att betrakta henne! Vit som lärft och sällan ens i närheten av ett leende eller ett skratt.

Sömnen var det inte mycket bevänt med. Känslan av att alla

väntade på just henne, på gårdsfrun, kom att jaga henne alltmer. Så fort hon visade sig på morgonen, var det som om de stod de där med hängande armar och liksom såg på henne. De väntade likt en skock får på att hon skulle sätta gården i rörelse genom att kommendera och gorma. De tycktes inte klara det minsta lilla, inget av allt det som de tidigare skött, utan att hon sa till dem.

I brist på annat fortsatte hon på den inslagna vägen, vad annat kunde hon göra! Hon mäktade inte att tänka i nya banor. Det var som om hon hamnat på fel hästrygg och inget annat kunde än att försöka hålla sig kvar. Hon sparade sig inte utan pekade och instruerade och påminde alla om allt, tills hon blev helt snurrig i huvudet. Och ju mer hon sa till om, desto tjurigare tycktes folk bli. Till och med gamla Holmlög drog sig undan.

De närmade sig med hast den dag då Stenkil Stenson skulle ankomma med sitt följe. Det tarvade att Bothild bet ihop fram till att giftermålet var överstökat, resonerade hon. Vad hon knappt vågade tänka på var att hon inte ville släppa Sigrid. Hon ville ha dottern hos sig. Hon ville att de två skulle hjälpas åt att bygga upp väveriet, när hon kunde släppa gårdens skötsel åt Ärmund och Ulfhård till våren då det var dags att återigen lägga ut gödsel, harva och så. När folk väl begripit att hon inte var ett mähä kunde hon kliva åt sidan och ägna sig åt vävstugan, men fram till dess var hon tvungen att visa vem hon var.

”Över min döda kropp att jag ger upp”, sa hon tyst till sig själv. Hon riktigt manade på sig själv, och det hjälpte.

Och så var det girigburken Stenkil Stenson, som gav Bothild kalla kårar och rysningar ända från hjässan ner till fotabjället. Hon suckade. Uppgjort var uppgjort, och det gick inte att bryta ett äktenskapslöfte. Kriget var slut. Det fanns inga skäl för uppskov. Brudgåvor, hemgift och vängåvor var redan uppgjorda och godkända. I förråden låg blekta linnelakan, blanka dukar och skimrande sidenpällar och väntade. Och Sigrid hade löfte om att få en vacker utländsk kappa av Stenkil.

Men vem skulle sedan hjälpa henne i vävstugan? Bothild borde inte tänka så redan, flickebarnet hade ännu inte farit, men det hjälpte inte. Tankarna for än hit och än dit och kom även att avhandla detta sorgliga ämne. Så när Bothild ändå var mitt uppe i allt annat som skulle göras passade hon på att se sig om efter en ersättare. Ingen var förstås som Sigrid – hon gick inte att ersätta – men Bothild kunde omöjligtvis ro iland hela verksamheten i väveriet ensam.

Så kom det sig att ögonen en genommulen dag föll på Valdis, och hon frågade sig hur det var med flickans förmåga att använda händerna till annat än att pressa mjölken ur ett juver och bära tunga spann med mjölk.

Bothild hämtade den magra tösen och tvingade henne till ett hett bad i baljan. Hon sa till Holmlög att skrubba henne ren. Och det gjorde Holmlög; gned tills skinnet var rött.

Valdis fick sedan en ren klänning med långa ärmar. Det var en av Sigrids urväxta och egentligen för kort även till Valdis. Ärmarna skylde knappt handlederna, men hon såg mer redbar och ordentlig ut. Och håret kammade Holmlög med en grovtandad benkam medan Valdis svor och skrek, svårt håröm som hon var. Men när hon sedan, efter denna rejäla uppsnyggning, fick se sitt anlete i den lilla bronsplattan med silveröverdrag, som mor Bothild hade i ett skrin, blev Valdis helt stum. Därefter fick hon en annan gång; rakare, och med huvudet en liten aning mer upplyft.

Sedan placerade Bothild henne, intet ont anande, ute hos Sigrid. Och Sigrid svarade med att moltiga. Hon lyfte inte ens på huvudet och än mindre såg hon Valdis i ansiktet.

Så mor har redan hittat en ersättare, tänkte hon.

När de närmade sig dagen för giftermålet började livsandarna trots allt vakna en smula på Östergård, och alla ansträngde sig något lite mer. Men likväl kom brudgillet att få något matt och trött över sig. Som avslaget öl.

I alla fall för Sigrid.

Inte gjorde Stenkil Stenson saken bättre. Hans uppsyn var inte alltför munter när han kom ridande med sina män. Det var som om han ångrade sitt företag att ingå förbund med Alrik Gårdskes ätt, nu när stormannen själv inte längre var i livet.

Men Stenkil Stenson behövde egna ättlingar, så enkelt var det med den saken. Och bruden var inte bara ung, utan dessutom välbärgad. Två fruar hade Stenkil Stenson redan avverkat. Den första dog olyckligtvis av soten utan att någon arvinge blivit till. Och det andra giftermålet upplöstes eftersom inga barn blev födda. Så sa i varje fall ryktet. Vad ryktet även förtalte var att den andra hustrun inte alls långt därefter hade nedkommit med inte mindre än två barn. Men Bothild orkade inte lyssna på det örat.

Stenkil Stenson hade i alla fall med sig en brudgåva, en utländsk kappa som var vacker och gick i grönt, men Sigrids mungipor kom trots denna inte att åka upp. Stenkil gjorde däremot en lätt ansträngning och drog på munnen mot Sigrid och blottade sina gula tänder just som giftermålsavtalet uttalades: "Så snart de komma på ett bolster och under ett lakan, då äger hon tredjedelen av boet." Det som därefter skulle ske var sänggåendet för att bekräfta att de tu, Stenkil och Sigrid, nästföljande morgon skulle vakna som man och hustru.

Sigrid svarade kallt på Stenkil Stensons invit. Hon log inte tillbaka. Däremot gav hon honom en genomborrande blick, full av protester. Hon var lika blåaktigt vit i hyn som den enkla men vackra, blåtonade klänningen hon bar och håret hölls täckt med en tunn slöja. Sigrid var så pass dyster att det närmast såg ut som om hon var på väg till sin egen begravning. Det spelade ingen roll vilka värmande ord som sades för att muntra upp henne en smula. De täckande huvuddukarna låg färdiga; dem som hon som gift kvinna skulle ta på sig nästa dag, för att bära resten av livet. Dem som hon inte längtade efter.

Hon längtade över huvud taget inte till något alls. Ordet *längtan* hade mist sin klang.

Natten blev märklig. Stenkil Stenson föll som en fura i bädden och somnade direkt. Ölen hade gjort sitt. Han rörde henne inte ens, där de låg invid varandra i brudsäng på vita lakan.

Sigrid stirrade ut i natten medan hon lyssnade till hans ljudliga snarkningar intill sig och undrade om det var så här det var att vara gift eller om det var något fel på henne eftersom han inte rörde vid henne?

Hon somnade först på småtimmarna, huttrande av köld och sömnbrist. Hon kände knappt ens av kroppsvärmen från sin äkta make, så långt ifrån henne såg han till att ligga hela natten igenom.

Nästa dag steg Sigrid upp som maka till Stenkil Stenson på Sätuna. Och till Sätuna skulle färden gå denna dag. Det regnade inte, men det blåste kyligt.

Hästarna lastades i gryningen. Sigrid klädde sig för avresan och fick en varm getskinnspäls att bära ovanpå klänningen och ett dok av värmande ylle om huvudet. Det kändes avigt med doket, men nu tillhörde hon en annan skara. Märkligt nog erfor hon en känsla av genans och stolthet på en och samma gång. Nu var hon otvivelaktigt vuxen och flygfärdig där hon stod framför mor som hjälpt henne med kläderna och med huvudduken.

De sa inget. Mor och Sigrid såg nogsamt till att undvika varandras ögon.

Mor bröt till slut tystnaden. Hon trevade med handen mellan kjolarna, stack ner handen i en dold ficka, plockade upp en liten mjuk skinnpåse och tryckte den i ena handen på Sigrid.

”Den är din nu.”

Sigrid pillade upp bandet och plockade upp ringen; den med den stora bärnstenen som hölls av två silverhänder som mor fått av sin mor, som i sin tur ärvt den efter Milka, anmodern från Kiev. Sigrid satte den på sitt ena finger, men den var alldeles för stor.

”Du kommer att växa i den”, sa mor.

Sigrid stoppade ner den igen och knöt om.

Så kom det oundvikliga ögonblick då Sigrid Alriksdotter skulle till att lämna Östergård, där hon hittills levt alla sina dagar. Blåsten slet i kläderna, men hästen gick lugnt på den leriga vägen. Den gick mot eken, det stora, trygga trädet med en väldig krona, och som alltid hade välkomnat henne hem när hon ridit in mot Östergård. Nu tycktes trädet buga sig i ett farväl.

Hon hade lovat sig själv att bara se framåt – skona sig själv från smärtan – men nu kunde hon inte längre hålla sig. Hon vände sig om på hästryggen. Gryningsljuset hade blivit starkare, snart var dagern kommen. Östergård låg där så fridfull bakom henne. Och i det allt klarare dagsljuset såg hon att de alla fortfarande stod uppställda framför långhuset. Holmlög, Ärmund, Ulfhård, Valdis, den gamle smeden och alla andra. Och i mitten stod mor med Säbjörn på armen och Östen som drog henne i kjolarna.

Men intill mor var det skriande tomt. Fars plats. Och mor höll fortfarande armen lyft. Sigrid tyckte sig se att mor log, trots avståndet.

Hon kunde inte kliva av. Hästen bar henne oundvikligen framåt. In i mörka skogen och en två dagars färd, med en övernattning, mot Sätuna. Mot hennes nya hem.

KAPITEL 27

Det hade börjat skymma när de väl anlände till Sätuna, men hästarna gick av sig själva. De hittade i skumrasket. Sigrid var mör i kroppen och stel i hjärtat av övergivenhet och skrämsel inför vad som väntade henne. Hon kunde inte föreställa sig något annat än Östergård. Det var den enda värld hon kände till, förutom Sigtuna.

Sätuna var en betydligt större gård än Östergård. Boningshuset såg väldigt ut, skrämmande stort rent av. Mäkta dystert och övergivet såg det ut, fast det bodde folk där. Man hade sparat på facklorna, inga extra ljus på gårdsplan välkomnade dem. Det blåste visserligen och susade i trädtopparna, men ändå hade det mojnat jämförelsevis under dagen. På Östergård skulle mor ha skickat ut någon med facklor så fort de hört trampet av hovar närma sig.

Sigrid hjälptes ner från sadeln. Trälar och andra tjänsteandar tog hand om packningen medan hon fördes inom dörren, in i stugvärmen och ljuset. Det var vad hon förväntade sig; ett varmt välkomnande av den nya husfrun.

Men när hon väl kom över tröskeln var det inte bara rå luft som mötte henne utan dessutom skumme. Det var knappt någon skillnad alls mot utomhus. Hon undrade just om alla hade gått och lagt sig? Redan! Var de inte alls roade av att träffa henne, den nya makan och husfrun!

Den kyliga luften inomhus varnade henne för att hon kommit

till ett hushåll där man sparade på veden. Hon visste att det fanns snåla stormän som sparade på klabbarna så att gårdsfolket fick gå påbyltade intill orörlighet och bli värkbrutna och sneda i kroppen. Hemma på Östergård hade de alltid försökt hålla varmt, om så vinterkylan bet riktigt hårt. Det stack till av svår hemlängtan. Redan nu. Underläppen började darra, men överläppen höll hon stram för att inte ta till lipen. Hon insåg att det skulle komma fler stick av längtan till Östergård, och det gällde att redan nu hålla emot annars skulle hon överväldigas och gråta livet ur sig.

Vilset stod hon kvar alldeles ensam innanför dörren medan Stenkil kommenderade karlarna på ladugårdsbacken. Då trädde plötsligt en kvinna ut ur skuggorna med en oljelampa i handen. Hon kom henne till mötes, lång, mager och klädd i mörka kläder. Lampan kastade ett gult sken på ansiktet. Kvinnan tittade allvarligt på henne, granskade henne kritiskt uppifrån och ner. Hjärtat började bulta av dovt obehag och det kröp i Sigrid. Vem var denna kvinna? undrade hon. Knappast Stenkils mor – hon borde vara död för länge sedan. Men man visste förstås aldrig. Kvinnans ålder var svår att bestämma. Fager var hon bestämt inte. Kanske var hon Sätunas motsvarighet till Holmlög, tänkte hon. Skenet från oljelampan fick kvinnans ansikte att anta knivskarpa drag. Munnen höll hon stängd och läpparna var som de tunna streck som runristaren högg i sten. Den höga pannan var fårad och näsan lång och smal över ryggen. Vilken färg ögonen hade var svårt att se i mörkret, men de satt tätt. De alltför vilt växande brynen fick kvinnan att se ännu mer butter ut.

Kvinnan fortsatte att granska Sigrid, men utan att ett enda ljud kom över hennes läppar. Kanske hade hon dåliga tänder, tänkte Sigrid och försökte se den allvarsamma kvinnan snällt och bevekande i ansiktet för att få henne att tina upp en smula. Sigrid hade lärt sig att fästa blicken mellan ögonbrynen när hon var osäker. Och osäker var hon nu i allra högsta grad. Hon längtade livet ur sig efter bara en liten gnutta vänlighet.

”Jag heter Gyda”, sa den bistra kvinnan till sist med en märkligt klanglös röst, som om hon talade från de dödas rike. ”Jag är Stenkils syster. Det är jag som har ansvar över hushållet.”

Sigrid nickade som svar. Märkligt nog verkade denna syster inte alls glad eller tacksam över att Stenkil fått sig en ny hustru; en som var ung och kunde ge honom ättlingar. Det hade ju inte de andra två lyckats med.

Sigrid som redan fått mer än nog, för resan hade varit lång, kände hur tårarna började bränna bakom ögonen. Men hon bet ihop. I stället började hon sakta att ilskna till. Vad var det här frågan om? Behandla Alrik Gårdskes dotter på detta sätt! Inte tänkte hon ta till lipen redan första dagen, om det var det Gyda trodde. Hon skulle visa att hon kom från ordnade förhållanden där man hade vett att sköta sig och visade både artighet och respekt.

Efter en stund sattes maten fram i den stora salen. Sigrid nickade så vänligt hon förmådde mot alla som stirrade på henne med allvarliga ögon. Men inte någon tycktes vilja dra på munnen nu heller. Inte det minsta lilla. Det var som om hon kommit till dödsskuggans dal. Men Sigrid hade bestämt sig. Hon fortsatte med sitt envisa leende. Vad skulle hon annars använda för vapen mer än att le och vara snäll! Så hon log och log och log. Hon tänkte inte ge sig. De slocknade ansiktena skulle väckas till liv. Kanske inte idag, men senare. Om detta var hennes hem som hon fortsättningsvis skulle leva alla sina dagar i var hon tvungen att få in ljuset och glädjen. Annars gick hon under.

Salen var stor och förmodligen svår att värma upp. Hon behöll getskinnspälsen på och tog inte ens av vantarna. Hon var hungrig. Magen skrek. På bordet var det framdukat med vackra glas och stora fat, men någon duk hade man inte lagt på. Nä, det ville man tydligen inte kosta på den nya makan, tänkte Sigrid smått upproriskt. Men glas i stället för dryckeshorn hade man i varje fall besvärat sig med att plocka fram. Annars verkade det som om de ansträngt sig för att hon inte alls skulle känna sig välkommen. Likväl förstod Sigrid att hon gift in sig i ett rikt hem. Ljusstakarna var av silver och tunga och täckta av ornamentik och glasen vackra och exotiska, och de skedar som låg på bordet var också av silver.

Gyda nickade stramt åt en karl som var lika dyster i uppsynen som alla andra Sigrid hade mött. Han bugade och tände sedan vaxljusen på bordet. Med ens blev det mer gästvänligt.

Men ännu hade inte någon med ett enda ord hälsat Sigrid välkommen. Bara besett henne som om hon var ett kreatur till försäljning.

Stenkil trädde in i salen och gick med raska steg fram till Sigrid.

"Jag hälsar dig välkommen till vårt hem", sa han.

Sigrid blev så glad över denna överraskande värme att hon kom sig för att le soligare än solen själv mot honom. Nästan som ett utsvultet barn hungrade hon efter lite ömhet. Men han rörde henne inte. Såg inte ens på henne, utan placerade henne bara på en pall.

"Du har redan träffat min syster Gyda. Jag kommer att vara bortrest en hel del och Gyda kommer då att ansvara för dig här på gården."

Sigrid nickade. Men det var något med tonen i Stenkils röst som inte fann hennes gillande. Inte heller att han undvek att se på Sigrid, hans lagvigda, men väl fäste blicken på sin syster. Det fick Sigrid att ana oråd.

Gyda rörde fortfarande inte ansiktet, det var som hugget i sten. Hon slängde till Sigrid en och annan stickig och kontrollerande blick. Ögonen hennes var som istappar färdiga att falla från takskägget och genomborra svägerskan. Sigrid hade redan fått klart för sig att hon var tvungen att passa sig för Gyda, hur det nu skulle gå till. De skulle inte kunna undgå varandra. Men Gyda kanske mjuknade, hoppades hon. Bara de väl lärde känna varandra.

Men likväl växte paniken i bröstet. Vart än Sigrid fäste blicken så mötte hon flackande ögon eller kyla. Inte en enda människa hade ens en enda gnutta värme i blicken, eller ett leende på väg i ena mungipan. Det var mörka gestalter i nötta paltor som mest såg ner i jordgolvet, och alla tycktes vara uppskrämda.

Huvudet dunkade av trötthet och sömnbrist. Det blir säkert bättre i morgon, tänkte Sigrid. Bara hon fått sova skulle tillvaron bli mycket ljusare och vänligare. Hon var i ett tillstånd då hon inte tordes ens nudda vid Östergård i tanken, då skulle hon brista och natten skulle gå åt till att tjuta livet ur sig.

De åt och drack under tystnad – samma eländiga och ansträngande tystnad. Vid bordet satt Sigrid och Stenkil och hans syster Gyda. Tre var de, inga fler. Och så var det kvinnan som satte fram maten. De andra stod gråa utmed väggarna och såg på. Ett ödesmättat skrap från knivar och skedar mot träfat och keramikpottor och järngrytor var det enda som hördes. Maten var det inget större fel på, även om den förstås inte var som på Östergård.

När det sedan var dags att gå till sängs blev Sigrid visad till ett rum längst in i huset. Det var Gyda som följde med henne dit. Stenkil gick ut. Han skulle väl pissa. Sigrid var så trött efter den långa resan och all anspänning att hon inte fick upp rädslan.

I rummet stod en bred säng bäddad med vita lakan och tjocka bolster och överst låg fårfällar. För övrigt var rummet kalt. Varken kistor, pallar eller bord fanns där.

Sigrid lugnade sig lite när hon fick se att bädden var så pass väl ordnad. Hon skulle slippa frysa, även om elden sakta höll på att falna och det bara var glöd kvar i eldstaden. De tänkte tydligen inte kyla ut henne helt denna första dag, tänkte hon. I vindögat var det svart, inga stjärnor syntes. När tjärstickorna slocknade skulle det bli beckmörkt.

Men vad gjorde det, tänkte hon tappert. Mest ville hon sova. När väl Gyda hade lämnat henne kröp hon ensam ner mellan lakanen. Huvudet tyngde, men hon somnade inte utan låg i spänd väntan och oro över vad som komma skulle. Det som måste till. Ovillkorligen. Som inte hade med viljan att göra. Inte med annat heller, mer än avkomman. Hon såg det som en uppgift att sköta, som så många andra nödvändiga plikter som också kunde ta emot. Men inte så mycket som denna.

Dörren knarrade, och hon hörde på stegen och den täppta, tunga andningen att det var Stenkil som kom in. Det klämde till i bröstet på henne. Bävan om vad natten skulle innebära piskade på. Jag vill inte, protesterade hon tyst inombords. Hela kroppen spjärnade emot.

Men vem brydde sig om vad hon ville, mer än far, och han fanns inte mer. Och mor, och hon var evigheter ifrån henne. Han satte sig nu – Sigrid tordes inte andas – och sedan slängde Stenkil upp benen medan han gav till ett kort stön som om det var tungt. Hon väntade i mörkret, men även denna natt vältrade han sig snabbt på sidan och somnade med ryggen mot utan att ens röra vid henne. Inte ens god natt sa han.

Hon fann detta mycket märkligt, men samtidigt var det skönt att slippa undan. Det var som att undkomma en stor katastrof eller en olycka; som pesten, eller något ännu värre.

Det hemska satt kvar inne i henne som ett outplånligt minne, som en mara som fortfarande vissa nätter kunde plåga henne som ett stort, köttigt sår som ibland gick upp, men oftast höll sig lugnt.

Samtidigt oroade det henne att Stenkil var så fjär. Han undvek henne, som om hon inte dög. Hon kunde inte ens ana vad det var som var fel. Mer än att hon inte dög.

KAPITEL 28

En dag kvar till jul och en gråmulen himmel så tjock att ljuset knappt orkade igenom.

”Nu har året vänt, men det märks sannerligen inte”, sa Holmlög medan hon stampade det tunna snölagret av skorna innanför dörren. ”Man kan knappt tro att det någonsin kommer att ljusna, så som det ser ut idag, grått och dystert som i graven. Huanamej!”

”Ljuset kommer i sinom tid”, sa Bothild mer eller mindre för att ha något att säga.

Det var vad de sa till varandra i stort sett mest varje dag. Alldagliga röster om vädrets makter, om mörkret som på sitt sätt kunde vara vilsamt och om kylan som ännu inte slagit till, men som skulle komma: ”Sanna mina ord”, förutspådde Holmlög, och Bothild nickade.

Bothild hade funnit att de grå dagarna smälte väl ihop med hennes inre. På så sätt var det gott och väl. Inget bjärt solljus som hånfullt stack henne i ögonen och piskade henne att vara munter, när hon inte alls var det. Nu kunde hon utan att behöva dra sig undan svepa in sig i mörkret som i en skyddande tjock vadmalskappa. Hon, den sörjande änkan på Östergård.

Ute var det en rå fuktighet som tycktes hålla i sig dag efter dag. Snålblåsten kom och gick, ibland var det helt stilla. Ovanför dem vilade en töcknig himmel mest varje dag, och det var ständigt slaskigt med gråbruna moddiga marker och däremellan enstaka snöfall med stora flingor som snabbt smälte undan. Löven höll på att multna och skogen bestod av fuktglänsande kala grenar, förutom barrträden som stod mörkgröna på parad. Från våta takskägg droppade det stilla. De hårda höststormarna var förbi, men nya stormar var väl att vänta.

Bothild fann att det trots allt kröp i henne ibland, trots att vädret tillät henne att krypa in och gömma sig i sig själv. Men hågslöshet och slask tärde i längden. Även hon skulle komma att längta efter något annat så småningom, efter längre och ljusare dagar. Men det var ett tag dit, vintern var långt ifrån över. Den hade knappt börjat.

"Det blir nog ingen fimbulvinter i år", fortsatte Holmlög, som om hon läst Bothilds tankar.

Det var den hårda vintern som Holmlög talade om, den okuvliga. Den som varade i tre år utan somrar emellan, enligt de gamla berättelserna.

"Den hoppas jag sannerligen att vi slipper", sa Bothild.

Lång, vit och bitande kall var fimbulvintern. Den kom vissa år, men inte alla och bet sig fast och knäckte somliga av dem, det var så att benknotorna skallrade i kölden. Och var det riktigt illa så gav den inte med sig. Den långa vintern, den som förebådade Ragnarök.

Men eftersom snön redan var sen och kylan ännu inte kopplat sitt grepp om dem talade det för att vintern i år skulle komma att bli mild. Fattas bara annat, tänkte Bothild. Så som livet hankat sig fram sista halvåret vore en järnhård vinter dödsstöten. I alla fall för henne. Hon kände sig färdig att knäckas som en torr kvist om hösten. Men om det nu var Vite Krists tydliga avsikt att ytterligare pröva dem, så fick det bli så. Vad fanns annat att göra än att ta det som det kom! Men så stannade hon upp. Snön, tänkte hon, och bilderna som kom för henne ändrades helt. Den bländvita snön ville hon trots allt ha.

"Lite vitt lyser förstås alltid upp", sa hon därför till Holmlög rakt ut i luften.

Holmlög stökade i bakgrunden, stod med sin böjda rygg och

sorterade ved och slängde ett par rejäla granklabbar på brasan så att det knäppte och glödloppor for runt.

”Jo, jo men!” hörde hon Holmlög svara förstrött, medan Bothild redan såg framför sig hur det skarpa och nymornade ljuset från en låg sol vilade över gården. Hon tänkte sig ett gnistervitt och vindstilla landskap med snötyngda grenar i skogen och tjock is på Mälaren och ovanpå detta ett jämnt lager bländande vit snö. Som blekt linne över markerna. Ren, nyfallen snö som gnistrade som ädla stenar och fick en att tro att man hade hamnat mitt i paradiset. Och när isen blev farbar för häst och släde kunde de ta den snabba vägen till januarimarknaden på tjockisen utanför Sigtuna. Stå där påpälsade och stampa för att hålla fötterna varma med friska kinder och frostnupna näsor under rävmössor och vadmalshattar. Hon kunde känna hur det bet där hon stod i det osande halvdunklet inomhus. Tänk, het slånbärsdricka i muggarna och Sigtuna vilande bakom dem med vita mössor på alla taken. Så oändligt vackert! Sannerligen saknade de inte trevliga händelser att se fram emot!

”Vintern är förstås inte över än på långa vägar”, sa hon drömmande. ”Kylan kommer förr eller senare, den har bara inte hittat hit ännu.”

Holmlög nickade och teg. Hon lyssnade förmodligen bara med ett halvt öra. Veden knastrade bakom Bothild, röken steg upp mot vindögat, men spred samtidigt sitt tunna stoft ut i salen och satte sig i kläder, bolster, pälsar, lakan. Överallt. Dag som natt eldade de. Röken och ett tröttande dunkel låg ständigt över salen. När våren kom fick de hänga ut allt på vädring.

Bothild höll just på att plocka fram torra och varma kläder till Östen ur kistan och hade hängt en oljelampa på en spik på väggen för att se bättre. Lite hjälpte ljuset från den klena veken men inte mycket. Hon visste å andra sidan ungefär vad som låg där. Hon böjde sig ner, tog upp, lade åt sidan sådant som var för smått, och dök allt längre ner. Det luktade mindre rök ju närmre hon kom kistbotten och mer av rentvättat ylle och allmän instängdhet.

Östen hade fått en svår och envis hosta som hackade honom vaken nätterna igenom. Han hade till råga på allt smitit ut helt nyligen och kommit in blöt från topp till tå, och hon hade mer eller mindre slitit av honom kläderna, lagt honom under bolstren att tina upp och gett honom hett att dricka, medan kläderna hängdes för att torka. Där låg han nu och såg ömklig ut, lille Östen. Hon gick fram och strök med handen över hans ljusa hjässa. Han tittade på henne och klippte nöjt med ögonlocken. Blåbärsblå ögon, som far sin. Gossen växte, men ännu var han ett barn. Men han kämpade för att försöka bli stora karln och göra nytta. Hon såg det allt. Och hon hade även iakttagit att gossen efter sin fars död alltmer hade börjat ty sig till Ärmund. Östen följde den äldre mannen hack i häl som en liten trogen och ängslig hundvalp. Så länge Alrik levde hade Östen hållit sig nära sjukbädden. Nära sin far. Han hade vakat och småpratat med Alrik, rört sig oroligt ut och in mellan sängen och gårdsplanen, inte gjort några längre utflykter och bestämt vägrat att följa med huggarna till skogs. Det tyckte han annars var mycket nöjsamt.

Ärmund lät Östen hållas. Bothild var tacksam, även om det sved inombords av att se hur borttappad Östen var utan sin far. Hon hade sagt till Ärmund att han fick säga till om pojken störde honom. Befriande nog sa Ärmund att han hade så gott om tålamod att han utan svårigheter kunde ge pojken en skvätt av det som blivit över. Bothild stillnade och tänkte på Ärmunds eget öde när hon hörde detta.

Det var ju så att Ärmund själv hade ett tomrum att fylla. Hans egen son Häming hade aldrig kommit tillbaka från sin långa resa …

Häming hade varit en lycksökare menade många. Hans avsikt hade varit att bli en förmögen storman, och det var han inte ensam om. Men det var länge sedan som resorna österut hade gett riktigt stort utbyte. Den tiden var förbi, oavsett om man ägnade sig åt handel eller plundring. Folk hade bättre vett att skydda både sina gränser och sina attraktiva varor borta i österled och släppte inte längre in främlingar hur som helst. Och att kriga sig till bytet kostade både liv och lem. Men ändå gav sig många fortfarande iväg.

En del var äventyrare, en del var stormän eller hövdingar som blivit av med rikedomarna och en del var självhävdande, stolta eller kränkta män långt ner i syskonskaran som gått miste om arvet. Alriks yngste bror Sven Snedflin var en sådan. Han hade ännu inte återvänt och somliga väntade på dödsbudet.

Den storman som hade lockat med Häming hade vägrat att tro annat än att de skulle komma hem med skeppen fulla av rikedomar och dyrbarheter. Häming hade sett framför sig hur guld och gröna ängar väntade honom.

Det hade varit många i trakterna av Sigtuna som följt deras planer under det år det tagit att förbereda resan, och det hade stått tjockt med folk som vinkat farväl när skeppen gled ut lastade med salt sill och säd som proviant och bland annat skinn från blåräv att handla med. Österut var de glada i blåräven, medan rödräven inte var lika lätt att avyttra. Det var länge sedan de farit, minst ett ynglingaliv hade gått.

Bothild mindes inte avfärden, hon hade bott i Blekinge då, men hon hade hört om det många gånger och om hur illa det hade gått. Ändå var hon helt säker på att fler skulle komma att ge sig iväg. Äventyret och girigheten satt i blodet hos somliga.

Männen som hade rest med samma handelståg som Häming visste att man kunde ta sig ända bort till Särkland, till Sidenlandet bortom Kievriket, där det gick att handla kryddor och vackert siden. Först fick man ta sig till Svarta havet, en väg svearna redan kände till, och sedan via okända färdvägar över land vidare till Kaspiska havet. De hade hört av folk från Kiev att det skulle gå att undvika floden Volga bara de förmådde bära eller släpa båtarna, eller på annat sätt skjuta dem framåt på land. En resa utmed Volga innebar en stor risk att tvingas slåss med de starka nomadstammar som slagit sig ner utmed flodens nedre del.

De hade räknat med att svåra umbäranden och hårt motstånd skulle möta dem, men det hade blivit värre än vad de trott. Trakterna var bergiga i Kaukasus. Det hade varit ett hårt slit att ta sig fram i landskapet. De hade dessutom överraskats av att vädret där kunde vara strängt; både stark hetta och svår köld.

De hade visserligen kommit fram till Särkland och där fått ett gott utbyte i lasten, men återfärden hade blivit mycket svår. Många hade drabbats av feber och dött i sjukan, och de hade blivit allt färre till att släpa skeppen på marken. Olika nomadstammar och stormän hade dessutom givit dem hårt motstånd på vägen tillbaka. En allt mindre skara män hade tvingats att slå sig fram, och uttröttade och utmattade hade de till slut beslutat att avbryta det gemensamma handelståget. Somliga hade tagit sig till Konstantinopel för att där söka tjänst i den bysantinske kejsarens hird, medan andra hade lyckats ta sig tillbaka till Kiev för att hämta sig över vintern innan de farit vidare hem.

Häming hade inte varit med bland de hårt slitna män som långt om länge återkommit till Mälaren på sargade och lagade skepp. De hade alla blivit hjältar. Visst var det skralt med skatter i lasten, men i stället hade de många berättelser med sig, de hade sett den vida världen och de hade mött främmande och mäktiga män. Alla menade att de hade visat prov på stort mod och en inte så lite beundransvärd överlevnadskonst.

Men Ärmund var alltså en av dem som hade fått det tunga budet att sonen hade dött i den svåra febern långt bort i österland. Han hade rest en sten efter sonen: *Ärmund lät resa denna sten efter Häming, sin son, som for österut. Gud hjälpe hans ande. Germund ristade.*

Ärmunds hustru var vid den tidpunkten redan död i barnsäng; och han hade aldrig tagit sig en ny kvinna. ”Det har inte blivit av”, svarade han den som frågade, och det hände att folk gjorde det. Ärmund var inget dåligt parti. Han var en redig man, visserligen varken fager eller ung eller kommen från en bättre familj, men han var en karl som arbetade i sitt anletes svett och som ansågs både pålitlig och trogen sin storman.

En dotter hade han, glädjande nog. Hon hette Ketil och var den som föddes när modern några dagar senare dog i barnsängsfrossa. Flickan hade växt väl; hon var frisk och kry och hade flyttat ända bort till Skeppstuna, där hon levde gott samman med en bonde.

Bothild hade inte tidigare funderat över hur pass ensam Ärmund egentligen var. Förrän nu.

Hon bad Holmlög att sätta torrt på Östen om han ville upp ur bädden och begav sig sedan ut på en runda. Först gick hon till brygghuset – där var tunnorna fulla – sedan vidare till förråden och till visthusboden och slutligen tog hon en sväng om kokhuset för att prata med den unga kokfrun. Det ångade från lerkärl och kokstenar, och rökugnen gick varm.

Nästföljande dag skulle de dricka jul på Östergård. Av midvinterbloten blev det numera inget, på Östergård blotades det ju inte längre, däremot bryggdes julöl som aldrig förr. Man drack jul här som på alla andra gårdar i området, men ölen signades åt Kristus och jungfru Maria, i stället för åt Oden, Frej eller Njord. Det hade Alrik sett till, och Bothild höll på det. Sedan fick Holmlög säga vad hon ville om den saken.

Och det skulle inte snålas i år. Bothild var mycket bestämd. Det skulle varken sparas på ölen eller köttet, även om de förstås fick dryga ut med bröd och gröt om hungern blev olidlig och bottnarna helt gick ur hos gårdsfolket.

Det var ett vågspel med födan. Ingen gick egentligen någonsin säker. Karga perioder hade alla upplevt; långa tider då inte någon var mätt. Blotta tanken på svält manade somliga att på de stora gillena trycka i sig allt vad de förmådde och hellre gå runt husknuten och kasta upp, för att orka lassa in på nytt, än att låta den goda maten stå och förfaras. Bothild misstänkte att så skulle bli fallet denna jul; en obändig längtan fanns att trösta sig med en fylld buk efter nederlaget vid Helgeå och stormannens tragiska död.

Om framtiden visste man föga. Oron var stor. Det gällde att passa på. De var ju bara människor. ”De som inte har fått tillräckligt med di som barn, de har en ständigt gnagande hunger i sig”, hävdade Holmlög.

Bothild hade alltså bestämt att de skulle brygga mer öl än vanligt. Ingen skulle behöva ha anledning att tala bakom hennes rygg om att snålblåsten ven över Östergård, nu sedan frun tagit över. Korvar, syltor och grisfötter hängde eller låg förberedda i bunkar i svalkan i visthusboden. De hade sparat undan några grisar från höstslakten och slaktade dem först nu så att de slapp det saltade köttet till jul. Det färska köttet smakade bättre och magen for mindre illa. Men skinkorna räckte förstås inte i evinnerlighet; julbordet stod ju framdukat dygnet runt eftersom julen inte fick bäras ut.

"Det är alltid svårt att veta hur mycket som går åt", sa Bothild ängsligt. "Vi har ju ingen Särimner."

De såg på varandra, hon och kokfrun, och brast ut i ett välbehövligt gapskratt. Grisen Särimner fanns bara i gudarnas Valhall. Varje dag slaktades galten på den stora festen, men stod åter levande upp nästa dag.

"Jo, jo! En sådan skulle man allt ha! Men det är bara till att fylla ut med rovor och kål och bröd och gröt och ister", sa kokfrun glatt.

Hon verkade föga bekymrad, kanske för att hon var ung och inte visste vad mat och öl kunde göra med folk – framför allt om de fick för lite av det första och för mycket av det senare.

"Det är välan inte meningen att de ska äta ihjäl sig", sa hon. "Och ölen mättar för den delen också."

Bothild teg. Nog hade hon varit med om att folk ätit ihjäl sig och även slagits om köttbitarna, men det behövde hon inte upplysa den unga, men ihärdiga, kokfrun om. Hon som så oförfärat körde med alla dem som hon hade till hjälp. Men ingen klagade. Det var en förmån att få hållas kring kokkärl och matos, inte bara för att en smakbit då och då slank ner, utan även för den allmänna trevnadens skull.

Bothild lämnade henne och gick vidare. Det blir nog bra, tänkte hon, och försökte med viss framgång behålla den flyktiga glädjen hon nyss funnit i sin kropp: tanken på ett soligt vinterlandskap, som gett henne nytt livsmod helt oväntat.

Hon fanns i ett sammanhang. Det blev henne uppenbart där hon småsprang mellan stugor och bodar. Hon var inget rö för vinden, varken bräcklig eller ostadig. Hon måste försöka lyfta blicken från strängheten och mödan som hade intagit henne på sista tiden. Hon skulle tänka på nu, inte bara på sedan, och inte ätas upp av oro inför framtiden. Den som de ändå inte visste så mycket om.

Tiden hade hon denna mödosamma och långa höst ihärdigt och envist skjutit framför sig. Efter begravningen, hade hon tänkt, efter tröskningen, efter jul, då skulle hon ta tag i saker och ting.

Ännu hade tiden inte hunnit i fatt henne.

Men efter jul skulle hon, som alla andra, få en tid av behövlig vila och återhämtning. Och då skulle hon väva. Tills det återigen var dags att sätta plogen i marken.

KAPITEL 29

Bothild gick upp till vävstugan. Mälaren låg bakom henne men gick knappt att urskilja i grådiset. Hon lyfte kjolarna och tvingades att noga se var hon satte fötterna. De mjuka stövlarna kippade i leran. Hon försökte kliva på grästuvorna för att inte skita ner sulorna och dra in modd i vävstugan. Hon såg röken stiga friskt ur vindögat; de eldade så det förslog. Hon visste att det var svårt att hålla värmen, trots att stugan var liten, och veden stod ju hon för. De passade väl på. Ullen tog inte så lätt fyr, inte som halmstråna ute i ladan, så den oron behövde hon inte ridas av.

De var två som vävde, Valdis och Jorunn, en av de äldre kvinnorna som Bothild brukade lägga ut garnfärgningen till och som bodde med gubben sin i en trång stuga mot skogsbrynet till. Jorunn var bra i handlaget och hade ett hyggligt sätt, somliga var ju födda med det. Tålamod och glatt humör var värt mycket i dessa tider.

Bothild hade satt Jorunn till att lära Valdis vävkonstens grunder. Inte bara att hantera sländtrissan utan också att sätta på en varp, knyta tyngderna så det blev jämn spänning, välja garn lämpligt för både varp och inslag och att väva enkelt tuskaft på den upprätta och varptyngda vävstolen. Bothild hade satt Valdis på en tämligen nygjord vävstol. Sigrids lutade ensam mot väggen. Men den gapade inte tom; Sigrid hade hunnit dra på en ny varp, och hon hade börjat plocka in garner till en ny bonad. Hon hade kommit ett litet stycke på väg innan hon for.

Bothild stod inte ut med att sätta någon annan där. Inte ens hon själv tog plats på Sigrids vävpall. Hon hade hängt ett lakan över. Det fick bero så länge. När hon nu närmade sig vävhuset gick det inte att få väck bilden av Sigrid sittande bakom dörren, men så hörde hon klingande skratt inifrån stugan som alls inte var Sigrids, och bilden försvann med ens.

Samtidigt erfor hon en sorts invärtes stumhet. Minnet gick inte att stänga av! Och det ville hon inte heller, för hon tyckte om att tänka på Sigrid. Men det sved. Hon ville ha henne levande framför sig. Det fick svida.

Sigrid hade det säkert bra. Hon hoppades innerligt att dottern skulle finna sig tillrätta. Det gjorde de flesta, och tiden hjälpte för det mesta till. Och de var säkert glada i henne där borta i Sätuna. Bröstet fylldes av stolthet. Något annat hade Bothild svårt att föreställa sig, för den som inte tog emot Sigrid och insåg hennes gåvor var inte redig i tanken.

Men Sigrids uppsyn hade inte varit munter när hon for. Munter hade å andra sidan inte hon själv heller varit när hon lämnat Blekinge och Möckelön för länge sedan. Men hon hade ju haft Alrik. Och Sigrid hade Stenkil, kom hon på – men först efter en stund. Det var sannerligen inte samma sak; Alrik och Stenkil Stenson var i Bothilds ögon inte jämförbara ens på samma dag. Hon kunde släppa fram tanken, men hon delade den inte högt med någon; att sprida rykten om den rike och mäktige mågen var inte till att tänka på. Att han inte var munter och inte heller var välväxt som en ung och stark karl kunde ingen göra något åt. Men Sigrid fick det nog att bli ett gott parti efterhand, även om det inte syntes några tecken på glädje och entusiasm under brudhämtningen.

Inte ett ljud hade Bothild hört från Sätuna, men så här års var det å andra sidan rätt glest mellan buden. Folk for inte i mörkret och kylan, de flesta stannade hemma. Möjligen var det lite väl tyst, men det fanns säkert förklaringar av rimlig art. Det skulle visa sig förr eller senare. Kanske skulle hon träffa Sigrid vid vintermarknaden eller till våren när de lämnade gårdarna och samlades i Sigtuna. Det var hon så säker på att hon redan nu drog på munnen av glädje.

Bothild skrapade av stövlarna mot järnet. Hon hade lagt ut en fotskrapa och var noga med att alla som beträdde vävstugan såg till att använda den.

Just som hon öppnade dörren och drog in kall luft tystnade det tvärt. Hon hade hört prat, fniss och skratt forsa ur Valdis mun precis innan hon tog i låset. Det var inte så ofta hon tidigare hade hört Valdis skratta. Ljuden kom därför lite otränade ur den unga kvinnans mun, ibland lite för högt och med för mycket kraft i.

”Sluta inte att vara glada för min skull”, sa Bothild och försökte låta bli att se sträng ut.

Hon visste att hon inte lyckades dölja den snabbt övergående besvikelsen över att det inte var Sigrid som satt där på vävbänken, så hon drog upp mungiporna allt vad hon orkade. Hon hade blivit rädd för att stöta sig med folk. Hon var orolig för att slå över och bli vass i tonen och domderande, fast hon egentligen inte ville, speciellt nu när de flesta på gården tycktes ha lugnat sig och kommit till att tåla henne bättre. Så sakteliga hade de börjat vänja sig vid att det faktiskt var hon som numera styrde Östergård.

Jorunn plirade med ögonen. Hon hade inte många tänder kvar, och de som fanns stack upp som gula pinnar i munnen på henne. Men hon var mycket god till att både spinna och väva. Den tjocka och täta vadmal som Bothild låtit sy byxor och koltar till Östen av, och som hennes egen varma kappa till vardags var sydd av, hade Jorunn vävt. Men klänningarna hon bar var i allmänhet av ett tunnare, blankare och smidigare kläde; ett ylletyg som var utländskt och som hon hade köpt hos Albod och Slode i Sigtuna. Bara de som hade råd kunde bära sådant tyg, och det var Bothild förstås medveten om. Hon hade låtit sy om några av sina slitna klänningar till Sigrid och gossarna att ha till vardags, men hon släppte aldrig det mjuka och glansiga yllet utanför familjen. Det var enbart till dem som redan var utvalda.

Hon önskade att hon kunde väva detta smidiga, blanka, men ändå varma ylletyg i sin egen vävstuga. Ett sådant fint ylle, som kungen och stormännen inte bara hade i sina mantlar utan även i gångkläderna, ville hon väva. Scharlakan, kallades den bästa sorten av detta glansfulla och lätta kläde, och det sades att tyget ursprungligen kom långt bortifrån Persien, eller om det var Syrien, och hade fraktats på Volga upp till Mälarområdet. Blått eller rött färgades yllet oftast. Men fåren som ullen togs från var speciella, hade hon förstått av de frisiska köpmännen, inte som de som betade i Mälardalen eller på Gutarnas ö. De speciella utländska fåren hade en ull som växte i tvenne lager; dels en bottenull som var mjuk och värmande, dels längre ut en päls med långa glansiga täckhår som lätt kunde separeras med handen, och som knappt ens behövde kammas innan man spann med små trissor och fick ett glansigt, nästan syträdstunt kamgarn.

De frisiska handelsmännen kunde berätta om dessa får, och hon hade länge tänkt att det skulle vara trevligt att ha sådana får betandes på Östergård. Undrar var man närmast kunde hämta dem ifrån? Hon hade hört att fåren nu fanns i England. Kanske även i Norge. Då borde de kunna finna sig tillrätta även på Östergård.

Tanken sporrade henne. Hon insåg att alla dessa funderingar förmodligen skulle komma att stanna vid en dröm, men det var å andra sidan inte heller så illa. Att drömma stod var och en fritt. Det kostade inget. Men helst såg hon förstås att drömmen tog form och blev till verklighet. Att göra upp planer var ett sant nöje, men det praktiska var mest värt. Som att sjösätta ett nybyggt skepp! Det om något visste hon något om, och hon mindes fadern och de andra skeppsbyggarna på Utlängan i Blekinge. Hon mindes stoltheten och arbetstillfredsställelsen när skeppet gled iväg, stadigt och stolt.

Nu när hon stod i vävstugan insåg hon tydligt att stora förändringar hade skett. Stugan hade helt bytt skepnad. Det var andra ljud, helt andra skratt och handlag. För Valdis, den moderlösa, var detta givetvis en sann lycka, och det visste förstås Bothild, det var ju hon som var den goda i sammanhanget. Hon som lyft upp flickebarnet ur eländet, bort från ett enahanda liv och från tungt slit och släp från tidig morgon till sen kväll. Och det var också hon som i ett enda andetag kunde sätta tillbaka Valdis dit. Till fähuset eller svinhuset, bland skulor och träck.

Så Valdis hade all anledning att vara ängslig i blicken när hon såg upp mot Bothild som stod över henne. Skrattet var som bortblåst. Det hade annars inte varit alltför många skratt i Valdis liv, särskilt inte sedan Björn hade försvunnit i slaget vid Helgeå. Inte ens en hjälte hade han hunnit att bli.

”Låt mig inte störa. Arbeta du!” sa Bothild och bockade nacken nådigt mot henne.

Valdis böjde sig över väven och fumlade med händerna efter dockan med inslagsgarnerna. Bothild såg hur valhänt hon lade inslaget i skälet mellan varptrådarna och insåg att det skulle ta tid att få fason på Valdis vävande. Och till Sigrids höjder skulle hon aldrig nå.

Men Valdis föste garnet med lätt hand tillrätta med vävskeden och packade inslaget snyggt.

”Det här går ju riktigt bra!” kunde inte Bothild låta bli att säga i uppmuntrande ton. För vad skulle hon säga? Kanten var ojämn, men flickan gjorde så gott hon kunde.

Då vände Valdis sitt magra ansikte mot henne. Hon såg inte lika vettskrämd ut som hon brukade. Bothild log mot henne. Så sträckte hon ut en hand och klappade Valdis lätt och mjukt på huvudet. Åh, vad handen hade saknat detta. Det mjuka håret på en flickunge.

Bothild försökte undvika att halka på väg ner från vävhuset. Snön hade fallit mer ihärdigt under dagen än vad de på morgonen förväntat sig. Stora blöta flingor föll; det mesta smälte direkt på marken, men en del blev kvar. Branten var inte stor, men våt och slipprig. Det var svårt att se vad som fanns under det tunna snötäcket. Hon fortsatte sedan över planen med den blöta klänningsfållen klibbande runt anklarna och kappan fuktig och tyngande över axlarna.

Precis när hon skulle smita in tyckte hon sig höra ljudet av hovar långt bort. Hon stannade och lyssnade, men vinden förde bort ljudet. De var väl inbillning, tänkte hon och gick in i värmen. Om det kom någon idag, precis när julen stod för dörren, så var det oroande.

Hon tog av kappan och krokade upp den nära elden så att den skulle torka. De hade ställt en anordning med linor att hänga blöta strumpor och vantar och ytterplagg nära värmen. Paltorna hängde tätt och gav ifrån sig en lukt av vått ylle.

Bothild ställde sig mitt i salen. Hon lyssnade återigen.

"Vad är det?"

Det var Holmlög som frågade. Ärmund fanns där inne också. Han satt lutad mot väggen med slutna ögon och vilade sig en stund, men ryckte nu till.

"Inget."

Men då hördes ljud av främmande hovar så tydligt att alla lystrade till och spetsade öronen medan ljuden kom allt närmre och till slut gjorde halt och frustande hästar stod på gårdsplanen. Alla som vistades inomhus såg på varandra och inväntade husfrun. Bothild slätade ut klänningen, så som hon alltid gjorde när hon skulle åstad att göra något som krävde beslutsamhet och mod. Rak i ryggen gick hon sedan för att öppna. Ärmund reste sig och kom efter och ställde sig strax bakom henne. Hon fick upp låset och öppnade den tunga dörrhalvan. Blåsten låg nu på. Snön yrde in. Hon blinkade till.

Det var Ingvar och hans män, inte mindre än fem karlar sammantaget.

KAPITEL 30

Bothild önskade att hon förmådde hälsa dem välkomna med lite större hjärtlighet än hon nu gjorde. Hon bjöd dem i alla fall in, Ingvar och hans män. Hästarna togs om hand och fick foder i stallet.

Det var den blå stunden på dagen, snart skulle det vara helt mörkt. Hon var tvungen att be dem stanna över natten, och inte nog med det, anständigheten krävde att hon bad dem att stanna och dricka jul på Östergård.

Hon anade ärendet Ingvar hade, men hon lät det inte synas utan höll ett artigt och avväpnande avstånd till svågern, log smått och behärskat och sa idel vänligheter, men bjöd inte på alltför stor värme.

Mörkret föll därefter snabbt och de åt och drack. De fick sig några smakbitar av den mat som skulle vankas nästa dag. Bothild satt i högsätet, på Alriks plats. Där tronade hon gott. Stämningen runt bordet var inte direkt munter men inte heller gravallvarlig. När alla hade fyllt krävan och släckt törsten reste sig Bothild från högsätet och meddelade att hon tänkte gå och lägga sig. De hade en lång och rolig dag framför sig, och hon ville vara utsövd, menade hon.

Ingvar smilade hela tiden och sökte hennes ögon. Glittra du på, tänkte hon. Det kommer inte att löna sig!

När hon gick till sängs hade Ingvar ännu inte fått ur sig sitt ärende. Han tänkte dra på det, stanna tills det brändes, insåg hon och begrep samtidigt att den julefrid hon så väl behövde skulle komma att störas om hon inte bestämde sig för att hålla honom så pass kort att det var som om han inte fanns. Men det var en viss ansträngning med det.

Nästföljande dag vaknade de till ett vitt landskap. Snön hade fått ligga och lyste behändigt upp både natur och humör. Östen ville ut och rulla sig i allt det vita och göra snöbollar och gubbar. Bothild försökte hindra honom med tanke på hostan, men han var svår att stoppa, så hon byltade på honom ordentligt i vadmalskolt och vadmalsbyxor och ovanpå det en liten fårskinnsväst och även en mössa av fårpäls och tjocka vantar.

"En liten stund får du vara ute, men inte länge", sa hon till honom när hon släppte ut honom.

Östen satte iväg mot den lilla backen invid stallet upp mot vävhuset där många lekkamrater hölls, utan att höra hennes förmaningar. Där kanade de så glatt i snön på byxbaken.

Det blev sedan ett hjärtligt spring både ute och inomhus. Djuren skulle utfodras och maten bäras fram till det stora julagillet. Förväntan och glädje vilade över gården. Bothild var arg på sig själv för att hon inte helt kunde glida med, men det gick inte att hejda grämelsen över att Ingvar dykt upp. Just nu när hon skulle slå på stort och samla alla på gården efter en tröstlös höst!

Men Ingvar färgade hennes sinne. Det kändes som om han satt som en stor svart kråka på en gren och kraxade hest och hånfullt åt henne, och det fick henne att fortsätta sina ihärdiga ansträngningar att hålla honom stången medan hon for runt. Det var alls inga svårigheter att visa upp sig som den stora husmodern som styrde och ställde på en gård som ingalunda vilade på försummelsens sneda brant. Hon hade den hjälp hon behövde, det skulle Ingvar ha klart för sig!

Den nya kokfrun var till skillnad från den förra mager, inget tycktes fastna på henne, men hon skulle väl äta upp sig vad tiden led. Hon domderade nu bland grytor och plåtar värre än värst. Ändå var hon av ett mjukare virke än den förra, som så hastigt fallit död ner i Sigtuna. Bothild hade oroat sig för hur hon skulle lyckas hitta en som var lika bra. Ingen på Östergård hade vare sig haft krafter eller förmåga att ta över och Bothild var ovillig att utsätta det redan missnöjda folket på gården för usel mat. God mat hjälper mot det mesta, var hennes bestämda mening. Den nya kokfrun hade dock dykt upp raskt, sänd från en gård i närheten av Gunnars gamla säte i Hargsbro och hon hade visat sig vara om möjligt ännu bättre än den gamla kokfrun på att hantera kål, rovor och stora köttstycken och sätta salt och kryddor därtill.

Dryckeshorn, lerbägare, glas, järnknivar och träslevar plockades fram och öl hälldes i stora kannor. Ljus och oljelampor ställdes på borden och lerfat med kött, rovor, kål, fisk och korvar bars in i långa rader. Folket på gården samlades allteftersom de blev klara med sina sysslor. Skymning gick över i vintermörker, men snön lyste upp så det var mindre dystert. Skratten klingade högt från många strupar, värmen steg i den stora salen av allt folk och nytt öl bars in. Några satte igång att nynna och gick rätt snart över till att sjunga för full hals till det mjuka ljudet från mungigor som nu plockats fram. Ännu mer öl serverades och karlarna tvingades slinka ut och ställa sig runt husknuten på rad för att pissa. Snön skulle nästa dag synas färgad som en gul ring runt huset.

Bothild var varmröd om kinderna. Det hade vänt. Lättad såg hon ut över alla glada och nöjda ansikten. Folket på gården kommer att vara *med* mig fortsättningsvis. Inte mot mig.

Det gällde bara att hon var med sig själv också, men det skulle komma i sinom tid. Kanske även längtan efter en karls starka och grova händer? En kärvänlig lek, kyssar och smek, och mer därtill! Fast fler barn önskade hon sig inte, och ännu var hon inte mogen för en karl i sänghalmen. Men det skulle kanske komma, man vet så lite, även om sig själv.

Men att lämna Östergård eller släppa taget om gården till en karl, det tänkte hon inte göra. Det fanns inte någon så pass lockande karl i hela riket. Det var hon helt övertygad om. Hon ville bestämt inte längre vara den som kom steget efter. Hon ville gå först. Det hade kommit att stå allt klarare för henne nu när hon hade smakat på vad det innebar. Det var inte bara nöjsamt, det innebar ansvar och stor oro, men det var ett stort behag i att just hennes ord hade betydelse och hennes tankar och planeringar. Och det var gott att se till att saker och ting föll så väl ut som möjligt.

Ingvar satt med några av männen och spelade bräde, men han lyfte blicken emellanåt och såg på henne. Ibland kom han i närheten av henne, då när han hade ärenden ut. Hon behöll ett måttfullt avstånd, men inte så stort att det blev alltför uppenbart att hon höll sig ur vägen, det skulle verka oartigt.

Hon var inte dum. Det var inte kärlekens röda skimmer som styrde Ingvar. Alriks ord kom för henne, hans vemodiga tal om alla friare som skulle fylkas kring henne, den rika änkan. Hon hade skämtat bort det som tokerier. Vem vill ha en halvgammal kärring som fött en massa ungar? Alrik hade mer rätt än han visste då. Han kände människorna.

De hade kommit så pass långt in i ölagillet att folk flyttade runt lite hipp som happ vid långbordet eller sjönk ner i fållbänkarna. En del smek och hångel blev det, ångan var uppe och sinnena varma och öppna. Men Bothild flyttade sig inte. Hon satt på sin plats i högsätet med Ulfhård på ena sidan och Ärmund på den andra. Och där satt hon bra med god överblick över salen. Men så reste sig Ulfhård och kom inte tillbaka – han var väl trött och stupade i bädd. Strax därefter försvann även Ärmund ut, gamle man. Ingvar var inte sen att resa sig. Han intog Ulfhårds plats utan att fråga.

Bothild såg stramt på honom från sidan. Den mannen hade alltid varit försigkommen och hänsynslös, tänkte hon. Nu böjde han nacken framåt i ett försök att vara inställsam och len i sinnet. Hon såg allt hur han kråmade sig som en ensam tupp i hönshuset.

”Är det inte lite väl ensamt här på gården?” inledde han med ett lekande leende på sina läppar.

”Jag reder mig”, svarade Bothild kort och sökte med blicken efter stadga. Just då klev Ärmund in genom dörren, han hade tydligen bara varit om knuten, och Bothild fann att mest lugn fick hon av att låta blicken vila på Ärmunds fårade ansikte. Ärmund iakttog henne tillbaka. Det var dödstyst runt den delen av bordet där Bothild satt. Ingvar fortsatte att försöka fånga hennes blick – han var inte den som gav upp så lätt – medan Ärmund intog sin plats på andra sidan om Bothild. Där satt hon, som fasthållen av två helt olika väsen, en fräck och opålitlig och en mer stillsam och inväntande. Du store tid! Inte utan att det började leka muntert i mungiporna på henne.

Men så tog Ingvar och lade sin hand över hennes arm som vilade på bordet. Dumt nog började det att klia under den rena och vita huvudduken som om hon hade loppor, men hon rörde inte en fena. Hon satt lika spikrak i ryggen i sin smaragdgröna klänning med bägge armarna ut från sidorna med handflatorna vilande mot den kraftiga bordsskivan. Med fingertopparna förnam hon skrovligheter och hugg från knivblad i bordet, och det gav henne fasthet och råg i ryggen. Här på Östergård hade man vid detta långa bord ätit och levt i långeliga tider, i fred och gamman, i kristider och orostider. Hon tänkte inte låta sig drivas iväg. Lugn och behärskad satt Bothild där och tog till slut mod till sig, vred huvudet långsamt mot Ingvar och såg rakt in i hans ögon utan att blinka. Runt bordet höll man andan. Inte ens lågorna från ljus och oljelampor vågade fladdra.

”Jag har det bra som jag har det”, sa hon.

”Å ja, lite sällskap skadar inte”, envisades Ingvar. ”Att sköta en stor gård kräver kraftiga nävar och gott handlag.”

”Det finns här på gården, både kraftiga nävar, vana att hugga i, och gott handlag”, svarade Bothild med samma lugn.

I salen hade allt folk stannat upp i sina rörelser. Ingvar skrattade till, eller snarare skrockade. Att det berodde på förlägenhet var svårt att tro – snarare harm. Och Bothild visste att det kunde bli farligt. Hon höll sig i skinnet, och mer blev inte sagt om saken.

Men ännu hade Ingvar inte dryftat något om sin avresa. Att köra någon på porten var inte angenämt, det ville Bothild helst undvika. Att starta ett krig var lätt gjort, men att avsluta det var mycket svårare.

Nästa dag vaknade Bothild tidigt till tystnaden. Hon låg kvar i bädden en stund och stirrade ut i mörkret och lät tankarna gå. Hon hoppades att Ingvar och hans män skulle fara redan samma dag, men det var väl en nåd att stilla be om.

Säbjörn låg invid henne och snusade sött. Han är ännu inte året, tänkte hon. Han kommer aldrig att minnas sina dagars upphov. Han kommer aldrig att lära känna sin far, mer än genom berättelserna om honom. Styrkan i Alriks händer, strävheten i hans skägg, gnistan från hans ögon och lukten från hans kropp kommer Säbjörn aldrig att möta.

Hon reste sig och tassade över golvet. Hon hade ulltossor på fötterna men trädde dem nu i varma stövlar och drog vadmalskappan tätt om sig och gick runt knuten. Gården låg nu inbäddad i ett tjockt, dämpande lager snö. Snön knarrade under fötterna. Vit andedräkt stod ur munnen på henne. Det bet. Men det bet gott.

Frågan var om Ingvar och hans män överhuvudtaget kunde ge sig iväg nu, vägarna torde knappast vara farbara. Den gode Ingvar visste vad han gjorde när han kom vid denna tid på året. Hon ilsknade till vid tanken. Som om gården hade invaderats av främmande makter.

Huset vaknade efterhand. Hon var noga med att se till att Ingvar och hans män utfodrades väl, och mycket öl fick de redan i tidig morgonstund, som egentligen inte var så väldigt tidig. Folk hade passat på att sova länge; de som inte behövde se till djuren.

Juldagen tillbringade Bothild i vävstugan. Hon stegade eller snarare plumsade ut i snön. Spåret gick förbi inhägnaden där hästarna stod, tjocka i pälsen, och tuggade hö med vita andedräkter och med småfåglarna flaxande runt sig. Fåglarna var burriga och vackra i färgen, speciellt mot den vita snön. Rödbröstade och gulbröstade, och så den rara lilla fågeln med en mössa som var blå. Hon klev sedan uppför slänten i de fotspår som redan fanns, för att inte halka, och satt sedan där med Valdis. Jorunn hade fritt för att vara hemma hos sin familj. För första gången på länge tillät hon sig att låta tankarna vandra, och lät sig inte störas av Valdis, som varken skrattade eller sa så värst mycket.

Fram emot eftermiddagen släppte det och Bothild blev lättare till sinnet och tog sig för att småprata med den magra flickan. Bothild mindes Valdis moder, en kvicködg och snabbtänkt kvinna som dött i barnsäng. De hade legat i födslovärkar samtidigt. Det var den natten då Sigrid fötts. Tänk så olika det kunde bli. Livet var inte rättvist. Och nog var det något naket över den magra flickan; moderslösheten syntes nästan utanpå. Men flickan hade inte svårt att ty sig, i alla fall inte till Jorunn. Hon kanske även vänjer sig vid mig så småningom, tänkte Bothild.

När det återigen var dags att äta gemensamt fram emot eftermiddagen hade skymningen redan fallit. Bothild insåg med tydlighet att Ingvar inte tänkte släppa taget så lätt. Han skulle utan att skämmas kunna stanna mer än de tre nätterna som brukligt var. Han kunde alltid skylla på väderleken, även om det inte snöade mer och hans hästar tycktes vara starka och bra på att gå.

Och han hade redan hunnit få i sig alltför mycket öl bakom skjortelbröstet. Han flinade allt vad han förmådde, sliskigt och snett.

”Serrö”, sa han och tryckte sitt ansikte upp mot hennes. ”Det blir allt bäst att vi slår oss ihop. Så enkelt är det.”

Bäst för vem? hade hon på tungan att fråga.

”Jag reder mig gott”, svarade hon lika avmätt och lugnt som tidigare.

Då ilsknade han till.

”En sak ska du ha klart för dig”, sluddrade han. ”Jag tager mig en ny hustru när helst jag finner det bäst.”

Men du tager inte mig, hade hon lust att svara honom, men hon teg.

”Du får inte det här erbjudandet fler gånger, ska du veta!”

Jag betackar mig, tänkte hon.

Så kom det sig att Ingvar gav sig av i gryningen efter den tredje natten på Östergård. Han ville tydligen inte skämma ut sig helt. Bothild gjorde vad anständigheten krävde av henne och stod på stallbacken och sa farväl. Hon ville undvika att mana till ofred framöver. Strax bakom henne fanns Ulfhård och även Ärmund stod där nära hennes rygg. Ingvar vände sig inte om på hästryggen. Hade han gjort det hade han mycket tydligt kunnat se att kvinnan han nyss hade friat till på intet sätt var ensam.

KAPITEL 31

År 1030

Huset kved. Så gjorde även Sigrid. Hon låg hopkurad på sidan med de magra knäna skallrande mot varandra och frös trots dunbolster och fällar. Hon stirrade mot matta skuggor som vandrade på väggen inne i kammaren.

Hon tänkte låta lampan brinna tills oljan tog slut. Hon skulle få bannor av Gyda, men hon stod inte ut med mörkret. Ensamheten i den svarta natten fick henne att glida in i något otäckt. Det hade hänt mycket sällan på Östergård, men här på Sätuna skedde det mest varje natt. Fast inte lika illa som tidigare. Hon hade börjat vänja sig. Hon hade inte förstått vad ensamhet var förrän hon kommit till Sätuna. Det var inte bara krig, bränder, soten och hårt väder som kunde göra människor illa, utan även kylslagna människor.

Den första tiden på Sätuna hade rädslan galopperat i bröstet på henne mest hela tiden. Värst hade nätterna varit: mörkret som krupit inpå henne med alla otyg. Långa nätter då hon hade legat och kallsvettats och knappt fått en blund i ögonen. Hon hade legat där och kippat efter andan, vridit sig i olycka och varje morgon stigit upp med vitt ansikte och rödkantade ögon. Det värsta hade varit att ingen hade märkt något.

Nu fann hon sig. Lite bättre i varje fall. Sakta hade hon härdats och vant sig så pass att hon fann det enklast att bara låta tiden gå och inte bråka, utan vara som ett viljelöst väsen.

Hon gladde sig åt små ting, som att hon slapp Stenkil Stenson ibland, även om det var ensamt och hon var inlåst. Hon kunde ligga som nu under alla fällar och tänka precis vad hon ville. Då blev hon varken störd av snarkningar från gubben eller suckar – eller att det inte var som det borde med honom.

Men det var inte han som var hennes fångvaktare och värsta fiende. Inte Stenkil Stenson. Men det var han som lät det ske.

Hon övervägde nu om hon orkade stiga upp och lägga på ved på elden eller om hon skulle låta kalluften ta över helt. Vinden ven utanför knuten och pressade kölden genom husväggen. Midvinternatten var kall och hård; en grym och farlig tid. Timret i husväggarna gnydde.

Hon skulle kunna slita fällar och bolster av sig och ta av kläderna och ligga där. Kölden skulle ta henne i ett nafs, utan hull som hon var. Tänk att stilla frysa ihjäl. Tanken lockade. Hon andades knappt. Att lämna jordelivet var en tröstefull tanke. Tänk att utplåna sig; att somna in, som en lång och stilla sömn – en dröm.

Far väntade på henne. Hennes far!

Det sved till och brände i halsen och ögonen tårades. Hon låg blick stilla och följde den dansande lågan mot väggen medan hon saknade far så innerligt. Men att sakna hörde till livet och inte till döden. Hon väcktes ur kölden och sitt halvsovande tillstånd. Var det far som ville rädda henne, få henne att inte ge upp? Få henne att släppa det grå och hopplösa? Få henne att kämpa?

”Sigridflickan! Hör du mig!” Hans sneda leende och breda varma hand på hennes axel. Den djupa och hesa rösten. Det ryckte i ansiktet på henne. Att komma till far, att gå in i värmen … oh, vad ljuvligt vore inte det!

Sigrid låg ännu mer stilla och andades med så lätta andetag att de knappt märktes.

”Ge inte upp! Det var inte min mening att det skulle bli så här”, sa far. ”Tro mig. Men jag fick så bråttom.”

Hon hade förbannat far många gånger för att han ställt till det så illa för henne. Hur kunde han? Men det var förstås inte meningen. Döden väntade på far. Han led svårt och gjorde så gott han kunde. Han ville henne inget illa. Han ville henne väl!

Men nya tider ska komma, tänkte hon. Och de kommer säkert snart, när den stränga vintern är till ända och våren skulle locka dem ut igen. Då, då kanske hon kunde se till att …

Hon behövde gå upp. Kände trycket, men drog på det. Hon ville ligga kvar i värmen i den annars nerkylda kammaren, ville fortsätta att njuta av tanken på far. Men hon kom i stället att minnas en annan natt hemma på Östergård då hon också låg och pressade och efterhand sköt natten framför sig, eftersom hon var så upptagen av en härlig dröm där hon red över nejden alltmedan oron dallrade genom hela det stora huset. Det var natten då mor hade legat i födslovärkar. Natten då *det hemska* ännu inte hade inträffat. Hon hade nästan glömt det. Annat tungt hade kommit och lagt sig över henne som ett lock till en mörk tunna.

Hon nuddade nu vid skogen och de tre rövarna men drog raskt undan tanken i en snabb inandning och så fick hon vänta en stund på att det svåra skulle sjunka undan så att hon vågade andas ut igen. Men minnet av snorrännan under Östens näsa satt kvar, gulgrön och glänsande. Märkligt att man fäster sig vid sådana små ting, tänkte hon. Och Östens knubbiga kropp som sedan kom till att landa i hennes ömma knä, mindes hon också. Hur ljuvligt det hade varit att fånga honom, trots att hon varit skräckslagen och haft ont på mer än ett sätt.

Men *det hemska* satt som dödkött i tanken. Inget gick att göra åt det. Kallt insåg hon att så fick det vara.

I stället tog hon sats och tvingade sig upp med en fäll om axlarna för att ställa sig bredbent över hinken. Andedräkten ångade ur munnen på henne och pisset stänkte varmt på låren. Hon slet sedan till sig några vedträn och lade dem på glöden och rände snabbt tillbaka, men då slog hon tån i kistan som stod som en mörk sten i kammaren. Det gjorde hiande ont, speciellt som att foten var kall. Hon hoppade runt och svor och glodde ilsket på den dumma kistan. Det var hennes kista från Östergård. Däri låg hennes liv, som var förut och även den märkvärdiga utländska kappan som Stenkil hade gett henne och som hon aldrig haft tillfälle att använda.

Hon kröp ner, men kistan stod där och glodde dumt och uppfordrande på henne, så hon for upp igen och öppnade det tunga locket och höll sedan oljelampan över. Hon såg de vackra klänningarna som mor låtit sy upp och som hon inte hade användning för här på Sätuna. De låg fint vikta på varandra. Hon sjönk ner och kände med handen över det kalla och lena sidenet. Alla drömmarna hade gått i kras.

Så fann hon en liten hopknuten skinnpåse. Precis när hon nappat tag i bandet slocknade lampan.

Hon stängde kistan så ljudlöst hon kunde och kramade skinnpåsen i handen medan hon trevade sig tillbaka i bädden, lade sig ner och drog alla höljen över sig. Hon huttrade och nötte fötterna mot varandra för att få upp värmen. Under täcket knöt hon upp skinnpåsen och plockade fram ringen och prövade den på olika fingrar. Mors ring. Den var fortfarande för stor. Hon kände med fingertopparna och såg den framför sig; såg silverhänderna som höll den honungsgula bärnstenen. Såg mors händer, vars snabba fingrar plockade in garner mellan varptrådarna. Naglarna bleka och korta, knogarna lätt rödfnasiga och på handryggarna syntes tunna blå ådror och smala ben, som tänderna på en kam. Mors starka händer som också hade lätt för att smeka, som gärna landade på hennes huvud och klappade över håret när hon satt vid väven. Annars med.

KAPITEL 32

Flyttfåglarna kom åter. De flög som en spjutspets med ledarfågeln i täten och gled in över Mälaren och vidare över skog och mark ända bort till Sätuna. Det var ett säkert vårtecken som väckte många livsandar åter till liv. Parnings- och häckningstider kom det att kvillra och kvittra i var buske. Men det var å andra sidan bara i naturen som det kvittrade. I bröstet på Sigrid satt en tung och grå sten. Men hon hade i varje fall överlevt vintern, även om det var knappt.

Gyda stod rak och sträng och bevakade henne, precis som hon gjorde varje morgon. Färskt bröd låg på ett träfat, nyhämtad mjölk i lerbägaren stod framför henne på bordet och ett krus honung och en ostbit fanns där också.

Men Sigrid rörde det inte.

Utanför den öppna dörren hägrade den grönskande försommarmorgonen. Sigrid kastade en blick ditåt och pressade ner all längtan ut, eftersom hon visste att för hennes del skulle det inte bli några mängder av frisk luft och klart solljus, hur mycket vår det än var. En kort runda, det var allt. Hon skulle aktas från sådant som väder och vind. Hon var för fin för att vara ute. Hon var en människa att skonas och fick inte ens väva, för inte skulle makan till den store Stenkil Stenson behöva använda händerna! Sigrids enda uppgift var att be till Vite Krist och tänka gudfruktiga tankar så att hon blev välsignad med livsfrukt. Så sa Gyda. Och det Gyda sa gällde som om det vore ett beslut taget på Tinget.

Det, om något, hade Sigrid smärtsamt fått lära sig under de år som gått sedan hon lämnat Östergård.

Hon tittade inte ens åt maten där hon satt i skumrasket i det stora huset. Händerna låg overksamma i knäet. Hade Gyda sagt det, så var det så. Inte utföra sysslor. Bara be. Varför då äta?

Av bönerna blev det emellertid knalt. Det föll sig inte lika lätt för Sigrid, som det gjort för mor. Gud och Vite Krist hade blivit henne alltmer främmande när hon inte längre hade mor nära sig som kunde stötta. Eller missionsprästen. Honom hade hon inte sett sedan far begravdes. Hon blev matt, och tankarna vingliga och osäkra när hon skulle till att be. Vilka av alla händelser i den heliga boken skulle hon fästa sitt sinne vid? Det var en svår och obesvarad fråga som hon brottades med. Stora och viktiga spörsmål hade mor alltid hjälpt henne med, men där var Gyda inte till något stöd. Snarare till stjälp, för det var knappast gudfruktiga tankar som Gyda väckte hos Sigrid, snarare vrede och vanmakt. Gyda var nog till och med den sista människan på jorden som Sigrid överhuvudtaget hade lust att ställa en fråga till. Att fråga var att anförtro sig, och att lämna ut sig till Gyda var som att kasta köttbitar till hungriga vargar.

Där Sigrid nu satt vid den tunga och mörka ekskivan denna outsägligt vackra morgon, med Gyda stående stram och rak invid sig som en apostel, kunde hon trots allt ändå inte blunda för att en het längtan hade fått henne i sitt grepp. Stark och obändig satt den där, lusten efter att få röra sig fritt, att få komma ut, att dansa, sjunga och le. Och inte minst efter att få väva.

Denna lockelse hade hon så länge envist försökt hålla nere för att inte göra sig själv mer illa än nödvändigt. Men solen och den friska grönskan och det ljuva kvittret utanför den öppna dörren hade fått henne att vakna. Som ett piskrapp slog naturens fägring och skönhet henne och for genom hela kroppen på ett så påfallande klart och tydligt vis att hon inte kunde värja sig. Det sved och brände och hon uppfylldes av en ögonblickets salighet, och detta i sin tur väckte behovet av att bestämma sig. Det var bara hon som kunde fatta det beslutet: att välja att leva eller att förtvina och sakta dö.

Dvalan hade varat länge nu. I början, när hon just flyttat in på Sätuna hade hon försökt protestera och häva upp sin röst, hon som var maka till stormannen på gården. Men vad hjälpte det? Inget alls.

Efterhand begrep hon. Det var inte Stenkils ord som var lag, det var Gydas. Det var hon som fattade alla avgörande beslut som hade med Sätuna att göra, medan Stenkil oftast var bortrest. Han var i Sigtuna hos kungen på någon av hans gårdar, eller någon annanstans, Sigrid visste inte så noga. Det var ju oroliga tider eftersom den danske kung Knut hängde över dem. Alltså styrde Gyda över skötsel av hus och hem, och Sigrid var en del av hushållet, som Gyda såg det. Gyda släppte inte nycklarna ifrån sig. Först trodde Sigrid att hon skulle lämna nycklarna till Sigrid när hon väl blivit varm i kläderna, men efterhand gick det upp för Sigrid att Gyda tänkte behålla nycklarna. Hon höll hårt i dem och tänkte inte lämna dem ifrån sig förrän efter sin död, och knappt ens då.

Sigrid var som luft. Det var enbart till sin äldre syster som Stenkil gick med gåvor av förtroenden om sina göranden och låtanden. Han viftade bort Sigrid med en lätt handrörelse som om hon var en fluga.

Senast Stenkil var hemma hade Sigrid försökt att sticka emellan. När han precis skulle ge sig iväg hade hon tagit mod till sig och stegat fram till honom med kinder röda som nyponrosor.

”Vart är Stenkil på väg idag då?” hade hon frågat.

Stenkil hade stirrat häpet på henne, som om han glömt att hon hade mål i munnen. Sedan hade han skakat lätt på huvudet så att de grå hårtussarna vippat, sträckt ut armen och bryskt skjutit undan henne så att han kunde kliva ut genom dörren.

”Det är för att Sigrid inte ska oroas”, hade Gyda förklarat efteråt. ”Inte oroas så att kroppen kommer i olag.”

Sigrid hade tigit. Hon hade hört det förr. Med ”att komma i olag med kroppen” menade Gyda samma sak som att hon inte blev ”på det viset”. Och det var nu inte bara på Sigrid det hängde, men det behövde hon inte upplysa Gyda om. Dessutom var det skönt och bekvämt att komma undan. Slippa Stenkil över sig.

Hon hade väntat länge på att det skulle ske, att han skulle vältra sig över henne. Men ännu hade det inte skett.

Sigrid begrep att Stenkil inte såg någon större anledning att ändra sig och sluta behandla henne som ett barn och i stället vända sitt ansikte mot henne i förtroende och förtröstan, så som far hade för vana att göra mot mor, när han levde. Far och mor hade fört långa samtal med varandra med låga och förtroliga röster, och Sigrid hade trott att det skulle så vara mellan maka och make. Men icke.

Stenkil såg ingen anledning att ändra på något alls. Inte Gyda heller. Så det fortsatte att vara som det var. Som en osynlig ande drev Sigrid runt på Sätuna. Kroppen hennes blev tyngre och rörelserna trögare, trots att ben och armar var tunna som stickor. Ett lugnt och stillasittande väsen var hon numera. Ibland blev hon gråtfärdig och tårarna rann. Det kom som anfall. Hon hade en gång varit en friskt växande ung björk. Nu var hon som en torr vedklabb som låg stumt i skummet vid sidan om eldstaden.

Det var nu hennes fjärde vår på Sätuna, om hon inte hade tappat räkningen helt. När gökmånaden stundade, och det var snart, blev hon sexton vårar. Hon och Valdis.

Det vred sig i henne när hon påmindes om Valdis. Ett lätt förakt, var det första som kom upp. Valdis den värdelösa. Sigrid försökte att omedelbart skjuta henne ifrån sig, men Valdis stod på sig. De grönglänsande ögonen bet sig kvar och iakttog henne lugnt och inte hånfullt alls. Det var nog bara som Sigrid hade inbillat sig.

Sigrid drog en hackande suck, för det var nog egentligen så att hon faktiskt längtade efter Valdis. Men det var så tungt och svidande svårt att längta och att sakna.

Valdis liv hade nog inte alltid varit så lätt. Sigrid skämdes när hon tänkte på hur kyligt hon hade behandlat Valdis. Ibland i alla fall. Hon försökte därför att leta efter stunder då hon varit god mot Valdis. För de fanns säkert också, även om hon just inte kom på någon med en gång.

Det var Valdis som hade sett henne den sorgliga dagen då hon stapplat hem med Östen vid handen efter *det hemska*. Hade hon kvistar och boss i håret? Hade Valdis förstått vad som hade hänt? Hade Valdis själv varit utsatt, kanske någon av stallkarlarna på gården som hållit henne fast. Inte Björn – honom tyckte ju Valdis om.

Det var Valdis som nu satt i vävhuset och vävde. Satt med mor.

Underläppen darrade. Och här satt hon, på Sätuna medan livet opåkallat virvlade in genom den öppna dörren. Denna strålande morgon då livsanden kom som en ljum vårvind och smekte hennes kind utan att låta sig hindras av Gyda.

Sigrid ville fånga vinden. Hon ville behålla den så att den fortsatte att blåsa liv i henne, så att den skira grönskan utanför dörren kom att tala till henne. ”Kom ut!” skulle den ropa: ”Kom ut!”

Inte för att det fanns fagert blommande träd på Sätuna; inga kvitten, körsbär eller äpple. Men likväl såg hon nu ett flor av vita och rosa små blommor framför sig där hon satt inomhus i dunklet. Hon drog mjukt på munnen mot de blommande fruktträden och alla grenar i ömtålig lövsprickning. Hoppas vi nu slipper ytterligare frostnätter, tänkte hon, medan nyväckta ängar och småkullriga beteshagar fortsatte att komma till henne för hennes inre syn. En friskt syrlig doft av nyfårad jord nådde hennes näsborrar och himlen lyste över henne ljusare blå än linblommor, med vita molntussar som dansade fram. Detta såg hon fast taket i den stora hallen på Sätuna där hon satt var svart av sot. Lusten växte i bröstet på henne och det började klia i fingrarna. De tunna händerna hade länge bett om att få användas; om att få väva. Hon ville väva fram naturens fägring och sin egen sorg och smärta – väva för att komma bort ifrån sig själv en smula. Hon ville åstadkomma blommande fruktträd, grodd och ax på sitt eget vis och få bilderna hon hade i huvudet att växa fram. Hon måste få det!

På Sätuna gård var det inte bara fruktträden som inte slagit rot, även annat hade svårt att gro eller bära frukt. Det var därför Gyda syntes alltmer missnöjd med henne. Det var för den eländiga månadsreningen. Blodet vägrade utebli.

Sigrid klippte med ögonlocken medan hon vägde de nymornade och motstridiga känslorna inom sig. Hon viktade kraftlös livsleda mot okuvlig livsglädje. Det levande livet hade kommit till henne nu och retat upp henne, och det till och med stack som nålar så att mungiporna tvingades upp alltmedan klådan i fingrarna tilltog. Nu hade solstrålarna nått så långt in genom dörren att de nästan låg framför fötterna på henne och lockade henne ut.

Det får bära eller brista, tänkte hon. Hon måste se till att få använda händerna, annars skulle hon tvina bort. En enkel vävram skulle räcka, resonerade hon. Hon kunde luta den mot vilken vägg som helst; det gick bra att sitta i den stora salen under Gydas uppsikt, bara hon fick hållas. Det hade förstås varit gott att gå till en egen vävstuga, men det var inte rimligt att begära när hon knappt ens släpptes ut ur huset. Inte en enda gång hade hon varit i Sigtuna. Hon visste ingenting om hur det var på Östergård; inga rapporter hade nått henne. Hon gick ingenstans. Inte ens två steg kunde hon ta utan uppsikt. Men frågan var hur hon skulle lyckas förhandla sig till en väv?

”Seså! Sitt inte där och le! Se nu till att stoppa i sig lite!”

Gydas tunga var rapp. Sigrid väcktes ur drömmarna, men hon lyfte inte händerna till bordet, utan lät dem ligga kvar i knäet. Märkligt nog gled ett belåtet drag över Gydas ansikte, även om tonen var allt annat än nöjd. Det stack till i Sigrid av uppror.

”Må brödet ge dig kraft!” sa Gyda strängt.

Men Gyda menade inte vad hon sa. Sigrid bet ihop. Nog hade hon räknat ut hur Gydas turer såg ut långt tidigare, men hon hade inte lyckats komma ur greppet annat än genom att trilskas tillbaka i försök att göra det besvärligt för Gyda. Men det fanns förstås andra vägar.

Hon såg ut genom dörren, såg rakt ut i längtans soliga land, klippte med ögonen och lyfte sedan sakta handen ur knäet och tog brödet. Hon bet av en stor tugga medan hon trotsigt vände blicken mot Gyda. Sedan drack hon av mjölken och stoppade även i sig ostbiten. Ville hon väva, fick hon se till att hålla sig i livet! Hon tänkte inte låta Gyda få vatten på sin kvarn. Hon var beredd på motstånd och även på kamp.

Gyda syntes höja ett ögonbryn och rynka pannan. Överläppen var i färd med att krökas. Sigrid såg allt att Gyda egentligen ville be henne sluta äta. Gyda predikade så fort hon kom åt och talade vitt och brett om vilka stora ting hon gjorde för Sigrid. Gyda använde gärna ord som *uppoffring* och *försakelse.* Hon räknade inte med någon tacksamhet, ville inte ens ha det, sa hon. Nej, då! Det var enbart en stor och sann glädje för Gyda att lägga sitt liv i Guds händer och låta honom verka genom henne så att hon förmådde sköta sitt livs viktigaste uppgift på bästa sätt. Gyda som hade lovat sin enda bror att ombesörja att den klena och sköra Sigrid Alriksdotter skulle leva ett så rent och gudfruktigt liv som möjligt.

"Vi ska allt få ordning på Sigrid", menade hon.

Vi, det var Gyda och Stenkil det. Sigrid räknades inte. Ibland sände Sigrid en tanke till Stenkils tidigare två hustrur. Hade Gyda tagit hand om dem på samma sätt? Den ena hade dött och den andra hade brutit giftermålet och barnlös farit hem till föräldragården, för att strax därefter finna sig en ny make som skänkt henne flera ungar.

Sigrids märkvärdiga gåvor ville Gyda inte höra talas om; att Sigrid hade händer som kunde göra storverk av ullträd och varp. Gyda kände förstås till att det förhöll sig så, men teg ihjäl det. Och det ska jag ändra på, tänkte Sigrid. Den nyvunna ilskan gjorde henne gott.

Gyda stod handfallen kvar intill Sigrid, men kroppen var spänd i protest. Hon teg. Vad annat kunde hon göra än att tiga med strama och hårda streck mellan ögonbrynen, medan Sigrid glupskt åt upp var enda smula av det Gyda satt fram. Det hade aldrig hänt tidigare. Sigrid, den svåra, som knappt pickade i sig som en fågel.

Gyda bet sig i underläppen, medan Sigrid satt tyst och var alltmer upprorisk. Den svarta hämnden rev i henne. Och det var en ren fröjd.

”Jag tänker allt visa dem!” var vad hon sa, men utan att släppa ett enda ord över sina läppar.

Sigrid hade förstås hört Gydas utgjutelser genom väggen många gånger, och alltid föll orden på ungefär samma sätt.

Det var när Sigrid låg inlåst i kammaren och Gyda tömde sin oro för Stenkil, som Sigrid fick höra vart endaste ord. Gyda och Stenkil satt i den stora hallen på andra sidan väggen, men lyckligtvis fanns det springor mellan timmerstockarna i väggen som släppte igenom både det ena och det andra.

Sigrid hörde hur Gyda beskrev varje stund på dagen som ett hårt arbete med att se efter den besvärliga hustrun Stenkil äktat. Till en början häpnade Sigrid. Hur kunde Gyda säga så? Rena påhittet? Men numera var hon så van att hon knappt iddes lyssna på Gydas långa utläggningar om hur hon bad till Vite Krist och vred sina händer, dag som natt, i vanmäktig oro över Sigrid. Gyda fick utstå mycket för att broderns unga maka skulle finna sig tillrätta, sa hon. Sigrid visste att därefter skulle berömmet komma. Det var när Stenkil med varma ord tackade sin syster för hennes möda och stora omsorger.

”Det är tur att jag har dig!” sa han.

För Stenkil hade mycket annat att styra med; viktigare ting som upptog hans dagar än att se till sin maka.

Och ju mer motsträvig eller håglös Sigrid var, desto mer fick Gyda att oroa sig över och ”ta itu med” för att få Sigrid att ”blomma som en nyponros”, som Gyda ofta uttryckte saken. Att Gydas avsikter enbart var goda var inte att tvivla över. Och protesterade Sigrid var det utan värde.

”Du ljuger”, hade Sigrid slängt ur sig tvärs över bordet. Det hade varit mitt i julagillet, som i och för sig inte varit mycket att ha, för det hade varken varit frikostigt med mat eller dryck.

Gydas ögon hade blixtrat till. ”Där ser du hur hon är”, hade hon sagt till Stenkil. ”Förstår du då hur svårt jag har det!” Gyda hade fått Sigrid som en svår och obändig uppgift av Gud, och av sin högt vördade broder.

För inte så länge sedan hade Gyda sagt: ”Vad som är mest tråkigt är att det förväntade *utfallet* uteblivit.”

Sigrid hade tryckt örat mot väggen och knappt vågat andas. Gyda hade harklat sig, som om hon väntat på att Stenkil skulle fylla i. Sigrid hade lyssnat spänt. Men Stenkil hade tigit.

”Men jag ger inte upp så lätt”, hade då Gyda bedyrat för att inte tappa Stenkil. ”Du kan lita på mig. Vi kommer en vacker dag att få henne i intressanta omständigheter.”

Sigrid hade hört om detta både en och två gånger genom väggen. Gyda var mycket för att ta om saker och ting, som om hon egentligen inte räknade med att bli lyssnad på. Sigrid såg aldrig Stenkils ansikte, men han satt väl trött och ointresserad i högsätet vid det tunga bordet och lät Gydas rappa tunga gå medan han tänkte på annat; på hur Anund Jakob och sveahövdingarna skulle ta makten tillbaka från Knut eller så.

Gyda hade inte bara nycklarna till hushållet. Hon hade även nycklarna till Stenkils hjärta. Sigrid insåg att hon för evigt skulle vara utanför Stenkil Stensons och hans äldre systers krets. Men Sigrid visste något som inte Gyda kände till. Eller gjorde Gyda det? Stenkils hemlighet. Han kom till henne i kammaren varje kväll när han var hemma på gården, som den äkta make han var. Annars hade han skämt ut sig och ryktet skulle vandra ut över hela Mälarområdet.

Han lade sig snällt vid hennes sida, men såg till att snabbt rulla över på sidan med ryggen vänd mot henne. Han somnade snabbt och sov djupt. Han snarkade och stönade och gjorde Sigrids sömn tunn och orolig. Men han rörde henne aldrig.

KAPITEL 33

Det var tur att väggarna var otäta och Sigrids hörsel skarp. Ensam på kammaren hade hon hört både ett och annat. Hon lade ihop och försökte använda förståndet. Hon mindes att mor sagt att om det inga ättlingar kom kunde Sigrid så småningom släppas fri. Giftermålet kunde upplösas på tinget och hon kunde åka hem till Östergård, så hade ju skett med en av Stenkil Stensons tidigare makor. Men den skammen ville nog inte Stensonätten utsätta sig för ytterligare en gång. Inte minst skulle Gyda se till så att det inte skedde. Sigrid hade på känn att hon tänkte klura ut något. Och något gott kunde det knappast vara. Sigrid var på sin vakt och lade örat mot väggen var kväll.

När Sigrid först kom till Sätuna hade hon lagt ner många tankar på att fundera ut hur hon skulle kunna komma i kontakt med någon som kunde berätta för mor hur hon hade det. Men det hade hon fått ge upp för länge sedan. Hon hade inte stött på en enda levande själ bortom Sätuna! Inte heller hörde hon ett ljud genom väggen om hur de hade det hemma på Östergård – inte ett enda förfluget ord. Inga rykten lyckades ta sig ända bort till Sätuna.

Däremot fick hon veta en del om vad som tilldrog sig i Sigtuna. Stenkil for ju dit titt som tätt och hade en del att förtälja för gårdens karlar, och för Gyda. Knut hade lagt Kungsgården och mynthuset under sig, det visste Sigrid, men den danska hären lyckades inte hindra svearna från att samlas där. Danskarna var varken tillräckliga i antal eller i styrka här uppe kring Mälaren. Frågan var om de ens var villiga att helt lägga Sigtuna under sig. Det var tröttsamt och svårt att hålla det vida skogslandskapet samman, menade Stenkil och hans män höll med.

Sigrid längtade så efter att återigen få komma till Sigtuna. En gång när Stenkil kommit därifrån hade hon frågat honom hur det hade varit under besöket i Guds stad. Hade han varit på ett muntert gille hos kungen? Jo, det hade han, sa han: ”Men om det var så muntert, vet jag inte.” Då blev hon med ens så djärv och samtidigt oförsiktig att det slapp ur henne: ”Men Stenkil kanske träffade mor Bothild eller någon annan från Östergård.”

Tystnaden hade lagt sig som en sten över matbordet. Skedskrap, knivskrammel och slurpljud var det enda som steg upp från bordet. Frågan hade skurit genom luften som ett svärdshugg; en enda troskyldig fråga. Så harklade sig Stenkil, men undvek att se på henne.

”Jo, din mor sökte upp mig och sporde om hur det var med dig. Och jag sa som sanningen var, att du levde ett gott liv.”

Det klapprade i bröstet på Sigrid och ilningar for upp mot halsen och ner i magen. Stenkil hade träffat mor, så orättvist att det inte var hon!

Efter maten hade Gyda tagit tag i henne och hållit henne fast med ett hårt grepp om vardera armen. Blåmärkena kom att sitta kvar lång tid efteråt.

”Glöm inte att du tillhör oss. Du tillhör inte längre *dem*”, hade hon väst.

Sigrid låg sedan och tröstade sig med att tro att allt var som vanligt hemma på Östergård. Strävsamt förvisso, men där var ändå gott att vara. Östergård var fortfarande ”hemma”. Att det dystra boningshuset hon nu levde i skulle vara hennes hem slog hon bestämt ifrån sig. Men hon behöll denna visshet helt för sig själv, så pass klok hade hon blivit.

Boningshuset var lika mörkt och instängt sommar som vinter; det var ingen större skillnad frånsett att de slapp kylan under den varmare årstiden. Vintrarna var näst intill outhärdliga med en köld som bet även inomhus. Andedräkten stod som rök ur munnarna och kallvärken satte sig i kroppen och fick lederna att stelna hur mycket man än tog på sig. Bäst var att ligga under bolster dag som natt, men tiden blev dryg. De som inga bolster hade och inte heller skinn eller tjock vadmal att klä sig i eller stövlar att stoppa torrt hö i frös ihjäl. Rader av stelfrusna kroppar låg varje vinter staplade ute i redskapsboden i väntan på att tjälen skulle gå ur jorden och de kunde grävas ner. Det var det värsta Sigrid hade varit med om. Och stanken var hemsk när vädret börjat mjukna och gravarna ännu inte blivit grävda. Med stum förskräckelse såg Sigrid detta. Stenkil sa inte mycket, och det han sa ökade knappast värmen i kroppen.

"De ynglar av sig som få", muttrade han. "Men det är bra det, man behöver inte oroas. Det kommer nya till att träla. Men mat ska de ha, de oduglingarna!"

På Sätuna snålade man inte bara på veden, man snålade på allt: på maten, kläderna och på skratten. På Sätuna rörde man sig stelt och glädjelöst och talade med låga, klanglösa stämmor. Rösterna var dämpade och utan iver och liv. Knappt ett enda skratt kunde Sigrid minnas att hon hört porla som vårbäcken genom den stora hallen.

Det obegripliga var att skattkistorna var fulla på Sätuna – ryktet sa så i varje fall. Fast Sigrid tvivlade, och hon undrade även över hur stor avkastning markerna gav. Var skördarna goda och gav kreaturen mjölk och kött? Sigrids tvivel blev inte mindre när hon såg de håglösa och krumma varelserna som vandrade ute i skog och mark för att bearbeta jorden eller hugga virke i skogen eller svedjebränna. Trötta och orkeslösa kunde de inte få mycket gjort, tänkte hon. Annat var det på ...

Hon klippte av. Hon kunde inte fortsätta att jämföra livet på Sätuna med Östergård. Det blev bara plågsamt. Men hon var, och förblev, en främling på Sätuna, en infångad fågel satt i bur precis som de nya hönsen de hade fraktat hem till Östergård när räven varit framme och tagit de andra. De få gånger hon fick vara ute knöt det sig i magen av protester så fort hon fick syn på den långa och höga hallbyggnaden på Sätuna med de dystra och slutna bodarna runtomkring. Ingen syntes sitta mot husväggen i solen och gona sig med ansiktet vänt uppåt medan de spann eller plockade fågel. Nej, aldrig såg hon detta. Och inte heller några barn som sprang i livlig lek.

Ständigt var den där – jämförelsen – och bankade på. Östergård hade inte på något sätt bleknat, snarare tvärtom. Ju mer hon tvingade sig själv att låta bli att fundera över hur mor hade det i vävstugan, ju mer ramlade tankarna över henne. Hade mor satt upp nya bonader eller var hon i färd med planera något stort att sy? Och hur var det med bröderna? Hoppas att lille Säbjörn var i livet och var en glad och livlig liten pojke och inte drabbats av vare sig soten eller en olycka, och att han inte blivit felväxt. Och Östen. Hua, lille Östen, som hon delade *det hemska* med – men det visste han nog inte om. Undrar om det var så att någon av bröderna var lik henne i uppsynen?

Och mor? Hade hon det fortfarande sorgfyllt? Det värkte så av längtan och stor förtvivlan när hon tänkte på mor. Det var säkert gott där borta på Östergård. Hälsan tiger still, sa alltid mor. Och hade Östergård drabbats av missväxt, förstörelse, invasion eller stor eldsvåda så hade säkert Gyda sagt något, det var Sigrid helt säker på. Gyda hade inte kunnat låta bli. Hon hade kommit med eländet som en gåva inslagen i igelkottaskinn.

Mor var van vid att suga i och även bra på att sätta andra i arbete. Men livet hade inte varit för mor just när Sigrid for. Det smärtade Sigrid att minnas mors stränga uppsyn och trötta gång och gårdens folk som inte varit goda att tas med utan förunderligt nog vänt mor ryggen i sorg och vrede, eller om det nu var trots, sedan stormannen väl lagts i graven. Ett hårt och oväntat motstånd hade mött mor, men sådan är människans natur, hade Ärmund menat, som annars inte sa så mycket. När katten är borta dansar råttorna på bordet.

Ärmund och Ulfhård hade lovat att göra vad de kunde, men helst ville mor ensam visa vad hon gick för. Mor behövde lära sig att ta emot hjälp, sa Ärmund. Undrar om hon hade lärt sig det nu? Hade hon fått rätsida på gården?

Det hamrade i bröstet på Sigrid när hon tänkte på denna eländestid. Grå stråk gick genom kroppen och hon blev tungsint och trög. Hur gärna hade Sigrid inte velat höra mors stämma återigen; den hade kunnat få henne att lyfta och fara ända upp till himmelen av ren glädje. Det var hon helt säker på.

Hon såg för sig hur mor med bestämda steg gick uppför kullen till vävstugan med pannan rynkad av alla tankar och livliga idéer om hur kläder skulle sys och bolster vävas. Så tacksam var mor över varje ny dag att glädjen spred sig som värmen från eldstaden och smittade av sig även på Sigrid.

Men många hade de stunder varit då Sigrid varit sluten och trumpen. Hon skämdes över det nu. Varför hade hon varit så envis och sur! Mor hade mött en mur av otacksam tjurighet när hon klev in igenom dörren. Men mor hade ändå gjort sitt bästa för att försöka göra det gott i stugan. Hon brukade sjunka ner på vävpallen, kisa mot väven och samla sig en stund innan hon satte igång att öppna skälet och packa inslaget. Mor visste aldrig riktigt vad som kom ut, och det sporrade henne. ”Det är det bästa, att man inte riktigt vet”, sa hon.

Och Sigrid begrep. Fullt och fast förstod hon vad mor menade. Att Sigrid nu måste bära denna skapelsens kraft alldeles ensam på sina tunna axlar var ett stort ansvar. Men skapade gjorde hon egentligen inte, hon bara lät fingrarna gå. Och nu fick hon inte ens göra det.

Att skapa var annars endast Gud skickad för, det sa mor alltid när hon fick beröm. Det var inget för människor, inte ens för henne, Sigridflickan, som trots allt hade det magiska i fingrarna och dessutom var märkvärdig eftersom hon var maka till en mycket högt uppsatt man. Kanske en av de största männen i hela riket, förutom kungen, hade mor sagt innan Sigrid farit till Sätuna. Mor skulle bara veta, tänkte Sigrid.

Men nu hade våren väckt Sigrid ur dvalan. En ny utmaning väntade henne: att försöka ordna fram en vävstol. Hon hade inte sett en enda vävstol sedan hon kom till Sätuna. All vävning lades väl ut till kvinnorna i småstugorna. Gyda bar sällan nya klänningar. Inte Sigrid heller. Och Stenkil klädde sig i Sigtuna, storman som han var. Nej, inte ens skymten av de kraftiga sidostyckena till en vävstol hade hon sett. Ingen varp som var knuten nertill i en hängande rad av likstora vävvikter som höll varpen i en jämn spänning.

Hon kisade och hörde redan det behändiga ljudet när vävtyngderna händelsevis kom att slå mot varandra. Ett mjukt klånk. Hon drog på munnen.

KAPITEL 34

Uppsala kom på tal. Sigrid pressade örat hårdare mot väggen. Tinget och den stora hallen där de ogudaktiga blotade nämndes flera gånger. Hjärtat bultade medan hon kröp närmre väggen och höll örat mot de bästa springorna. Hon hörde nästan lika bra som om hon suttit med vid bordet. Hon stod obekvämt halvböjd, men det gjorde inget för hon lyssnade efter Gunnars namn, Gunnar i Hargsbro. För Torkels namn räknade hon inte med att de skulle nämna, det var Gunnar som var upprorsmakaren och den starke mannen.

”Det är fortfarande för många som beger sig till Uppsala och Östra Aros”, sa någon.

”Jo, alldeles för många far dit”, hördes Stenkils röst. Han hade anlänt sent med flera män. Sigrid var redan inlåst i kammaren då, men hon hade hört dem komma. ”De borde begripa att de måste samla sig här söderöver kring Anund Jakob”, fortsatte Stenkil.

”Jo. Att komma åter hit och ta dopet.”

Folket kring Uppsalas kullriga högar bespottade fortfarande Vite Krist och ville varken ha med missionspräster eller biskopar från Frankernas rike att göra. Det hade Sigrid förstått.

”Det måste bli lugnare innan biskoparna törs komma hit”, sa en röst som var lite yngre än de övrigas, men den var mycket stark och tydlig i tonen. ”Och lugn ska vi ge dem”, sa han bestämt.

Biskopar var mycket förnämliga män, som kungar fast bland

präster, det hade Sigrid lärt sig. De bidade sin tid och väntade tills Vite Krists budskap var så pass utspritt att de inte behövde känna sig hotade till livet när de kom för att bygga kyrkor till Guds ära i det oroliga mälarområdet.

”Nu är det lika bra att de höga biskoparna väntar”, sa Stenkil, ”med en sådan anspänning som det blivit med Knuts män i Sigtuna. Men det ska vi råda bot på, och det snart.” Han slog med handen i bordet.

”Just så!” sa flera röster. Och sedan blev det tyst en kort stund. Sigrid utgick från att de tog en stor klunk öl att befästa det sagda med. Därefter undslapp de sig belåtna läten.

”Svearnas kung Anund kommer att segra!” hördes en främmande röst.

”Just så”, sa alla.

Medan Sigrid försökte placera den där starka rösten som hade en sådan stadga att han hördes tydligare än alla de andra, tänkte hon samtidigt på den kyrka som far hade drömt om. Hon såg den framför sig. Av trä skulle den vara. Far hade varit en föregångsman när det gällde det mesta, det sa alla. Sigrids bröst svällde alltid av stolthet när hon tänkte på det. Far som varit så rådig, folk hade lyssnat på honom. Precis som hon lyssnade mer på en av männen där ute vid bordet i den stora salen därför att han var kraftfull och tydlig. Som far. Hade han levt nu var hon säker på att han skulle kommit ridande med sina män och hämtat hem henne. Inte skulle hans flicka behöva vistas på ett så glädjelöst och mörkt ställe som Sätuna där man dessutom höll henne inlåst. Far, som värderade friheten så stort, skulle ha använt sig av rätten att upplösa giftet om inga barn föll ut.

”Vi ska inte vänta alltför länge”, hörde hon då den starka rösten säga.

”Nä”, sa alla de andra med en sådan styrka att man kunde tro att de skulle ge sig ut och slåss med en gång.

Då började Sigrids aningar befästas: en stark röst som alla de andra höll med. Kunde det vara så att det var kung Anund Jakob som satt där ute? Hon fortsatte att lyssna spänt på männens ordväxling och deras stora planer om att återta makten i Svitjod så att Anund Jakob slapp vara på drift.

Sigrid blev efterhand helt säker på att kungen satt med. Det var ett sådant fjäskande och männen bredde ut sig så som de sällan gjorde annars. Då drack de mest och satt tysta.

Gyda måste må, tänkte hon sedan. Hon fick sitta vid kungens bord, även om hon var tyst och mest satt där för att sätta fram karotter och hälla upp nytt öl. Och givetvis fick Sigrid inte sitta med utan låstes in på kammaren, för tänk om kungen hellre skulle kastat sina ögon på henne än på Gyda. Det hade Gyda aldrig stått ut med. Några ord om Gunnar och hans ätt kom inte, trots att samtalet där ute i salen fortsatte om möjligt ännu mer livligt. Gunnar i Hargsbro hade en stor hämnd att utkräva. Inte bara Gunnar, utan alla stormän som fått sina gårdar nerbrända. Det var klart att de inte ville samlas kring Anund Jakob.

Sigrid tänkte ofta på natten då Gunnar och hans familj hade kommit ridande på sina få kusar till Östergård. Det var Torkel hon såg framför sig. Det var samma långa natt som hon hade fått ta emot det tunga beskedet från far om att hennes hand var bortlovad till Stenkil Stenson. Förutom det ljuva minnet av Torkel, var det annars det mindre ljuva minnet av brandlukt som satt starkast. Den som hon känt några nätter dessförinnan – hon kom inte ihåg så noga när det var, tiden flöt liksom ihop, men det var i alla fall när mor låg i plågor med Säbjörn. Lukten av brand var mycket stark och levande inne i henne. Och den gjorde henne inget gott.

Vid tiden kring denna olycksaliga natt hade hon hört illasinnade viskningar om ”Kung Kolbränna”. Hon hade svårt att förstå att Anund Jakob gjorde på det här viset; att han lät sina män bränna ner motståndarnas gårdar. Far kom att tala med tungt och splittrat hjärta eftersom han satte sin håg till alla tre; till kungen, till Gunnar i Hargsbro och till Vite Krist. Det var inte lätt för far.

Branden i Hargsbro var annars för evigt förenad med *det hemska*. Hur gärna hade hon inte velat glömma detta! Men det gick inte hur hon än gjorde. Röklukten satt i näsan på henne; den otäcka lukt som bitit sig fast i rövarnas kläder, i den smutsiga huden, och som fränt och starkt pressat sig på henne. In i henne. Som smutsat ner henne utvändigt och invändigt. En lukt som inte gick att tvätta bort för den var som inristad i henne.

Men dessa förlamande och pinliga tankar kom inte till henne lika ofta sedan hon hade lämnat Östergård. Det var det enda som var bra med att bo på Sätuna. Men likväl kunde det hända att allt kom över henne som en blixt från en klar himmel, och då stod hon helt handfallen och skyddslös.

När branden härjade i Hargsbro hade hon själv inte mött kungen. Hon tänkte sig honom som en grov och led man som hänsynslöst satte gods och stora gårdar i brand, och som tvingade iväg Torkel långt bort från henne. Sedan såg hon Anund Jakob i Sigtuna och hon fick inte ihop det. Varför ägnades sig denne stilige unge man åt sådana grovheter?

Nuförtiden hade kung Anund stora svårigheter. Efter slaget vid Helgeå blev inget sig likt. Den dansk-engelska kungen Knut den store bet sig kvar kring Mälaren och präglade egna mynt i Sigtuna.

Nu hade det börjat bli muntert och högljutt på andra sidan väggen. Sigrid behövde inte längre trycka örat mot väggen för att höra. Hon kunde ligga raklång på sängen, så pass väsnades de.

”Folk handlar och byter varor med eller utan mynt. Vem bryr sig om Knuts fula nuna!” sa någon, varpå alla föll i skratt.

”Det är guldet man vill åt”, fortsatte samma röst. ”Knut är högfärdig och maktgalen och tror att han kan hålla oss svear under sig. Han vet inte vilka han har fått att göra med.”

”Nä!” ropade alla.

”Knut vet inte. Men han kommer snart att få veta!”

”Ja!” ropade alla med en röst.

”Vi är starka! Vi är många! Och vi är rika, vi som lever här kring Mälaren”, fortsatte rösten.

Nya hejarop följde och kraftiga nävar dunkade i bordet.

”Här har Knut ingen talan. Han kommer att få svårt att styra oss där nere från Danmark. Det är långt bort, och svearnas rike är inget lätt område. Knut kommer snart att bli varse att han får hålla sig i Danmark och i England. Hit hör han inte!”

”Nä!” skallade alla.

”Det är vår Anund Jakob vi svear sätter vår håg till. Han är en av oss!” ropade någon.

”Ja!” skallade alla återigen.

Nu hade de alla kommit igång ordentligt. Stenkils röst var knarrig men myndig, och Sigrid kunde inte låta bli att hålla med honom om att Knut måste väck, även om hon inte satte Stenkil särskilt högt annars.

”Och snart har Knut inte heller Norge!” fyllde Stenkil på med, och munterheten steg ytterligare, och det lät som om dryckeshornen bestämt och kraftfullt återigen dunsade mot bordsskivan.

Knut hade lagt även Norge under sig. Det skedde några år efter Helge å. Det visade sig att många stormän i Norge stödde Knut. De svek sin egen kung Olav som hals över huvud fick fly till Kiev. Detta hade Sigrid snappat upp tidigare bland alla dessa berättelser som hon lyssnade till och som höll henne vid liv.

Furst Jaroslav och hans maka Ingegerd hade tagit emot Olav när han anlänt med sina skepp. Tänk att de fick mötas ännu en gång, Ingegerd och Olav Haraldson. Undrar hur det gick? Sigrid hade gärna velat veta. Hon ville tro att det fanns en varm och söt ström kvar mellan dem. Det var sådant som Sigrid funderade över emellanåt i sin ensamhet, när hon inte funderade över hur hon skulle tvinga sig till en väv. Eller tänkte ännu mer våghalsigt på hur hon skulle fly från Sätuna.

Hon visste att hon aldrig skulle få veta hur det gick för kung Olav och prinsessan Ingegerd. Det var inte sådant Stenkil talade om. Och inte Gyda heller.

Däremot hade Stenkil nämnt att Olav hade försökt att omvända gutarna på väg till Kiev. Olav satte sin största håg till sitt eget land, till Norge, men nästan lika stor plats i hans hjärta hade

Vite Krist, det förstod Sigrid. Men gutarna var motsträviga, och det gick inte så bra med omvändelsen där, utan han hade snabbt fått bege sig vidare österut med sina skepp.

Nu förberedde sig kung Olav tydligen på en hård kamp för att återta tronen i Norge.

"Jag anser att vi svear ska stödja Olav", sa den unga och klara rösten som Sigrid trodde tillhörde kung Anund.

"Ja", sa alla.

"En stor här av svear ska samlas för att fara mot Norge."

Ytterligare bifall.

Anund Jakob hade fått annat att tänka på än att bränna ner gårdar, tänkte Sigrid, som nu började bli dåsig. Kungen ville både stödja Olav i Norge och ta tillbaka Kungsgården i Sigtuna.

"Vi kan utgå från att Knut tvingas ge upp i Norge. Hans dagar i Sigtuna kommer sedan att snabbt vara räknade. Olav Haraldson kommer att stödja oss när han fått Norge tillbaka."

Det var det sista Sigrid hörde från andra sidan väggen innan hon somnade.

KAPITEL 35

Dagarna som följde var soliga men en aning blåsiga. Vinden kom norrifrån och var därför kylig, men så vände vinden plötsligt och blev ljum och kom att mojna strax därefter. Himlens skepnad skiftade snabbt, svagt rökblå moln syntes växa fram här och där mot det alldeles blåa och berättade att det snart skulle komma regn. Det var det efterlängtade vårregnet, som oftast föll snällt.

När Sigrid klev ut genom dörren var det kring middagstid och solen stod högt och spred sitt klara ljus mellan molntapparna och ut över nejden. Hon blev bländad och var tvungen att stanna upp och vänja ögonen vid det skarpa ljuset, som samtidigt var så ljuvligt. Som en spinnande kattunge kisade hon förnöjt och vände ansiktet uppåt; stod där och väntade in Gyda. Hon hörde fågelsång och vingslag som livligt steg upp från reden i buskar och snår. Det var som om allt stod stilla, som om livet var gott.

Hon tog ett djupt och vällustigt andetag och gladdes åt den korta stund som gavs henne. Men det skulle bli tungt att kliva inomhus igen om ett inte alltför långt ögonblick. Men inte tänka på det nu!

Gyda kom alldeles för snabbt klivande ut bakom henne, stängde dörren till huset med en smäll och låste noga.

”Seså, det är bäst att Sigrid sätter igång att gå nu”, sa hon i korthuggen ton. ”Vi har inte hela dagen på oss!”

Gyda vakade och vaktade henne som den oroligaste av alla fågelmammor, fast utan fågelhonans ömsinthet och mjuka omsorger. Det hade av en outgrundlig anledning blivit värre. Knappt ett enda steg fick hon ta utan uppsikt.

De trampade iväg. Sigrid kunde rundan. Den var inte lång; tvärs över planen och ut mot skogsbrynet gick hon med Gyda strax bakefter. De följde vägen endast en kort bit och vek sedan av hemåt och fortsatte, väl åter vid gården, bakom det väldiga och dystra långhuset som de bodde i.

Under sin korta vandring log Sigrid mot de fåtaliga människor hon stötte på, men ingen drog på munnen tillbaka. De såg henne inte ens i ansiktet, än mindre i ögonen – de vågade väl inte eftersom Gyda var med – och det fick alltid Sigrid att bli lika illa till mods. Hon hade aldrig sett Gyda le varmt, så varför skulle folk le mot Gyda eller Sigrid, som var stormannens maka, högt uppsatt och värd all vördnad och dyrkan. Och vördnad innebar underdånighet, som i sin tur betydde avstånd och stort allvar. Hon undrade hur det hade varit för mor när hon som mycket ung anlänt till Östergård. Hade mor fått många sneda och misstänksamma blickar? Sigrid mindes inte att mor någonsin hade beklagat sig. Men att minnas rätt var svårt. Både det ena och det andra kunde lätt falla ur minnet. Hon hade behövt prata med mor om det här och få goda råd.

Östergård var givetvis inte alls som Sätuna; jämförelsen haltade inte så lite. Mor och far var visserligen högt aktade, men nog log Holmlög, Ärmund, Ulfhård, kokfrun, smeden, gårdsarbetarna och alla väverskorna mot dem. Kanske inte under långa strävsamma dagar ute på fälten, i skogen, i smedjan, i fähuset eller i kokhuset, men när de hade gille, då gapflabbade folk och dunkade varandra i ryggen, nöp i kinderna och slängde armarna om varandra i härliga omfamningar. Sigrid kunde plötsligt se alla mer eller mindre tandlösa, skrattande munnar framför sig. Holmlög hade bara en gadd där uppe men några fler där nere. Och hur Holmlög kunde vrida sig i gapskratt när hon var på humör var en ren fröjd att tänka på.

På Sätuna hade man sällan fest. Sigrid hade i alla fall inte varit med om en enda.

Sigrid hade tur denna dag för Gyda var på tillräckligt hyggligt humör för att hon skulle få avsluta rundan med att stå en kort stund och betrakta kålgården och den odling där det grodde växter som användes i maten och plantor som även kunde läka kroppen. Sigrid försökte minnas vad Holmlög lärt henne om vilka växter som var nyttiga för olika delar av kroppen, som fick köttiga och gulsåsiga sår att läka, svår hosta att dämpas och väderspänningen att bli mindre svår. Många av växterna gav dessutom maten mer smak, och det behövdes så väl. Med ens mindes hon de soppor och grytor kokfrun lagade och lammet hon stekte. Holmlög och kokfrun hade många stunder tillsammans när de repade och torkade blad, samlade frön eller kokte och krossade rötter och hasselnötter.

Gyda hade en gammal, krum kvinna att sköta odlingen på Sätuna. Hon hette Åsa. Odlingen låg vindskyddad invid ena husknuten och var den enda prunkande odlingen som fanns på gården. Sigrid stod gärna där länge och gladdes åt att se hur plantorna för varje dag tog sig allt längre upp ur jorden och vecklade ut sina blad och blommor i solen.

Till sin förvåning och glädje mindes hon mer än hon hade anat av vad Holmlög lärt henne. Att fråga den gamla kvinnan var inte möjligt, hon höll sig alltid undan när Gyda och hon själv dök upp. Sigrid hade upptäckt att Gyda inte hade så stor kännedom om växter och vad man kunde ha dem till. Hon såg knappt skillnad på timjan och dill och hade svårt för att osnygga händerna. Hon skulle aldrig för sitt liv komma på tanken att stoppa ner fingrarna i myllan, till skillnad från Sigrid som så hett längtade efter att få påta i jorden.

Gräslöken var den första till att sticka upp om våren, och den hade börjat komma, såg hon nu. Vackrast tyckte Sigrid annars att libbstickan var så här tidigt, då den skyndade sig att skicka ut milt rödaktiga skott som skiftade så fint mot ljusaste grönt och som ändrade sig snabbast under denna tid på året. Sigrid mindes tydligt att Holmlög satte libbsticka runt knuten eftersom den höll lössen, råttorna och huggormarna borta från huset. Och bra för magen var libbstickan också. Den släppte loss luften som bullrade och spände, och ökade samtidigt matlusten. Far hade fått av libbstickan när han pinades svårt på sitt yttersta. Fast inte hade det hjälpt. Mors böner till Vite Krist och Holmlögs trolldomsrabbel hade heller inte hjälpt. Kroppen hade likväl blivit allt magrare och knotigare och ansiktet spänt av plåga. Sigrid hade svårt att släppa dessa minnen och de fortsatte att komma upp lite då och då. Men vem vet, tänkte hon, utan Holmlögs omsorger hade far kanske farit ännu mer illa! Och mors böner kanske hjälpte lite för att mildra det som annars kunde ha varit ännu värre.

Isop var en annan växt som var Sigrid kär med sina himmelsblå små blommor med blad, som hon mindes att Holmlög torkade och lade i hett vatten mot svår hosta och värk i bröstet, eller så använde hon bladen mot skärsår. Och söta fjärilar drogs så gärna mot blommorna, men smaken var inget vidare, tyckte Sigrid, utan bitter och sträv. Men hon mindes att missionsprästen en gång hade berättat att Jesu Krist hade fått en dryck med isop i surt vin av en god människa när han plågades svårt på korset. Och detta hade mildrat Vite Krists våndor. Sigrid tänkte ibland på att det trots allt fanns många goda människor.

Körvel växte här på Sätuna, precis som på Östergård. Om man åt dess kokade rötter så släppte värken i kroppens alla leder och eländet i magen lugnade sig. De torkade bladen och blommorna var dessutom mycket goda i maten. Precis som timjan, som kröp fram på marken med rosalila blommor som slog ut lite längre fram på sommaren och som drog till sig många söta små humlor. Far hade fått timjan mot svåra och svarta drömmar, men han hade likafullt skrikit rakt ut när maran red honom som värst. Hua! Det knep i bröstet på Sigrid när hon tänkte på fars kval.

I stället samlade hon sig och tittade efter om dillen ännu var sådd. Det var den nog inte. Fröna satte så god smak på brödet och var även bra mot illamående och mot hicka. Sigrid mindes att mor hade gett lille Säbjörn uppblötta dillfrön när han led av väderspänningar.

Sigrid visste att tiden hon fick stanna ute var kort. Hon längtade efter att böja sig ner och rensa lite ogräs eller kupa jord över de nakna rötterna och samtidigt komma närmre de milda eller starka dofterna, men just som hon skulle sjunka ner på knä kom knuffen i ryggen.

Inte stanna för länge. Inte njuta. Gyda drev henne framåt som ett får.

Sigrid ilsknade tvärt till och fick bita sig i läppen och blunda kort för att inte fara ut mot Gyda. Hon stod inte ut! Hon måste härifrån!

När hon sedan öppnade ögonen såg hon åkern ligga rakt framför sig. Den var ännu inte sådd men längre fram skulle säden växa där, tänkte hon, och ogräset.

I samma stund kom hon att tänka på att Holmlög brukade varna alla barn, skrämma dem rent av, för den vackra och varmröda vallmon; den som växte högt som ogräs på åker och fält lite längre fram mot sommaren. Åt man fröna kunde vargar och andra hemskheter visa sig för en och göra en skvatt galen. Det vore något att ge Gyda! Bolmörten var också eländig att få i sig och alrunans rot som liknade människornas nedre kroppshalva. Holmlög hade varit mycket sträng. Hennes berättelser om alla barn som olovandes ätit av de förbjudna växterna var otäcka att höra. Barnen hade blivit både märkliga och sovandes eller fallit döda ner.

Sakta började en olovlig tanke ta form. Hur skulle hon komma åt att blanda en dryck åt Gyda? Inte alltför stark, men tillräckligt för att Gyda skulle bli så matt och orkeslös att hon inte orkade se efter Sigrid.

”Skynda in nu!” manade Gyda, som om hon hade hört hennes tankar. ”Det är inte bra att stå här för länge. Du kan ta skada. Se hur eländiga alla ser ut som trälar på åker och äng. Hur skulle det se ut om du blev sådan! Och innan du blivit mor, dessutom!”

Men Sigrid trälade inte på åker och äng, och hon trodde inte själv att lite frisk luft skadade henne. Fast det var ingen idé att yppa något om detta. Resonemangen skulle bara gå runt som ett kvarnhjul, och Gyda skulle till slut segra, för Gyda visste alltid bäst.

Sigrid tog ett par steg och stannade. Sätuna var inte frodigt och småskaligt som Östergård. Man såg inte heller vattnet från gården. Sigrid visste knappt åt vilket håll som Mälaren låg och skvalpade.

"Kan vi inte gå ner till vattnet!" for det ur henne precis innan hon skulle kliva inomhus.

Gyda ställde sig stel och stirrade på henne som om hon trodde att hon hade blivit skvatt galen.

"Det kommer aldrig på fråga! Vattnet ligger långt bort", sa Gyda stramt med varje muskel spänd. Men så slängde hon en arm åt det håll dit man kunde anta att stranden låg. "Det är farligt att gå dit. Det måste jag fråga Stenkil om först."

Sigrid hade inte för ett ögonblick trott att Gyda skulle följa henne till stranden. Hon upprepade därför inte sin önskan eftersom hon begrep att det inte var någon större idé att bråka med henne. Det skulle dessutom bara komma surt efteråt när hon tvingades att lyssna till Gydas alla utgjutelser från andra sidan väggen; eländesbeskrivningar om hur hemsk och svår hon var. Stenkil skulle återigen tacka Gyda för hennes stora tålamod med Sigrid och säga henne att hon kunde göra med Sigrid vad hon fann lämpligast.

Det hade börjat dugga, fast solen sken. Solregn var ett gott tecken, sades det. Sigrid lade det i sitt minne medan hon gick in. Hon hade i varje fall fått veta en sak, tänkte hon: åt vilket håll stranden låg.

Dagen gick mot kväll och Sigrid blev tillsagd att gå i säng, men hon hade mycket svårare att smälta denna hårda behandling än hon brukade. I början när hon kom till Sätuna hade det förstås varit svårt och hon hade satt sig upp mot Gyda mer än en gång, men sedan vande hon sig eller snarare gav upp, även om det tog tid.

Ikväll ville hon inte längre lyda order.

"Jag lägger mig när jag vill", sa hon och blixtrade med ögonen mot Gyda.

Gyda höjde ögonbrynen lätt och nickade mot två starka karlar i läderkjortlar. De dundrade fram och lyfte Sigrid lätt som en fjäder och ställde henne sedan i kammaren och låste snabbt om henne.

Sigrid lade sig raklång på bädden och hulkade och glodde rakt upp i vindögat. Det var vår och ljusa nätter. Ensamheten kved likväl. Kroppen mindes plötsligt hur hon suttit nära mor i vävstugan. Hon kunde nästan känna mors kroppsvärme invid sig. ”Sigridflickan, ge inte upp!” viskade mor. Mors röst kom till henne ibland, tröstade lent, fick henne i ro och fick henne denna tidiga kväll i sömn.

Men så väcktes hon av Gydas entoniga prat bakom väggen. Nu var det sen kväll eller möjligen natt, såg hon i vindögat. Det blev aldrig helt mörkt ute denna tid på året. Hon hörde andra röster också. Mansröster. Var Stenkil tillbaka?

Sigrid steg upp och gränslade ämbaret på golvet, pissade och kröp sedan ner igen. Hon lade sig på sidan och kurade ihop och försökte somna om så att natten skulle gå fortare. Efter en stund tystnade det ute i den stora hallen. Det enda hon hörde var sitt eget hjärta slå.

Men så var någon på dörren. Nyckeln sattes i låset, och hon stelnade till medan hjärtat rusade iväg. Dörren knirrade gällt när den gick upp och hon hörde steg över golvbrädorna och tänkte att det var väl Stenkil som kom för att vila. Men det var inte Stenkils steg, inte alls lika tunga. Och andningen var en annan. Lättare och snabbare. Plötsligt stod människan bredvid henne. Hon kunde sträcka ut en hand och känna efter vem det var, men vågade inte. Hon tordes knappt ens andas och väntade stilla. Hon låg stel som ett lik i snön.

Då slets bolstret av. En manskropp dunsade tungt ner intill henne.

”Vem är du?” viskade hon förskräckt.

En grov hand täppte omedelbart till munnen på henne. Samtidigt slet den andra handen upp linneklänningen och körde ner fingrarna mellan låren och försökte bända dem isär. Hon pressade sig bakåt, ner i halmen, och försökte komma undan; slingrade sig och vred kroppen och alla lemmarna. Men då hade främlingen redan lagt sig ovanpå henne. Han pressade ett knä mellan hennes lår så att hon tvingades sära på benen.

Allt gick sedan mycket snabbt. En obehaglig känsla av igenkänning fladdrade igenom henne. *Det hemska* sköt upp. Hon stirrade med två vettskrämda ögon rakt ut i mörkret medan det som var *det hemska* återigen inträffade.

När mannen frustat färdigt och planterat sin säd i henne reste han sig och försvann snabbt ut genom dörren. Sigrid hörde att låset klickade när det gick igen. Hon låg stilla och bara andades. Och knappt ens det.

Nästa morgon regnade det små droppar som bildade ett milt dis. Sigrid satt vid bordet och åt. Hon var torr i munnen, hade svårt att få i sig brödet och kämpade med att dricka lite vatten till. Gyda var inte där, och det var skönt. Sigrid kunde i lugn och ro sjunka ner i den oangenäma känslan av att vara lortig och se äcklad ut. Nattens händelser tumlade runt. Lukten och svetten och saven och att hon hade blivit tvingad till en handling hon helst velat slippa. Ingen skulle få kännedom om denna nesa hon återigen blivit utsatt för. Hon knep ihop munnen och var så uppskrämd att hon inte ens kunde gråta.

Men så klampade Gyda in. Hon kastade en skarp och genomträngande blick på Sigrid. Och i samma stund begrep Sigrid att det var Gyda som hade utsatt henne för detta med vett och sans. Men vad visste Stenkil? Hade de gjort upp om detta, de två syskonen?

Sigrid blinkade till och svalde ner både brödet och nattens unkna händelse som två torra och sträva klumpar. Några av de grå människor som befolkade Sätuna tassade underdånigt runt henne som osynliga skuggor. Hon såg dem knappt.

Gyda försvann ut. Hon lämnade dörren på glänt. Hästar stampade utanför och Sigrid hörde röster. Det måste vara nattens gäster som skulle ge sig av. Hon blev nyfiken och gick och ställde sig i den smala glipan och bligade ut.

Tre hästar och tre män var det, som skulle ge sig iväg. De packade hästarna. Gyda räckte en näverränsel till en av karlarna som redan satt upp. Det var en man med tunt, ljust hår som föll i stripor ner till axlarna. Han var klädd i en nött, blåsvart slängkappa. Ansiktet var kantigt och inte helt grant men inte heller oävet. Det är väl förning i ränseln, tänkte Sigrid. Typiskt Gyda att göra sig till för mansfolket.

Så sträckte mannen ut armen för att ta emot ränseln. Det stramade till i Sigrid. På handryggen syntes en mörk inristning i huden. Den var henne mycket bekant. Och hennes aningar från natten rann som en vild fors genom henne, bultade, sved, vred och fick henne att vilja både skrika och kräkas. Spy upp mannen. Precis som förra gången. Lukten som inte gick bort från håret och huden och skjortan. Även om det just inte var röklukt som fastnat denna gång.

Hon var säker på att det var ett drakhuvud som var ristat i skinnet.

KAPITEL 36

När sommaren var till ända och året åter skruvade sig mot mörkare tider skulle stora och tunga ting hända borta i grannlandet Norge. Deras landsfördrivna kung Olav Haraldsson hade stupat när han försökt återta tronen. Stor uppståndelse och sorg bröt ut i många led. Men inte i alla.

Många av krigarna i Olavs väldiga hird var svear eftersom Anund Jakob hade stöttat Olav som utlovat. Men vad hjälpte det! Kung Olav, ättling till Harald Hårfager och djupt kristen, dödades av en simpel bondehär bestående av odöpta mannar, i alla fall till stor del. Så sa man efteråt, även om det förmodligen inte var helt sant. Det ödesmättade slaget tog plats vid Stiklastad i Trøndelag. Olav begravdes en kort tid därefter i en kyrka i närheten, där han fick en storfurstlig begravning.

Då hade berättelserna om Olavs död hunnit sprida sig ända bort till Mälarområdet flera gånger om. Vad som satte känslorna i svang och fick stämmor att darra var att stora mirakel och enastående märkvärdigheter inträffade vid kungens grav.

Och det var fullständigt sant, sa de svear som varit där och sett med egna ögon. De berättade livfullt om folk som vandrat eller burits lång väg till Olavs grav och där blivit botade från krankhet och sot och fått förlorade sinnen tillbaka. Ingen annan förklaring fanns än att det var den starka kraften i Olavs tro som fick dem att åter bli hela. Ty det var så att kung Olav under hela sitt liv hade varit Vite Krist obrottsligt trogen och fört en hård kamp mot de trolösa, de som tillbad de gamla gudarna. Hans tro var så stark att hans ande kom att sväva runt graven. Den helande kraften som kom av detta var av ett sådant märkvärdigt slag att den skulle vara länge. Man hade aldrig någonsin tidigare sett dess like uppe i norr.

Otaliga berättelser om alla mirakel vid Olavs grav spred sig snabbare än blixtens framfart på himlavalvet. Det sades att i stort sett varenda norrman nu var i färd med att omvända sig. Den ena efter den andra lät döpa sig i Kristi namn. Snart fanns det inte en enda norrman kvar som offrade till de gamla gudarna. Till skillnad från i Svitjod, där det fortfarande var lite si och så med vem man satte sin håg till.

Men männen som hade kommit åter från stridigheterna i Norge förtalte storögda om Olavs märkvärdigheter. Om och om igen berättade de. Även på Sätuna fanns karlar som med stor inlevelse kunde vittna om vad de med egna ögon sett. Folk hängde i klasar vid deras läppar för att hängivna och förstummade få höra hur Guds ande verkade genom kung Olav så att blinda blev seende och lama åter kunde gå.

Men Sigrid lyssnade knappt. Hon hade huvudet fullt av andra funderingar, och dessutom kroppen att kämpa både med och emot.

Blödningen hade inte kommit på lång tid. Sigrid begrep mycket väl vad det berodde på. Nu skulle Gyda och Stenkil få som de ville. Det skulle komma en ättling. Sigrid var inte glad. Hon plågades av en svår känslighet för bittra och skarpa lukter som lätt väckte ett gnagande illamående och som tvingade henne att klökas över en balja. Dag som natt satt illamåendet i även om det släppt lite på senare tid. Sigrid hade inte talat med någon, dagarna drog sig fram i sakta mak i stor oro och tyst jämmer. Snart skulle det synas på henne hur det var fatt.

Sigrid bad om en nypa sval och frisk luft allt som oftast. Gyda tittade nådigt på henne, och såg nog hur pass anfrätt Sigrid var att hon blev orolig för hennes hälsa på allvar. Därför tillät Gyda att Sigrid fick sitta mot solen på en bänk vid gaveln, ordentligt påpälsad, förstås. Där satt Sigrid långa stunder varje dag, orkeslös och matt, och vände sitt ansikte upp mot solen och lät dess svaga med välgörande strålar falla över hennes bleka kinder.

Framför henne låg alla de små odlingar med nyttiga och farliga växter som den krokiga mor Åsa skötte. Kvinnan var skygg, rädd för allt vad märkvärdigare folk innebar. Gyda hade skrämt alla på Sätuna från vettet. Hur det nu var, så gick dagarna och Sigrid och Åsa kom alltmer till att tala med varandra. Det var ju bara de två. De språkade om plantorna, och det var nyttiga ting Sigrid fick höra. Hon lade allt på minnet.

Gyda hade alltsedan Sigrid drabbades av *det hemska* för andra gången hållit sig lite på sin kant. De hårda orden och knuffarna i ryggen hade med ens upphört, men fortfarande stängdes Sigrid in om nätterna. Men på senare tid hände det att Gyda glömde att låsa så att dörren gick att öppna. Sigrid kunde titta ut i den mörka hallen, men där var det oftast så dystert och rått att hon hellre valde att åter krypa ner i den egna bädden som hade blivit henne så trygg och välkänd.

Sigrid blev arg varje gång hon tänkte på hur Gyda ordnat med allt. Gyda hade inte bara *ett* finger med i spelet, hon hade alla fingrar där. Gyda gjorde vad som helst för att rädda sin broders anseende. Förmodligen hade syskonen kommit överens om att utnyttja Sigrid, att använda hennes kropp och släppa in en främmande man. Vad de kanske inte visste var att den mannen redan hade gjort Sigrid illa. Men nu väntade hon hans barn. Hennes och hans.

Det fanns stunder där på bänken som Sigrid kunde se sig själv fly över tunet. Åkrar och fält låg öppna och lockade benen att springa. Som i en halvdvala kände hon hur hon svävade fram. Men sedan kom skogen, och då tog det stopp. Ulvarna skulle ta henne. Eller rövare som var som mannen med drakhuvudet.

Tankarna vred sig allt oftare efter andra vägar att komma undan på; komma bort från Sätuna utan att själv ta skada. Mitt i vreden var hon lugn. Hon var säker på att hon skulle finna ut en väg. Frågan var vilken?

Stenkil förblev lika lite intresserad av Sigrid som han brukade, men han hyste ett visst intresse för avkomman när han såg hur Sigrids mage blev allt större. Han talade om *sitt* barn. Sigrid sa inget. Hon var ju *hans* hustru, och hon hade efterhand kommit fram till att det var något med Stenkil som gjorde att han valde att inte själv lägra henne.

I Sigrid växte en stigande oro och rädsla över det som avslutningsvis skulle till. Hon gruvade sig hiskeligt. Det lilla livet måste ut på ett eller annat sätt. Mors långdragna plågor när Säbjörn kom till världen spelades upp i hennes inre. Hon visste dessutom mycket väl att kvinnor förlorade livet, och hennes hade ju knappt ens börjat. Inte på riktigt. Inte med en man som hon kunde åtrå. Det ville hon ha. Hon ville inte dö i barnsäng.

Sigrid behövde något att skingra tankarna med, något som kunde hålla både ilskan och den stora ängslan nere, så när kräkningarna väl upphört och hon vant sig vid sin nya kroppsliga belägenhet steg hon en dag helt resolut fram till Stenkil.

Gyda drog efter andan.

"Mina händer längtar efter att verka", fick hon ur sig innan Gyda hann mota undan henne. Hon spände ögonen i Stenkil.

Stenkil som inte var van vid att varken tala med, eller till, sin hustru stirrade tafatt på henne. Gyda hade ännu inte andats ut av förfäran över hennes tilltag, men hon motade inte bort henne.

"Jag behöver en vävstol för att tillväxten ska bli god", fortsatte Sigrid och strök sig över klänningsvåderna just där skötet var.

Han stirrade fortfarande oförstående på henne. Vad visste han om vad en havande kvinna bäst behövde! Men Sigrid kunde samtidigt skymta ett drag av rädsla, och det ryckte i ögonvrårna. En ättling var mycket välkommen.

"Nå", manade Sigrid på och såg honom sturskt i ögonen så att han knappt tordes väja.

Men så kastade han en snabb blick på Gyda som avundsjukt och missunnsamt betraktade Sigrids välsignade tillstånd. Han skulle just till att rådfråga sin äldre syster då Sigrid återigen öppnade munnen.

”Ett lugnt och stillsamt arbete med händerna är bra för sinnesron”, hävdade hon envist. ”En vävstol är det enda jag begär. Annars kan man inte veta hur det här kommer att avlöpa.” Ögonen blixtrade farligt. Sigrid märkte där hon stod med sin lilla bula på magen, som knappt syntes under klänningen, hur hon raskt växte i sig själv och blev den Sigrid hon var förr, hemma på Östergård. Stenkil skärpte sig och flackade mindre med ögonen, men fortfarande väntade han på Gydas stöd.

Sigrid bestämde sig. Nu eller aldrig. Gör han inte som jag säger så kommer ord om vems säd det är att fara med vinden ut över hela Sätuna och ända bort till Sigtuna. Men frågan var om någon skulle bry sig. Ingen skulle tro henne om hon spred rykten om hur det var ställt med Stenkil, en av kungens närmaste män. För övrigt skulle hon själv hamna i dålig dager, även om det var få som brydde sig stort om ifall barnen var tillkomna i äkta eller oäkta bädd. Det var bara prästerna som pratade om det, men det lyssnade inte många på och frillobarnen togs i stort sett lika väl emot.

Men nu var Sigrid fylld av beslutsamhet, det syntes på henne. Hon tänkte inte vika sig en tum. Inte så som de hade behandlat henne under lång tid. Frihetens vindar skymtade. Hon tänkte inte låta tillfället flyga henne ur händerna.

”Nå, vad tror Stenkil”, sköt hon på och stod beslutsamt kvar framför honom utan att släppa honom med blicken.

Stenkil drog kort efter andan.

”Se till att ordna en vävstol till Sigrid”, sa han sedan trött till Gyda, reste sig och gick därifrån.

En vävstol plockades häpnadsväckande raskt fram och ställdes i den stora hallen nära dörren så att Sigrid fick en smula dagsljus. Men hon klarade sig bra oavsett detta. I ett saligt rus tvingade hon fram växtfärgade garner från kvinnorna runt om i stugorna. Det fanns dock inte så många nyanser att hämta, så hon drev ner en drös av kvinnfolk till stranden bakom skogen för att färga ullgarner åt henne efter tydliga instruktioner.

Så kom en del av livet åter till Sigrid, medan hon gick i väntans tider. Vävningen, växterna och vattnet.

KAPITEL 37

År 1035

Det hade gått två milda och därefter tre hårda vintrar med köld som bitit hårt, men somrarna däremellan hade alla varit soliga med regn mellan varven, som fick grödan att gro. De hade inte lidit någon större nöd i trakterna kring Sigtuna. De hade haft det gott.

Nu var det åter bärgnings- och skördetid, med denna sommar var ett elände med svår och långvarig torka. Vintern de hade framför sig skulle bli mager. Ett plötsligt och stort regn just nu var inte till någon större hjälp, snarare till stjälp. Det var för sent, för ett dyngsurt hö gick inte att bärga. Vartenda sädesstrå fick nu nogsamt skäras av och samlas för att tröskas senare. Inget fick förfaras. Det innebar ändlösa dagar med böjda och värkande ryggar, men som det nu var kom vartenda sädeskorn att vara guld värt.

Bothild låg vaken om natten och funderade över hur hon skulle mätta gårdens alla munnar. Oron spred sig i hela kroppen på henne, det gick knappt att få en blund. Hon hade dessutom värk i ena foten sedan hon klivit fasligt snett på väg till väveriet. Vristen bultade blåröd i kapp med de sprittiga tankarna. Hon suckade och tänkte att det må väl svänga förr eller senare. Så pass till åren var hon kommen att hon visste att efter nöd kommer bröd. Sällan varade köld eller värme i evinnerliga tider, men svårigheten var att man aldrig så noga visste innan.

Vad Bothild grunnade över var hur hon på bästa sätt skulle ombestyra med fördelningen av födan så att det inte utbröt slagsmål och osämja. Det var inga små spörsmål. Ständigt bråkade hon sitt huvud. Hon hade ansvar för många, och det tyngde henne men gav henne samtidigt makt och mening.

Fisk kunde de alltid leva på, likaså viltet, men med bröd, öl och mjöd skulle det bli sämre. Kålhuvudena var små, rovorna likaså och axen tomma. Hon hade i alla fall sett till att gubben Rurik fick ytterligare några män som hjälpte honom att dra upp mer fisk att torka till vintern. Likaså satte hon fler män på att jaga fågel och annat vilt. Att slakta magra grisar var inget nöje, men vad gör man? Skatterna på kistbottnen höll på att sina. Det som väveriet gav var inte att förakta, men det räckte inte. Inte på långa vägar. Men ett gott tillskott gav det, och det gjorde att de möjligen var något lite mindre sårbara på Östergård jämfört med andra gårdar. Stoltheten svällde inombords när hon tänkte på väveriet, hennes eget bolag.

Hon måste hur som helst tala till folket på gården; samla dem alla på ett eller annat sätt och med rak rygg och tydlig stämma vädja om sämja och samarbete. Nästa sommar blev säkert bättre! Det hade Holmlög talat om innan hon hade hittats död en morgon vid tiden för sommarsolståndet. Holmlög, salig i åminnelse, hade bestämt sagt att hon kände det i knäna. Hur vädret kom att bli riktigt långt fram hade hon alltid kunnat sia om, men hennes kropp hade på slutet varit så pass vriden och knotig att Bothild lätt kunde föreställa sig att Holmlög känt både det ena och det andra utan att det hade med vare sig väder eller vind att göra.

Men hon hade haft rätt på en punkt, den gamla hjälpgumman. Att sommaren som just höll på att försiktigt övergå till höst skulle bli ovanligt het och torr. Holmlög hade skakat illavarslande på huvudet. Men Bothild hade inte velat tro henne. Inte just då. Vem vill ta emot dåliga bud? I vilket fall som helst hade Bothild ändå inte kunnat göra något åt det. Knappt nu heller. Mer än att tala lugnande och fördela födan.

Just hur orden skulle falla efter varandra på bästa sätt när hon talade till gårdens folk vägde hon nu i munnen där hon låg. Hon prövade sig fram och det var nästan så att hon ville utsäga dem högt, tala med kraftfull röst i mörkret. Tala trosvisst och hoppingivande.

Det var Ärmund som sagt till henne att om hon bara visade sina omsorger genom att tala varmt och förtröstansfullt så skulle gårdsfolket nog ta vara på det vett de hade och varken slå ihjäl henne eller varandra. Men vem sågar av den gren man sitter på, tänkte Bothild. De skulle aldrig våga sig på henne.

Hon fick se till att inte visa sig rädd, hade han sagt. Det avslöjade sig både i ansiktet och på rösten som lätt kom i svaj. Och hon skulle akta sig för att låta bitsk. Det gav bara mothugg tillbaka.

Han var bra han, tänkte hon, Ärmund. Han hade alltmer kommit att bli hennes stöd, på mer än ett vis. Han fanns i bakgrunden som en knotig martall. Han lät henne styra utan att visa tecken på att vilja ta över. Kanske var det för att åren kommit till honom. Han började bli en aning trött och seg i kroppen. Men nog var det mer nöjsamt att ha att göra med en mogen karl än med en som ständigt visade tuppkammen. Det skulle hon aldrig orka med.

Tanken på Ärmund mildrade hennes nattliga tankeflöde, men det var först i gryningen som hon äntligen föll i ro.

Bothild klev upp och åt lite torrt bröd och en smulig ostbit på stående fot, och sköljde ner alltihop med några munnar ljummet öl som stått sedan igår i en mugg. Sedan linkade hon ut till kokfrun för att språka om vad de skulle kunna bjuda folket på utan att tulla alltför mycket på de sinande förråden, som visserligen snart skulle fyllas på, men med en ack så mager skörd.

”Lite kan vi allt skrapa ihop”, menade den rödkindade kokfrun.

Tack och lov att hon fanns!

Bothild skulle alltså få tillfälle att under mjödets och ölens inverkan tala till alla. Tankevåndorna ångade bort och ersattes av en inte så liten lättnad medan hon haltade upp till väveriet. Nu när hon börjat reda upp bland sina bekymmer som när man löser en trasslig garnhärva undrade hon nyfiket hur det hade gått att använda den nya ullträden från fåren hon låtit hämta från Norge.

Jorunn höll på att väva ett smalt tygstycke på prov. Bothild hade satt henne att göra det, då hon var den mest erfarna, efter henne själv. Det var med stor nyfikenhet Bothild varje dag såg det mjuka och glansiga tyget växte fram. Lite ojämnt i kanterna var det, trots att Jorunn var skicklig, för hon hade ännu inte fått upp handlaget till fullo med detta mjukare garn som kom från fårets täckhår. Men det skulle komma, det visste Bothild.

Det var hennes stora plan som höll på att sättas i verket. Efter att envist ha tjatat på några resande handelsmän i Sigtuna hade hon lyckats få fatt på några tackor och en bagge från Norge; får som förmodligen dessförinnan hade sitt ursprung på de engelska öarna eller kanske ännu längre bort ifrån. De hade fåren i Gårdarike, det visste hon, för hon hade handlat vackert scharlakan därifrån av friserna. Och i Persien fanns de – och i hela området långt därborta.

Det var inte helt enkelt att transportera djur på skeppen, så männen hade inte varit lätta att övertala. Djuren skulle ha foder och inte fara alltför illa under färden.

Men det hade gått, de var ju så få till att börja med. Alla utom en hade kommit levande fram. Det hade kostat henne en del, men det var det värt. Nu betade de berömda fåren, som många i Sigtuna pratade om, på Östergård. Dessa får hade en så fantastisk ull i två lager att man kunde väva ett smidigt och vackert glänsande kläde!

Bara de nu lyckades hålla djuren vid liv! Hon försökte låta bli att gå och oroa sig varje dag, för att lammen skulle bli maskangripna eller att räv, varg eller lo skulle vara framme och riva dem. Det var många om och men. Helst skulle fåren lamma duktigt så de blev fler att klippa ullen av. Hon såg redan balar av ”Sigtunakläde” ligga hos köpmännen i Sigtuna. Värmande och smidigt kläde att skyla de förnämsta invånarna med. Långt ifrån den tjocka och styva vadmalen.

Det var så hon tänkt kalla det: ”Sigtunakläde”.

Hon smakade på ordet ibland när hon tittade till djuren. De verkade så nöjda där de gick och mumsade i sig av det torra gräset i hagen. Hon månade om dem så gott hon kunde och hade sett till att de även fick brutna kvistar med färska löv.

Bothild kunde se stora fördelar med att hon numera inte måste fråga någon om råd, om hon inte ville, men hon föreställde sig att hennes Alrik inte skulle ha hindrat henne från att genomdriva detta infall. I alla fall inte efter en viss övertalning. Men hur det var med den saken, skulle hon aldrig få veta, trots att hon pratade med honom lite då och då. Ibland var hon vred på honom. Tänka sig att han, hennes kraftfulle make, hade haft mage att försätta henne i dessa stora svårigheter med en stor gård att sköta! Gå och dö på det viset! Men de tankarna kom bara när hon var trött och sliten och kände sig maktlös och ensam. Det gick oftast över av sig självt.

Valdis hade lagt på sig lite. Hullet kom efter missfödseln – eller snarare medan hon väntade. Smedens Björn hade inte kommit tillbaka. De hade aldrig uttalat det högt, men alla var säkra på att han var död. Det var stallpojken Styvbjörn, som nu blivit stora karln, som hade lägrat henne. Valdis hade hämtat upp sig, som det såg ut, och hon kunde skratta ibland, men helt gick det väl aldrig över, tänkte Bothild av egen erfarenhet. Det var å andra sidan inte så mycket att göra, bara att låta det sjunka undan. Flickan var ju ung, det skulle komma barn förr eller senare. Just nu var det tacknämligt att inte ha så många munnar att mätta, som Bothild såg det.

Valdis gröna ögon var inte längre skrämda, där hon satt rygg mot rygg med en annan ung kvinna, dotter till en av spinnerskorna, och arbetade flinkt. Valdis hade kommit sig upp sedan hon släpptes in i vävstugan. Hon ville gottgöra detta genom att vara arbetsam. Inte för att hon sa det, men Bothild visste att Valdis tänkte så. Lite ängslan satt nog alltid i; rädsla för att annars förpassas tillbaka till djuren, till att mocka skit, mjölka och bära tungt.

Sammanlagt var de fem kvinnor i vävstugan; Jorunn, Valdis,

spinnerskans dotter och två till. Det var alltid varmt och gott att komma dit in. Ett lågmält flit låg i luften, med avbrott emellanåt för klingande skratt.

Dörrarna stod nu på vid gavel i hettan. Bothild stannade en god stund, gav instruktioner och satte sig sedan själv ner vid sin egen vävstol som dessvärre ofta fick stå tom. Hon hade ständigt för mycket att styra med, men nu lät hon fingrarna gå och kom snabbt in i rytmen. Hon förde in slaget genom skälet med handen, packade med vävskeden och bytte skäl. Sedan skedde återigen samma procedur medan väven sakta växte. Handen var känslig och upptäckte lätt både korsande varptrådar och knutar på garnet.

Det var Sigrids plats hon satt på. Till slut hade det blivit så. Länge stod Sigrids vävstol tom och gapade med ett halvfärdigt bolstervar, men en dag tog Bothild ner det och gömde undan Sigrids vävda ränder och detaljrika mönster. Livet var tvunget att gå vidare. Bothild insåg att det var hon själv som fick sitta där, hon klarade inte av att låta någon annan inta Sigrids plats. Och varje gång hon satte sig där tänkte hon på Sigrid. Och på att hon var mor. Stenkil var alltid trög i talet, som om han dolde något, men han hade inte kunnat låta bli att le när han gav Bothild detta glädjebesked när de händelsevis råkades i Sigtuna för några år sedan. Parveln borde vid det här laget vara stor nog att själv springa omkring. Undrar vem gossen var lik? Stenkil hade inte gått in på det eftersom Bothild inte hade vågat fråga. Hon var så innerligt tacksam över det lilla hon fick veta. En viss oro fanns likväl där alltid och så var det för alla mödrar som hade barnen långt bort. Bothild tänkte ibland som tröst på alla dem som hade det ännu värre med söner på skepp långt bort iväg och som inte visste om de någonsin skulle komma tillbaka levande. Så länge inga svåra eller tunga besked nådde henne var hon tacksam, även om hon ibland fann det förunderligt tyst kring Sigrid. Men tystnaden kunde förstås bero på att allt var i sin ordning. Det var förmodligen ett tecken på att allt var gott och väl.

Bothild undrade ofta om Sigrid fortfarande vävde. Kanske hade Sigrid så mycket annat att styra med nu som maka åt den store Stenkil Stenson att hon inte kom åt. Att Stenkil var en förnäm man spillde över även på Bothild men hon märkte bara av det när hon var i Sigtuna, och dit for hon oftare än annars sedan väveriet tagit en sådan fart.

Där Bothild nu satt i stillhet tungt på bänken i vävhuset och pillade med garnerna blev hon så till den milda grad avspänd att slöheten vällde över henne och hon fick svårt att hålla ögonlocken uppe. Huvudet föll fram, hon slog pannan i bommen och vaknade med ett ryck.

De andra stirrade på henne. Bothild blev generad. En matmor som sitter och sover, vilken nesa! Men vågade de skratta? Jo, det vågade de, eftersom Bothild inte kom på annat att göra än att själv skratta åt sitt eget tilltag. En munterhet som gjorde livet lättare fyllde hela vävstugan. Men lättnaden blev kortvarig.

Fyra karlar till häst väntade på henne på stallbacken när hon senare gick därifrån. Hotfullt leende satt han där igen, den gode Ingvar, med sina män omkring sig. Modet sjönk. Inte nu igen! Hon måste komma på råd!

Ingvar ville åt Östergård. Det var det enda han ville. Bothild fick han ta på köpet, tänkte han. Men aldrig att det skulle ske; Ingvar var en farlig man som slagit ihjäl sin hustru. Åtminstone var det Bothilds starka förvissning.

Det sista hon behövde var en man som hängde över henne. Vad trodde han! Inbilska karl! Att ingå äktenskap med Ingvar var som att frivilligt sätta sig fjättrad till händer och fötter, och det gjorde ingen som hade en fri vilja att bestämma med. Inte hon i varje fall.

Hon kunde numera proceduren, Ingvar skulle nu, som tidigare, komma med förtäckta ordalag om att Östergård behövde rustas upp. Han skulle komma med förslag på förbättringar, som skulle gagna henne med. Och Östergård, inte minst. Många av dessa förslag var i och för sig inte så dåliga, och hon kände lockelsen i att någon annan tog över. Den frestelsen kan i stunder vara väldigt stark hos människan – att slippa bry sitt huvud var gott.

Men då behövde hon bara tänka på hans smilande och kalla

ögon för att omedelbart komma till sans. Hal som en orm var han.

Ingvar hade alltid haft ett svängigt lynne, det hade Alrik sagt när han varit i livet. Redan som liten pojke hade Ingvar haft nära både till skratt och till ilska. Numera hade han mest nära till ursinne, tänkte Bothild medan hon samlade sig. Ingvar drog sig som liten inte för att pina livet ur stackars ekorrar bara för att se hur länge de överlevde. Det hade Alrik berättat. Denna visshet om Ingvar gjorde leendet stelt när hon hälsade honom och hans män välkomna och bjöd dem in i skuggan under takskägget och såg till att öl hämtades. Hon måste se till att avhysa honom en gång för alla!

Hon drack honom hur som helst välkommen, det var lugnast så. Hon satt även ner en stund, men strax därefter reste hon sig och sa att hon hade en del som hon tvunget måste sköta.

”Vad viktigt får dig att lämna dina gäster, kära svägerska?” smilade han.

”Jag måste se var barnen är så att jag sedan kan sitta med dig i lugn och ro”, svarade hon.

”Har du inte folk till det?” undrade Ingvar och fortsatte flina medan han försökte få det till att låta som en rolighet.

Visst hade hon folk till barnen. De var dessutom rätt stora nu. Även lille Säbjörn vars ansiktsdrag för var dag blev alltmer lika hans fars. En avbild av Alrik, var han. Hon tyckte om det.

När hon rundade husknuten kom Ärmund gående av en händelse, och det var bra det för det var honom hon sökte. Lite sned men bred över axlarna stod han där och såg på hennes upprörda ansikte och begrep förstås att något var på färde.

Hon fick snabbt ur sig vilka som kommit.

”Vi måste få ett slut på det här”, sa hon. ”Han kommer hit titt som tätt, och jag vill inte ha honom här. Har du något förslag?”

Han svarade inte omedelbart, men hon tyckte sig kunna se på hans ansiktsuttryck att han nog hade vissa tankar om hur hon kunde handla. Men något hindrade honom från att komma ut med det.

Bothild anade vad han tänkte på. Hon vidgade sitt sinne en

smula. Det fanns gränser för hur långt vissa män med vettet i behåll var beredda att gå, i alla fall i förhållande till fruntimmer med skog och gröna ängar. Att vara undergiven passade inte alla. I förhållande till henne hade Ärmund inte mycket att komma med, det visste de båda. Inte en gård, som Ingvar hade. Men han hade ett sunt och vettigt förstånd, något som Ingvar saknade helt, ostadig och hetlevrad som han var.

”Vi skulle ju kunna slå oss ihop”, sa hon och insåg inte förrän efteråt att det var hon som kom med giftermålsbudet, inte han. ”Vi två”, upprepade hon och blev lätt röd om kinderna, samtidigt som hon intalade sig att hon inget hade att skämmas över. Det var förstås hon som tvunget fick hålla i sleven, nu som annars! Hon som fick ta tag i det, annars blev det inget av.

KAPITEL 38

Ryktet gick att kung Knut den store var död och begraven i England. Det var få som brydde sig i Mälarområdet eftersom Knut inte hade visat sig i Sigtuna på länge. Många såg det som en stor lättnad.

Det sades också att Knuts son Hardeknut, som han hade med hustrun Emma, hade bestigit tronen i Danmark. Tronen i England gick däremot till hans andra son, Harald Harfot, som Knut hade med frillan Elgifu. De bägge mödrarna Emma och Elgifu hade kämpat hårt för sina söners trontillträden. De fick på så sätt var sitt rike, men detta garanterade ingalunda ett fortsatt lugn.

I Norge satt numera Magnus den gode på tronen. Han var son till Olav Haraldsson och Anund Jakob hade stöttat Magnus när han återtagit sin faders rike. Svearnas förbund med Norge var återupprättat så som det en gång varit under kung Olavs tid. Olav var sedan länge död och begraven och det ryktades fortfarande om mirakel vid graven. Själv var Anund Jakob återigen svearnas starke ledare och hade flyttat tillbaka in i Kungsgården i Sigtuna; kungens, Guds och svearnas stad.

Knut glömde man fort. Det mesta tycktes ha återgått till hur livet var före hans tid, med den skillnaden att mynthuset inte var igång i någon större utsträckning. Man hade tröttnat på penningarna som inte gjorde någon större nytta, mer än att de var värda sin vikt i guld eller silver och att de var granna att se på.

Bothild fann att stämningen i Sigtuna var en aning anfrätt. Det var väl det kommande nödåret som satt sig i sinnet även här. Rädsla och oro var det lätt att piska upp. Nästan så att folk njöt av det. Men likafullt var det livgivande att vara i Sigtuna. Hon tyckte mycket om att fara dit, och såg alltid fram emot sina vistelser i Guds stad. Anund Jakob var just nu på Kungsgården, fick hon veta. Hur länge han tänkte stanna visste ingen. Kanske ville han mildra de betryckta sinnena med sin uppenbarelse. Magra skördar krävde sin man och sin kvinna. Att hushålla klokt och hålla ihop lönade sig alltid. Samtidigt var det just frosseri med mat och öl i riklig mängd som kungen bjöd på. Bothild tänkte på benet som Alrik hade låtit rista till kungen om att kungen var frikostigast med mat och alltid gav mest. Även nu var ett gille planerat …

Kungen hade annars farit runt med sina män som han brukade, för att samla svearna, hålla dem eniga och framför allt kvar på sin sida. Och på Vite Krists. Tidigare hade han mest ridit runt för att samla motstånd mot kung Knut den store, men det behövdes inte längre. ”Även stora kungar dör förr eller senare”, som Ärmund sa.

När Bothild var i Sigtuna nåddes hon av ett rykte: Gunnar var åter i Hargsbro med sina män. Och hela hans familj var med honom, utom dottern som äktat en man utanför Uppsala.

De hade tydligen kommit ridande in på Gunnars gamla ägor i Hargsbro och överraskat dem som tagit över den illa tilltygade gården. Man hade nödtorftigt byggt ett tak över det halvt nerbrända storhuset så att det inte regnade in, men det fanns mycket kvar att göra för att få gården i samma skick som tidigare. Åkrar och ängar hade delvis legat för fäfot; man hade endast sett till att odla i tillräcklig mängd för att inte svälta ihjäl, inte för att leva ett gott liv. Gunnar, som var både stark och orädd, hade utan större svårigheter lyckats avhysa dessa inkräktare; han skrämde enligt ryktet vettet ur dem så att de stack till skogs. Och nu var Gunnar i färd med att bygga upp sin gård igen. Att Gunnar hade medel förstod alla; ingen hade någonsin hittat hans gömda skatter. Gunnar hade vetat att han levde farligt, fiende som han var till både Vite Krist och kung Anund, och han hade i god tid valt ut gömställen som ingen annan kände till än Gunnar, enligt vad folk sa. Men ännu hade inte Gunnar visat sig, varken på Östergård eller i Sigtuna.

Många år har gått, tänkte Bothild som just var i färd med att plocka ihop tygstycken hon haft med sig från Östergård. Hon höll till i boningsstugan i Sigtuna. De vackra klänningar och kjortlar de sytt i väveriet vek hon också snyggt ihop.

Tankarna splittrades av att Hallvi klev på. Hallvi talade fortfarande det lite sjungande mål som gutarna hade. Man blev mjuk till sinnet av att höra henne, tänkte Bothild. Det var väl det Alrik inte kunnat motstå. Och ungdomen och skönheten förstås. Den som aldrig består, tänkte hon surt, för åren går även för Hallvi och sätter sina märken i kropp och anlete.

Bothild var kluven till Hallvi, det var svårt att förhålla sig på annat sätt. Att tåla henne helt och hållet tog emot. Alrik hade gudskelov inte varit omättlig i hor, inte vad som nått hennes öron i vart fall. Men det var inte stor lönt att bry sig. Varför bråka sitt huvud med det? Det var hon som hade gården, och den skulle gå vidare till hennes barn, till Östen.

Hallvi hade tydligt blivit inskickad av sin mer tystlåtne och tillbakadragne fader. Hon hade gossen vid handen. Den lille Säve hade växt och blivit lik sin far, precis som Säbjörn, med den skillnaden att Säve hade sin moders svärta i både ögon och hår. Säbjörn gick mer åt det ljusa hållet. Bothild hade i varje fall inte låtit svartsjukan fara så långt med henne att hon gjort sig av med Hallvi och hennes gamle fader. De skötte fastigheten utan klander, och dessemellan arbetade Hallvi i silver och i sällsynta fall i det mer dyrbara guldet. Hallvis arbeten var fina och eftertraktade i många kretsar, men kanske inte i de allra högsta. Bland annat tillverkade hon pärlor i silver och guld med vacker ornamentik, som hon sa att hon hämtat från Gutaland. Och till Gutaland kom säkert formen långt österifrån, kanske från Kejsarstaden. Bothild hade själv ett halsband med silverpärlor som Hallvi gjort. Men hon bar det sällan.

Efter en stunds samspråk med Hallvi om än det ena, än det andra som måste ordnas med de olika byggnaderna, lämnade Hallvi henne med gossen vid handen utan att alltför tunga andar låg kvar i luften. Snarare var nog Hallvi lättad av att få veta att allt skulle fortsätta att förbli som det var.

Lättad var även Bothild över att det var över. Hon fortsatte att samla ihop sina varor, hämtade en av karlarna att bära och trampade sedan försiktigt ner genom gränden ut på Stora Gatan. Vristen var inte helt läkt. Svullnaden hade visserligen lagt sig, men hon fick anstränga sig för att gå utan hälta. Linka som en gumma ville hon inte.

På Stora Gatan stötte hon på ett par av kungens män. Hon såg det på mantlarnas djupblå färg och på deras spännen uppe vid axeln. Det var bara kungen som hade sitt placerat mitt på bröstet. Hon försökte se efter om hon kände igen dem från kungens besök på Östergård tidigt i våras, men det var svårt att minnas deras ansikten eftersom de bar huvor.

Kungen hade anlänt när grenarna ännu inte hunnit bli gröna, långt före knoppningens tid. Bothild hade aldrig tidigare känt så många myror i kroppen som när hon klev ut från vävhuset och fick se kungen komma ridande med sina män. En härlig, men samtidigt respektingivande syn. Kungen var stilig. Han hade blivit kraftfullare och slipad av livets vedermödor. Men vad ville han henne?

Den allra första ingivelsen hon fick när hon såg kungen var att rusa och hämta Alrik. Han skulle ha blivit mäkta stolt över ett besök, det var ju länge sedan sist, men så besinnade hon sig: han levde ju inte längre, hennes Alrik.

Det var länge sedan som tankarna på honom var tårtyngda och obekväma. Hon sände honom en vardaglig tanke lite då och då, trots hennes äktenskap med Ärmund, men hon hade kommit dithän att hon förmådde sortera, så som när hon rensade blad och barr från blåbären. Hon lät Alrik tillhöra de dödas rike, även om han fortsatte att i korta stunder vara levande i hennes inre. Men det var på ett annat sätt, numera. Alrik skulle ha känt sig vilsen och främmande på Östergård idag, så som hon ställt om det. Emellanåt gick hon upp till ättebacken, men inte lika ofta som i början. Hon lät ögonen vila på stenen som hon låtit resa, och som det tagit en evinnerlig tid för Germund att rista och hugga – han hade det ju gott hemma hos henne. Men nu stod stenen där ståtlig och grann med ormar och ristningar som talte vida kring om vilken storman Alrik varit.

Det hände att hon satte handen mot stenen. Oftare förr än nu. Stenen var stadig och bra, men inte var det som att lägga handen mot en het och levande bringa.

Bothild såg Kungsgården skymta när hon vek av i en smal gränd upp mot berget där man höll ting. Hon passerade småstugorna på ömse sidor i gränden, och kom sedan ut i det skarpa ljuset. Kålgårdar och andra mindre odlingar låg där i solgasset. Lotterna var inte större än att de täckte behovet för dem som ständigt bodde i Sigtuna, och de var inte alltför många.

Frisernas handelshus låg vid foten av Tingsberget och skilde sig en aning från de övriga byggnaderna eftersom det var en lite större byggnad med öppningen mot norr. Man gick alltså in från Tingsberget till. Köpmännen själva bodde i en mindre stuga intill, som låg i vinkel så att det bildades en liten uteplats som de låtit hägna in för att mota bort grisarna som annars bökade runt.

Slode var död. Bothild tog illa vid sig när hon fick höra det en kall vinter när hon var på vintermarknad ute på den frusna sjön. Denne fetlagde och godmodige vän som fått ett slaganfall och somnat en kort tid därefter. Albod berättade det med klanglös röst och såg med ens så liten och utlämnad ut där han satt bland alla packar med tyg i sin blanka väst, en värmande päls över och en kalott på huvudet. Ödsligheten blev förstås större eftersom de kommit långväga ifrån.

Men idag när hon öppnade grinden såg hon en ny gestalt. Albod hälsade henne varmt välkommen och presenterade henne entusiastiskt och i många smickrande ordalag för sin nya medhjälpare som hette Redlav.

”Denna goda fru har handlaget. Hon är mycket kunnig.”

Redlav var något yngre och log hela tiden beskedligt så att hon nästan blev trött i mungiporna av att se honom. Hon berättade om de nya fåren, om att ullen de gav var som silke och om hur planerna fortskred. Hon visade en provbit av yllekyperten som Jorunn vävt. Båda herrarna kände på tyget och lovordade kvaliteten. Tungan slank och hon berättade om ”Sigtunaklädet”. Det bara for ur henne.

”En mycket bra plan”, sa Albod som förde bådas talan som den äldste av dem. ”Så vackert tyg. Vi hjälper dig att sälja.”

Hon insåg i den stunden att det skulle kunna gå. Varför inte? kunde man snarare fråga sig. Hon kunde dessutom blanda de olika ullsorterna och tillverka många olika kvaliteter, menade Albod, och han hade förstås rätt. Det var ett bra förslag att ta till sig. Arbete hade hon med andra ord så att det förslog, och ivern grep henne återigen på det där lustfyllda sättet.

Sedan var det dags att handla. Albod schasade ut Redlav att hämta dryck medan han själv gick för att hämta något högst speciellt att visa henne som han gömt undan inne i bostaden.

Bothild sjönk ner på den pall hon brukade sitta på. Det var behagligt att vila foten. Några flugor surrade i luften, men det var annars svalare här än ute. Hon for med vällustiga ögon över alla travar med tygbalar packade från golv till tak. Hon fick riktigt hålla i sig så att hon inte började riva fram och veckla ut tygerna för att titta.

Då fick hon syn på ett oöppnat paket inslaget i oblekt linne, som låg överst på en av de lägre tyghögarna. Det var något bekant över inslagningen. Det kliade i fingrarna av nyfikenhet. Hon lyssnade utåt men hörde vare sig att Albod eller Redlav var på ingång, så hon reste sig och knöt upp snodden och gläntade på innehållet.

Ett eldspjut sköt rakt in i henne och fick hennes hjärta att darra.

KAPITEL 39

Kungagillet blev en smula avslaget, men inte helt illa. Anund Jakob talade till dem och försökte gjuta mod i alla. Hans budskap var som väntat, tyckte Bothild: karga och bistra tider väntade, med de skulle gå över.

Det fanns alltid folk att småprata med på stora gillen, om inte annat såg hon det som en möjlighet att få visa upp sig. Inte sin lekamen, men väl sina kläder. Hon nämnde samtidigt att hon hade lämnat några plagg hos de frisiska handelsmännen till försäljning, och det lät på kvinnorna som om det skulle bli rusning dit nästa dag. Bothild log belåtet åt det.

Men hon hade svårt att slappna av. Kroppen hennes var spänd och hon stannade bara en kort stund på gillet. Så följde ytterligare en natt när hon mest låg vaken och funderade. Men inte om skörden eller kläderna eller de utländska fåren och deras ull. Det var värre än så. Hon kände en riktig gnagande oro. Det tingliga gick i allmänhet alltid att lösa på ett eller annat sätt, medan det andra var värre: det som handlade om att vara människa.

När staden hade vaknat till liv nästa dag kallade Bothild till sig pojken som hjälpt henne att bära. Han var sonson till Rurik och hade fått sin farfaders namn. Snabb i benen var han otvivelaktigt, men nog var han allt lite trög i huvudet. Inte redig som Sigge, som dessvärre hade stupat borta i Norge. Hon undrade i sitt stilla sinne om den unge Rurik skulle gå iland med uppgiften, men det fick bära eller brista.

"Gå till Stenkil Stensons hus och fråga folket där när ägarna senast var i Sigtuna."

Hon beskrev noga hur långt ner på Stora Gatan han skulle gå, och hon instruerade honom tydligt att han fick fråga sig mycket försiktigt fram så att han kom till rätt ställe. Husen var ju mycket lika varandra här i Sigtuna, så det var lätt att ta fel. Men det var viktigt att inte väcka folks misstankar om att allt inte stod rätt till, så att illviljan likt elden sedan kom att löpa fritt över hela staden.

"Vi har vårt anseende att tänka på", sa hon, men Rurik den yngre såg inte ut att riktigt begripa vad det var.

Bothild hade inte sett Stenkil Stenson på kungagillet, men hon hade sett honom vid tidigare tillfällen i Sigtuna. Han hade aldrig varit särskilt språksam, men alltid bekräftat att allt var gott och väl med Sigrid, men tonen hade alltid varit lätt överlägsen och avståndstagande, vilket hade sårat henne och även väckt obehagliga misstankar. Dolde Stenkil något för henne?

Det var i sådana stunder hon önskade att Alrik levde. Om Stenkil och Alrik mötts inte bara öga mot öga, utan karl mot karl, hade säkert tungans band lossnat lättare. Om inte annat hade Alrik tvingat honom till det. Men att Stenkil inte frivilligt pratade med ett fruntimmer, även om hon var värd en hel del, både gods och gröna ängar, det hade framgått mycket tydligt.

Ryktet hade dock på slingriga vägar förtalt att arvingen som äntligen hade kommit till Sätuna för ett par år sedan artade sig väl. Sigrid hade lyckats med det som ingen av de tidigare makorna hade klarat av; att ge Stenkil en son. Detta väckte stormande känslor i Bothild. Sigrid var alltså en stolt mor. Men Bothild hade inte hört ryktas om några fler barn fast det hade gått flera år sedan gossen föddes. Kanske hade Sigrid fött även en dotter, vad visste hon? Det var just sådana ting hon ville veta mer om.

Sedan Bothild skickat iväg den unge Rurik satte hon sig ner och väntade. Hon var inte bra på att vänta, så hon såg till att få något att stoppa i sig under tiden, fastän hon hade lovat sig själv att vara ett gott föredöme och inte överdriva intaget av mat och dryck. Men hon var mager. Hon behövde det.

Långt om länge kom den unge Rurik tillbaka. Ingen var där, var beskedet han gav. Det var ett tag sedan stormannen varit i Sigtuna, hade Rurik fått veta. Sigrid hade de aldrig sett borta på Stenkil Stensons stadsgård i Sigtuna. Hon stannade väl hemma på gården.

Så det var inte mycket Bothild fick veta den här gången heller. Det var svårt att gå runt och tigga om uppgifter om de sina – det hade hela tiden burit henne emot. Men hade en riktigt stor olycka inträffat, så borde hon fått veta det. Sådant spred sig alltid och blev i allmänhet allt värre ju längre ryktet fick gå.

Det skavde likafullt att inte veta ett enda dugg om hur Sigrid hade det. Men att hon levde var Bothild helt förvissad om nu sedan hon varit hos Albod och Redlav och med egna ögon sett vad hon sett. Ingen kunde väva sådana bolstervar som Sigrid. Det var hennes ränder och blåvitstripiga ax Bothild hade skådat i det oblekta paketet hos friserna. Det kunde inte vara någon annans. Men varför denna tystnad? frågade hon sig. Det var inte helt ovanligt att kvinnor levde under hårda villkor med sina makar. Nästan som trälar, ibland till och med värre. Det räckte att Bothild tänkte på Ingvars hårt plågade hustru Ragnfrid för att hon skulle få rysningar.

Men inte Sigrid! Det fick inte vara så!

Det hade varit något med garnernas nyanser som gjorde Bothild betryckt. Hon försökte låta bli att tänka på det, men färgskalan hade varit dovare än vad Sigrids lätta sinne annars brukade föredra. Inte ens då oron över Alriks sviktande hälsa var som störst vävde Sigrid i så pass mörka toner.

Men Bothild misstog sig kanske. Mindes fel. Det kunde naturligtvis bero på vad de lyckats färga fram för garner. Hon letade efter enkla förklaringar, som vilka växter de hade använt och hur de förfarit med betet.

Men det kunde trots allt vara så illa att Sigrid hade drabbats av livets stora vemod. Undrar om hon hade förlorat ett barn?

Efter många grubblerier erkände Bothild sitt tilltag för Albod. Hon var tvungen att få veta mer om Sigrid. Redlavs mungipor föll och han såg osäkert på henne. Hon ville veta om Sigrid varit hos dem och besökt dem i handelshuset i Sigtuna i egen hög person för att leverera sina alster och kanske förhandla till sig lite glansiga garner och vackra tygremsor.

Men både Albod och Redlav skakade dystert och ihärdigt på huvudet.

”Det var en främmande man som lämnade in bolstervaren”, sa Albod.

”Sa han vem som vävt dem?”

Albod skakade på huvudet.

”Men visst ser man vem som har gjort dem”, sa han stilla och fäste den vänliga hasselnötsbruna blicken i hennes olyckliga blå. ”Mycket fiiina. De är redan upptingade. Det finns fler som vill ha, så jag har bett om nya.”

Bothild kved tyst i sin saknad efter sin dotter. Hon saknade hela hennes gestalt och väsen.

Det fanns en annan utväg. Bothild hade tänkt den tidigare, men det hade inte blivit av att sätta den i verket. Nu skulle det ske.

Hon klädde sig fromt, utan vackra sidenremsor på klänningen, och stegade iväg till missionsprästens enkla boning som han numera delade med flera präster – hon höll inte längre räkning på hur många de hunnit bli. I klänningsfickan låg en läderpung med tungt innehåll.

När hon knackade på höll prästen på att be, fick hon veta. Han var inte till att störas. Bothild visste knappt var hon skulle göra av sig; att stå utanför på Stora Gatan till allmän beskådan var inte muntert, men hon härdade ut. Tiden blev dryg. Rak i ryggen stod hon och glodde i närmsta husvägg medan hon nogsamt undvek att vrida på huvudet för att söka blicken hos de få förbipasserande.

Till slut klev missionsprästen ut genom dörren. Hon sa sitt ärende och frågade om prästen varit i Sätuna på sistone.

Han skakade på huvudet. Det yviga, tunna håret flög som en

krans runt huvudet. Han hade blivit än mer mager och luden, med ljusrött, strävt hår som stack ut ur både öronhålor och näsborrar och böjda nackhår växte långt ner på den seniga halsen.

”Där i Sätuna sköter de den rena tron själva. Jag behöver inte fara dit. Stenkil är ju en av Anund Jakobs närmsta män!” sa prästen, som om det förklarade allt.

Bothild teg och stod kvar.

”Jag ser stor oro i ditt ansikte”, sa prästen efter en stund. ”Jag ska se vad jag kan göra.”

Då hade hon hunnit fiska upp läderpungen ur klänningsfickan.

KAPITEL 40

Hösten var kommen och löven föll i drivor. Gyda låg till bädd i djupa kval sedan flera dagar tillbaka. Det hade börjat med svår hosta och hetta i kroppen. Gyda var inte den som vek sig i första taget, och det skulle mycket till innan hon lade sig ner mellan bolster. Men när hon inte längre fick behålla maten – det rann ur henne i bägge ändar – blev hon snabbt kraftlös och förmådde inte längre stå upprätt utan vinglade i bädd för att "vila lite". Hon kom inte upp på benen igen.

Sigrid insåg att hon mer eller mindre hade gått och väntat på detta tillfälle, mer god i sinnet var hon inte. Hon hade under årens lopp många gånger drömt om att Gyda föll död ner, jagades av vargen eller dödades av en krigare som ville rädda Sigrid undan fångenskapen. Hennes bästa dagdröm var att den ståtlige och starke Torkel kom och släppte henne fri. Åtminstone blev han både stark och vacker i hennes salighetsvärld och även ömsint och fylld av glada skratt.

Nu gjorde Sigrid vad hon kunde för att mildra Gydas plågor. Men det var med dubbelt sinne. Hon blandade växter för lugn och lindring. Och mer därtill. Det var med både kraft och uppdämd ilska hon satte sina planer i verket. Hon hade gamla mor Åsa att tacka för mycket, gumman begrep nog inte vad hon bidrog med. Eller så gjorde hon det och lät det vara. Åsa, som skötte odlingarna så varsamt, som torkade växter och rötter och samlade frön, gav Sigrid vad hon ville ha och höll tyst. De två hade sin egen uppgörelse. Sigrid blev allt bättre på att prångla ut brödbitar och köttstycken att ge till gumman.

"Det här kommer att göra henne gott", sa Sigrid och lät stadig på rösten. "Gyda kommer att bli lugn och fin", fortsatte hon och tog emot det lilla knytet med blad och rötter. Gumman teg och lade händerna i kors i knäet.

Sigrid var så uppe i sitt tilltag att hon helt struntade i om gumman senare skulle öppna munnen för att låta rösten ljuda knarrigt om Sigrids märkliga läkekonster, som inte var vad gumman själv skulle velat föreslå – i alla fall inte i den myckna mängden.

"Ont ska med ont fördrivas", så sa alltid Holmlög.

Och det påminde Sigrid sig nu när hon satt i skumrasket vid Gydas bädd och tvingade i svägerskan av den beska blandningen. Gyda försökte spotta och knipa ihop munnen, hur vimlig och väck hon än var, men Sigrid var envis. Och arg. En vrede som brunnit länge i henne och som hon inte lyckats lära sig att leva med. Ilskan var bortom all anpassning. Den slickade hennes inre som eldslågor mot natthimlen och måste släckas helt, eller dö ut.

Hon satt vid Gydas bädd i det mjuka skenet av en oljelampa. Hon satt med den giftiga blandningen i en skål medan hämnden drev i kroppen på henne. Satt där både dag och natt.

Det var som att släppa vildhästar lösa. Hon visste inte att hon var så hätsk. Det red i kroppen på henne så svårt att hon ibland var tvungen att gå därifrån i korta stunder, annars hade hon strypt Gyda med sina bara händer för att snabbare få det avklarat. Men det tog emot och var dessutom mäkta farligt. Händer som kramade satte svåra märken på halsen som alltför lätt väckte misstankar och kunde ge Sigrid mycket värre eländen när Stenkil väl kom hem. Att på tinget bli dömd till evig fredlöshet var detsamma som att dö ute i mörka skogen, och det var Gyda inte värd. Men att ge henne varmt öl kunde Sigrid göra utan att det syntes. Hon tog ytterligare en sked av drycken och tvingade i Gyda, som redan hade fått mer än nog. Men Sigrid kunde inte tygla sig; det kunde inte gå fort nog. Hon visste inte när Stenkil var tillbaka, och till dess måste Gyda vara bortom all vett och sans. Helst skulle hon vara död.

Gyda spottade och fräste så att det rann mörka rännilar ner för hakan. Men lite var hon tvungen att svälja undan. På så sätt tappade Gyda alltmer kontrollen över både kropp och sinne. Men hon var seg. Plötsligt lyfte hon ögonlocken och stirrade kallt på Sigrid. Skräcken för att dö lyste i ögonen. Men Sigrid var mer rädd för att Gyda skulle överleva och hämta sig. Vad skulle inte då ske med henne själv när Stenkil fått veta vad hon sysslat med!

Sigrid blev illa till mods och ville få ett ännu snabbare slut på det hela; både på Gydas och sin egen plåga. Så hon tog återigen ett skoningslöst hårt grepp om Gydas haka, medan den samlade ilskan vällde fram, och hon bände upp munnen och hällde i henne ytterligare av det ljumma ölen och vad mer som fanns blandat däri: bolmört, alruna och vallmo.

Och än mer omtöcknad blev Gyda, borta till sans och sinne i svår hjärnbrylla. Sigrid var så upphetsad att hon var tvungen att lämna henne för en stund. Och när hon kom tillbaka hade hon en av gårdens kvinnor med sig, som skulle kunna vittna om att Sigrid inte burit hand på Gyda, vilken nu låg där stilla som en säck rovor med slutna ögon och ansiktet gulblekt som vasslad mjölk. Men hon levde än. Onda människor förgås inte så lätt. Bröstkorgen lyftes i jämn och fast takt.

Sigrid hade hämtat den unge Stenkil till sig sedan Gyda föll i bädd, och hon hade suttit med honom en stund. Men hon var som en främling för honom. Gossen ville mest springa ifrån henne dit där han tyckte att han hörde hemma. Han var inget vackert barn, men han var hennes. Vem fadern var ville hon helst inte tänka på.

Gyda hade inte låtit henne ha sonen hos sig men nu hade hon flyttat gossen till sig. Pojken hade bott hos en av Stenkils män och hans familj, bra människor i och för sig. Det var det enda goda hon kunde säga. Allt var under Gydas överinseende, och hon lämnade sällan något åt slumpen. Förmodligen hade Gyda gått dit lite då och då och inspekterat att det var väl med ätteläggen. Sigrid hade alltid hindrats att följa med. Lille Stenkil var Stenkil Stensons son; inte Sigrids. Själv reste ju Stenkil mest runt och hade därför överlåtit fostran av sonen till andra, så som stora män plägade göra.

Sigrid hade bönat och bett om att få ha pojken hos sig men Gyda hade sett med kalla ögon på henne. Det hade varit en svår tid. Knytet med de små händerna som sträckt sig mot henne hade tagit Sigrids hjärta med sig när Gyda slitit honom ur famnen på henne.

"Ge mig honom tillbaka", hade hon vädjat.

"Det är uteslutet. Det skulle bara bli feghet och fjoms av det, med en sådan som dig som mor."

Så hade Gyda sagt, och de orden glömde inte Sigrid. Hon plockade fram dem i ljuset medan hon satt och skedade i Gyda av den beska drycken.

Men det var inte därför som Gyda hade skilt mor och son åt. Det förstod Sigrid mer än väl. Det fanns andra krafter som drev Gyda; den mörka soten. Svartsoten. Den som kunde få människor till nästan vad som helst, till att vaka, kontrollera, förfölja, hota och döda. Gyda härjades av den gränslösa och sotiga Svartsjukan.

När Stenkil väl var kommen till jorden var Sigrids förhandlingsläge inte längre lika stort. Hon hade utfört det som Gyda och Stenkil Stenson hade förväntat sig av henne. De såta syskonen så hårt sammanbundna vid varandra, hade planerat att åter låsa in henne. Eller snarare hade Gyda planerat det. Stenkil hade väl annat att styra med.

Det var en sen kväll när Sigrid gått till sängs hon hörde Gyda lägga upp resonemanget. Hon var tvungen att ta fram nyckeln igen, sa hon, för att få lite styr på Sigrid som alldeles hade tappat fotfästet och mest satt och vävde, nu sedan de tagit gossen ifrån henne.

"Hon förstör ögonen med att sitta där och väva", hade Gyda menat.

Sigrid kände fasan driva iväg med henne där hon som vanligt låg på andra sidan väggen. Inte bli inlåst igen! Hon gjorde vad som helst bara hon slapp det, hade hon tänkt.

Natten hade sedan gått åt till att besinna sig och att fundera ut hur hon bäst skulle handla. Ilska lönade sig inte, så mycket visste hon. Det gjorde det snarast värre. Det var som om Gyda njöt av att sätta hårt mot hårt, att se Sigrid bli till sig av vrede.

Mild och tårögd hade Sigrid i stället stått framför Stenkil och Gyda nästa dag. Hon hade utgjutit sig över sitt sinne; hur oroligt och försvagat det blivit.

"Jag är tacksam över att ni tar hand om mig så väl!" hade hon sagt.

Stenkil hade sett ner i bordet medan Gyda stirrat stelt och misstänksamt på henne.

"Gör dig inte till!" Rösten hade varit rapp och sträng.

"Det som vrider sig som en orm inne i mig mildras så gott om jag får sitta vid väven", hade Sigrid sagt utan att ge upp. Hon hade sedan lagt huvudet blitt på sned. "Vad säger du, Stenkil?"

Han hade blivit generad. Sigrid såg det. För ett kort ögonblick hade han sedan sett henne i ögonen.

"Låt henne få som hon vill!"

Det var andra gången han höjt sin röst för Sigrids skull. Denna lilla ansträngning gjorde att hon någonstans längst in i sitt inre inte kunde tycka illa om honom med samma hätskhet som hon hatade Gyda. Och det var något märkligt med Stenkil som var som ett öppet sår, men riktigt vad visste hon inte.

Och så hade det blivit. Sigrid hade fortsatt sin skugglika tillvaro på Sätuna, men hon hade tillåtits att väva. Inte helt utan betydelse var förmodligen att Sigrids alster gick lätt att avyttra och gav en rundlig extraförtjänst som Gyda kunde stoppa i egen ficka.

KAPITEL 41

Det var eftermiddag och solen stod lågt. Gyda låg på sitt allra yttersta. Sigrid var hos henne när hon hörde hovar ute på gården. De var ovana vid besök. De som kom var Stenkils bundsförvanter eller vänner.

Sigrid reste sig från pallen och tänkte att det kanske var Stenkil som var tillbaka. Eller mannen med drakhuvudet, som hon inte sett sedan natten då lille Stenkil avlades. Det var som om hon gick i ständig rädsla och väntan på att han skulle komma tillbaka och återigen lägra henne med hårda grepp. Att i svidande pina och rädsla föda ett barn till, som också skulle tas ifrån henne, mäktade hon inte med. Det hade i varje fall gått snabbt fram med gossen. Hon dög bra till att föda, hade hjälpkvinnan sagt. Hon hade åtminstone inte sagt det med elakt sinne, även om kvinnan inte precis varit honungslen att tas med utan barsk och butter. Men det kunde även Holmlög vara emellanåt, men med hennes taggiga sidor var Sigrid så van att hon i stort sett kunde strunta i dem.

Sigrid bad nu en av de grå kvinnorna att vaka hos Gyda och gick ut. Det var till hennes häpnad missionsprästen och ett litet följe på ytterligare två män som satt på sina trötta hästar ute på planen. Det var en beklämmande mager och trådsliten skara, men hon blev innerligt glad och gick dem till mötes med tårar i ögonen. Hon undrade dock vad som hade fört dem till Sätuna.

Den välbekanta, magra gestalten med det stora adamsäpplet

som guppade så tydligt upp och ner fick henne att inse att åren hade farit fram även med honom. Och det blev så tydligt uppenbarat för henne att hon inte hade mött en enda riktigt vänligt sinnad människa på mycket lång tid. Så många år utan mänsklig värme hade förflutit att hon inte ens orkade hålla räkningen.

Nu stod missionsprästen där som en varm sommarvind från tider då hennes liv var varmt och gott.

Hon förde de tre männen med gråtmild blick och stor vördnad in i huset. För första gången var det hon som hälsade gäster välkomna och inte Gyda. Hon rätade efterhand på ryggen, knyckte lätt på nacken som om det vore den mest självklara sak i världen och ryckte tag i en jänta och sa i bestämd ton till om mat och dryck och att de ordnade med nattplatser.

"Slätt linne ska det vara. Inga grova lakan!" kommenderade hon, men utan att höja rösten.

Klänningen hon bar var grå och av enkelt ylle och klumpig i sömmarna. Hon skämdes och gick och hämtade ett vackert, jordfärgat tygstycke att lägga om axlarna för att dölja det värsta, medan öl sattes fram och rotsaksstuvning och revbensspjäll. Hon visste att prästen ansåg det ovärdigt att fästa sig vid det tingliga, men Sigrid själv gjorde det. Och prästen med, längst inne, anade hon.

"Vi har en dödsbädd", sa Sigrid med klädsamt låg och sorgesam röst, som om den nära förestående bortgången skulle förklara det tunga gårdsfolket, det dystra boningshuset och skuggorna i hennes eget ansikte. Skuggor av tappat livsmod och långvarig fasa. "Gyda, Stenkils älskade syster, ligger på sitt yttersta."

"På så vis", sa missionsprästen och bad om att bli förd till den döende.

Och så skedde.

Sigrid ledde honom till Gydas bädd och bad gumman som satt där att avvika för en stund. Gyda låg med stängda ögon och rosslade svårt när hon andades. Sigrid hade gett Gyda av den giftiga drycken även denna morgon, men hon hade nästan börjat ge upp. Hon fann det mycket trögt och svårt. Gyda var som en katt med nio liv. Sigrid hade börjat fasa för att Gyda snart skulle vara på benen igen, ilsken och ond.

Men när prästen ställde sig stilla invid henne var det som om Gyda äntligen gav upp. Prästen lade ett par fingrar över hennes panna och läste böner för henne på det vackra tungomålet som Sigrid nästan glömt, och som hon fann så himmelskt vackert att hon blev alldeles mjuk inuti och till och med släppte en tår. Och då, mitt i bönen kom med ens allt mindre av rossel och sträva väsande ljud genom Gydas öppna mun. Från strupe och bröst där det annars hade rasslat och brummat blev det helt tyst. Andhämtningen glesades ut, kom och gick, medan de blev stående invid varandra, Sigrid och missionsprästen. Så som de en gång för många år sedan hade stått vid Alrik Gårdskes grav. Stilla och förundrade åsåg de nu i stället Gydas sista kamp. De iakttog dödsryckningarna och hörde hur hon till slut drog sitt sista andetag.

Det blev missionsprästen som kom att sluta Gydas ögon. Tack gode Gud, för att jag slapp det, tänkte Sigrid. På detta sätt fick Gydas ande fara iväg på en mildare springare, än på Sigrids ilskna kuse.

När Stenkil Stenson väl kom tillbaka med sina män hade prästen och hans lilla sällskap redan farit. De skulle vidare till Östergård.

KAPITEL 42

År 1039

Två kalla vintrar hade de bakom sig och en mild. Nu gick det återigen mot jul. Sigrid räknade åren sedan Gydas död. Åren dessförinnan ville hon helst glömma.

Annars tänkte hon så lite som möjligt på Gyda. Hon ville inte minnas tvånget och fångenskapen och hur ovälkommen hon hade varit på Sätuna; att inte vara välkommen var som att ständigt leva i ett kallhål.

Ute bet kylan, redan. De hade ännu inte passerat vintersolståndet.

Sigrid hade precis dragit på en ny väv. Fingrarna var stela som istappar. Boningshuset var stort, alltför högt i taket och långt och svårt att värma upp. De hade tagit i för mycket när de en gång byggde huset. Sigrid hade i vart fall sett till att få upp bonader på alla väggar, som hjälpte till att hålla kylan och kalldraget ute – så gott det nu gick. De rödaktiga jordfärgerna lyste upp, och det blev mindre kalt och mer ombonat.

Allt detta hade skett sedan Gyda kom i jorden och Sigrid inte längre hölls fången på kammaren. Den tiden tycktes ligga långt bort och var till och med så fjärran att inte ens Stenkil talade om hur det var när Gyda var i livet. Men han tänkte kanske desto mer, inte visste Sigrid så noga. Och hon ville inte heller veta.

Det räckte med att Gyda emellanåt dök upp och halvt skrämde

livet ur henne. Sigrid gjorde vad hon kunde för att det inte skulle ske och räknade kallt med att Gyda inte kunde gå igen hur länge som helst, men Gydas kalla vålnad trängde sig fortfarande in i Sigrids vardag när hon minst av allt anade det. Men nu hade Gyda hållit sig undan ett långt tag. Sigrid kom just att tänka på det och hoppades att det nu var slut; att Gyda hade fått ro i graven och inte behövde visa sig mer. Måtte det vara så väl!

Eller lurade Gyda runt hörnet? Hon tyckte kanske att det snart var dags att göra sig påmind så de inte glömde bort henne helt. Äsch! Sigrid blev arg över sina dumma tankar och att hon lade tid på Gyda. Men hon kunde likafullt inte släppa henne.

Hon satt inte långt från eldstaden och nystade upp ett mörkfärgat garn som försvunnit ner i korgen. Långa skuggor föll mot väggen som vävramen lutade mot. Hon hade precis spänt på varpen och skulle snart börja med det första inslaget. Hon frös av att sitta still på vävbänken, ändå gjorde hon det långa stunder. Hon kunde inte låta bli.

Men nu reste hon sig så att hon kunde stampa upp och ner med fötterna och hålla liv i dem samtidigt som hon flinkt redde ut garnhärvorna. Unge Stenkil hade, gått ut till fähuset med en av männen och hans son. Hon stördes av att ha honom tätt inpå sig, även om han höll på att bli stor som en hel karl. Hon ville vara ifred när hon höll på med sitt och helst inte ha någon alls som svassade runt henne.

Några gånger hade hon gjort utfall mot Stenkil och föreslagit att de skulle bygga en vävstuga åt henne, men det hade inte alls fallit i god jord. Sigrid visste varför. Stenkil ville ha henne kring sig numera. Sedan han inte längre reste vida omkring med kungen hade han blivit sällskapssjuk.

Det knäppte från granveden. Två gårdskvinnor satt som kulliga gråsuggor mot väggen, helt insjunkna i sig själva. Några män ägnade sig åt att i all stillhet tälja pinnar till räfsor och nya handtag till hackor och spadar. De satt i halvmörkret i andra änden av salen, så långt bort att Sigrid knappt såg dem.

Hon böjde sig för att ta upp en ny garnhärva ur korgen, men det gick knappt. Hon fick andnöd eftersom hon var så påbyltad och böjde till slut i knäna och fick fatt i en garnögla, men när hon drog i den rörde det sig i korgen och upp steg små pipande ljud: en musfamilj. Hon reagerade snabbt och tömde hela korgens innehåll på bordet. Det var liv bland garnhärvorna. Hon såg mössen kila iväg åt olika håll.

”Kom med en gång!”

Sigrid manade upp de halvsovande kvinnorna, som yrvaket tittade sig omkring och masade sig upp på stumma ben för att komma till undsättning. Men då hade mössen redan hunnit skingras. Kvinnorna började, i brist på annat, att ropa på katten, som inte heller ville bli störd utan låg och sov i godan ro i en hörna.

Sigrid plockade irriterad ner garnerna i korgen igen och insåg att det skulle ta en stund innan hon var samlad igen. Om det bara inte var så kallt! tänkte hon också. Hon var genomfrusen dag som natt och tinade knappt ens upp mellan de tjocka bolstren om natten.

Hon fick fatt i en ny garnända och började dra medan det gula ljuset från elden föll mot händerna – men inte hjälpte det mycket mot kylan. Hon tröstade sig med att hon skulle bege sig ut till kokhuset när hon hade nystat färdigt härvan hon just börjat dra i. Ut till den goa värmen som alltid rådde där. Hon gjorde sina rundor dit.

Då såg hon Gyda. I hörnet mot väggen stod hon. Sigrid var på ett sätt förberedd, men blev ändå lika rädd som alltid. Fingrarna stannade upp. Hon stirrade och vågade inte flytta blicken.

”Försvinn!” väste hon till Gyda.

Rak, grå och sträng vägrade emellertid Gyda att ge sig iväg. I stället tog hon ett kliv mot Sigrid så att klänningsvåden kom i gungning.

Sigrids hjärta bankade hårt. Nu hånlog Gyda och tog ytterligare ett steg närmre Sigrid, som backade med överkroppen eftersom hon inte tordes flytta fötterna.

”Jag ska säga dem hur det gick till”, varnade Gyda hest och pekade på Sigrid med ett knotigt finger. ”Du ska inte tro att du kommer undan! Jag ska berätta för Stenkil!”

Det sved i bröstet. Sigrid tog sig med handen över bröstkorgen. Hon höll på att gå i bitar, så svårt kramade och bankade det. Hon var tvungen att komma därifrån. Hon släppte garnet hon hade i händerna och rusade ut.

KAPITEL 43

Det ven kallt om fötterna när Sigrid snubblade ut på stallbacken men svalkan fick henne att stilla sig. Hon vågade inte bege sig till kokhuset i det tillstånd hon befann sig i, utan började trampa runt på gårdsplanen för att lugna sig. Hon försökte återkalla den sällsamma stund när missionsprästen med sitt följe red in på gården. Det var det bästa som hänt henne sedan hon anlänt till Sätuna.

Sigrid kunde än idag känna hur prästens varma andedräkt liksom smekte henne när han förde henne lite åt sidan. Oljelampans stilla låga hade lyst upp hans ansikte. Han hade sett så säll och vän ut, och hon var så förtvivlat ovan vid snällhet – ovan vid att få vara den hon var. Sigrid Alriksdotter, som hade växt upp under den flödande solen på Östergård, hade för en kort stund blivit sig själv därför att ögon som kände henne hade tittat vänligt på henne.

”Din mor Bothild låter hälsa att allt är väl med henne”, inledde missionsprästen när de var ensamma. Och Sigrids ben blev mjuka som slaget lin. ”Din mor beundrar dina alster. Fortsätt på den vägen, låter hon hälsa.”

Sigrid hade tackat honom allra mjukast och blivit vimlig och rörd av lycka. Tänk att mor hade sett bonaderna!

Skickebudet hade fått sin del av förtjänsten, förmodligen tog han mer än Sigrid visste, och resten hade försvunnit rakt ner i Gydas ficka. Men det hade det varit värt, Gyda hade hållit tyst och budet hade inte längre varit nödbett, utan fortsatte att förmedla hennes bonader. Och på så sätt hade Sigrid fått kontakt med världen utanför Sätuna.

Missionsprästen hade sedan berättat med viskande röst att mor hade satt stora planer i verket. Hon hade skaffat en hjord får från främmande land med en fin och mjuk päls, och hon vävde ett vackert och mjukt kläde, vars make inte fanns i hela riket.

Alltmedan missionsprästen hade talat hände det märkvärdiga ting: lusten till livet kom tillbaka in i Sigrid. Genom missionsprästens varma ord förstod hon att inte enbart den ende guden var med henne, utan även mor. För det var mor som sänt prästen. Sigrid var inte längre svidande ensam!

När missionsprästen hade rest blev livet återigen grått och dystert. Efter sig lämnade han en tung smärta men även en stark längtan. Hon ville till Östergård. Eller till Sigtuna, om mor var där. Hon ville ut i ljuset.

Ännu hade hon inte kommit iväg. Och Stenkil var inte lätt att tas med på den punkten. Men hon bars fram om dagarna på hoppets stråle. Hon visste att deras gamle präst skulle tala med mor. Det kommer att ordna sig, sa hon till sig själv, på ett eller annat sätt!

Hon hade dessutom all anledning att tacka sin lyckliga stjärna för att Stenkil inte gjorde stor sak av att hon redan sett till att stoppa Gyda i jorden när han väl kom hem den där dagen för tre vårar sedan när Gyda hade gått hädan.

Det var just inte så mycket att orda om, och det visste Stenkil förstås. Att ha liket liggande hade det knappast kunnat vara tal om. Det var ju inte fruset ute så att kroppen kunde hålla sig utan att det gick maskar och larver i det ruttnande köttet.

Men Sigrid hade varken ordnat med sten eller begravningsöl; det fick Stenkil själv se till att få gjort till Gydas minne, så som han ansåg att det anstod en syster till en av kungens närmsta män.

Därefter var det som om allt kom av sig under lång tid. Stenkil förändrades och blev gråare och dystrare. Han tog sig efterhand, men helt sig lik var Stenkil ännu inte utan liksom lite frånvarande och glömsk. Och så började det bli knackigt med kroppen. Knäna hade kommit till att svullna upp, och annat var skröpligt också. Sigrid hade ännu inte blivit riktigt klok på det.

Sigrid hade länge hoppats på en snäll vinter i år också, precis som förra året, men nu bet det rejält i skinnet och de hade inte ens nått vintersolståndet. Tjälen högg redan svårt i jorden, mörka hjulspår skar i marken som ristningar i sten. Snön hade ännu inte fallit i några större drivor, men den var att vänta. Himlen var svartblå i horisonten, såg hon där hon trampade runt för att hålla värmen medan hon lugnade sig. Små hårda snökorn hade visserligen kommit dagen innan och lagt sig som mjöl i fårorna, men de räckte inte för att lysa upp. Dagsljuset nådde inga större höjder, så de levde i ständig skumme och halvdager.

Fötterna var fortfarande så kalla att hon knappt kände dem i stövlarna, men det gjorde ändå ont att kliva på dem. Hon hoppade jämfota och fick en liten smula liv i dem. Som alla andra var hon rädd för frosten; att kylan skulle ta tårna.

Två lurviga hästar hade släppts ut och stod stilla i hagen med tjocka vinterpälsar och vita andedräkter. De stirrade dumsnällt på henne. Manen hängde lång och varm. Hon nickade tillbaka.

”Såja, hoppas ni har det bra”, sa hon till dem och log.

Annars var det öde där ute på stallbacken. Den var inte lika trivsam som på Östergård där husen låg tätare i en omgärdande ring. På Sätuna var det glest mellan bodarna och kal och trist bredde marken ut sig. Blåsten hade alltför mycket plats att leka runt på här.

Folk kurade inomhus i stugor och fähus, nära eldstaden, nära varandra eller tätt intill de varma djuren.

Det var klokt att spara sig över vintern, tänkte hon. Det gällde att inte släppa kylan inpå sig och ännu mindre in i sig. Men lätt var det inte. Kölden och frosten letade sig fram och tog vad den ville ha. Orken gick åt till att utfodra djuren, till att tillverka nya redskap och att laga de gamla. Utöver det hade Sätuna fallit ner i en kall och stilla vinterslummer. Annat var det på Östergård, tänkte hon. Där eldade de ordentligt!

Sigrid var inte mycket för att vila. Hon hade så mycket i sig som hon ville få gjort. Det var som om det brann en eld inne i henne; en ivrig lust till att leka. Hon ville använda fingrarna, tvinna garnet, välja och sätta samman.

Nu hade hon stillat sig tillräckligt för att våga kliva in i kokhuset utan att det syntes på henne att Gydas vålnad just hade visat sin fula nuna och skrämt henne halvt fördärvad. Kall luft virvlade upp under kjolarna medan hon satte av mot kokhuset. Hon såg det tunna snölagret fyka över gårdsplanen och drog ihop kappan i halsen medan hon undvek att stiga på de svarta isfläckarna eftersom hon inte ville dratta omkull.

Sigrid visste att hon gick till kokhuset oftare än hon borde, men hon svalde ner skammen. Det var för den goa värmens skull hon gick dit. Eldstaden och ugnen var ständigt i gång. Hon kände redan hur fingrarna begärligt slöt sig om den heta lermuggen och hur hon höll läpparna mot kanten så att ångan från slånbärssaften sakta tinade upp nästippen.

Yllekappan var klumpig, sydd av tjock vadmal, stum i tyget och satt så trångt att hon knappt kunde andas eftersom hon hade tagit på sig vad som fick plats under. Rocken var mörk som sot och kunde likaväl suttit på en karl. Hon bar de enklaste plaggen numera; hon som en gång trodde att hon skulle gå klädd i siden. Den vackra utländska kappan hon fick som brudgåva av Stenkil hade aldrig kommit till användning. Den låg långt ner i en kista och där fick den ligga som krossade drömmar. Hon hade inte ens haft lust att ta upp den för att titta på den.

Att hon, stormannens dotter, en dag skulle gå i de simplaste plagg var helt obegripligt. Så hade hon trott, då på den goda tiden. Då när hon växte upp. Då, då, då!

Men rocken var varm, och det var inte så noga. Hon skulle ändå inte visa upp sig, resonerade hon. Hon hade ändrat sig och var inte lika noga med högfärden. Det lönade inte mycket till. Det fina yllet – det mjuka och följsamma men ändå varma klädet – sparade hon för bättre tillfällen. De som så sällan inträffade.

Men kanske skulle hon komma iväg till vintermarknaden i

Sigtuna längre fram; om isen frös och hon lyckades lirka med Stenkil. Då skulle hon klä sig fin. Det fick nog bli utan Stenkil i så fall, orörlig som han blivit. Det var knappt att han kunde sitta upp på hästryggen längre.

Om han bara släppte iväg henne!

Hon drevs av sin längtan bort från Sätuna. Samtidigt var det här hon bodde. Numera begrep hon det, antingen hon ville eller inte.

Lille Stenkil och en annan pojke trillade just ut från fähuset och rusade mot boningshuset. De jagade varandra. Hon såg efter dem och hörde den unge Stenkil frusta glatt. Det var ovant. Gossen var annars rätt klen till att skratta. Det hade han väl efter sin far, han som inte fanns men som gjorde sig påmind ibland när handen steg fram i hennes huvud, och drakhuvudet visade sig. Och då sköt den skärande smärtan i skötet åter upp och hon var tvungen att blunda. Den smärta som följde henne när hon vinglade hem med blodet rinnande utefter benen efter att ha blivit uppsprättad. Förbi Valdis hade hon gått.

Undrar hur det var med Valdis? Sigrid sköt undan drakhanden, rövaren skulle inte få förstöra resten av hennes liv! Hon tänkte i stället på Valdis, på att det skulle vara roligt att träffa henne igen.

Sigrid stampade av stövlarna och tog i dörren till kokhuset och smet in snabb som en vessla för att inte släppa ut värmen. Strax stod hon smått generad innanför dörren. Hon hade tagit för vana att gå till kokhuset under förevändning att göra upp med kokfrun om födan och fördelningen. Men det klarade kokfrun bäst själv och hon påtalade det också.

”Husfrun behöver inte göra sig ett så stort omak och ränna ända hit ut”, sa hon idag, precis som i stort sett alla dagar som Sigrid kom dit.

Kokfrun ville vara ifred. Hon tyckte inte om att Sigrid kom sättande för att lägga sig i, men det sa hon förstås inte. Nog begrep hon att Sigrid drogs till ugnen och eldstaden, inte direkt till kokfrun själv. Men kokfrun skulle aldrig tordas slänga ut sin husmoder, det visste Sigrid. Den magra kvinnan som Gyda valt var inget muntert kvinnfolk precis. Bister och styrig slog hon efter hjälpflickorna, schasade dem runt, domderade och härskade värre än Sigrid varit med om att någon kokfru tidigare gjort. Men hon svassade för Sigrid och vred sina händer som en salvelsefull missionspräst, därför hade Sigrid svårt att byta ut henne. Sigrid hade inte heller någon annan kvinna på lut som var bättre skickad för uppgiften.

"En vill bjuda på något varmt", sa hon inställsamt och lade huvudet på sned. "Ska det vara lite ljummet mjöd?"

Sigrid visste att kokfrun skulle föreslå varmt mjöd. Det gjorde mest nytta mot kölden som spräckte läppar och klöv tår tills de blev blåsvarta och föll av. Men Sigrid tackade nej, idag som alla andra dagar, och blev i stället serverad sträv slånbärssaft. Och den smakade gott, speciellt het.

Sigrid sjönk ner. Kinderna var kalla, men hon fick efterhand röda spisrosor. Hon stirrade in i ugnen och såg tunnbrödet lyfta till stora bubblor. Kokfrun petade med fingrarna som var tjockhudade som smedhänder, och hon vred raskt de heta brödkakorna ett varv.

Ett ansträngt lugn härskade. Så länge Sigrid satt kvar höll sig kokfrun i skinnet. Hennes skenhelighet var nästan löjeväckande. Det var som om hon när som helst kunde spricka likt ett korvskinn som doppats i alltför hett vatten och då skulle hela det ruttna och elaka innanmätet rinna ut.

Sigrid log åt tanken, medan kokfrun gav henne en ugnsvarm brödkaka som Sigrid lät vila en stund mellan de frusna fingrarna innan hon bröt en bit och stoppade i sig. Brödet var himmelskt varmt och gott. Hjälpflickorna stannade upp och stirrade på henne. De var blyga men kanske även tacksamma över att Sigrid skapade lugn så länge hon väl satt där. Det fanns hunger i deras ögon; blågröna skuggor av svält som Sigrid så väl kände igen. Kokfrun hushållade hårt med maten.

Sigrid vågade inte bryta en bit och ge dem, då skulle det väl ta hus i helsike härinne. Hon höll muggen med bägge händerna. Den värmde inte bara fingrarna utan även hjärtat. Vadmalskappan var fortfarande knäppt; ännu hade hon inte tinat upp allra längst inne i själva kärnan av sig själv. Hon läppjade på den heta slånbärssaften och kände hur hon blev len inuti, och även lite slö. Hon lutade sig mot väggen. Ryggen rundade av, hon blev alltmer upptinad och mjuk i kroppen och föll samman.

Då såg hon att dörren öppnade sig, men utan att gångjärnen gnällde, och utan att kall luft samtidigt drev in. Sigrid tittade förundrat, sedan log hon. Det var mor som steg över tröskeln till kokhuset, lika självklart som om hon hörde hemma här. Mor ställde sig rak och allvarlig på jordgolvet. En lösgjord hårslinga rann ner i ansiktet, och hon såg så där vänligt sammanbiten ut som mor brukade göra när hon hade mycket att stå i.

Sigrid stirrade och kom till att le. Hon vågade inte resa sig och rusa fram; mor såg alltför skör ut. Men Sigrid harklade sig, förberedde sig för att fråga mor till råds om hur hon skulle handskas med den vresiga kokfrun och allt annat på gården som var strävsamt och för tungt att styra över. Hon behövde mors kloka råd.

Att sköta en stor gård bekom Sigrid inte väl. Det var ju numera hon som var husmor. Det var Sigrid som hade nycklarna till visthusbod, kistor och förråd hängande i sitt bälte. Men det gick henne över huvudet. Hon orkade inte, ville inte. Hon ville väva. Hon precis som mor.

Samtidigt var hon rädd för att släppa allt ur händerna; rädd för att det skulle bli som det var förut när Gyda styrt hela hennes liv. Nycklarna ville hon allt behålla – men inte arbetet och ansvaret.

När Sigrid såg mor blev hon varse hur snabbt livet farit fram. Hur lika de två hunnit bli, mor och hon. Båda gick de mellan boningshus och kokhus och alla sysslor. Fram och tillbaka gick de. Men mor gick till vävstugan också, en sådan som Sigrid inte hade. Inte ännu.

Huvudet kändes så tungt. Mor kom fram och satte sig hos henne så att hon kunde luta huvudet lätt mot hennes axel. Sigrid blundade, kände mors lätta fingertoppar över kinden och hörde hennes röst.

”Gör nu så här, flickan min! Oroa dig inte, utan se till att …”

Någon slet i henne. Hårda händer ruskade brutalt om henne så att hon tvangs öppna ögonlocken som tydligen hade fallit ner. Vimmelkantig och sömndrucken såg hon rakt in i kokfruns blanka ansikte. Bakom henne skymtade hjälpflickorna förskräckta.

”Husfrun talade med någon”, sa kokfrun. ”Och inte var det till mig.”

Sigrid blev förfärad. Vad hade hon sagt?

Hon for upp, ursäktade sig hastigt och ångerköpt och försvann illande snabbt ut genom dörren. Hon hörde vrål där inne så fort dörren slagit igen om värmen. Kokfrun hade omedelbart satt igång att domdera.

Men det berörde inte Sigrid. Hon sprang över gårdsplanen så fort benen förmådde, med tårarna rinnande i ansiktet som det strida vattnet i floderna Dvina och Volga. Så starkt saknade Sigrid mor.

KAPITEL 44

År 1040

Sätuna gård låg inbäddad i tjock, vit snö som lyste upp hela världen. De hade passerat vintersolståndet och dagarna hade återigen börjat bli längre, även om de ljusa stunderna ännu inte var särskilt långa. Men de gick mot våren.

Sigrid förberedde sig just för att gå och lägga sig. Mest upptogs hennes tankar av hur hon på bästa sätt skulle förmå Stenkil att släppa iväg henne till vintermarknaden i Sigtuna. Det började närma sig.

Hon hörde käppen stöta i golvet. Knäna hans var knöliga och illande röda och värkte ständigt och jämt. Han kunde klara att sitta upp till häst, men det var med nöd och näppe.

Stenkil saknade sitt gamla liv svårt. Nära kungen var han dock fortfarande, menade han, kungen glömmer inte så lätt.

Tro det, tänkte Sigrid, men sa inget om saken. Stenkil gjorde vad som gick för att förbereda sin unge son att bli en storman. Och kanske ännu större än så? Kung rent av, kunde han ibland drista sig att säga. Struntprat, tänkte Sigrid, men gjorde vad hon kunde för att få fason på sonen.

Stenkil tordes inte gnälla alltför mycket om kroppens elände och tingens oordning inför sin unga hustru. Han teg och led men hade samtidigt blivit alltmer sällskapssjuk. Och glömskan hade inte blivit mindre. Men dessvärre glömde han inte att hålla Sigrid nära sig.

Sedan Gyda dog var det Sigrids samvaro Stenkil i stället sökte. Han satt gärna vid långbordet på ett mjukt bolster fyllt med gåsdun och hönsfjädrar och drack öl eller mjöd och såg helst att Sigrid var i närheten.

Med tungt hjärta begrep Sigrid att hon tvunget fick ställa in sig på att framöver ha honom runt benen, förtretligt nog. Så värst många fler resor med kungen skulle det inte bli för hans del, men det betydde inte att hon inte kunde resa bort, resonerade hon.

Medan Sigrid led av Stenkils ständiga närvaro såg hon däremot knappt längre till den unge Stenkil. Han var duktig till häst och for med männen när de inte skulle så långt bort. Sigrid såg på honom ibland. Han var nu endast några vårar yngre än hon själv varit när hon lämnade Östergård för att bege sig till Sätuna. Han hade ett kantigt sätt som hon inte var bekväm med. Helst undvek han henne; det hade alltid varit så. Men ibland kunde hon se drag av sin far i honom, och det lugnade henne. Framför allt i sättet att gå med gungande, lite fördröjda steg genom att lägga över tyngden åt sidan på ett ben i taget påminde unge Stenkil om sin morfar Alrik.

Sigrid vek undan bolstret och kröp ner i sängen med alla kläderna på. Det var kallt, nästan så att andedräkten stod vit ur munnen på henne.

Så fort Stenkil hade stolpat sig in i rummet satte hon igång att klaga. Hon klagade ofta över allt hon hade att styra med. De kom sig lättare att talas vid nu när bägge två var så mycket inomhus och hade gott om tid att språkas vid.

Stenkil såg på henne där han krumt stod med käppen i hand. Han betraktade henne som om hon var ett bortklemat dibarn. Sedan blåste han ut oljelampan och knölade sig ner i bädden bredvid henne, så som de alltid hade legat, utan att säga ett ord. Han rörde henne inte, det hade han aldrig gjort, så det tänkte Sigrid inte längre på. Han vände ryggen mot henne eftersom det var skönare att ligga på sida, påstod han. Allt var som det brukade och numera fann Sigrid att Stenkil var ett visst sällskap, trots allt. Hon hade vant sig vid honom. Och Stenkil hjälpte till att hålla värmen i bädden med sin stora kropp.

Sigrid fick ingen ro denna natt. Hon låg och stirrade med öppna ögon i mörkret. Vintermarknaden i Sigtuna hägrade. Hon ville inte ge sig.

”Stenkil”, sa hon därför och buffade till honom med armbågen.

”Hm!” morrade han.

”Du, som är en sådan god man, kan inte du låta mig åka till vintermarknaden? Tänk vilka varor jag har att sälja! Så mycket vi kan byta till oss!”

Det var som om något rörde sig inuti Stenkil, trots att han låg stum som en timmerstock. Att han skulle vara en god man hade nog aldrig slagit honom. I alla fall inte att Sigrid tyckte det. Och extra tillgångar skadade förstås inte. De kunde ibland gå snabbare att nå botten på skattkistorna än man kunde ana.

Stenkil svarade henne inte den natten, men nästa dag kallade han till sig en av de äldre kvinnorna på gården. Unna hette hon, och hon var fortfarande rask och rådig, sa han till Sigrid, som tittade misstänksamt på, som om hon inte hade sett den krumma kvinnan förr.

Det hade hon förstås. Unna var en av dessa grå varelser som alltid omgett henne och som en gång blivit piskad till lydnad av Gyda. Unna vågade knappt röra sig nu heller, trots att Gyda var död och begraven sedan länge.

”Unna kommer att hjälpa dig”, sa Stenkil. Mer sa han inte.

Sigrid blängde på Unna. Vad skulle hon med henne till, tänkte hon. Kvinnan hade byltat på sig allt vad hon ägde och hade. Det var inga trasor, men det var inte heller några märkvärdigheter. Luvan var nerdragen till ögonen, som var alldeles runda, vattniga och allvarliga. Munnen var hopsjunken i brist på tänder.

Försiktiga och stickiga orosblickar skickade de till varandra, Sigrid och Unna, sedan Stenkil lämnat dem ensamma vid eldstaden. Sigrid signalerade med en hand att de skulle slå sig ner. De satte sig ytterst på varsin pall, och Sigrid sträckte händerna mot lågorna för att ha något att göra. Fingertopparna var som vanligt som istappar. Unnas händer var rödblå och stack ut under vadmalsärmarna.

Samma slags händer som sin syster, tänkte Sigrid och kände ett hugg av svartsjuka i bröstet. Systern hette Torfrida. Det var hennes händer som hållit om Sigrids lille son när han togs ifrån henne för att Gyda hade bestämt det. Gossen, som sedan kom att skrika i himmelens sky de få gånger Sigrid hade fått lov av Gyda att gå och titta till honom.

Han har ännu inte vant sig, tänkte Sigrid rätt ofta. Han stirrade mest stumt på henne, även om han inte skrek. Han var för stor för att gapa. Men det fick vara som det var med sonen, hade Sigrid insett.

Men nu kände hon sig än en gång lurad och sviken. Som om Stenkil fortsatte att hålla henne fången med osynliga band. Först Gyda, sedan Torfrida, och nu Unna. Olika kvinnor klev in i hennes liv och tog för sig. Kvinnor som hon inte själv hade valt.

Sigrid stramade upp sig. Någon nytta kunde hon kanske ändå ha av Unna, så att hon själv blev lite mindre bunden. Stenkil skulle i varje fall inte kunna påstå att det inte gick för sig att fara iväg eller hållas i en vävstuga eftersom hon behövde se till gården.

Sigrid hörde sig själv i torr ton rabbla upp allt vad hon ville att Unna skulle sköta.

”Det är viktigt att ligga över kokfrun så att födan fördelas och lagas utan slöseri och att inga tjuvar kommer åt äggen och hönsen. Mjölken får inte spillas ut. Och så är det nödvändigt att hålla ett öga på spinnerskorna så att de inte ligger på latsidan, och att …”

Hur det nu var, så kom det sig så att Sigrid for till Sigtuna när isen låg tjock och de kunde ta sig dit med häst och släde.

De hade packat varor; inte bara Sigrids vävalster utan även pälsar, honung, viltkött, välgjorda hackor och annat som Stenkil trodde att de kunde avyttra.

Men själv stannade Stenkil på Sätuna. Han fick foga sig. Unna hade snabbt lärt sig vad som behövdes styras med i hushållet. Sigrid hade gett med sig. Det var bekvämt med Unna, som månade om, ja rent av fjäskade, för Stenkil. Må hon göra det i frid, tänkte Sigrid.

Solen sken över den frusna Mälaren när de for iväg. Sigrid var alldeles till sig av yster yra. Hon hade plockat fram sina bästa kläder ur kistans djup och sett till att laga en del hål som blivit. Hon kisade under bävermössan. Solen var stark, världen var vacker och den var god.

När hon såg Sigtuna skymta fram for mungiporna upp och kom till att stanna där hela vägen fram. När hon väl ankom Sigtuna, var det som om hon glömde Sätuna, och även allt vad som hänt henne under åren som gått.

Hon anträdde den långa gatan, där packad snö låg över plankorna, flerfaldigt nerfläckad av träck och blodspår. Hon gick med rak rygg mot Stenkils gård. Ingen där visste att unga frun var i antågande. De hade aldrig sett henne, så det blev ett herrans prat om vem hon egentligen var. En bedragerska kanske? Men så anlände Stenkils män och redde upp det hela, då blev det en faslig fart med att värma upp boningshuset och släpa dit alla varor.

Sigrid kallade en av männen till sig.

”Jag vill att du följer mig.”

De gick upp på gatan igen. Sigrid först och den starke mannen bakefter. De gick mot stadsgårdarna som låg längre österut. Röken steg svart ur alla skorstenar. Sigrid gick fortare. De passerade udden, där Kungshuset låg stort och väldigt. Hon tittade dit men fortsatte rakt fram. Hjärtat bankade. En liten bit till skulle hon. Sigrid tvingade sig till djupa andetag för att lugna sig. Hon såg sig ordentligt om, så att hon inte tog fel. Hus och bodar var slående lika. Sedan slank hon in i gränden och bankade på porten till hantverksboden längst ut mot Stora Gatan. Hon hörde att det slamrade bakom dörren. Sedan öppnades den.

En yngling stod framför henne. Han hade svart hår och allvarlig min, och han såg frågande på Sigrid som inte fick ett ljud ur sig. Ögonen hans kände Sigrid igen; det var fars ögon.

”Vad är det om?” hörde hon en kvinnoröst fråga.

Sigrid visste inte vad hon skulle säga. Så klev kvinnan fram till dörren. De stirrade på varandra.

”Jag heter Sigrid. Min far var Alrik på Östergård och ...”

”Sigrid”, avbröt kvinnan, som Sigrid visste kom från Gotland och hette Hallvi.

Alldeles vitt hår skymtade under yllehättan. De log mot varandra. Sigrid frågade sedan efter mor.

”Hon har inte kommit”, sa Hallvi.

Sigrid kunde inte få något bättre besked, hur mycket hon än pressade Hallvi. Så hon vände om, djupt besviken. Med tunga steg kom hon ut på gatan. Hon tänkte att hon ändå kunde gå ner genom vattugränden för att se hur livet var vid bryggorna. Bestämt manade hon på mannen som var med henne.

Nere vid stranden lyste solen så vasst att Sigrid var tvungen att hålla handen över ögonen. På knarrande snö gick hon ut på bryggan och stod där som fastväxt. Hon såg hur olika ekipage närmade sig bryggorna, men inget ställde kosan mot fars brygga.

Just som hon insåg att det var lika bra att ge upp, såg hon följet som dök upp österifrån. Som små myror var de.

”Hrm!” Mannen som var med henne harklade sig. Han ville gå därifrån.

”Vänta”, sa hon, spejade vidare och såg hästarna bli allt tydligare. Snart kunde hon urskilja människor och hon hörde röster. Glada röster och höga skratt. Följet ställde kosan mot bryggan hon stod på.

”Gode Gud, gör mig inte besviken”, bad Sigrid.

KAPITEL 45

År 1045

Seglen var purpurfärgade, och de var många. Det var en häpnadsväckande syn!

Skeppen kryssade med god fart fram på Mälaren med siktet ställt mot Sigtuna, kungens fäste och Guds egen stad. Den annars så livfulla staden väntade på besökarna i soldiset. Alla höll andan. Alla undrade.

Vem kom storslaget med så många skepp, frågade sig den samlade skaran nere vid stranden. En kung, en övermåttan rik hövding eller en lyckosam handelsman?

Skallet hade startat från en av de östra bryggorna. En gammal man, som själv farit långväga österut i yngre dagar, var den förste att upptäcka seglen långt bort vid horisonten. Han hade hojtat till en kvinna på land, som rusat rakt upp på Stora Gatan. Sedan hade budet gått med ilfart genom hela staden. Folk hade släppt vad de hade för händerna och rusat ner mot sjön.

Det var en syn för gudarna!

Axel mot axel trängdes invånarna på bryggor och kajer och följde skådespelet. De packade sig nu ännu tätare; så många som möjligt skulle kunna se. Det blev ett sådant knuffande till slut att en och annan föll i, till omgivningens muntra skratt.

De röda seglen kom med god fart allt närmre. Tungt lastade var skeppen. Det syntes även på långt håll eftersom de gick lågt.

Åskådarna föreställde sig välfyllda skattkistor med stora rikedomar; guld som glimmade, ädla stenar, kryddor och siden. Gissningarna gick högljudda.

Bothild och Sigrid stod pressade, axel mot axel, invid varandra, inte långt från kungens brygga. De stod så som de en gång stått för många år sedan. De ordade inget om det, men deras kroppar kom ihåg att de hade varit lika hänryckta och uppspelta även den gången. Och det var gott att minnas men även vemodigt. Det hade varit när Alrik Gårdske fortfarande levde och var vid god vigör, och det var innan Sigrid äktats vid Stenkil Stenson.

Men åren som därefter följde hade inte varit olevda. Tiden hade satt sina spår. Bothilds hår var helt grånat under doket, ansiktsdragen tunnare och skarpare, huden lösare och ett mjukt häng syntes under hakan, men hon var i stort sett sig lik; rask i steget och snabb till beslut. Avståndet mellan tanke och handling hade alltid varit kort, och så var det alltjämt. Hon fick mycket ur händerna, nu precis som tidigare.

Alla sa att Bothild var duglig och redde sig väl. Och hennes dotter Sigrid höll med, med en viss kluvenhet, eftersom hon själv inte hade samma övermått av kraft och ork som sin moder, och hon kände sig ständigt en smula på efterkälken.

Men det var lättare att uthärda moderns rådighet nu när Sigrid själv fått fler år på nacken, varav en del varit slitsamma och mörka. Var och en fick göra så gott den kunde. Och hur det nu var så var det Sigrid som hade *händerna.* De som var magiska.

Folk runt dem menade att Sigrid hade blivit mer lik sin mor. Hon hade svårt att se det själv; hon ägde ingen blank metallbit. Hon hade inte moderns färger men väl gång och rörelser. Sigrids hår, som också var dolt under ett stramt dok, hade fått behålla sin rödblonda ton, även om den blivit en aning blekare. Hårfärgen och det ljusa skinnet som lätt blev rött och fnasigt i solen hade hon fått i arv från fadern.

Alrik Gårdskes kraftfulla ansikte och fasta rörelsemönster hade Sigrid sett till att hålla levande inom sig, så gott hon kunnat. Inte minst mindes hon hans sneda fin, som var honom så typiskt, och de varma ögonen som gärna föll på dottern, flickan hans, som han var så ängsligt stolt över. Det minnet hade Sigrid mycket lättare att ta fram nu när hon levde ett vänligare liv. Hon både vågade och hade lugn nog att ta fram minnet av far. Tankarna var friare. De var hennes, nu när hon inte längre levde instängd och inlåst borta på Sätuna.

”Vem tror du att det är?” undrade Sigrid medan hon skuggade ögonen. Ringen med de bägge silverhänderna som höll om en stor bärnsten syntes blixtra till och lysa vackert i solen.

”Vet inte”, sa Bothild. ”Men det kommer vi snart att få veta, ska du se.” Hon log mot Sigrid utan att hålla handen för munnen. Tänderna hade mörknat, men hon saknade inga framtill. Att en och annan tand efter stora plågor hade fått dras ut längre in mot kinden kunde ingen märka.

Så hördes ett sus genom folksamlingen, och alla vände sig mot Kungsgårdens brygga. Anund Jakob i egen hög person hade trätt fram med sina män. Sigrid log åt minnet av hur hon som ungmö hade blivit förhäxad av ynglingakungens ståtliga uppenbarelse och drömt om honom som make.

Det var ett tag sedan. Hon log åt minnet. Ungflicksdrömmar, tänkte hon nu milt vemodigt. Sedan fastslog hon stillsamt att åren även hade även farit fram med deras kung.

Men han tog sig fortfarande väl ut och var en värdig och reslig härförare för alla svear. Ansiktet hade mognat, blivit grövre och mindre fjunigt, men desto mer fårat. Kroppen var kraftigare utan att han för den skull hade blivit fet. Håret höll han fortfarande kortklippt, men djupa vikar framträdde vid tinningarna och stråna hade börjat skifta i grått.

Men det som hon mest fäste sin uppmärksamhet vid var kungens röda yllemantel! Han bar den hängande bakom axlarna på högättade mäns vis. Den var av glänsande och fint ylle, det syntes på fallet, och Sigrid om någon kunde bedöma sådant. Manteln hölls som brukligt ihop av ett stort, glänsande guldspänne mitt på bröstet.

Sigrid såg på mor. De sköt upp ögonbrynen, medan det livligt spritte i mungiporna.

Var den kanske sydd av "Sigtunakläde"? Kunde det vara så märkvärdigt!

Kungens män hade besökt frisernas handelshus mer än en gång. Albod och Redlav var inte sena att berätta om detta. Vid ett tillfälle hade kungens män dessutom kommit farande ända bort till väveriet i Östergård. Den en gång så enkla vävstugan hade växt sig allt större, och numera arbetade Bothild och Sigrid tillsammans.

Det var Bothild som styrde väveriet med fast hand, medan Sigrid stod för handlaget. Mor och hon var i félag, i handelsbolag med varandra, precis som de utifrånkommande handelsmännen. Friserna hjälpte dem duktigt med försäljningen och fick god förtjänst av detta, vilket drev på dem ännu mer.

Men allt oftare hände det att folk kom farande direkt till Östergård. Det började med kungens män, som bar ut hela balar av det vackra yllet som mor och hon låtit väva. De själva och kvinnorna de städslat i väveriet stod stumma och hänförda över den kungliga beställningen. De var stolta över den rikliga betalningen och att de fått beställning på mer, men mest gladde de sig över äran.

En dagsresa bort med båt och häst, om vädret var bra, låg Östergård. Väveriet var tvunget att ligga nära får, spinnerskor och växter att färga garnerna med. Gården med skog, åker och äng och alla kreaturen skulle dessutom ses till. Att flytta till Sigtuna var inte möjligt.

Men på senare tid hade Bothild och Sigrid pratat lite löst om att bygga ett hus i Sigtuna för försäljning; en bod med enbart "Sigtunakläde".

Men det fanns flera om och men att noga överväga. För en gångs skull hade Bothild inte satt tanken omedelbart i verket utan avvaktat. Om produktionen blev för stor och alla kunde förse sig skulle kanske värdet falla. Det utsökta, mjuka men ändå varma ylletyget som de lyckats få fram var ämnat för de utvalda. Så planerna fick anstå tills vidare.

Lite spelade nog även Albods snälla ögon in. Det var svårt att svika en man som han. Bothild, men även Sigrid, hade känt honom och hans kompanjoner länge. Albod, och på senare år även Redlav, hade hjälpt dem på många sätt, inte minst med att få mor och dotter att hitta varandra. Och goda kontakter skulle man vara rädd om, sa Bothild.

De onda bekantskaperna skulle man däremot försöka göra sig av med eller undvika. Men att stöta sig med dem kunde ha sitt pris. Bothild visste det av egen erfarenhet. Ingvar hade inte gjort livet lätt för henne. Han hade besökt Östergård många gånger och för var gång hade han blivit allt svartare i synen.

Till slut hade han fallit på eget grepp. Helt oväntat hade hans egna män ihjäl honom efter att han hade drivit dem för hårt. Nu var Ingvars stolta gård i främmande händer, sades det.

"Den som gapar efter mycket, mister ofta hela stycket", sa Ärmund när de mottog beskedet om Ingvars olycksaliga död.

Nu levde inte heller Ärmund. Bothild hade nyligen blivit änka för andra gången. Två män hade hon begravt på ättebacken. Männen hade varit olika, men båda dugliga. Alrik sörjde hon djupt. Ärmund sörjde hon på sitt sätt.

Sigrid visste inte riktigt hur hon skulle förhålla sig till Stenkil Stensons minne. Soten hade tagit honom, lämpligt nog, när minnet börjat att bli alltför kortvarigt. I flera dagar hade han svettats svårt medan hostan hållit honom ständigt vaken. En morgon hade det inte gått att få liv i honom.

Sigrid hade rest en sten över Stenkil i Sätuna och låtit rista att Stenkil saknades av sin hustru Sigrid och sin son Stenkil.

Sigrid var den förmögna änkan efter Stenkil och ägde numera Sätuna. Hon visste att hon var efterfrågad att ingå giftermål med. Även unga män kunde finna henne fager, i alla fall ägorna. Hon bodde mestadels på Sätuna, och tänkte så göra några år till. Hon räknade sedan med att Stenkil kunde ta över skötseln av gården. Sigrid hade sett till att huset rustats upp så att det blev mer trivsamt. Framför allt hade hon ordnat med ett stort vävhus. Mor Bothild och hon hade ett system där de såg till att ses i Sigtuna med jämna mellanrum. Mor och dotter, båda med hus i Sigtuna och stora lantegendomar.

Budet om vem som kom seglande mot Sigtuna med röda segel hade nu äntligen nått åskådarna, som tålmodigt stod och väntade vid stranden. Det var den norske hövdingen Harald Sigurdsson som kom med sina många skepp, fick de veta. Samtliga skepp var tungt lastade med dyrbara skatter.

Det första skeppet närmade sig. Från bryggorna såg man hur en ståtlig man stod vid relingen, sträckte ut en arm överbord och släppte ner en skatt som föll i vattnet utan större plums. Ett mycket kostbart guldföremål, antogs det vara. Harald Sigurdsson offrade, som brukligt var, som tack för att en lång och lyckosam färd nu var till ända.

Harald var på väg hem till Norge. Han kom från Gårdarike, närmare bestämt från Kiev där han hade besökt furst Jaroslav och hans hustru Ingegerd och äktat deras dotter Jelisaveta, som i sitt hemland hette Ellisiv. Ryktet förtalte också att han hade varit borta under mycket lång tid. Han hade hunnit samla på sig stora rikedomar genom att tjänstgöra i den bysantinske kejsarens väringagarde och i den ryske furstens hird. Nu hade han siktet ställt på att erövra den norska tronen från Magnus den gode, som alltjämt härskade där.

Harald Sigurdsson visste vad han gjorde och hade valt att ankra hos en frände. Anund Jakob hade bytt sida och vänt Magnus den gode ryggen efter att det blivit känt att Magnus, genom ett avtal, även lagt Danmark under sig och på så sätt blivit mäkta stor och stark uppe i Norden. Det hotade Mälarkungen stort.

Anund stödde därför i stället ett barnbarn till Sven Tveskägg, som nu gjorde anspråk på den danska tronen. Lika kraftfullt ämnade Anund Jakob nu stödja Harald Sigurdsson i hans strävan att bli norsk kung. På så sätt skulle Magnus den godes vidsträckta välde slås i tvenne bitar.

Men i Sigtuna brydde man sig i ögonblicket inte om vilket. Det blev alltid fest och yra när så många främmande och spännande människor kom farande och fyllde gator och gränder. Därför var det med en viss tvekan som invånarna lämnade sina platser nere vid sjön för att återgå till sina sysslor.

När Bothild och Sigrid sakta masade sig tillbaka i trängseln upp genom vattugränden mot Stora Gatan kände de sig iakttagna. De vred på huvudena men såg inget särskilt, mer än att en drös människor var på väg. Men när de väl var på Stora Gatan upptäckte de att två män hade följt efter dem. Dessa bägge män stod nu och mer eller mindre blåglodde på Bothild och Sigrid. En äldre karl och en yngre, var det. Ingen av dem såg oäven ut, framför allt inte den yngre, tänkte Sigrid. En kraftig kedja syntes om halsen på den äldre, och i den var ett trubbigt silverkors fäst. Sigrid drog först i sin mor; hon ville skynda därifrån eftersom hon fann det obehagligt att bli förföljd. Hon hade fått nog av fasa i livet. Men så lugnade hon sig. Männen såg vid närmare betraktande inte så värst farliga eller hårda ut. Snarare var det något bekant över dem. Inte bara bekant utan även något behagligt.

Så stegade en kvinna fram till männen. Hon var lång och smal, till och med längre än männen.

”Var har ni hållit hus?” frågade hon barskt.

Karlarna blev generade och såg i marken. Sedan flackade de med blicken bort mot Bothild och Sigrid. Då vände sig kvinnan om. Och på hennes ögon var det då rakt inget fel.

”Men är det inte du!” utbrast hon vänd mot Bothild.

”Jo, men visst”, sa Bothild. ”Tova! Vad gör ni här?”

Så föll de i varandras armar, Gunnar i Hargsbros hustru och Bothild, medan Torkel och Sigrid generat såg på varandra.

Var det så han såg ut? tänkte hon. Rätt alldaglig. Inte alls som hon en gång hade målat upp honom i sina drömmar. Men han hade fina ögon.

De var alla ömma i sinnet och varliga mot varandra och tog sig inte för att på stående fot fråga ut varandra om stora och svåra ting. De skulle ses, bestämde de. Bothild och Sigrid fick i alla fall veta att ryktet stämde: Gunnar hade återtagit gården i Hargsbro.

Han gick inte närmare in på hur detta gått till, men oblodigt kunde det knappast ha varit.

Och Gunnar hade krupit till korset, tänkte Bothild utan att säga något om detta. Det var uppenbart för var och en: det var inget litet silverkors han bar om halsen. Han visste vad han gjorde, den gode Gunnar, tänkte hon vidare. Ingen skulle komma på att fråga honom om hur stark hans tro på den ende guden, på Vite Krist, var. Viktigast var att han hade bytt sida.

De följdes sedan åt på Stora Gatan i Sigtuna. De gick där så sakta och obekymrat gatan fram att Sigrid var tvungen att nypa sig i armen. Solen var dessutom mild och gjorde dem alla vackra.

EPILOG

Anund Jakob var regent i Svea rike fram till 1050, då han dog sotdöden. Några söner hade han inte som kunde efterträda honom. Han efterföljdes av sin halvbror Emund, som var född utanför äktenskapet, och som bar tillnamnet "den slemme" eller "gamle". Emund dog 1060.

Tronen bestegs sedan av en man som hette Stenkil. Han dog 1066.

FÖRFATTARENS TACK

En molntung dag i slutet på oktober besökte jag Sigtuna, som är Sveriges första stad och centralplatsen för handlingen i denna bok. Jag har själv rötter i medeltida, vackra städer; i Kalmar där jag är född och uppväxt, i Lund som jag bott i mer än halva mitt liv och i Visby som är min sommarstad.

Men Sigtuna var en ny plats för mig, och det var spännande. Jag kom att lämna Sigtuna med en tung bokkasse i vardera handen.

Boken tilldrar sig under åren 1026–1045 i de sista skälvande minuterna av det som vi kallar vikingatiden, precis på tröskeln till medeltiden. Detta visste förstås inte invånarna i Sigtuna med omnejd något om. Och knappt jag heller innan jag satte igång att läsa på för att kunna skapa min egen inre bild av hur det kunde vara att leva under denna tid. Jag är inte historiker; jag är berättare – och boken skildrar i första hand människors villkor, då som nu.

Jag har många att tacka. Först och främst *Katarina Mazetti*, Lund, som skrivit föregångaren till denna bok, ”Blandat blod” (2008), och som tillsamman med min man *Peter Wahlberg* sparkade igång mig när jag i inledningsskedet fann uppgiften närmast oöverstiglig. Jag som tidigare inte varit överdrivet intresserad av historia! Men det var då det!

Givetvis har jag, som många andra som skriver romaner om förfluten tid, tvingats till eftergifter när det gäller historiska och arkeologiska fakta. Jag har valt och valt bort och fyllt i tomrum, men i stora stycken har jag hållit mig till det som arkeologer och historiker kommit fram till, utan att för den skull garantera att allt in i minsta detalj är korrekt. Det finns platser som jag hittat på. Men vi vet ju inte heller allt.

Här vill jag speciellt tacka *Sten Tesch,* chef för Sigtuna museum, som gett mig fakta om staden och *Annika Larsson,* Uppsala, som har skrivit en textilarkeologisk avhandling och som hjälpt mig med den textila avdelningen, som tar stor plats i boken. Tack även till *Dick Harrison*, professor i historia i Lund, som har varit mycket hjälpsam och snabb med att svara på mina frågor.

Ett stort tack till kyrkoherde *Jonas Ahlner,* som en blåsig långfredag tog emot mig i det lilla kapellet i Baskemölla, inte helt olik de tidiga kyrkobyggnaderna. Han förmedlade hur en kristen andakt kunde gestalta sig under tidig medeltid.

Jag har diskuterat namn och namnformer med vänner från tiden när jag var student på Institutionen för nordiska språk i Lund, tack för att jag har er! Ett speciellt tack vill jag rikta till min gode vän, den språkligt mycket brett kunnige översättaren *Alan Crozier*, Lund.

Även ett stor tack till vännen *Bengt Jönsson*, Gotland/Malmö för gemensamma djupdykningar bland blommor och blad. Framför allt de giftiga.

Karin Wahlberg
Lund, november 2008

LITTERATUR SOM VARIT TILL SPECIELLT STOR HJÄLP:

Hagerman Maja, Prisma, 1996, *Spåren av kungens män*

Harrison Dick & Svensson Kristina, Natur & Kultur, 2007, *Vikingaliv*

Hjort Agneta, eget förlag, 2005, *Kvinnoöden i Sigtunas historia*

Ingelman-Sundberg Catharina, Prisma, 2004, *Forntida kvinnor*

Larsson Annika, Institutionen för Arkeologi och Antik Historia, Uppsala Universitet, 2007, *Klädd krigare*

Tesch Sten & Vincent Jacques, Sigtuna Museers Skriftserie 10, 2005, *Vyer från medeltidens Sigtuna*

Sigtuna museum har en utmärkt hemsida som presenterar såväl tidigare som pågående arkeologisk forskning:
www.sigtunamuseum.se

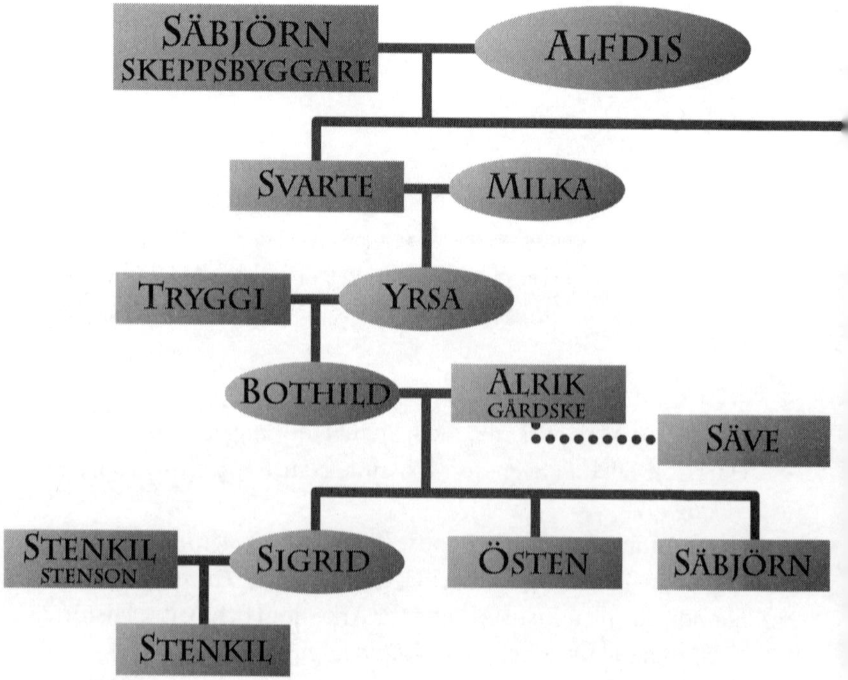
SÄBJÖRN
SKEPPSBYGGARE
ALFDIS
SVARTE
MILKA
TRYGGI
YRSA
BOTHILD
ALRIK
GÄRDSKE
SÄVE
STENKIL
STENSON
SIGRID
ÖSTEN
SÄBJÖRN
STENKIL

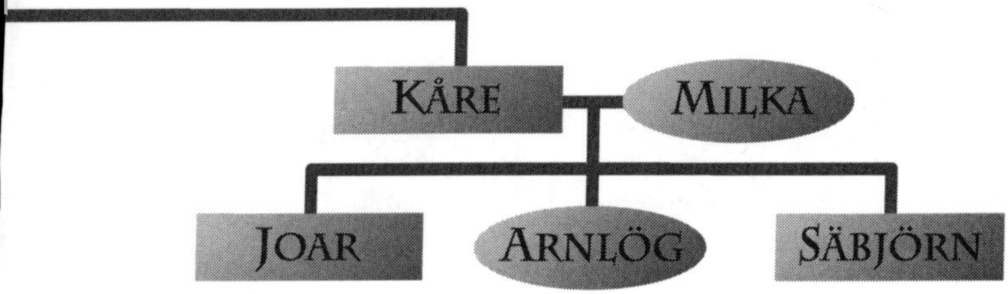
KÅRE
MILKA
JOAR
ARNLÖG
SÄBJÖRN

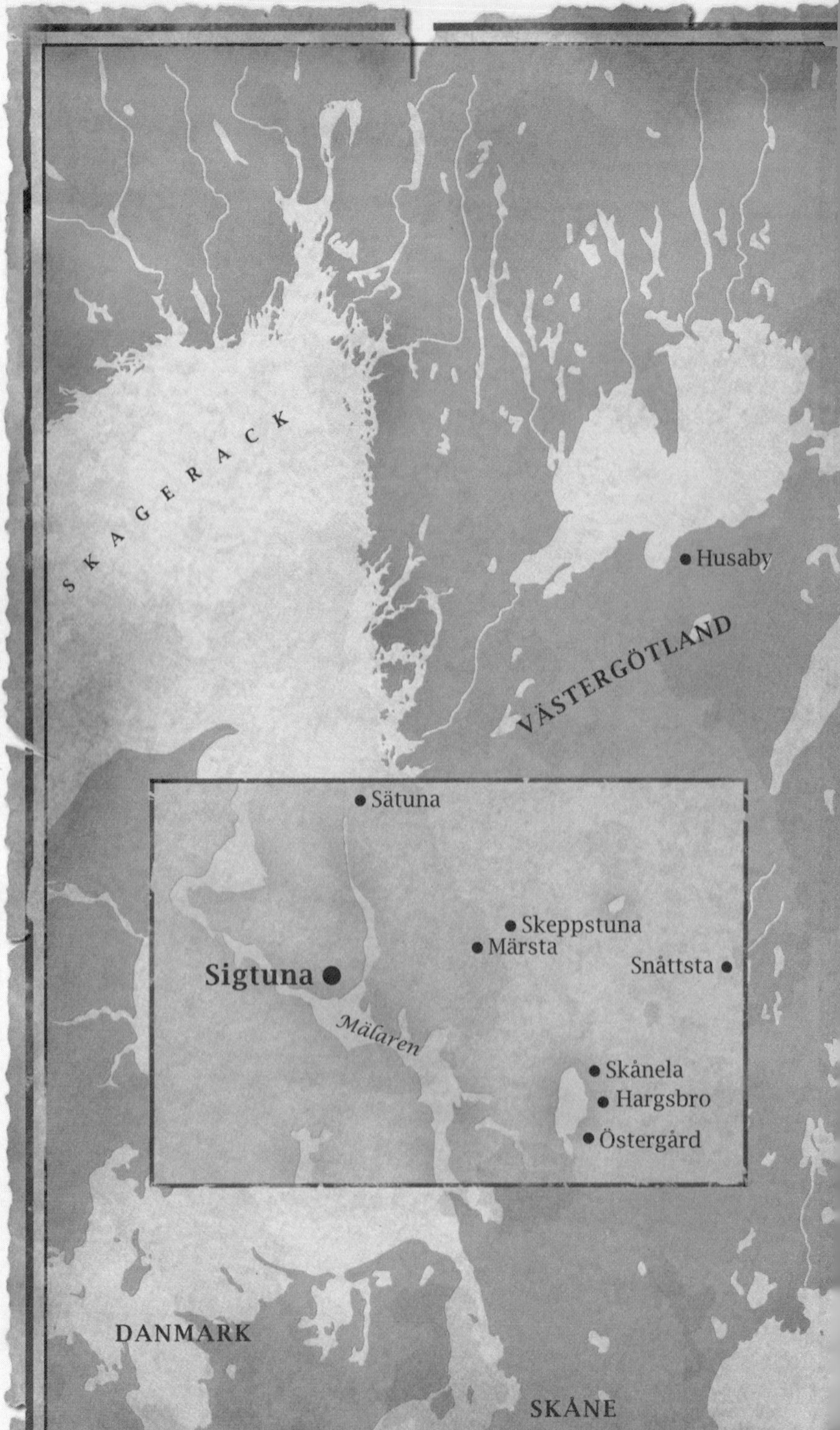
SKAGERACK
Husaby
VÄSTERGÖTLAND
Sätuna
Skeppstuna
Märsta
Sigtuna
Snåttsta
Mälaren
Skånela
Hargsbro
Östergård
DANMARK
SKÅNE